D1670322

ESCH VERLAG
POTSDAM

Besuchen Sie uns im Internet:
www.esch-verlag.de

Fortunas Odyssee
©Eliane Reinert

ESCH VERLAG 2012
Lektorat: MA Joanna Padur

ISBN: 978-3-943760-26-2

Bibliografische Information der Deutschen Nationalbibliothek: Die Deutsche
Nationalbibliothek verzeichnet diese Publikation in der Deutschen National-
bibliografie; detaillierte bibliografische Daten sind im Internet über http://
dnb.de abrufbar. Printed in Germany.

Fortunas

Odyssee

Eliane Reinert

Für alle Frauen,
die kämpfen, die lieben,
und ihre Ideale nicht aufgeben.

Vorwort

Ich bin Tim Ligier, ein Maschinenbau-Ingenieur, der gern Lotto spielt. Im festen Glauben, ein erfahrener Mensch zu sein, wurde ich vom Leben überrascht.

Mir wurde die größte Erfahrung zuteil, die ein Mensch erleben kann: eine Reise in die Vergangenheit, in der ich nicht nur mich selbst traf, sondern auch Werte entdeckte, die mir vorher nicht bekannt gewesen waren. Ich war in der Lage, Menschen und Ereignisse aus einer anderen Perspektive zu betrachten, was mir zu mehr Toleranz verhalf und mir die Fähigkeit schenkte, wirklich zu lieben.

Wir alle haben in der Vergangenheit Situationen erlebt, die sich nur schlecht oder gar nicht lösen ließen. Wir haben Menschen verloren, die uns nahe gestanden haben, und bestimmte Augenblicke, die wir gern erlebt hätten, sind uns versagt geblieben. Ich konnte Situationen lösen, war in der Lage, meine Liebe zu zeigen und habe unglaubliche Momente durchlebt. Ich werde jedes Detail dieser einzigartigen Reise erzählen, die mehr wert ist als alle Schätze dieser Welt.

Anmerkung der Autorin

Dies ist ein außergewöhnliches Buch. Doch nicht nur der Text ist außergewöhnlich, sondern auch die Erzählperspektive.

Tim erzählt seine Geschichte sozusagen in zwei Perspektiven gleichzeitig. Einerseits, weil er als unsichtbarer Erwachsener mit seiner eigenen Kindheit konfrontiert wird, andererseits aber auch ähnlich der Rückblende in einem Film - selbst Akteur ist. Für den Leser, der dies weiß ist Tims jeweiliger Status leicht erkennbar. Wird die Ich Form benutzt, so ist er Akteur, ist von Tim die Rede wird er als handelnde Person von außen geschildert.

Eliane Reinert
Im Dezember 2012

Prolog / Der Lottogewinn

Alles drehte sich; die Gedanken, die Häuser, die Menschen und die Straßen, alles drehte sich wie ein Karussell! Es war ein Schock! Ja, ich übertreibe nicht, ich stand unter Schock. Es war unbegreiflich. Ich konnte meinen Augen nicht trauen. Sollte das wirklich mein Glückstag sein?

»Alles ist möglich!« - das behauptet der Werbespruch der Lottogesellschaft. Und nun traf es mich! Ich war in Horizonte, eine Stadt, in der ich gelegentlich Kunden besuche. Die Nummern, die ich seit Jahren ankreuze, waren auf einem Zettel notiert, der an der Wand der Annahmestelle hing. Oft bummele ich gern mehr oder weniger ziellos durch die Straßen der Stadt; es macht mir einfach Spaß, denn Horizonte besitzt ein bezauberndes Flair. An diesem Morgen war ich nicht geschäftlich unterwegs, sondern musste Abstand gewinnen, um über die Probleme nachzudenken, mit denen meine Frau zu kämpfen hatte. Die Stadt schien mich wie immer mit offenen Armen zu empfangen ... und an diesem Morgen beschenkte sie mich mit einer unglaublichen Überraschung. Eine Mega-Sensation!

Die Nummern an der Wand waren dieselben, die ich auf meinem Lottozettel angekreuzt hatte. Ich war platt und zweifelte: »Es ist unmöglich, dass jemand alle Nummern richtig ankreuzt.« Und dann auch noch ich! Doch sooft ich den unscheinbaren Zettel an der Wand betrachtete die Zahlen änderten sich nicht.

Während ich die Nummern nochmals verglich, umklammerten meine zitterigen Finger den ausgefüllten Lottozettel. Aber auch nach zwei- bis dreimaliger Überprüfung änderte sich nichts an der Zahlenfolge. Jetzt fingen meine Beine an zu zittern. Ich lehnte mich an die Wand und starrte wie eine Kobra die ihr Opfer fixiert auf die ausgelosten Nummern.

Die Menschen im Geschäft schwatzten mehr oder weniger aufgeregt, füllten ihre Lottozettel aus und schenkten mir, dem Fremden, kaum Beachtung. Ihre Träume im Hinblick auf den großen Gewinn, so sie denn solche hatten, behielten sie für sich.

Ich, das Glückskind des Jahrhunderts hingegen fürchtete, man sähe mir an, dass Fortuna ihr Füllhorn über mir ausgeschüttet hatte. Doch keine Menschenseele beachtete mich. Ich bekam eine Gänsehaut, wenn ich daran dachte, dass alle Anwesenden wussten, wer der neue Millionär war. Mich überfiel die Angst, sie könnten überall herumposaunen, dass ich, Tim Ligier, im Lotto gewonnen hatte. Mein Name war nicht gänzlich unbekannt, weil einige meiner Projekte erfolgreich waren und mir einen nationalen Bekanntheitsgrad beschert hatten. Ich räusperte mich und versuchte, normal zu wirken, während ich meinen Zettel wieder in die Tasche stopfte. Der Versuch, eine Melodie zu pfeifen, ging gründlich daneben, außer einigen schiefen Tönen kam nichts dabei heraus. Jetzt verzog sich zwar das Karussell langsam, dafür meldete sich eine noch nie verspürte Nervosität.

Nachdem sie ihre Wetten abgeschlossen, die neuesten Gerüchte gehört oder verbreitet hatten, verließen die Leute eilig diesen für mich geweihten Ort. Glücklicherweise stellte mir niemand Fragen über Autos. Vielleicht hatte ich sie mit meinem blutleeren Gesicht des ungläubigen Gewinners erschreckt.

Die junge Frau am Schalter trotz meines Zustandes fielen mir ihre wohlgeformten, langen Beine auf zog eine Nagelfeile aus der Schublade und begann, ihre Fingernägel zu bearbeiten. Ab und zu hob sie ihren Kopf, um zu sehen, ob ihr durch neue Kunden eine Störung drohte.

Mir war nicht klar, was ich tun sollte. Ich nahm kaum den Hinweis an der Wand wahr, dass sich der Gewinn in den letzten beiden Wochen angehäuft hatte. Tim Ligier war also nicht nur Millionär geworden, sondern Multimillionär. Es war unmöglich, nicht an meinen Vater zu denken, von dem ich die Zahlenfolge übernommen hatte. Davon aber später.

Plötzlich schoss mir Lynda, meine Frau, durch den Kopf. In meiner Euphorie hatte ich sie aus meinen Gedanken verdrängt. Vor einem Monat war bei ihr ein Tumor entdeckt worden; und gleichzeitig mit den Untersuchungen hatten die Gebete von Familienangehörigen und Freunden begonnen.

10

»Ich vertraue der Medizin«, hatte sie nach den ersten Untersuchungen optimistisch verkündet.

Die Ärzte bemühten sich um eine möglichst exakte Diagnose und darum, uns die Lage zu erklären. Verfluchte Krankheit, die ohne Ankündigung kommt den Betroffenen und seine Familie in Angst und Verzweiflung stürzt! Lynda zeigte sich vom Tag der Entdeckung des Tumors in ihrer Brust an zuversichtlich. Ich war natürlich besorgt und versuchte, meine Nervosität zu verbergen so gut es ging. Doch nach so langer Zeit des Zusammenlebens kennt man einander so gut, dass das Verbergen von Gefühlen ein hoffnungsloses Unterfangen ist. »Os olhos são o espelho da alma«, behaupten zahllose Literaten genauso wie die Medizin und wollen damit sagen, dass man in den Augen aus der Seele des Menschen lesen kann.

»Die Augen sind ein Spiegel der Seele«, heißt es, und sie alle haben unbestreitbar Recht. Ich konnte tatsächlich meine Besorgnis nicht vor ihr verbergen, sie konnte meine Seelenqual erkennen, wenn sie mir in die Augen blickte.

Sie lächelte und meinte: »Egal, ob wir uns wegen des Tumors quälen oder nicht – er existiert. Es bleibt uns nichts anderes übrig, als der Medizin zu vertrauen, zu beten und zu hoffen.«

Ich dachte darüber nach, dass sie wirklich eine ungemein tapfere Frau war.

»Brauchen Sie Hilfe?«, erkundigte sich die nagelfeilende junge Frau, die mich kannte.

Erschreckt schaute ich wieder auf den an die Wand gehefteten Zettel mit den Zahlen, die mich zum Multimillionär kürten. Nachdem ich tief durchgeatmet hatte, sah ich sie an.

»Wollen Sie Ihren Lottozettel abgeben?«, fragte sie lapidar, während sie den Blick nicht von ihren Fingernägeln nahm.

»Äh nein, danke«, antwortete ich etwas geistesabwesend, obwohl das Bedürfnis, ihr mein neues Geheimnis anzuvertrauen, fast unerträglich war.

›Das habe ich als frisch gebackener Millionär nicht mehr nötig‹, wollte ich sagen, aber es kam mir nicht über die Lippen.

Ich lief zur Tür, als ein betagter Herr lächelnd eintrat und zum Schalter ging.

»Guten Tag, holde Dame! Helfen Sie diesem alten Mann ... dieselben Zahlen wie immer, es werden immer dieselben sein, bis ich einmal gewinne.« Charmant deutete er eine kleine Verbeugung an und seine Augen blitzten spitzbübisch.

Anschließend zog er seinen zerknüllten Zettel aus der Tasche und gab ihn ihr. Mir fiel auf, dass seine Hände ebenso wie meine zitterten, wenn auch aus vermutlich anderen Gründen.

Einen Augenblick lang betrachtete ich das Szenario und verließ die Annahmestelle.

Nun konzentrierte ich mich so gut dies in meinem Zustand möglich war auf meine nächsten Schritte: Ich würde zur Bank gehen und meinen Gewinn einstreichen. Die würden Stielaugen kriegen, soviel stand fest. Schließlich kam auch auf einer Bank nicht jeden Tag einer reingeschneit, der ein Millionärskonto eröffnete. Und ich wollte es natürlich Lynda erzählen, trotz unserer Last, wir würden die Sorgen wenigstens für ein paar Stunden vergessen.

Dabei war es unvermeidlich, dass ich meine Anonymität verlieren würde, oder besser, das bisschen, das mir noch geblieben war.

Als ich auf die andere Straßenseite blickte, an der mein Auto stand, erregte ein seltsames Bild meine Aufmerksamkeit. Das Auto stand vor der Tür eines Ladens, dessen exotisches Schaufenster mir vorher noch nie aufgefallen war.

Ich sage exotisch, denn es war wirklich ungewöhnlich. Dort stand eine Hexe, die mit ihrem Besen in einem Kessel rührte und dabei den Passanten zulächelte. Es war eine Figur in Lebensgröße, deren Haare und Kleider von einem versteckten Ventilator angeblasen wurden. Der Kessel drehte sich ununterbrochen, und dünne Rauchschwaden stiegen daraus auf. Plötzlich trat ein Mann aus dem Laden und heftete ein Plakat an die Tür, auf dem zu lesen war:

»Werden Sie unser Kunde und machen Sie die ungewöhn-lichste Reise Ihres Lebens! Sprechen Sie mit dem Hexer.«

Ich zeigte mit einem verächtlichen Lächeln, was ich von dieser Botschaft hielt.

Eine Frau, die vorbeikam, hielt an, um zu lesen, wobei sie ihre Brille auf der Nase zurechtrückte.

Der Mann war bereits wieder im Laden verschwunden, als ich prophezeite:

»So werden die Leichtgläubigen ausgenommen.«

Sie drehte ihren Kopf zu mir und schaute mich an. Sie lächelte.

»Aber diese Reise scheint interessant zu sein. Schade, dass ich gerade keine Zeit habe«, erwiderte sie und ging eilig weiter.

»Und viele fallen auch noch auf so einen Mist herein!«, rief ich ihr nach, im Glauben, meine Meinung würde sie interessie-ren. Aber ihre Gestalt bog schnell um die nächste Ecke und war verschwunden.

Mir schien, als ob der Laden leer sei. Ich stieg eine Stufe hoch und beobachtete den sich drehenden Kessel. Er war aus Guss-eisen und konnte nur durch mithilfe von Maschinen in dieses Schaufenster gekommen sein. Die Hexe war eher aus leichtem Material, wahrscheinlich eine Schaufensterpuppe.

Plötzlich öffnete sich die Tür und ein großer, schlanker, dunkelhäutiger Mann stand vor mir. Er trug ein heiteres Lächeln im Gesicht und seine Hände steckten in den Taschen einer ele-ganten Hose. Überhaupt, er war gut gekleidet, auch seine Schuhe waren ganz gewiss nicht billig gewesen. Er lehnte am Türrah-men und beäugte aufmerksam die Hexe. Seine Haut und seine hellen Augen glänzten. Irgendwie fühlte ich mich unbehaglich und fragte mich, was ich dort eigentlich wollte. Mithilfe einer schnellen Kopfbewegung versuchte ich, wieder in die Realität zurückzugelangen.

Mein erster Gedanke war, schleunigst von dort zu ver-schwinden. Dann bemerkte ich den Blick, den er mir zuwarf. Meine verächtlichen Bemerkungen kamen mir wieder in den Sinn.

»Sehen Sie, wie die Menschen ziellos hin- und herlaufen?«

Ich drehte mich um und ließ meinen Blick über die Straße schweifen. Tatsächlich, die Leute rannten scheinbar ziellos in alle Richtungen, einige mit gesenktem Kopf, andere mit konzentrierten Gesichtern und zielsicheren Schritten: Die Zeit hatte sich in ihre Haut geprägt, es waren die typischen Gesichter von Männern und Frauen, die in einer Großstadt lebten. Man kannte einander nicht und beachtete sich auch nicht. Jeder war mit sich selbst beschäftigt. Mir hatte einmal ein Bekannter, der in New York City gewesen war, erzählt, dass man dort über einen am Bürgersteig liegenden Menschen einfach hinwegstieg, nur um sich Zeit und allenfalls Ärger zu ersparen. »Wenn du da einen Herzanfall erleidest und alleine unterwegs bist, dann verreckst du, während Hunderte über und an dir vorbeigehen!« Daran dachte ich in diesem Augenblick.

›Wer ist dieser Mann?‹, brachten mich meine Gedanken wieder zurück in die Gegenwart und ich verglich seine Eleganz mit meinen lässigen Klamotten. Gemächlich fuhr ich mit meiner Hand über die Bartstoppeln, schaute auf meine glanzlosen Schuhe und kam mir neben diesem Mann, der wie ein amerikanischer Filmstar aussah, wie ein Stadtstreicher vor.

»Sie laufen von hier nach dort, und sind dabei so in ihre Probleme und Frustrationen vertieft, dass sie nicht anhalten, um zu träumen«, fuhr er fort, ohne seinen Blick von den Menschen abzuwenden. »Wer träumt, ist glücklich und lebt länger; wer nicht träumt, hat kein Ziel. Nur darf ein Traum nicht wahr werden, denn die Realität vermittelt niemals dieses herrliche Gefühl wie ein Traum es kann.«

Ich kratzte mich am Kopf.

Mit einem traurigen Lachen schloss er ab: »Sie sind so mit ihrer Erscheinung beschäftigt, dass sie dafür eine Menge Geld ausgeben. Sie sorgen sich um Äußerlichkeiten, aber in ihrem Blick sieht man alle Enttäuschungen des Lebens. Arme Menschheit!«

Angesichts seiner eleganten Erscheinung fand ich seine Bemerkung scheinheilig, musste aber zugeben, dass sein Blick und sein Lächeln auf einen zufriedenen Menschen hindeuteten.

Ich schaute wieder zu den Menschen auf der Straße und versuchte, mich in sie hineinzuversetzen. Wie oft hatte ich selbst Leute nach Äußerlichkeiten beurteilt, und wie oberflächlich waren meine Gedanken gewesen die diese Äußerlichkeiten für relevanter hielten als Menschen mit ihren Hoffnungen. Träumen und Ideen. Nun war es an mir, zu fühlen wie diese Leute, die sich keine Träume gestatteten, sondern täglich durch das Leben hasteten, nicht gegen die Zeit, sondern gegen sich selbst.

»Kommen Sie rein. Wollen Sie nicht der erste Kunde des Tages sein? Ein Privileg, das ich täglich nur einmal vergebe!«, er lachte herzlich erfrischend.

›Wie bitte? Erster Kunde des Tages? Und wessen Kunde überhaupt?‹ dachte ich, als er in den Laden ging.

Zu meiner Überraschung kam seine Stimme aus dem Laden wie eine Antwort auf meine Gedanken.

»Kommen Sie rein. Verlieren Sie nicht noch mehr Zeit. Zeit ist ein kostbares Gut, nicht ersetzbar im Gegensatz zu Gold oder Geld.«

Da erschrak ich, versuchte, klar zu denken - wusste dieser eigenartige Gentleman etwas von meinem Glück - nein, das konnte nicht sein: ›Was hat ein Ingenieur, ein intelligenter Mann mit einem gut bezahlten Job in der Tür eines Neppladens zu suchen? Dieser Ort ist innen bestimmt dunkel, voller roter Kerzen und billiger Räucherstäbchen; und ein Scharlatan, der sich als Hellseher aufspielt, nimmt dort die minder Bemittelten aus wie Weihnachtsgänse.‹

Als nächste Weihnachtsgans fungierte wohl ich, denn ich reckte indiskret meinen Hals, um zu sehen, wie es drinnen aussah. Am Ende siegte meine Neugier über meine Vorurteile.

Der Raum lag im Halbdunkel, es roch angenehm und alles wirkte gepflegt. Es kam mir vor, als sei er gerade renoviert worden; ich meinte sogar, den Geruch von frischer Farbe in der Nase zu spüren.

Bei meinem Eintritt begannen Lampen zu strahlen, die einen großen, kaum möblierten Saal erleuchteten, an dessen Decke ein riesiger Kristallleuchter hing. Es gab außerdem einen weißen Kamin und einige Dekorationsobjekte, die dem Raum einen modernen Eindruck verliehen – im krassen Gegensatz zum überladenen Schaufenster, das ich gerade gesehen hatte.

Vor dem Kamin standen zwei rote Sessel mit goldenen Füßen und dazwischen ein kleiner Glastisch. Der Saal vermittelte ein elegantes Ambiente.

Ich ging einige Schritte und bewunderte das gelungene Landschaftsbild neben dem Kamin, als plötzlich wieder dieser Mann erschien, passiv und noch immer lächelnd.

Als der Schreck vorbei war, versuchte ich, mich mutig und ausgeglichen zu zeigen und sicher aufzutreten. Er deutete auf einen Sessel und setzte sich auf den anderen.

Ohne Zögern setzte ich mich, um mir selbst zu beweisen, dass ich mich von nichts und niemandem beeindrucken ließ, erst recht nicht vor diesem seltsamen Mann.

»Ich glaube nicht an Hexen oder irgendwelchen Hokuspokus, stellte ich unmissverständlich fest. Der Sessel schien mich förmlich zu umarmen. Er war so bequem, dass sich mein Unbehagen ins Diametrale wandelte.

›Verflixt noch mal, wo ist bloß der Hexer?‹, fragte ich mich in Gedanken.

Der dunkelhäutige Mann beobachtete mich und schien irgendeine Reaktion zu erwarten.

»Sie können Ihren Chef, den Hexer rufen, ich bin bereit«, gab ich mit rauer Stimme und erhobenem Kopf von mir.

Zu meiner Überraschung brach diese Schießbudenfigur in lautes Gelächter aus. Er warf dabei seinen Kopf zurück und zeigte seine makellosen Zähne.

Wut stieg in mir auf ...

»Ich habe weder einen Chef noch bin ich ein Hexer. Ich veranstalte Reisen. Nicht mehr.«

»Wie bitte? Und warum steht auf dem Schild etwas von einer Reise mit dem Hexer?«

»Um die Neugier der Leute zu wecken. Aber wenn Sie wollen, können Sie mich ruhig Hexer nennen.«

»Was? Wollen Sie mich auf den Arm nehmen?«

»Warum sollte ich das tun? Das ist schließlich mein Beruf, und Sie sind heute mein erster Kunde.«

Ich starrte ihn an, und als er es wohl am wenigsten erwartete, öffnete ich meinen Mund, um ihn zu beleidigen.

»Was? Ihr erster Kunde? Halten Sie mich für einen Idioten? Ich möchte Ihren Chef kennenlernen und ihm ein paar Fragen stellen!«

Er schaute mich ruhig an, und mein Gesicht wurde rot.

»Das Wort Hexer sollte nur Neugier wecken, das habe ich doch erklärt. Immerhin haben Sie darauf reagiert ...«

»Und was machen Sie?«, fragte ich im Aufstehen.

»Ich helfe den Leuten, auf eine Reise zu gehen ...«

»Wissen die hinterher noch, wie viel Geld sie in der Brieftasche hatten?«, unterbrach ich ihn grob.

Zu meinem Erstaunen änderte sich nichts an seinem Gesichtsausdruck.

»Sie können gehen, um Ihr Hab und Gut sicher aufzubewahren. Gehen Sie und kommen Sie zurück, wann immer Sie wollen. Ich habe es im Leben zu etwas gebracht, bin finanziell gut gestellt und habe es nicht nötig, jemanden zu berauben.« Er rückte sich auf dem Sessel zurecht, schaute mir in die Augen und fügte hinzu: »Ich bin ein ehrlicher Mensch.«

In diesem Moment steckte ich meine Hand in die Tasche, um zu fühlen, ob sich der Lottozettel noch dort befand.

»Was kostet mich denn so eine Reise?«, fragte ich, während meine Hand schützend den Zettel umklammerte.

»Sie müssen nichts bezahlen.«

Ich grinste, um ihn zu provozieren. Es war logisch, dass er viel für diese dubiose Reise verlangen würde, von der ich nicht einmal wusste, wohin sie ging und ob ich sie überhaupt antreten wollte.

Aber dann setzte ich mich wieder hin und schlug vor:

»Wenn sie mir gefällt, zahle ich. Wenn nicht, dann nicht. Abgemacht, Hexer?«

»Abgemacht! Aber ich weise Sie darauf hin: Wie erfolgreich diese Reise wird, hängt einzig und allein von Ihnen ab.«

Ich ergänzte in Gedanken: ›Erfolgreich wird sie für ihn, wenn er mir unterdessen den Lottozettel klaut.‹

Er drückte auf einen Knopf, und der Sessel lehnte sich nach hinten. Er bat mich, die Augen zu schließen und bis dreißig zu zählen.

Von diesem Augenblick an veränderte sich mein Leben schlagartig.

»Ihre Stirn ist gerunzelt. Entspannen Sie sich.«

Ich machte es mir bequem, entspannte mich und begann zu zählen.

»Eins, zwei, drei, vier, ...«

Kapitel 1

Ich öffnete meine Augen und befand mich an einem anderen Ort. Es war ein kleiner Raum mit alten Möbeln und tapezierten Wänden, an denen Sepia-Fotos hingen. Dort war es nicht besonders hell, und ich rieb mir die Augen, um zu sehen, was sich hier abspielte.

Als ich aus dem grünen Kunstledersessel sprang, kündigte die Uhr mit lauten Schlägen an, dass es sechs Uhr war. Mir war nur nicht klar, ob morgens oder abends. Es war eine wundervolle Standuhr, deren dunkles mit Öl behandeltes Holz matt glänzte.

Mein Blick ging zum Fenster mit den verschlossenen Vorhängen, und ich dachte einen Augenblick daran, es zu öffnen.

Stattdessen ging ich langsam zur Tür und reckte meinen Hals, so weit wie möglich. Ich hörte Schritte und wich zurück. Jemand ging im Flur schnell an mir vorbei.

Dann streckte ich meinen Kopf heraus und sah zwei Türen, von denen eine geöffnet war; dort trat gerade eine Frau ein.

Sie summte ein Lied, und ich folgte ihrem Gesang. Die Frau stand am Waschbecken einer kleinen Küche und bewegte jedes Mal den Kopf, wenn sie den Refrain wiederholte. Das rötliche Haar fiel bis auf den Rücken. Man sah, dass sie eine schlanke Frau mit einer Wespentaille war.

Auf dem Herd stand ein Topf, in dem Eier kochten, daneben ein Kessel, den sie jetzt nahm, um sein Wasser in einen Stofffilter zu gießen. Kaffeegeruch erfüllte die Küche. Ich atmete tief ein, hielt aber ganz schnell die Hand vor den Mund. Sie könnte mich schließlich hören, und was würde ich ihr dann erzählen?

Was hatte ich in diesem Haus zu suchen?

Was wollte ich in dieser frühen Morgenstunde in ihrer Küche?

Aber sie bemerkte meine Anwesenheit nicht und drehte sich erst um, als ein Kind die Küche betrat.

»Guten Morgen, Fred, ist dein Bruder Tim schon wach?«

»Guten Morgen, Mama... uaahhh«, er gähnte und sagte dann: »Ja er ist im Bad.«

In diesem Moment wurde mir klar, dass ich vor meiner Mutter und meinem Bruder stand. Instinktiv öffnete ich die Arme, um sie an mich zu drücken, aber sie reagierte nicht.

Dann schaute ich zu meinem Bruder herüber, der zu diesem Zeitpunkt zehn Jahre alt sein musste. Er hatte braune Haare und seine grünen Augen ähnelten denen unseres Vaters. Ich ging auf ihn zu und wiederholte die Geste.

»Fred!«, rief ich aus Leibeskräften, aber vergeblich - er reagierte nicht.

Plötzlich trat ein Mann ein, schaltete ein altes Kofferradio ein und setzte sich an den Tisch.

Mir kamen die Tränen, als ich meinen Vater sah, jung und gut aussehend, mit seinen grünen Augen und den dunklen Haaren. Er war Mitte dreißig, sah aber jünger aus.

Ich legte meine Hände auf seine Schultern, so wie er es in meiner Kindheit immer bei mir getan hatte. Wenn ich eine Frage hatte, hatte er immer seine Hände auf meine Schultern gelegt und begonnen: »Mein Junge, ...« Manchmal hatte ich mir gewünscht, irgendeine Frage zu haben, nur um seine schweren Hände und die Wärme, die von ihnen ausging, auf meinen Schultern zu fühlen.

Doch mein Vater bemerkte weder mich noch meine Hände auf seinen Schultern.

Ein Gedanke schoss mir durch den Kopf, ich rannte zur Treppe und nahm immer zwei Stufen auf einmal. Oben gab es einen Flur. Dort war die Tür zum Badezimmer.

Es war ein Schock, dieses Kind zu sehen, das sich hier mit einem Handtuch abtrocknete.

Ich stand vor mir selbst!

Perplex setzte ich mich auf das Klo, um Tim zu beobachten.

Tim war acht Jahre alt, dünn, aber gesund. Sein blonder Haarschopf bildete fast eine Halbkugel, die Haare bedeckten Stirn und Ohren. Seine Augen waren tiefblau wie die seiner Mutter.

Die Tür öffnete sich und eine dicke farbige Frau mit glatter Haut kam herein.

»Trockne diesen Popo gut ab und zieh dich schnell an, sonst wird Tyanna böse!«, ermahnte Tereza, unsere Haushaltshilfe, mit vorgetäuschter Strenge.

Für Fred und mich war es ein Privileg, eine so fürsorgliche Haushaltshilfe wie Tereza zu haben. Mama arbeitete zu Hause, sie bestickte Kleider für einige Geschäfte in der Hauptstadt, eine Arbeit, die den ganzen Tag in Anspruch nahm. Unterdessen kümmerte sich Tereza um den Haushalt. Die Kleider kamen verpackt in Pappkisten mit dem Zug an und wurden im Bahnhofsbüro abgestellt. Mein Vater holte sie dort ab, befestigte die Kisten auf seinem Fahrrad und fuhr damit quer durch die Stadt wieder nach Hause.

Wenn Mama sie öffnete, standen wir immer daneben, um zu sehen, ob außer den Kleidern vielleicht etwas für uns dabei sei. Stets keimte die Hoffnung in uns auf, dass vielleicht eines dieser Geschäfte ein Geschenk schicken würde. Aber die Besitzer dieser Ladenketten, deren Kunden reich und extravagant waren, dachten nicht an die Kinder der Stickerin auf dem Land.

Tereza kam in unser Haus, als meine Mutter geheiratet hatte und meine Großmutter kurz darauf verstarb. Sie war immer wie Mamas ältere Schwester behandelt worden, und alles, was Oma für ihre einzige Tochter kaufte, kaufte sie auch für Tereza. Als Fred zur Welt kam, kümmerte sie sich Tag und Nacht um ihn, ohne sich über sein nächtliches Geschrei zu beklagen oder über die vielen Stunden, in denen sie versuchte, ihn wieder zum Schlafen zu bringen. Sie beschwerte sich auch nicht über die Windeln, die sie wechselte und wusch, und auch nicht, als sich das alles nach meiner Geburt wiederholte.

Damals war es normal, dass einer dem anderen half, ohne etwas dafür zu verlangen. Tereza war immer bereit, meiner Mutter, wo es nötig war, zu helfen, ohne sich zu beschweren oder etwas zu fordern. Sie backte das Brot, das wir aßen, während wir jedes Mal schrien: »Das schmeckt super!« Niemals irrte sie sich bei den

Zutaten, und das galt auch für ihre Apfel- und Möhrenkuchen sowie andere Leckereien. Tereza war Analphabetin, aber sie hatte klare Vorstellungen von Hygiene. Von ihr lernten wir, die Klospülung zu benutzen und anschließend die Hände zu waschen.

Sie hatte nie geheiratet, und um die Enttäuschung, nie einen Ehemann gehabt zu haben, zu verbergen, behauptete sie stets mit falschem Stolz: »Männer taugen zu überhaupt nichts!«

Unser Haus war eines der letzten in der Rua Dez im nördlichen Teil der Stadt Madrigal. Es war ein riesiges Haus mit einem Keller, den Fred und ich mieden, weil wir Angst hatten, dort unten einmal eingesperrt und für immer vergessen zu werden. Die Rua Dez begann am Dreieck, das durch das Zusammentreffen der Rua Oito mit der Rua Nove gebildet wurde. An dieser Ecke gab es einen Lebensmittelladen, der gleichzeitig eine Kneipe war und Mercadinho do Genésio hieß. Er war der größte Laden in der Stadt und spielt in dieser Geschichte eine wichtige Rolle. Einige Meter weiter in der Rua Oito befand sich die Pension Mileide, und ihr gegenüber war die Metzgerei. Der Besitzer war unser Nachbar. Die Rua Um führte auf einen Berg, auf dessen Gipfel die ersten Bewohner Madrigals unter der Anleitung von Jesuiten eine Kirche und ein Frauenkloster erbaut hatten. Viele Nonnen, die dort in Klausur lebten, starben, ohne in dieser Zeit jemals einen anderen Ort kennengelernt zu haben.

Die meisten Bewohner dieses Städtchens waren strenggläubige Katholiken. Meine Eltern gingen nicht regelmäßig in die Kirche, erschienen jedoch zu den Festlichkeiten, deren größte Attraktion immer eine Versteigerung war, bei der Geld für Renovierungen und andere Ausgaben gesammelt wurde. Außerdem gab es dort Stände mit gegrilltem Fleisch, Süßigkeiten aus der Hauptstadt, importierten Weinen und Spielzeug, für das Fred und ich uns am meisten interessierten.

Mein Vater hatte ein besonderes Steckenpferd: Er spielte Lotto. Allerdings nur bis zu dem Tag, an dem er von einem sogenannten Freund übers Ohr gehauen wurde. Er wohnte in der

Hauptstadt, kaufte Kaffee in Madrigal und verkaufte den dann wiederum in der Hauptstadt.

Die unzähligen Spielzeugautos, die Tim besaß, waren über diesen Herrn gekauft worden, den Papa als Freund bezeichnete, und der sogar einige Male in unserem Haus übernachtete, wenn in der Pension Mileide keine Betten mehr frei waren. Immer wenn er zu Hause erschien, brachte er ein neues Auto mit, das Papa bestellt hatte. Er erhielt neben dem Preis für das Spielzeug auch ein Trinkgeld. Manchmal bestellte Papa gleich drei oder vier Autos. Mit der Zeit wuchs die Einkaufsliste an, Papa bestellte Seide für Mama, Lockenwickler für Tereza, Sportzeitschriften für Fred und andere Kleinigkeiten. Der Kaffeehändler lächelte, während er das Geld in die Tasche steckte und neue Einkaufs-wünsche notierte. Er war sozusagen der Mittelsmann zwischen Papa und der großen Stadt, die zu der damaligen Zeit viel weiter von Madrigal entfernt schien als heutzutage.

Das Vertrauen in diesen Mann wuchs, bis mein Vater schließlich über ihn auch Lotto spielte. Das funktionierte folgen-dermaßen: Papa trug ihm auf, für ihn zu tippen – die Zahlenfolge hatte der Mann in seinem Notizbuch vermerkt –, gab ihm das Geld und erhielt zwei Wochen später den offiziellen Bescheid der Lottogesellschaft. Mein Vater glaubte, damit Geld und Zeit zu sparen, denn in unserer Stadt gab es keine autorisierte Stelle für diejenigen, die davon träumten, durch das Spielen reich zu werden. Diese Träumer waren meistens einfache Arbeiter, die sich auf das Glück und auf andere Menschen verließen.

Irgendwann erschien der Mann nicht mehr bei uns. Mein Vater hatte über sein altes Kofferradio erfahren, dass er fünf der sechs Lottozahlen getroffen hatte. Er hatte eine Menge Geld gewon-nen, nicht genug für einen Millionär, aber ausreichend, um etwas Land zu kaufen, den Bankkredit abzuzahlen, den er für den Bau unseres Hauses aufgenommen hatte, und der Familie ein ange-nehmeres Leben zu bieten. Zu unserem Unglück tauchte der Händler nie mehr auf, und als mein Vater versuchte, ihn in der

Hauptstadt ausfindig zu machen, erhielt er die Nachricht, dass der Mann spurlos verschwunden sei. Dieser Vorfall zerriss das Herz meines Vaters, er war nie mehr derselbe. Enttäuschungen töten zwar nicht, aber sie hinterlassen tiefe Wunden im Körper und in der Seele.

Zurück zu meiner Reise: Wie vom Donner gerührt beobachtete ich Tim, der sich ungeschickt abtrocknete. Ich fühlte, wie mir die Tränen in die Augen traten. Diese Erfahrung war so aufregend, dass ich innerlich total aus dem Häuschen war.

Danach sah ich, wie er in seiner Schuluniform die Treppe herunterrannte. Die Uniform war nicht vorgeschrieben, aber Mama bestand darauf, dass wir sie trugen. Sie bestand aus einem weißen Hemd und einer marineblauen Latzhose, auf deren Tasche die Initialen der Schule aufgestickt waren. Als alle am Tisch saßen, servierte Mama Käsebrote, Eier und Milchkaffee. Früchte gab es nur am Nachmittag.

Ich lief durch das Haus in den Garten und konnte immer noch nicht fassen, was geschehen war: Diese Reise war eine Reise in die Vergangenheit! Wie das möglich war, war mir unbegreiflich, aber dass es so war, konnte ich nicht leugnen.

Papa gab Tim und anschließend Fred einen Kuss auf die Stirn, dann küsste er meine Mutter sanft auf die Lippen und ging zur Arbeit. Zur Hutfabrik war es nicht weit, sie befand sich auf einem ebenen Gelände und war von der Zufahrtsstraße nach Madrigal aus bereits zu sehen. Papa war ein leitender Angestellter in dieser Fabrik, die fünfzig Arbeiter beschäftigte. Dort wurden Hüte aller Herren Länder produziert, die im ganzen Land verkauft wurden.

Kurz darauf fuhren Fred und Tim mit ihren Fahrrädern in die etwa zwanzig Minuten entfernte Schule. Mama setzte sich auf eine Bank mit Blick in den Garten und warf einen Blick in Freds Sportzeitschrift, bevor sie mit ihrer Stickerei begann.

Es war der erste Schultag des Jahres für Tim. Er kam in die zweite Klasse und konnte bereits lesen und schreiben.

Zu jenen Zeiten kamen die Kinder mit sieben Jahren in die Schule, und viele von ihnen hatten vorher nie Kontakt zum

Alphabet oder zu Ziffern gehabt, weil ihre Eltern Analphabeten waren. Das war bei uns zum Glück nicht der Fall.

Wir kamen in der Schule an. Während Fred bis zum Ende des Flurs lief, klopfte Tim an die Tür auf der »2. Klasse« geschrieben stand. Ich blieb an seiner Seite wie ein persönlicher unsichtbarer Beschützer. Seine Haare glänzten im Sonnenlicht, während er abwartend vor der Tür stand.

Ich schaute auf den Stoffbeutel, den Mama für ihn genäht hatte. Alles, was ich bis jetzt gesehen hatte, war harmonisch. Alles passte zusammen, und der technische Fortschritt schien niemandem zu fehlen. Wie sollte man auch etwas vermissen, das man nicht kannte? Heute könnte ich mir ein Leben ohne die elektrischen Geräte, die es damals nicht gab, nicht mehr vorstellen.

Die Tür öffnete sich nur so weit, dass sie das Gesicht der Lehrerin freigab, die streng auf den Jungen schaute, der sich wegen seiner Verspätung schämte.

»Gleich am ersten Tag zu spät!«

Er stotterte, konnte aber nichts erwidern.

»Na, komm rein.«

Sie zog ihn förmlich hinein und deutete auf eine leere Schulbank. Die Mitschüler beobachteten ihn neugierig, während er sich hinsetzte. Einige von ihnen kannten ihn aus der ersten Klasse und wussten, wer Tim Ligier war.

Die Frau lächelte nicht und forderte ihn auf, sich vorzustellen. In diesem Moment fiel es mir wieder ein: Diese Frau hatte keine Geduld mit Kindern und war immer unfreundlich. Es schien, als litte sie ständig unter irgendwelchen Beschwerden. Bevor er aufstehen konnte, um sich vorzustellen, klopfte jemand an die Tür. Die Lehrerin öffnete und sprach einige Minuten mit einer älteren Frau – später erfuhr ich, dass es die Schulsekretärin war – während die Kinder schwatzten und lachten. Ein Junge ging auf Tim zu, gab ihm eine Ohrfeige, schnitt eine Grimasse und brüllte:

»Verspätet!«

Der Junge war rothaarig und dick und hatte eine Verletzung im Mundwinkel. Er führte die Befehle des »Chefs« aus, der hinten in der Klasse seine Kommandos ausgab. Der Chef der »Starken Bande« galt in der Schule als gefährlich. Er war ein Junge, der nachts immer noch ins Bett nässte, von seinem Vater geschlagen wurde und seine Aggressionen an seine Mitschüler weitergab, selbst wenn sie nur miteinander spielten. Seine grünen Augen standen im Kontrast zu seiner dunklen Haut; seine Arme waren auf seltsame Weise muskulös für einen Jungen dieses Alters. Er war sitzen geblieben, und einige hatten Angst vor ihm, andere jedoch verachteten ihn. Tim hatte keine Angst und zeigte offen seine Missachtung.

Er schnitt ebenfalls eine Grimasse, streckte dem Dickerchen die Zunge heraus und erhielt noch eine schallende Ohrfeige.

Die Lehrerin schloss die Tür mit einem Knall, kam auf ihn zu und zog ihn am Ohr.

»Auf die Knie! Ich werde dir Benehmen beibringen!«

Tim musste sich mit dem Gesicht zur Wand in die Ecke hinter der Tür knien und lange Zeit in dieser Stellung verbleiben. Unglücklicherweise verließ die Lehrerin zwischendurch die Klasse und ich sah, wie auf Befehl des Chefs viele Papierkugeln auf seinen Rücken geworfen wurden, begleitet von Beschimpfungen.

Ich hatte Mitleid mit ihm, denn ich sah, wie seine Ohren rot vor Scham wurden.

In der zwanzigminütigen Pause, in der die Kinder die von der Schule angebotene Mahlzeit einnahmen, schämte er sich, die Klasse zu verlassen und blieb mit zitternden Händen auf seiner Schulbank. Ein Mädchen kam auf ihn zu.

»Komm mit nach draußen. Verzichte nicht auf die Pause wegen dem Pinkel-João.«

»Pinkel-João?«, fragte er und kreuzte die Arme auf dem kleinen Pult.

»Ja, er pinkelt bis heute noch ins Bett.«

»Woher weißt du das?«

»Ah, ich bin seine Nachbarin und sehe, wie das Hausmädchen jeden Morgen seine Matratze zum Trocknen in die Sonne stellt und zu ihm ‚du kleiner Pisser‘ sagt.«

João, der Chef, war in Tims schwarze Liste aufgenommen.

Er lachte, stand auf, und beide gingen zusammen zur Essensausgabe.

»Wie heißt du?«

»Micaela«, antwortete sie und danach sagte sie lachend: »Alle in der Klasse kennen deinen Namen, wegen der Strafe, die du erhalten hast.«

Sie nahmen die verbeulten Aluminiumteller mit Suppe, die auf ihre Hände schwappte, und setzten sich zusammen hinten in den Speisesaal.

João schaute auf Tim und flüsterte zwei Jungen etwas zu, die anschließend lachten.

Neben Micaela saß ein Junge, der schielte und deswegen Einauge genannt wurde. Er war freundlich und hatte eine hohe Stimme. Weiter vorn, noch am selben Tisch hatte sich Popel-Gil, Sohn des Bürgermeisters von Madrigal, hingesetzt, der immer in seiner Nase herumpulte und die Ernte anschließend aufaß. Neben Tim saß Mônica, die das Downsyndrom hatte und – weil es von der Schulleitung verboten worden war – keinen Spitznamen abbekommen hatte. Neben ihr aß Julio seine Suppe. Sein Spitzname war alles andere als angenehm: Kack-Julio. Er hatte ständig Durchfall und verbrachte oft lange Zeit auf der Toilette.

João und seine Komparsen näherten sich.

»Redet nicht mit diesem Schlappmaul. Sein Mund ist bestimmt voller Würmer.«

»Ganz genau!«, schrie einer seiner Kumpel. »Würmermaul!«

Anschließend spukte João auf Tims Teller und ging weg.

Wieder kam ihm Micaela zu Hilfe.

»Mach' dir nichts draus, er ist dumm und eklig. Wir teilen uns mein Essen.«

Tim schob seinen Teller von sich weg und aß zusammen mit seiner neuen Freundin. Ich konnte Fred nicht ausmachen und hielt es für besser, dass er diese Demütigung seines Bruders nicht mitbekommen hatte, für mich war das lachhaft.

›Kinder!‹ dachte ich und erkannte, wie klein und schwach dieser João im Vergleich zu mir war – zu mir als Erwachsener.

Um zwölf Uhr dreißig wurde die Schulglocke geläutet. Ein Angestellter schwang sie mehrmals hin und her und verkündete so das Ende des Schultags. Damals waren die Schulwege weit, die Kinder kamen und gingen ohne Begleitung ihrer Eltern. Oft benutzten sie Umwege, um nicht so schnell nach Hause zu kommen und unterwegs zu spielen.

Als Tim aus dem Schultor trat, wartete Fred schon auf ihn und mit ihm eine Gruppe von Kindern, die lachten und laut drauf losredeten. Tim war schweigsam, während Fred unbekümmert lachte. Sie schlossen sich der Gruppe an und gingen nicht direkt nach Hause. Zu Tims Verzweiflung befand sich auch Pinkel-João in der Gruppe, und wieder spielte er sich als Anführer auf, er gab die Befehle.

»Sie gehen schwimmen, wir können mitgehen«, kommentierte Fred.

»Ich habe keine Lust.«

»Sei kein Frosch, Tim. Alle gehen.«

»Aber ich nicht.«

»Los, komm. Was ist denn los mit dir?«

»Ich möchte nicht in der Nähe dieses Jungen sein. Ich mag ihn nicht.« Tim zeigte dabei auf João.

»Niemand mag ihn, aber gehen wir trotzdem hin.«

Wir gingen zum Wasserfall. Ich setzte mich auf einen Stein mit Blick auf die Kaskade mit ihren weißen Wirbeln, die an einen Brautschleier erinnerte. Es war kein hoher Wasserfall, und an seinem Fuß hatte sich ein natürliches Schwimmbecken gebildet. Von dort aus floss der Wildbach mit einem sanften entspannenden Rauschen weiter durch Steine und Pflanzen bis hinunter zum Fluss, dessen Verlauf man mit den Augen verfolgen konnte, bis er sich in einer Biegung im Wald verlor. Es war ein schönes Szenario mit exotischen Blumen und einem frischen Duft in der Luft. Hier hatte Tim, so wie die meisten Kinder der Stadt, seine ersten Schwimmzüge getan, und das Schwimmen wurde zu einer Leidenschaft, die ihm einmal eine wunderbare Erfahrung bescheren sollte.

Ich schloss meine Augen und konzentrierte mich auf den Gesang der Vögel, sowie das Rauschen des Windes in den Bäumen, und ließ alles auf mich einwirken. Als ich vollkommen entspannt war, setzte sich plötzlich jemand neben mich.

Ich schreckte auf, öffnete die Augen und drehte mich blitzschnell um.

»Was machen Sie denn hier?«

»Hören Sie, Tim, fühlen und genießen Sie die Natur. Sehen Sie, wie schön hier alles ist«, empfahl mir der Hexer.

›Will mich dieser Schlaumeier provozieren?‹, dachte ich.

Er zeigte auf die Kinder, die nackt im Wasser spielten und dabei wild durcheinanderschrien und lachten.

»Sind sie nicht wunderbar? Diese Engel sind die Zukunft dieses Planeten.«

Ich schaute ihn an und konnte nicht an mich halten.

»Was wollen Sie?«

Sein Lächeln verschwand, und er antwortete mir, ohne mich anzuschauen.

»Ich habe eher Fragen an Sie zu stellen, Tim.«

Ohne auf diese Antwort einzugehen, die ich als weiteren Affront empfand, fragte ich ihn: »Warum bin ich hier?«

»Eigentlich sind Sie gar nicht hier.«

»Also hören Sie mal, natürlich bin ich hier!«

»Ja, in gewisser Weise sind Sie hier, aber nicht vollkommen. Ihr Geist ist hier, aber Ihr Körper nicht.«

»Ich weiß, deswegen können sie mich nicht sehen …«

»Ganz richtig. Die Kinder können Sie weder sehen noch hören, aber Sie können ihre Gefühle verstehen, die Geschehnisse mitverfolgen und sie so erleben, als würden Sie sie zum ersten Mal erleben.«

»Und dieses Kind?«, ich zeigte auf Tim.

»Es ist Ihre andere Hälfte.«

»Es ist also kein ganzer Mensch?«

»Einen Moment«, schränkte er ein und machte ein Handzeichen. »Sie sind hier, genauso wie das Kind. Es sind also beide Hälften anwesend. Dieses Kind fühlt nicht, was Sie fühlen und weiß nicht, was Sie wissen, aber umgekehrt sieht die Sache anders aus.«

»Wollen Sie damit sagen, ich kann fühlen, was das Kind fühlt?«

»Haargenau.«

»Aber ich kann nicht voraussehen, was in einer Minute passieren wird?«

»So ist es.«

Ich runzelte für einige Sekunden die Stirn, das alles war für mich ein wirres Durcheinander.

»Deswegen erinnere ich mich nicht mehr an alle Fakten ... und Orte.«

»Weder an Dinge, die schon geschehen sind, noch an die, die noch geschehen werden, solange Sie hier sind.«

Ich schlug mit der Faust in die Luft.

»Aber ich will mich an die Fakten erinnern und wissen, was passieren wird! Nur als Zuschauer kann ich nicht einschreiten, also, was soll ich hier?«

Zu meiner Überraschung sagte dieser Mistkerl, den ich mittlerweile aber irgendwie mochte:

»Wollen Sie wieder zurück, Tim?«

Um nichts in der Welt wollte ich diese Reise jetzt abbrechen. Aber ich gebe zu, dass es nicht leicht war, mich zu beherrschen, denn das Verlangen war groß, diesen Pseudo-Hexer zu erdrosseln. Jedenfalls war das meine Vorstellung: Ein Wesen, das uns hilft, wenn wir es aufsuchen, weise und großzügig. Aber nichts davon erkannte ich in diesem Nichtsnutz an meiner Seite.

Dass ich nicht in die Geschehnisse eingreifen konnte, war einfach zu viel für mich.

Ich beachtete ihn nicht mehr und setzte mich wieder hin, um die Kinder zu beobachten. Sie planschten im Wasser, lachten über jede Kleinigkeit und liefen an dem kleinen See entlang.

Sie waren glücklich. Die Welt der Kinder ist noch nicht kontaminiert, auch wenn sie nicht immun gegen das Übel ist.

Als sie nach Hause gingen, waren sie nass, glücklich und voller Lebenslust.

Ich verließ sie und unternahm einen Spaziergang durch meine Stadt: Madrigal. Ich sah Häuser mit kleinen Fenstern und engen Türen, Leitungsmasten aus Holz, Straßen mit Kopfsteinpflaster, das in den letzten Sonnenstrahlen rot schimmerte, ein immer wieder idyllisches Bild, das ich niemals missen möchte.

Nach der Erfahrung mit dem Lottobetrug ging Papa nach der Arbeit nicht mehr direkt nach Hause. Ich begleitete ihn auf seinem Weg, der in schmuddelige Kneipen wie den Mercadinho do Genésio führte, dessen Besitzer ein unangenehmer Mann war, und von dort ins am Stadtrand gelegene Bordell Fiore. Die Leiterin des Bordells war eine zwielichtige Gestalt, und ihr Etablissement war die Möglichkeit zur Untreue der Hälfte aller Männer der Stadt - die andere Hälfte hatte keine Frau der sie untreu sein konnte, doch das Bordell mied niemand. Die Männer bezahlten für die Wollust mit gesichtslosen Gespielinnen, die sie nach einer Nacht der fieberhaften Sinnlichkeit am nächsten Tag auf der Straße kaum erkannten.

Diese Frau beutete junge Mädchen aus zerrütteten Familien aus, die sich aus irgendeinem Grund, meist war es drückende Armut, dazu entschlossen hatten sich zu verkaufen. Auf der einen Seite gab es die Besitzerin des Freudenhauses, eine alte Prostituierte, eine mutige, aber kaltherzige Frau, für die nur das pekuniäre von Belang war. Auf der anderen Seite war sie angewiesen auf nächtliche Herumtreiber mit leeren Herzen und erregten Körpern. Und schließlich bildeten die Prostituierten, Mädchen und Frauen, bedürftige Seelen, die dritte Komponente für ein Dreiecksverhältnis der Hassliebe. Das Bordell war ein Schmelztiegel von Wolllust, Gier und unglücklichen Menschen, die trotzdem manchmal ach so menschlich waren.

Papa gab sein Geld am Eingang ab, ging die Treppe hinauf, klopfte an die Tür und trat ein. Es war immer dasselbe junge

31

Mädchen, das ihn in seine Arme nahm, seinen alkoholhaltigen Atem roch, mit seinen Fingern durch seine ungekämmten Haare fuhr und ihm den Schweiß auf der Stirn trocknete. Die Nacht verging ohne viele Worte, und er verließ den Ort mit denselben torkelnden Schritten, mit denen er gekommen war, aber jetzt aus Müdigkeit. Ich hatte Mitleid mit Mama, die immer wieder zum Fenster lief, und von dort zum Kinderzimmer, um sich zu vergewissern, ob die Kleinen schliefen. Danach ging sie zurück, legte sich ins Bett und versuchte zu schlafen. Aber es gelang ihr nicht, und so ging sie die Treppe hinunter, trank ein Glas kalte Milch und weinte lautlos.

Er kam im Morgengrauen zurück und tat so, als sei er betrunken, um lästige Fragen zu vermeiden. Stunden später erfüllten ihn Scham und Reue, und beim Rasieren vermied er, seinem eigenen Blick im Spiegel zu begegnen - vermutlich ängstigte er sich, dass er seine Seele erkennen könnte. Unzufrieden über seine eigene Schwäche, versuchte er, sein Verhalten mit Geschenken zu kompensieren.

Jeden Monat kam eine Bestellung ins Haus. Mama freute sich und küsste ihn zärtlich.

Am zweiten Schultag beeilte sich Tim, das Haus vor Fred zu verlassen. Auf der Straße versteckte er sich hinter einem Busch. Minuten später kam er mit einem Kasten Kreide und einem teuflischen Lächeln wieder dahinter hervor. Später war die ganze Klasse Zeuge, als die Lehrerin in hysterisches Geschrei ausbrach, nachdem sie ihre mit Fäkalien verschmierten Finger aus der Kreidekiste gezogen hatte. Während ein Teil der Klasse über diese Szene lachte, blieben die anderen Kinder aus Angst vor Strafe stumm. Sie wussten nicht, ob sie diesen Streich Tim oder João zuschreiben sollten. Während die Lehrerin angeekelt aus der Klasse lief, um sich die Hände zu waschen, ging Tim nach vorn und malte mit Kreide einen Galgenstrick an die Tafel. Alle rissen die Augen auf. Ihm wurde die Ungeheuerlichkeit der Botschaft bewusst, er wischte die Zeichnung wieder aus und setzte sich wie ein Unschuldsengel auf seinen Platz.

»Ich kriege den, der das getan hat!«, schrie die Lehrerin mit sich überschlagender Stimme, als sie zurückkam.

Nach diesem Tag sah ich öfter, wie Tim auf Ameisenstraßen trat, Enten ertränkte, Vögeln die Flügel stutzte und Blumen aus den Anlagen riss. Mehrmals erschreckte sich seine Lehrerin fast zu Tode, als sie in ihrer Schublade lebende Kakerlaken oder Ratten antraf. Bei all diesen Übeltaten konnte ich mich weder wiedererkennen noch Stolz empfinden. Es war seltsam, dass ich mich nicht einmal im Moment des Geschehens daran erinnern konnte.

In diesem ersten Jahr meiner Reise begleitete ich Tim und Fred auf dem Schulweg, sah die Provokationen von Pinkel-João, sah den Unfug, den die Kinder anrichteten, erlebte ihr Gelächter, wenn sie sich nach der Schule vergnügten. Einige Kinder schoben ihre alten Fahrräder, andere gingen zu Fuß, jedoch waren alle glücklich. Es waren arme, unruhige, kluge, allerdings ausnahmslos glückliche Kinder.

Ich setzte mich auf das Sofa zu Mama und beobachtete sie beim Sticken. Sie summte einige Schlager, die damals en vouge waren, vor sich hin, und ich schloss die Augen, um zuzuhören und den Zauber des Augenblicks zu genießen. Vorher schaute ich Tereza in der Küche zu, wie sie Brot und Kuchen backte und dabei Selbstgespräche führte. Dabei bemerkte ich, dass sie viel kleiner war, als ich sie in Erinnerung hatte. Wenn sie an der Spüle stand, fiel mir zuerst immer ihr riesiger Hintern auf, der fast den Tisch berührte, an dem wir saßen. Zwischen ihren Hintern und den Tisch passte nicht mal ein Blatt Papier, und wenn Papa versuchte, etwas aus dem Regal über der Spüle zu holen, schimpfte und gestikulierte sie, wobei die Spülmittelflocken in alle Richtungen flogen. Er lachte, denn er mochte es, wenn sie so tat, als sei sie wütend.

Ich durchwühlte Schubladen, öffnete Schränke, sah mir stundenlang Fotoalben an, berührte die Kleider an der Wäscheleine. Freds Hosen und Hemden wurden von Tim weitergetragen. Manchmal wurde er mit Fred verwechselt, nur weil er jenes

Hemd trug, das er vor einem Jahr getragen hatte. Das störte ihn nicht, er war sogar glücklich, weil Mama sagte, er würde ihr beim Sparen helfen.

In diesem ersten Jahr geriet ich immer wieder in Rage, weil João nie zur Rechenschaft gezogen wurde, wenn er dabei erwischt wurde, wie er Tim provozierte. Ich entdeckte bei ihren Gesprächen mit der Direktorin, dass sie Angst vor möglichen Reaktionen seines Vaters hatte.

Das Schlimmste war, das Tim das Lieblingsopfer der Bande war. Einmal nahmen sie ihm die Früchte weg, die Tereza ihm in den Ranzen gesteckt hatte. Ein anderes Mal nahmen sie das Stück Möhrenkuchen und zertraten es auf dem Schulhof, während er von Weitem gedemütigt zuschaute und nicht wusste, wie er sich verhalten sollte. Er ging weg und ließ seine Wut an wehrlosen Tieren und Pflanzen aus.

Einmal schlug João Tim, als er gerade aus der Toilette kam, mit solcher Wucht in den Bauch, dass er auf dem Flur vor lauter Schmerzen zusammenbrach. Fred erfuhr durch die redselige Micaela von Joãos Provokationen, wusste aber nicht, was er tun konnte, um seinem Bruder zu helfen. Er erzählte nichts zu Hause aus Angst, dass Mama etwas Gefährliches von ihm erbitten könnte, nämlich Tim zu schützen.

Am nächsten Tag heulte João über den Tod seines Katers, den er aufgeschlitzt auf dem Schulweg gefunden hatte. Der Krieg trifft immer die Unschuldigen.

Einerseits hatte ich meinen Spaß mit den Kindern, andererseits war ich besorgt wegen Papa, der jeden Tag in den Mercadinho do Genésio ging.

Genésio Fritz war Pinkel-Joãos Vater und einer der reichsten Männer der Stadt und der Gegend. Er war Witwer und über den Tod seiner Frau Cecilia war wenig bekannt.

Außer einem imposanten Haus und dem Geschäft besaß er auch eine Fazenda am Stadtausgang. Dort wohnten viele Familien, die von Sklaven abstammten und für einen Hungerlohn schufteten. Sie arbeiteten in den Kaffeeplantagen, auf den

Mais- und Bohnenfeldern und hüteten Vieh. Sie vegetierten in einfachen Lehmhütten dahin. Oft versammelten sie sich um ein Lagerfeuer, wo sie Fleisch grillten, tranken, sangen und tanzten, um auf diese Weise ein wenig ihrem Sklavenleben zu entfliehen. Sie gingen barfuß, waren fast nackt und suchten niemals einen Arzt oder Zahnarzt auf, geschweige denn eine Schule. Wenn sie sich zum Schlafen auf ihre Pritschen unter freiem Himmel legten, sprachen sie mit den Sternen und träumten von ihrer Freiheit. Sie hielten brüderlich zusammen, erzählten von ihren Vorfahren, lachten miteinander und gaben sich gegenseitig Kraft und bedingungslose Liebe.

Aber es gab nicht nur Licht, sondern auch dunkle Seiten des Zusammenlebens in diesen Arbeiterfamilien. Das personifizierte Übel hieß Rufino, Vorarbeiter auf der Fazenda und Stammkunde im Bordell Fiore. Er war ein großer dünner Mann mit roter Haut und stechendem Blick, der mit seinen Gemeinheiten sogar den Teufel in die Tasche steckte. Seine Lieblingsbeschäftigung bestand darin, andere zu quälen oder zu demütigen. Nicht einmal Kinder entkamen seiner Bosheit und seiner widerlichen Art zu sprechen. Seine Anwesenheit bedeutete Unheil, aber das Unheil traf niemals Rufino selbst. Er hätte sogar einem Diktator noch wertvolle Tipps geben können, wie man die Untergebenen im Alltag schikaniert und ausbeutet. Einmal öffnete er die Essensbehälter der Arbeiter und entnahm ihnen so viel Fleisch, wie er essen konnte, alles vor ihren Augen. Sie wussten, was das bedeutete: Sie würden das restliche Fleisch untereinander aufteilen müssen. Sie taten weiter ihre Arbeit, aber die Versuchung, dem Vorarbeiter mit der Sichel oder der Spitzhacke den Garaus zu machen, war allgegenwärtig.

Manchmal kam ein Mann, der auf einer anderen Fazenda arbeitete, vorbei, um Rufino zu helfen. Niemand kannte seinen Namen, für alle war er der wilde Hund, und dieser Spitzname passte zu seiner Erscheinung.

Der Fazendabesitzer war ein riesiger übel riechender Mann mit grünen Augen und einem massigen Körper. Er trug einen

Schnurrbart, dessen Enden schneckenförmig eingerollt waren. Genésio blieb die Woche über in der Stadt, aber sonntags besuchte er immer seine Fazenda, um alles und alle gründlich zu inspizieren. Eine verlorene Kaffeebohme auf dem Boden war für diesen Koloss ein Grund, das Mittagessen seiner Arbeiter zu streichen. Seine Mutter, Dona Ágata Fritz, wohnte in der Fazenda, und obwohl sie alt und müde war, zeigte sie keine Anzeichen von geistiger Demenz. Er hatte von ihr die schlechte Laune und den Mangel an Geduld geerbt. Die Magd Vicenta wurde unter den anderen jungen Mädchen der Fazenda ausgewählt und war nun für alle Dienste in seinem Anwesen in der Stadt zuständig. Irgendwann war sie schwanger, und das Ergebnis dieses Verbrechens – damals gang und gäbe – war João, der Pinkel-João.

In diesen Zeiten regte sich niemand über dieses Vergehen auf. Kinder- und Menschenrechte waren unbekannte Begriffe.

Vicenta war nicht in der Lage, Genésio zu hassen, aber wenn sie mit ihm schlafen musste, weinte sie innerlich und wünschte sich, sie wäre als Mann zur Welt gekommen.

An einem Nachmittag ging ich in seinen Laden, in dem von Stricknadeln bis zu Baumaterial alles verkauft wurde, natürlich auch Produkte seiner Fazenda wie Mais und Bohnen. Ich kam dort nach Schulschluss an und sah, wie João beim Abladen der ankommenden Waren helfen musste. Daher kamen diese starken Arme und sein brutales Verhalten in der Schule, besonders Tim gegenüber. Sein Vater beobachtete ihn und knurrte wie eine bissige Bulldogge, während er einen Stapel von Ziegelsteinen ablud.

»Pass auf, Rotzbengel, lass nichts fallen!«

Dann wandte er sich an den Arbeiter.

»Wie viele Fuhren sind's noch?«

»Nur noch zwei«, antwortete der athletische Farbige namens Kaluga, ein Sklave der Fazenda. Er war der Sohn der Witwe Esperanza, die als Köchin und Haushilfe für Dona Ágata arbeitete.

Kaluga karrte ständig Ziegelsteine, Säcke mit Mais und Bohnen und alle Arten von Gemüse zum Laden in der Stadt. Er ging barfuß und hatte immer dieselbe alte Hose an, die von einem Gürtel, den er sich selbst aus einem alten Bohnensack gefertigt hatte, gehalten wurde. Seine beinahe perfekte Figur und die großen breiten Füße standen im Kontrast zu seiner ruhigen Stimme und seinem freundlichen Blick. Er war einer der wenigen Arbeiter, die lesen und schreiben konnten. Er hatte es bei Cecília gelernt, die ihm mit viel Geduld Wörter und Zahlen, Grammatik und Mathematik beigebracht hatte. Vielleicht wurde er deshalb mehr als die anderen Arbeiter von Genésio respektiert.

Im Laden sah man Gummistiefel in Blecheimern und Stoffe neben Schirmen und Regencapes. Der eintretende Kunde musste aufpassen, dass er nicht mit seinem Kopf gegen Spaten, Salamis, Besen oder andere Gegenstände stieß, die von der Decke herabhingen. Genésio stand furzend hinter dem Tresen und beobachtete argwöhnisch jede Bewegung der Käufer, die er allesamt für Diebe hielt. Vielleicht tat er dies deshalb, weil er selbst einer war und seine Kunden betrog, wo es möglich war.

Aber der Ort, den die männlichen Kunden am meisten liebten, war ein kleiner Raum hinter dem Laden, der von einer Funzel notdürftig beleuchtet wurde und von der Straße aus nicht einsehbar war. Er war das Paradies der Alkoholiker. Dort bot Genésio die verschiedensten Arten von Schnaps für die Kehlen seiner nicht besonders wählerischen Kunden an. Sie kämpften sich eilig durch das Wirrwarr im Laden, um zu diesem geweihten Ort zu gelangen. In den Regalen standen Schnapsflaschen, in denen Schlangen, Skorpione, Kräuter und andere Dinge konserviert waren, von denen Wunderdinge erwartet wurden. Diese Schnäpse waren doppelt so teuer wie die normalen, und Genésio stellte sie absichtlich dorthin, wo sie am besten zu sehen waren. Die Flaschen leerten sich in Windeseile, und der clevere Wirt füllte sie sofort nach. Mit Sicherheit fehlte dort niemals die Cachaça Especial, die aus einem Liter Schnaps mit einem darin aufbewahrten giftigen Tier bestand. Die Männer glaubten ungebrochen an deren angebliche Wunderwirkung.

Wenn ein Kunde ihn bat, seine Zeche anzuschreiben, um sie am Ende des Monats zu bezahlen, korrigierte der Kneipenwirt die Zahlen immer zu seinen Gunsten und schrieb mehr auf, als der Kunde konsumiert hatte. Dieser wusste in seinem Zustand sowieso nicht mehr, wie viel er getrunken hatte und torkelte nach Hause oder wurde getragen, wenn sich jemand bereitfand, die anschließenden Beschimpfungen der Ehefrau mit anzuhören.

Als ich sah, wie Papa immer tiefer im Alkoholsumpf versank, fühlte ich, dass sich etwas Schlimmes ereignen würde. Ich unterhielt mich darüber mit dem Hexer, der irgendwann auf dem Kirchhügel an meiner Seite auftauchte. Dort oben beobachtete ich, wie der Tag zu Ende ging und reflektierte über die Dinge, die ich als Kind nicht begriffen hatte. Seltsamerweise kam mir alles neu vor.

Er pflückte irgendeine Pflanze, nahm sie in seinen Mund und drehte langsam ihren Stängel, während er mir zuhörte. Danach brach er das Schweigen.

»Tim, das Leben ist kurz, je nachdem, aus welchem Blickwinkel wir es betrachten.«

Ich dachte, in dieser Pflanze sei vielleicht eine Droge enthalten und ging nicht weiter auf das Thema ein, sondern stand auf, um zur Straße zu laufen, in der wir wohnten.

Die Nachbarin, die uns gegenüber wohnte, hieß Kita, und viele nannten sie Kita Klatschtante. Diese kleine Frau mit den runden Backen und dem zahnlosen Mund war Witwe und verbrachte mehr Zeit an ihrem Fenster als sonst irgendwo. Oft sahen wir sie dort beim Mittagessen. Wenn jemand auf dem Bürgersteig vorbeikam, versuchte sie, ihn in ein Gespräch zu verwickeln.

»Ich habe gehört, dass Seu Chiquito Kühe, Schweine und Hühner geschlachtet hat, um seine silberne Hochzeit zu feiern. Das wird ein Riesenfest«, sagte sie mit vollem Mund.

Oft reichte es ihr nicht, nur am Fenster zu sitzen. Dann ging sie hinaus auf die Straße und hielt jeden Passanten an, um ihn irgendetwas zu fragen oder Gehörtes weiterzugeben, das nicht immer der Wahrheit entsprach. Sie handelte ganz nach dem Motto: Nur der Blitz ist schneller als ein Gerücht.

»Die Florisbela ist schwanger ... Der Maurer-Jose hat sich den Fuß gebrochen und wird für immer humpeln.«

Aber Kita Klatschtante hatte auch ihre gute Seite: Sie war immer hilfsbereit und niemals schlechter Dinge. Außerdem war sie die Mutter eines Jungen, der später ein Freund von Fred werden sollte.

Am Ende der Straße stand das Haus von Judith, die man nur Hexe nannte. Sie war die Frau des Metzgers, der Alkoholiker war und im Suff zur Gewalt neigte.

Ich lief langsam, denn es war heiß, obwohl der Abend schon hereinbrach. Zur meiner Überraschung sah ich die Hexe am Fenster stehen. Sie war eine dicke Frau um die fünfzig mit widerspenstigen grauen Haaren. Sie schminkte sich dunkel um ihre Augen herum und verstärkte den Leberfleck in der Nähe ihres Mundes. Ich gebe zu, dass ich bei ihrem Anblick erschrak. Ihre Erscheinung war furchteinflößend, und mit ihrem wirren Blick sah sie alles andere als glücklich aus.

Einige Kinder spielten Fußball auf der Straße, und irgendwann fiel der Ball direkt in das Blumenbeet unter ihrem Fenster. Bitu, Kitas Sohn, lief hin, um ihn zu holen. Als er sich bückte und dabei auf die Margeriten trat, erhielt er eine kalte Dusche von oben.

Ich weiß nicht, warum sie Hexe genannt wurde, wegen ihrer Erscheinung oder ihrer fehlenden Geduld mit Kindern. Sie mussten sich nur ihrem Haus nähern, um von ihr beschimpft oder mit einem Eimer Wasser »erfrischt« zu werden. Außer Kindern mochte sie auch keine Tiere, es gab keinen Platz für sie in ihrem einfachen Haus. Ihre ständige schlechte Laune hielt die Nachbarn auf Abstand, und mit der Zeit gab sich niemand mehr mit ihr ab. Sie wurde weder auf Geburtstage noch auf Hochzeiten eingeladen, nicht einmal auf das alljährliche Straßenfest, zu dem die Anwohner Stände mit Speisen, Getränken und Süßigkeiten errichteten, zu der fröhlicher Akkordeonmusik tanzten und bis in die Morgenstunden feierten. Die Arme schaute mit versteinertem Gesicht und einem Blick, der tiefe Verbitterung verriet, dem fröhlichen Treiben der Menschen auf der Straße zu, die sie so verachtete.

Warum hatte niemand Mitleid mit dieser Frau? Mich überkam eine Art verspätetes Mitgefühl für sie.

Ich lief bis zu ihrem Fenster, um sie zu beobachten. Dabei kam mir in Erinnerung, wie sehr ich mich als Kind vor ihr gefürchtet hatte. Neugierig ging ich zum Haus und öffnete die Tür. Auf der einen Seite schämte ich mich für das Eindringen in ihr Privatleben, andererseits hatte die Tatsache, unsichtbar zu sein, auch ihre Vorteile. Das Haus war ein einziges Tohuwabohu. In der Spüle befanden sich zerbrochenes Geschirr, überall Essensreste und herumliegende Kleider, und ein starker Zigarettengeruch erfüllte, neben anderen Aromen, deren nähere Beschreibung hier unterbleiben kann, die Luft.

Als ich in ihr Schlafzimmer kam, wollte ich meinen Augen nicht trauen. Der ganze Raum war voller Spielzeug – Autos und Puppen. Jede Menge Puppen!

Ich setzte mich auf das Bett und nahm eine Puppe mit rosa Kleidern und Zöpfen in die Hand, danach eine andere und anschließend ein Holzauto. Auf der Kommode stand eine kleine Wiege aus Bambus, in der zusammengelegte Tücher eine Matratze imitieren sollten. Es war ein seltsames Gefühl, diese Ansammlung von Kindersachen zu sehen, ausgerechnet bei ihr, die Kinder so hasste. Tage später entdeckte ich, dass sie regelmäßig von ihrem Mann verprügelt wurde.

Als ich aus dem Haus trat, hatten sich auf der Straße einige Nachbarinnen versammelt, Mütter, die wegen des aggressiven Verhaltens der Hexe gegenüber dem Jungen, der den Ball geholt hatte, aufgebracht waren. Ich dachte darüber nach, wie kleinkariert und intolerant die meisten Menschen waren. Erst heute erkannte ich, was für mich als Kind unmöglich gewesen war: Diese Frau litt schwer unter ihrem Unglück und war außerstande sich zu helfen – jemand anders tat dies erst recht nicht. Sie verdiente es wahrhaftig nicht, auf diese Weise verachtet zu werden. Wenn man bedachte, wie sie von ihrem Mann verprügelt wurde, war sie ein viel größeres Opfer als diese Kinder. Schließlich hat noch niemandem ein Eimer Wasser geschadet.

Tim liebte es, seine kleinen Käfer- und Fordmodelle auseinanderzunehmen, nur um ihren Aufbau zu verstehen und bescherte damit seinem Vater einen Extrajob: Er musste sie anschließend wieder zusammenbauen. Papa beschwerte sich nie über diese Arbeit, sondern ging lächelnd mit den Einzelteilen in seine kleine Werkstatt, die in einem Zimmer neben der Küche lag. Es machte ihm Spaß, die Spielzeuge wieder zusammenzufügen. Oft reparierte er auch andere Haushaltsgegenstände, die im Laufe der Zeit kaputt gingen. Tim beobachtete ihn, wenn er sich über die Teile beugte und seinen Autos wieder neues Leben verlieh, wobei er gern vor sich hinpfiff. Er war fasziniert davon, wie die geschickten Hände des Vaters mit seinem Spielzeug umgingen.

Ich hatte meinen Vater immer bewundert und wollte sein wie er, wenn ich einmal größer bin. Er war geschickt, klug und ausdauernd, und er wusste, wie man Dinge repariert.

Es wurde problematisch, als Tim sich nicht mehr für seine kleinen Autos interessierte, sondern für größere Objekte wie zum Beispiel Fahrräder. Er vernachlässigte seine Hausaufgaben, denn diese neue Erfahrung war viel spannender. Er zerlegte selbst sein Fahrrad im Vorgarten und fügte es Stück für Stück wieder richtig zusammen. Zuerst reparierte er nur sein Fahrrad, später auch Freds und Papas Räder. Das ging so weit, dass er seinen Vater bat, bestimmte Teile zu kaufen, um sein Fahrrad zu verstärken, was ihm viel Gelächter zu Hause einbrachte.

Dort hatte ich mein Talent für den Maschinenbau entdeckt, und während ich Tim beobachtete, kam mir der Engländer Thomas Savery in den Sinn, der der Mechanik im 17. Jahrhundert einen gewaltigen Impuls verliehen hatte.

Im ersten Jahr meiner Reise musste ich etwas mitansehen, das mich schockierte und traurig stimmte. Ich wurde nämlich Zeuge, wie Judith, die Hexe, von ihrem eigenen Ehemann verprügelt wurde. Er kam nach Hause und verpasste ihr Schläge, die sie wirklich verletzten. Die ungezügelte Wut dieses gewissenlosen

41

Mannes entlud sich über seiner wehrlosen Frau, die ohnehin unter ihrer Einsamkeit litt. Sie war wie ein Sandsack für einen unersättlichen Boxer – für einen feigen Boxer!

Sowohl Tim als auch Fred hatten im Dezember Geburtstag, Tim am Anfang und Fred am Ende des Monats. Aus Gründen der Sparsamkeit wurde immer nur ein Fest gefeiert.

Jede Menge Freunde, manche in Begleitung ihrer Eltern, kamen und brachten kleine Geschenke mit. Das Geschenk, das Tim am besten gefiel, hatte er von Popel-Gil bekommen. Gil wusste, dass Tim Spielzeugautos sammelte und bat seinen Vater, eins zu kaufen, um es ihm zu schenken. Der Bürgermeister, der ständig aus beruflichen Gründen in die Hauptstadt fuhr, brachte das Modell eines Ford-Lasters aus dem Jahre 1931 mit. Für Tim war es eine unerwartete Überraschung, und die anderen Geschenke waren im Vergleich dazu unbedeutend. Selbst den Rosenkranz aus portugiesischem Edelholz, den er von Tante Geórgia bekommen hatte, ließ er links liegen. Sie war Papas einzige Schwester, wohnte in der Hauptstadt und kam selten nach Madrigal, weil sie angeblich nie Zeit zum Reisen erübrigen konnte. Trotzdem schickte sie jedes Jahr ein kleines Geschenk mit einer kurzen Botschaft. »Für Fred und Tim mit herzlichen Grüßen von eurer Tante, die euch liebt.«

Einmal hat sie uns ein bisschen über ihre Kirchenarbeit und ihr Leben in der Hauptstadt erzählt und bedauerte, dass sie mann- und kinderlos geblieben war. Als junges Mädchen wollte sie Nonne werden. Aber nach einer längeren Zeit als Novizin gab sie die Idee auf. Tim beachtete seinen Rosenkranz nicht, während Fred, der auch einen bekommen hatte, ihn fest mit seiner Hand umschloss. Tereza nahm den herumliegenden Rosenkranz und betrachtete ihn eine lange Zeit. Er war bestimmt nicht billig gewesen, wenn auch nicht so teuer wie dieses rote Modellauto, das Tim unter seinen Arm geklemmt hatte. Niemand durfte es berühren, höchstens anschauen.

Papa hielt eine kleine Rede, bedankte sich für die Anwesenheit aller und wünschte seinen beiden Söhnen viel Glück. Ich umarmte ihn kräftig.

Am letzten Tag des Jahres ging die ganze Familie nach dem Abendessen früh ins Bett. Tereza kochte, während Mama den Nachtisch vorbereitete und Papa über sein Kofferradio Nachrichten hörte. Am Nachmittag hatten Fred und Tim ein Radrennen am Stadtausgang veranstaltet. Gelegentlich begegneten ihnen Zweispänner, deren Pferde ihre Spuren auf der festgefahrenen Erde hinterließen. Die grünlichen Pferdeäpfel auf dem Weg waren alles andere als angenehm, und die Jungen wurden manchmal zu riskanten Ausweichmanövern regelrecht gezwungen.

Am Ende des Rennens saßen beide still nebeneinander, Fred außer Atem, mit offenem Mund, und Tim mit trockenem Hals, den er durch häufiges Schlucken befeuchtete.

»Wenn die Welt heute untergehen würde«, fragte Fred, immer noch atemlos, »was würdest du tun?«

Tim hielt sich die Hand an den Hals und antwortete, während er zu den Bergen herüberschaute:

»Ich könnte gar nichts tun, denn sie würde ja untergehen.«

»Ich meine, wenn du vorher noch Zeit hättest, natürlich.«

»Ach so ...«

Tim dachte kurz nach und schaute seinem Bruder tief in die Augen.

Fred kämpfte mit den Tränen, und es sah so aus, als würde er gleich anfangen zu weinen.

Tim sammelte sich, schaute wieder auf die Landschaft vor sich und dann erneut in die Augen seines Bruders. Fred konnte kaum noch die Tränen zurückhalten und bereitete sich schon auf eine hollywoodwürdige Umarmungsszene vor.

Tim schluckte und atmete tief durch, bevor er schließlich sagte:

»Ich würde einen Liter Wasser trinken.«

»Ach so«, sagte Fred und man konnte ihm seine Enttäuschung anmerken.

Bis heute verstehe ich nicht, warum die Menschen immer wieder gegen Jahresende von Weltuntergangsprognosen fasziniert sind. Viele ersuchen in Kirchen die Vergebung ihrer Sünden und erhalten Trost für ihre Angst vor dem Ende. Und die Fantasien, die sich um dieses Thema ranken, füllen die Taschen von Scharlatanen, die hinter sensationsgeilen Zeitungsartikeln oder schlecht geschriebenen Flugblättern stehen, auf denen eine »kostenlose« Lesung aus der Hand oder sonst irgend ein Unfug angeboten wird, der angeblich die Zukunft prophezeit. Dass dies keine Marotte der Neuzeit ist, beweist schon die Existenz des Orakels von Delphi - es hat schließlich Jahrtausende überdauert und existiert noch heute in den Köpfen der Menschen.

Es geht letzten Endes nur ums Geld, um sonst nichts. Die Menschheit verkauft sich, bewusst oder unbewusst, aber sie verkauft sich - meist für einen Pappenstiel.

Auf dem Nachhauseweg war die Rennstimmung vorbei. Beide traten ganz gemächlich in die Pedale und genossen diesen letzten Moment vor dem gemeinsamen Abendessen.

Eine Lektion: In einfachen Gegebenheiten kann Bedeutendes stecken. Und sie geschehen häufiger, als wir denken.

Kapitel 2

Eine Krise und eine wirtschaftliche Depression überschatteten das Land. Aufgrund der hohen Steuern verminderten sich die Exporte drastisch und natürlich sank auch die Binnennachfrage, weil es allerorten an Geld fehlte. Die Arbeitslosigkeit stieg an, während der Konsum deutlich zurückging. Dies hatte natürlich heftige Auswirkungen auf den Hutverkauf. Auf einen Hut kann man verzichten, auf Milch und Brot nicht. Die Anzahl der Arbeiter in der Fabrik schrumpfte im Nu auf die Hälfte.

Der Chef rief meinen Vater während der nachmittäglichen Kaffeepause in sein Büro.

»Sie haben mich rufen lassen, Herr Direktor?«

Der Mann hinter dem Arbeitstisch trug einen Kinnbart, einen feisten Bauch und ein rundes Gesicht. Er war Mitte sechzig und sein Blick hatte etwas Charismatisches an sich.

»Setzen Sie sich und lassen wir die Formalitäten«, meinte er schmunzelnd.

Papa strich mit den Fingern durch sein Haar und lächelte gezwungen. Er saß vor einem Mann, mit dem er lange Jahre zusammengelebt und -gearbeitet hatte, und obwohl er wusste, dass seine saloppe Art ehrlich gemeint war, konnte er sich nie entspannen, solange er sich in diesem Büro befand.

Sie waren oft zusammen angeln gewesen und gemeinsam in die Hauptstadt gefahren, wobei sie sich immer ungezwungen unterhalten hatten. Aber in dieser Situation fühlte sich mein Vater als Angestellter, was sich auch durch die saloppen Worte seines Chefs nicht änderte.

Der sympathische Chef reichte ihm eine Zeitung und zündete sich eine Zigarre an.

Der Blick meines Vaters fiel sofort auf die Schlagzeile.

Ausmaße der Krise größer als erwartet

»Wissen Sie, was das bedeutet?«, fragte er und schaute durch die Fensterscheibe hinunter auf die Arbeiter, die gerade ihre Pause mit einigen schnellen Zigarettenzügen beendeten. »Es scheint sich eine Lawine auf uns zubewegen.«

Papa wartete mit der Zeitung in der Hand auf eine nähere Erklärung.

Er bekam zu hören, dass die Preise der Zulieferer durch die hohen Steuern gestiegen seien, was sich auch auf die Preise seiner Hüte auswirkte, die sich deswegen immer schlechter verkaufen ließen. Aus diesem Grund bliebe ihm, dem Fabrikbesitzer, nichts anderes übrig, als die Hälfte seiner Angestellten zu entlassen. Und es sähe so aus, als ob es nicht nur dabei bleiben würde.

Papa kratzte sich am Kopf und stützte nachdenklich das Kinn auf eine Hand. Der Chef nahm einen kräftigen Zug von seiner Zigarre und deutete mit dem Zeigefinger auf ein Foto.

»Dieser Mann ist einer der erfolgreichsten Industrieunternehmer, aber er läuft Gefahr, alles durch die Krise zu verlieren. Man sagt, er bereite sich darauf vor, das Land zu verlassen.«

Eine Grabesstille erfüllte den Raum. Mein Vater schluckte und stand auf, um hinauszugehen.

»Greg«, sagte der Direktor, einer der wenigen Leute, die ihn bei seinem Spitznamen nannten, »ich werde demnächst auf einer Versammlung meine Entscheidung bekannt geben, aber bis dahin bleibt diese Angelegenheit unter uns.«

»Ich habe verstanden.«

In dieser Nacht konnte mein Vater nicht schlafen. Er wälzte sich ruhelos im Bett umher und malte sich aus, was passieren würde, wenn die Fabrik ihren Betrieb einstellen müsste. Während der Rest meiner Familie schlief, plagten ihn Angst und Sorge.

Die Ferien waren zu Ende, und zu Tims unangenehmer Überraschung war João wieder in seiner Klasse. Andere Kinder waren sitzen geblieben oder hatten die Schule abgebrochen, um ihren Eltern auf dem Feld zu helfen. Aber ausgerechnet João, den Tim am wenigsten mochte, war wieder zur Stelle, um ihn mit neuen Provokationen zu piesacken.

Beide konnten nicht ahnen, dass ihnen dieses Jahr einige Überraschungen bereithalten würde.

Die neue Lehrerin war viel sympathischer als die der zweiten Klasse, sie bestrafte die Kinder nicht. Das half Tim, sein Selbstbewusstsein zu festigen und seinen Frust nicht mehr an Tieren und Pflanzen auszulassen. Außerdem hatte Tereza ihn zur Rede gestellt, nachdem sie ihn dabei beobachtet hatte, wie er auf Ameisen herumtrat.

»Tim, woher nimmst du dir das Recht, in den Lebensraum anderer Lebewesen einzudringen?«

»Wie bitte?«

»Du tötest arbeitende Ameisen! Sie haben dasselbe Recht wie wir, auf dieser Erde zu leben. Schau nur, sie tragen ihre Nahrungsmittel direkt zu ihrem Bau. Sie sind friedlich und tun dir überhaupt nichts. Warum tötest du sie?«

Er kratzte sich am Kopf und wusste keine Antwort.

»Warum ist diese Welt voller verschiedener Tiere? Weil sie alle dasselbe Recht haben, zu leben. Und die Tatsache, dass wir sprechen, Schach spielen und Rad fahren können, bedeutet nicht, dass uns diese Welt allein gehört.«

Nach dieser Standpauke war er nicht mehr in der Lage, ein Tier zu töten.

Um den Geburtstag der Schule zu feiern, wurden die Kinder vom Unterricht befreit und versammelten sich auf dem Schulhof, um die Nationalhymne zu singen und den Reden des Bürgermeisters und der Direktorin zuzuhörten. Anschließend wurde ein Theaterstück aufgeführt, das vom Gründer der Schule handelte, einem Mann, der mit großem Einsatz dafür eingetreten war, die Schulbildung auf dem Land zu verbessern. João war ausgewählt worden, diese Rolle zu spielen.

Bevor das Stück begann, ging Tim auf ihn zu, klopfte ihm auf die Schulter und wünschte ihm viel Glück. Der Junge bedankte sich zwar nicht und schnitt eine Grimasse, aber er war stolz auf diese Anerkennung.

Als er auf die Bühne trat, klebte ein ausgerissenes Heftblatt auf seinem Hemd, dessen darauf geschriebene Botschaft die ganze Lehrerschaft schier in den Wahnsinn trieb. Während João auf die Bühne lief, drehte er dem Publikum den Rücken zu, und jeder konnte lesen: »Ich bin der Pinkel-João. Ich mache noch ins Bett.« Einige Lehrerinnen schauten sich an und flüsterten miteinander. Einige setzten ungläubig ihre Brillen auf die Nase, es herrschte eine gespannte Atmosphäre. Das Blatt glänzte im Licht der heißen Morgensonne und João lief stolz auf der Bühne umher.

Tim saß zwischen den anderen Kindern, die sich köstlich amüsierten, während sich die Erwachsenen kein bisschen für diesen Kinderscherz begeistern konnten. Tim fühlte den süßen Geschmack der Rache, aber dieser Streich hätte ihn später fast das Leben gekostet.

Die Direktorin stieg auf die Bühne, hielt den Jungen an der Schulter fest und riss das Blatt ab. Aber es war zu spät, der Schaden war angerichtet.

In der darauffolgenden Woche heckten João und seine drei Freunde einen Racheplan aus, denn sie wussten natürlich, wer für diesen Vorfall verantwortlich war.

Der erste Racheversuch schlug fehl. Sie wollten Tim auf der Toilette erwischen, aber die Schulsekretärin kam dazwischen und schickte alle zurück in den Klassenraum, weil die Pause vorüber war. Als Tim die Tür öffnete, bemerkte er, dass die Bande ihm auflauerte; er war von da an vorsichtiger. Zu seinem Glück begleitete die Sekretärin die Kinder in ihre Klasse.

Beim zweiten Versuch trafen sie den Falschen, indem sie bei Julio einen Durchfall provozierten. João hatte ein Abführmittel aus dem Laden seines Vaters entwendet und wollte es Tims Mittagessen untermischen. Aber er verwechselte die Teller, und wer völlig verschmutzt nach Hause gebracht werden musste, war der arme Julio. Der Junge kam drei Tage lang nicht in die Schule und machte wieder einmal seinem Spitznamen alle Ehre.

Der dritte Versuch kam ihrem Ziel am nächsten. Als Tim mit seinem Fahrrad bremsen wollte, bemerkte er, dass jemand daran herumgewerkelt hatte. Er war auf dem Nachhauseweg und fuhr den steilen Weg hinunter, der an der kleinen Holzbrücke am Stadteingang endete. Die Bremsen versagten und er fiel zwei Meter hinunter und landete in einem Sumpf.

Irgendwann hatte er Tereza gefragt, was ein Sumpf sei und sie hatte geantwortet: »Ein Sumpf ist ein schläfriger Fluss. Er hat keine Strömung, das Wasser bleibt an derselben Stelle, wodurch sich viele Pflanzen bilden, die seine Trägheit ausnutzen.«

Da saß er nun in diesem schläfrigen Fluss mit dem schlammigen Wasser, aus dem jede Menge verängstigte Frösche heraussprangen. Seine angezogenen Knie schauten aus dem Wasser und er schnitt vor Ekel verschiedene Grimassen. Tim war vorher noch nie in einen Sumpf getreten, aber er wusste, dass Sümpfe nicht tief waren und Frösche, Insekten, Schilf und Seerosen beherbergten. Er zog ein Büschel Laichkraut aus seinen Haaren und spuckte ein Stück vom Blatt einer Seerose aus.

Ich musste lachen, als ich ihn so sah, mit den nassen Haaren, die ihm über die Augen fielen und bedeckt mit Wasserpflanzen jeder Art, die er hinter sich herschleifte, als er mit torkelnden Schritten zum Ufer watete. Auf der anderen Seite gab es die schönsten Seerosen der Gegend.

Fred kam gleich an und wollte wissen, was passiert war. Andere Kinder kamen neugierig dazu, einige deuteten auf Tim und lachten. Alles in allem war das noch glimpflich abgelaufen.

Später entdeckte Papa, dass etwas an der Hinterradbremse nicht stimmte, und reparierte sie.

An einem bewölkten Morgen stand Papa früh auf und ging zur Arbeit. Später wünschte er sich, er wäre an diesem Tag gar nicht aufgewacht.

»Es tut mir Leid, Greg ... es tut mir wirklich Leid«, sagte sein Chef und reichte ihm einen Umschlag.

Er wollte ihn erst nicht annehmen, aber nachdem der Mann hinter dem Arbeitstisch mit einem Augenzwinkern darauf bestanden hatte, streckte er seine Hand aus, um das Geldgeschenk entgegenzunehmen, das er zusätzlich zu seinem letzten Gehalt erhielt. Die damaligen Gesetze waren keineswegs sozial, er hatte nicht viele Rechte. Trotzdem überreichte ihm sein Chef großzügigerweise noch einige Kisten der besten Weine aus seinem Vorrat. Er war ein ehrlicher Mann und zahlte jedem Arbeiter aus, was ihm zustand, wobei es ihn bedrückte, dass er sie nicht weiter in Lohn und Brot halten konnte.

Papa hatte seinerseits Mitleid mit ihm, denn die Schließung der Fabrik bedeutete, dass Jahre der Arbeit und der Widmung in kurzer Zeit verloren waren.

Mein Vater war der Letzte, der verabschiedet wurde und er erhielt das Versprechen, dass er, wenn die Krise vorbei wäre und die finanzielle Situation es wieder zuließe, die Fabrik neu zu eröffnen, seinen Posten wieder übernehmen würde.

Das ist niemals eingetreten.

Der Hexer und ich wohnten dieser Szene bei und er klopfte mir mitfühlend auf die Schulter.

»Das Leben ist nicht leicht, Tim«, sagte er, während wir zuschauten, wie sich der ehemalige Chef und der ehemalige Angestellte linkisch umarmten.

Ich ging zu ihnen und umarmte meinen Vater. Es war eine kräftige Umarmung, als ob ich fühlte, was passieren würde. Wie erwähnt, konnte ich mich auf dieser Reise nicht an Dinge erinnern, die schon passiert waren, aber ich konnte einiges vorausahnen.

Entgegen meiner Vermutung, was er tun würde, lief er direkt nach Hause und nicht zum Mercadinho do Genésio. Dort ging er gleich ins Schlafzimmer; Mama lief ihm nach, denn sie war über sein frühes Erscheinen beunruhigt.

Er nahm einen Zettel aus seiner Anzugtasche, setzte sich auf das Bett und schaute darauf, als sähe er ihn zum ersten Mal. Es war der Zettel, auf dem die Zahlen standen, mit denen er im Lotto gewonnen hatte.

»Dieser Zettel dürfte längst nicht mehr existieren. Was bringt es, ihn anzustarren, Greg?«, fragte meine Mutter, als sie sich neben ihn setzte.

Aber er schüttelte nur den Kopf, während er stumm die Zahlen betrachtete, die ihm gleichzeitig Glück und Pech beschieden hatten.

»Wach auf, mein Lieber! Warum bist du immer noch traurig über etwas, das du verloren hast, ohne es je besessen zu haben? Was du nie hattest, hast du auch nicht verloren! Kriegst du das nicht in deinen Kopf?«

Er saß weiterhin stumm auf dem Bett und starrte auf den Zettel.

Nach einigen Sekunden brach sie wieder das Schweigen.

»Warum arbeitest du nicht?«

»Ich habe keine Arbeit mehr.«

Sie tat so, als sei sie nicht überrascht, und stand auf, um die Vorhänge zu öffnen und auf die Straße zu schauen.

»Es ist so ein wunderbarer Tag. Das Leben ist schön, warum sollen wir also traurig sein? Bald hast du wieder neue Arbeit.«

Ich trat ans Fenster und sah, dass der Tag nicht so wunderbar war, wie sie meinte. Die Sonne war hinter den Wolken verborgen und es sah aus, als würde es bald regnen. Aber so ist das Universum der Frauen, sie erkennen in allem die gute Seite. Und nichts beeindruckt uns mehr als die Erhabenheit einer Frau.

Mein Vater schüttelte leicht seinen Kopf und steckte den Zettel in dieselbe Tasche wie immer. Er verzog das Gesicht und verließ das Zimmer.

Der neue Pfarrer der Stadtkirche kam in die Schule und weckte die Aufmerksamkeit der Kinder, indem er alle Klassen besuchte. Er trug einen schwarzen Talar und einen ebenso schwarzen großen Hut, den er auf dem Tisch der Direktorin ablegte. Er war ziemlich hoch gewachsen, korpulent und lief mit gewichtigen Schritten herum.

Nachdem sich Padre Benedito den Schülern vorgestellt hatte, schrieb die Lehrerin die Namen der katholischen Schüler auf, die noch nicht die erste Kommunion erhalten hatten. Wer einer anderen Religion angehörte, kam nicht auf die Liste. Wenn die Eltern eines Kindes keine Religion angegeben hatten, wurden sie vom Pastor, der uneingeladen ihre Häuser aufsuchte dafür zur Rede gestellt. Da mein Bruder und ich keiner Religion angehörten, standen wir auf seiner schwarzen Liste. Eine Woche später besuchte er unser Haus und klatschte in die Hände, um sich bemerkbar zu machen. Beim Eintreten fuhr er mit seiner Hand über das Holz der Standuhr und betrachtete Möbel und Fotos, während meine Mutter Kaffee und ein Stück Kuchen für ihn holte.

Der Pastor aß, während er das Zimmer mit einem Blick musterte, als wolle er nicht glauben, dass es in diesem Städtchen ein so gut ausgestattetes Haus gab. Papa verdiente nicht schlecht, er mochte den Komfort und war immer um das Wohlergehen seiner Familie bemüht. Unser Haus war wirklich wohnlich eingerichtet und es roch nicht unangenehm wie in so vielen Häusern, die noch von Kerosinlampen erleuchtet wurden.

»Wir haben keine Religion, Pastor, weil wir dafür keine Notwendigkeit sehen.«

»Aber meine Dame, Sie können nicht als Heidin sterben. Sie müssen sich zum Glauben in Christus bekennen.«

Meine Mutter war nachdenklich und ich fühlte, dass sie nicht mit ihm einer Meinung war.

»Ich stimme einigen Dingen nicht zu, die von der Religion gepredigt werden und kann sie deswegen meinen Kindern nicht aufzwingen. Wenn ich mit etwas nicht übereinstimme, kann ich es nicht für meine Kinder wollen.«

»Das stimmt, aber Kriminalität, fehlende Nächstenliebe und andere, noch schlimmere Dinge existieren nur, weil Gott nicht gegenwärtig ist.«

»Mein Mann und ich sind nicht kriminell und waren es nie. Wir erziehen unsere Kinder gut und legen Wert auf

Nächstenliebe, Respekt und Ehrlichkeit. Dass sie nicht getauft sind, heißt das nicht, dass sie später Verbrecher werden.« Sie machte eine Pause, schaute zur Decke und fuhr fort: »Ich möchte nicht unhöflich zu Ihnen sein, ich respektiere Ihren Standpunkt, aber ...«

»Lassen Sie die Kinder in die Kirche gehen. Wenn es ihnen nicht gefällt, brauchen sie nicht zu bleiben!«, schlug ihr dieser ungefähr fünfzigjährige Mann vor.

Als Mama in die Küche ging, um mehr Kaffee zu holen, spähte er den Flur und Papas Arbeitszimmer aus. Er zog sich erst wieder schnell ins Wohnzimmer zurück, als er Mamas Schritte vernahm.

Ich mochte nicht, was ich da gesehen hatte und war empört über diese Szene.

Ich nehme vorweg, dass Fred und Tim von der nächsten Woche an regelmäßig in die Kirche gingen und bald getauft wurden. Danach mussten die Kinder die katholische Lehre studieren und sich einmal in der Woche Vorträge aktiver Kirchenmitglieder anhören, die dem Pastor zur Seite standen. Wer wollte, konnte im Kirchenchor mitsingen, der bei den sonntäglichen Gottesdiensten auftrat.

Durch diese Aktivitäten wurden Bitu und Fred zu Freunden, was bei Tim eine gewisse Eifersucht hervorrief. Er ließ dies eines Abends durchblicken, als sein Bruder in sein Zimmer ging, nachdem er mit seinem neuen Freund eine Partie Schach am Küchentisch gespielt hatte.

»Ich finde ihn doof ...«, sagte er zu Fred.

»Ich nicht, er ist mein Freund und ich mag ihn.«

Tim setzte sich auf die Bettkante und sagte:

»Ich wette, er hat verloren.«

»Diese Wette hast du verloren.«

Im nächsten Jahr würde das Land wieder an den Olympischen Spielen teilnehmen. Aus diesem Grund organisierten die Schulen zum ersten Mal eine Schulolympiade mit unterschiedlichen

Wettbewerben. Es waren richtige Feste mit Medaillen und Trophäen für die siegreichen Schüler und ihre Schulen. Die Verantwortlichen stellten Namenslisten für einflussreiche Leute zusammen, die am großen Finale, das einige Monate vor den Olympischen Spielen stattfand, zugegen sein sollten. Die Schüler füllten einen Fragebogen aus und wurden von den Beobachtern im Hinblick auf ihre physischen Qualitäten beurteilt. Tim hob sich im Schwimmen hervor und er begann, für diesen Sport zu trainieren. Sein großes Vorbild war Roger Ray, ein junger talentierter Athlet und ohne Zweifel die nationale Medaillenhoffnung für die nächsten Jahre.

In der Hauptstadt kaufte Papa manchmal Sportzeitschriften für Tim, in denen diesem jungen Schwimmer gleich mehrere Seiten gewidmet waren. Roger Ray erschien auch in den Tageszeitungen, gab Interviews im Fernsehen und im Radio und war das große Idol für neunzig Prozent der damaligen Jugendlichen. Auf dem Höhepunkt seiner Popularität hingen Fotos von ihm in Schlafzimmern, Mädchentoiletten und Schulen, sogar in Kneipen.

Sogar das Lieblingsbier unseres Athleten prangte auf einem Werbeplakat.

Am Anfang fanden die Wettbewerbe innerhalb der Schulen statt; anschließend vertraten die Besten ihre Schulen in einem regionalen Wettbewerb. Tim war von der Idee, den Namen seiner Schule bis ins Finale zu bringen und Meister zu werden, so begeistert, dass er täglich nach der Schule trainierte. Fred stach in keinem Sport hervor, und obwohl er gern Fußball spielte, widmete er sich lieber der Kirchenarbeit.

Wenn Tim in der Kirche war, beobachtete er lieber die Gemälde an den Wänden, um ihre Bedeutung zu verstehen, als der katholischen Doktrin Aufmerksamkeit zu schenken.

Der Chor bestand hauptsächlich aus Mädchen, und anstatt sich auf Noten und Texte zu konzentrieren, störte er ihre Aufmerksamkeit.

Einmal wurden Klavier und Chor mitten im Lied unterbrochen. Der Pastor, der neben dem Altar saß, reckte den Hals, und die Nonne, die den Chor dirigierte, schaute über den Brillenrand zur letzten Reihe, in der Tim saß. Er hatte gerade in der Nase gebohrt, und schmierte das Ergebnis in die roten Locken eines Mädchens, das direkt vor ihm saß. Sein Gesangbuch lag verschlossen auf seinem Schoß. Erst nach lautstarkem Räuspern der Dirigentin wurde ihm klar, dass er die ganze Gruppe aus dem Takt gebracht hatte. Er öffnete schnell sein Gesangbuch, allerdings an der falschen Stelle, und tat so, als würde er mitsingen.

Manchmal ließ er irgendeinen Gegenstand absichtlich fallen, um den Mädchen beim Aufheben unter die Röcke schauen zu können.

Er war als Sänger eine absolute Null, dazu ein Versager, was den Katechismus betraf. Er wusste nie eine Antwort, und wenn dann war sie falsch. Beim Schwimmen fühlte er keine Ermüdung, aber wenn es darum ging, den Hügel zur Kirche hinaufzulaufen, beschwerte er sich über den steilen Anstieg und schleppte sich unter den missbilligenden Blicken seines Bruders nach oben.

Nachdem Fred aufgegeben hatte, Fußball zu spielen, wurde er von Padre Benedito eingeladen, Ministrant zu werden.

Mama erhielt den Einladungsbrief und sprach mit ihm darüber. Egal, wie er sich entscheiden würde, sie würde es akzeptieren. Und so war es. Fred führte seine Aufgaben als Ministrant gewissenhaft aus, sowohl während des Gottesdienstes als auch in anderen Kirchendiensten. Er gewann das Vertrauen der anderen Mitglieder der Pfarrgemeinde und die Anerkennung des Pastors, und zu seiner großen Freude wurde auch sein Freund Bitu Ministrant in der Kirche.

Leider hatte João nicht dasselbe Glück wie Tim. Sein Vater verbot ihm, seine Schule als Fußballspieler zu vertreten. Er war ein guter Mittelstürmer, aber sein Vater nahm ihm allen Wind aus den Segeln. Mit Enthusiasmus hatte er sich für das Nachmittagstraining vorbereitet. Er hatte das Trikot angezogen, die Fußballschuhe gegriffen und wollte gerade das Haus verlassen, als sein Vater ihm von der Ladentür aus zurief:

»Wo willst du eigentlich hin?«

»Zum Training, Vater.«

»Training? Zieh sofort diese Klamotten aus und hilf mit, die Ware abzuladen, die gerade eingetroffen ist!«

Er war wie vom Schlag getroffen und wollte gerade antworten: »Aber Vater, für mich ist es sehr wichtig, der Schule dabei zu helfen, Trophäen zu gewinnen«, gab aber auf, als er seine Mutter in der Tür erblickte, die ihm mit einem Zeichen zu verstehen gab, dass es besser sei, nachzugeben.

»Scheiße«, murrte er, als er zurückging.

Zu seinem Pech hörte es sein Vater, der ihn von hinten ergriff und zu Boden stieß. Beim Fallen schlug er sich die Stirn blutig und er erhielt weitere Schläge, selbst nachdem er schon auf die steinige Straße gefallen war.

»Ich werde dir zeigen, was Scheiße ist!«

Der Junge blutete, aber das beeindruckte den Mann keineswegs, denn er zog sich den Ledergürtel aus der Hose. João versuchte, sich mit den Händen vor den Schlägen zu schützen, aber sein Vater hielt sie fest und schlug weiter auf den wehrlosen Körper ein. Die Leute kamen aus ihren Häusern, die Geschäfte leerten sich und eine Menschentraube bildete sich um die beiden. João pinkelte in die Hose, als sich der Apotheker Aristeu näherte.

»Der arme Junge, jetzt ist es aber genug! Sehen Sie nicht, dass er blutet?«

Der grobe Mann ließ die Hände seines Sohnes los, als er die Menge der Schaulustigen bemerkte. Außerdem sah er, wie Vicenta ihr Gesicht in den Händen verbarg und weinte.

Er drehte seinen Kopf und schaute auf die Menschenmenge.

»Das ist mein Sohn und ich weiß, wie ich ihn zu behandeln habe. Verschwindet!«

Die Leute verzogen sich allmählich, und Aristeu starrte Genésio an, während er dem Jungen auf die Beine half.

»Ich bin in der Apotheke, falls Sie wollen, dass ich den Jungen verarzte.«

Der Apotheker war durch seine Praxisnähe und seine große Erfahrung im pharmazeutischen Bereich bekannt. Seine reichen Kenntnisse über Medikamente und deren Anwendung für die verschiedensten Krankheiten kamen der ganzen Bevölkerung von Madrigal und der Umgebung zugute. Aber er ließ es nicht dabei bewenden, sondern betätigte sich auch als Psychologe, Lehrer, Krankenpfleger, Wunderheiler, Gesundbeter und als Arzt, der er nicht war. Das örtliche Krankenhaus war unbedeutend; es arbeiteten dort nur zwei Ärzte und drei Krankenschwestern, und in schwierigeren Fällen wurden die Patienten in die Hauptstadt gebracht. Aber viele zogen es vor, Aristeu zu konsultieren, der sich fast nie in seinen Diagnosen irrte.

João wurde von seiner Mutter ins Haus gebracht, während er zwischen den Lippen hervorstieß:

»Eines Tages bringe ich ihn um.«

»Schsch!! Halt’ den Mund, mein Junge. Wenn er dich hört, stirbst du vorher. Ich säubere erst einmal deine Wunde und lege einige Kräuter darauf, damit sie sich nicht entzündet. Es tut nicht weh.«

Natürlich war diese letzte Behauptung eine Lüge, und als sie die Kräuter auflegte, schrie er vor Schmerzen.

Der arme Junge, nur weil er ein bisschen Spaß haben wollte, hatte ihn sein eigener Vater so brutal behandelt. Am schlimmsten war die Demütigung durch die Tatsache, dass er vor allen Leuten in die Hose gepinkelt hatte.

Er ging zum Laden hinüber und schaute Genésio kein einziges Mal in die Augen. Seine Stirn brannte und der Geruch der Kräuter drang ihm in die Nase. Während er hart arbeitete, wünschte João seinem Vater den Tod.

Diese Nacht war schrecklich für meine Familie. Papa kam spät nach Hause, roch nach Urin und warf alles um, das ihm im Weg stand, darunter auch die Vase aus portugiesischem Porzellan, die seine Großmutter ihm geschenkt hatte. Die Jungen wohnten der Szene nicht bei, aber als sie durch den Krach, den ihr Vater im Haus veranstaltete, geweckt wurden, wussten sie gleich, was vor sich ging, denn diese Szenen kamen immer häufiger vor. Fred zog sich die Bettdecke über den Kopf, damit niemand sein Weinen hörte. Tim starrte stumm an die Decke. Er wusste nicht, für wen er mehr Mitleid empfand, für seinen betrunkenen Vater oder seine Mutter, die bei alledem standhaft bleiben musste.

Die harten Getränke bezahlte Papa nicht mehr in bar, denn dafür hatte er nicht mehr genug Geld. Er hielt sein Versprechen, das Angesparte nicht anzutasten, das nur im äußersten Notfall benutzt werden durfte. Er sagte, dass er am Ende des Monats eine neue Arbeit finden würde; und dieser Spruch wiederholte sich jeden Monat. Er arbeitete als Gelegenheitsarbeiter bei der Renovierung eines Hauses in einer Nachbarstraße. Papa schuftete wochenlang, um am Ende einen Sack Bohnen zu erhalten. Der Hausbesitzer behauptete, er hätte kein Geld, und ein Sack Bohnen war besser als nichts. Tereza beschwerte sich:

»Bohnen gibt es überall in der Stadt, was wir brauchen, sind neue Töpfe, die gibt es nirgends.«

Papa arbeitete auch als Weißbinder für die Kirche. Als die Arbeit fast beendet war, bat ihn der Pfarrer, seine Dienste als »ehrenamtlich« zu betrachten, weil das für die Malerarbeiten vorgesehene Geld aus der Kirchenkasse gestohlen worden sei und der Bischof keinen Heller mehr nach Madrigal schicken würde. Die beiden anderen Männer ließen sich vom Sermon des Pfarrers beeindrucken und akzeptierten diesen Vorschlag, aber Papa nicht. Er argumentierte, dass er erstens kein Katholik sei und zweitens schon vor Arbeitsbeginn den Preis für seine Dienste genannt habe. Es war zwecklos, sich zu ereifern, denn der Pastor bat um Vergebung, sagte, dass er sie nicht bezahlen könne, wandte sich um und ging von dannen.

Ich hörte, wie mein Vater diesen Pharisäer mit Kraftausdrücken beschimpfte, die er niemals vor seinen Söhnen ausgesprochen hätte.

Die Trinkerei spendete ihm keinen Trost mehr. Es war, als ob er von einem Loch im Boden verschlungen würde und es niemanden gab, der ihm helfen konnte. Die Stadt zu verlassen und an einem anderen Ort Arbeit zu suchen, gehörte nicht zu seinen Plänen, und das war sein größter Fehler.

So sah ich weiter zu, wie er sich immer wieder betrank, Selbstgespräche führte und sich danach nach Hause schleppte.

»Verflucht sei der Mann, der meinen Gewinn geklaut hat!«, lallte er, als er durch die Straßen wankte.

Nachdem er diesen Satz mehrfach wiederholt hatte, setzte er sich mitten auf die Straße und weinte.

In einer dieser Nächte nahm ich seine Hand, streichelte sie und weinte zusammen mit ihm. Durch die Tränen hindurch sah ich den Hexer an einer Ecke stehen. Mein Herz war vom Mitleid für meinen Vater eingenommen. Wie konnte ein so intelligenter und großherziger Mann an diesen Punkt gelangen? Ich wünschte mir, ich hätte ihm beistehen können, als das alles passierte. Überhaupt wünschte ich mir, ich wäre in meiner Kindheit in der Lage gewesen, ihm in solch tragischen Situationen beizustehen.

Leider erfahren wir normalerweise nicht alle Dinge, die unser Leben direkt oder indirekt beeinflussen. Ich rief den Hexer bei einem anderen Zwischenfall, als mein Vater auf der Straße hingefallen war und gleichzeitig lachte und weinte.

»Tun Sie doch irgendwas!«, schrie ich mit einer Mischung aus Zorn und Traurigkeit.

»Und was, Tim?«

»Muss ich das noch sagen?«

»Sagen Sie, was Sie wollen.«

»Ändern Sie diesen Zustand, tun Sie etwas, um meinem Vater zu helfen!«

»Das kann ich nicht. Es tut mir Leid.«

Als ich das hörte, gipfelte meine erste Reaktion in dem Wunsch, auf ihn einzuschlagen. Aber ich hielt mich zurück und fragte ihn:

»Empfinden Sie kein Mitleid für meine Familie?«

»Selbstverständlich habe ich Mitleid, großes Mitleid sogar, aber ...«

In diesem Moment drehte ich ihm den Rücken zu und brüllte: »Dann hauen Sie endlich ab! Ich habe sowieso nie an Hexer geglaubt!«

In der nächsten Nacht verschlimmerte eine traurige Überraschung Papas ohnehin schlechten Zustand.

Als er im Bordell ankam, nahm die Zuhälterin das Geld entgegen und kam gleich auf den Punkt:

»Ich weiß nicht, ob sie Sie empfangen will, es geht ihr in letzter Zeit nicht gut.«

Er öffnete die Tür und erblickte sie; sie hatte ihm den Rücken zugewandt und starrte zum Fenster. Als er auf sie zu trat, erzählte sie ihm die Neuigkeiten.

»Das hat noch gefehlt! Und wenn es nicht von mir ist?«

»Ich habe eine ansteckende Krankheit erfunden, das hat die anderen Kunden abgeschreckt. In der letzten Zeit habe ich nur mit Ihnen geschlafen, das wissen Sie genau.«

Sie beugte sich nach vorn, um sich zu übergeben. Anschließend wischte sie sich den Mund mit einem zusammengeknüllten Tuch ab und murmelte:

»Ich möchte dieses Kind haben.«

Die Chefin stand, beide Hände in die Hüften gestemmt, an der Rezeption und schaute ihn an, als erwarte sie irgendeinen Kommentar. Er rief sie zu sich, und sie diskutierten in einer Ecke.

»Ich kann hier keine schwangere Frau gebrauchen. Sie muss abtreiben.«

»Ich habe versprochen, dass ich mich um sie kümmere. Ich brauche nur etwas Zeit, um einen Ort zu finden, an dem sie bleiben kann ...«

»Sie ist meine beste Angestellte, sie hat üppige Kurven, schlanke Beine und feste Brüste, und auch wenn der Kundenandrang wegen dieser blöden Geschichte zurückgegangen ist, möchte ich sie nicht verlieren.«

Papa fasste sich an den Kopf. Ein Anfall der Verzweiflung überfiel ihn und er schien nach Atem zu ringen. Seine Augen nahmen einen seltsamen Ausdruck an, als er die Frau gegen die Wand stieß.

»Hören Sie, dieses Mädchen ist lange genug ausgebeutet worden und Sie haben nicht das Recht, über unser Kind zu entscheiden.«

Die alte, mit allen Wassern gewaschene Frau streckte ihre Hand mit der Handfläche nach oben aus.

»Und was bekomme ich für mein Schweigen?«

Er gebrauchte einen Teil seiner Ersparnisse, um sie zu bezahlen, und wollte das Mädchen mit dem Zug zu Tante Geórgia schicken, wo sie unterkommen konnte. Das alles tat er, ohne dass Mama Verdacht schöpfte. Nur Tereza fand es merkwürdig, wie er das Haus betrat und es gleich wieder verließ.

»Mann, du kommst mir vor wie vom Teufel besessen.«

Er sagte nichts, sondern beeilte sich, zum Bahnhof zu kommen. Als das Mädchen nicht zum vereinbarten Zeitpunkt erschien, fühlte er, dass etwas nicht stimmte. Die ganze Zeit musste er auf der Hut sein und sein Gesicht verstecken, wenn er einen Bekannten sah. Er war es leid, noch länger zu warten und machte sich auf den Weg zum Bordell.

Die Besitzerin verhinderte, dass er die junge Frau zu Gesicht bekam. Sie lag unten im Keller, nachdem sie das Kind durch einen Tee, eine Mischung aus verschiedenen Kräutern und Wurzeln, abgetrieben hatte. Die Zuhälterin hatte ihr diesen Tee verabreicht und sie angelogen, es sei auf Anordnung meines Vaters geschehen.

Ohne ein Zuhause und ohne Geld blieb dem Mädchen nichts anderes übrig, als den Tee zu trinken.

Papa schlug voller Zorn mit der Faust auf den Tresen. Die Leiterin des Freudenhauses sagte voller Sarkasmus:

»Haben Sie ernsthaft geglaubt, ich würde sie gehen lassen? Sie wird mir noch viel Geld einbringen!«

Als er auf sie losgehen wollte, fügte sie hinzu:

»Sie sollten eher Ihre Familie und Ihren guten Ruf im Auge haben; das ist wichtiger als eine schwangere Nutte. Denken Sie daran.«

Weinend und mit zitternden Knien verließ er den Ort. Er hasste sich und verfluchte den Tag, an dem er begonnen hatte, das Bordell aufzusuchen. Er hatte Mitleid mit dieser jungen Frau, die das Kind haben wollte. Er vergaß zwar ihren Namen, aber niemals den letzten Blick, den sie ihm zugeworfen hatte.

Das Mädchen verstarb infolge einer starken Blutung. Meine Familie hat niemals davon erfahren.

Das Finale der Jugendspiele in Madrigal stand kurz bevor. Tim würde seine Schule vertreten und war zuversichtlich. Er erhielt eine gute Nachricht von Papa, einen Monat, bevor er den Wettbewerb gewinnen sollte.

»Tim, wach auf! Hör', was sie im Radio sagen.«

Sie stiegen schnell die Treppe herunter, es lief eine Sendung über Roger Ray; es hieß, dass er zum großen Finale in Madrigal anwesend sein würde. Tim rieb sich die verschlafenen Augen und konnte kaum glauben, was er da hörte: Sein großes Vorbild würde nach Madrigal kommen und es könnte ihm vielleicht gelingen, in seine Nähe zu gelangen.

»Eine tolle Nachricht, nicht wahr?«, fragte Mama und umarmte ihn.

Papa strahlte über das ganze Gesicht. Diese Szene werde ich nie wieder vergessen, denn er war in den letzten Tagen so bedrückt gewesen und plötzlich lächelte er so fröhlich, wie ich es noch nie gesehen hatte.

»Also, der zukünftige Medaillengewinner gibt uns die Ehre seiner Anwesenheit bei unserem großen Fest«, fügte der Sprecher enthusiastisch hinzu:

»Er wird unseren Nachwuchs für den Sport gewinnen, und wenn Gott es will, gibt er womöglich eine Kostprobe seines Talents.«

Am Ende sagte er noch einmal: »Roger Ray, die Medaillen-hoffnung des Landes, kommt nach Madrigal! Seine Anwesenheit ist bestätigt, es wird mit Sicherheit ein unvergessliches Fest werden!«

Tim riss die Augen auf, jetzt war er hellwach.

»Papa, stell' dir vor, er schwimmt zusammen mit mir!«

»Das wäre das Größte, mein Sohn! Drücken wir die Daumen, dass das passiert!«

Sie feierten die Nachricht, und weil es nicht viel zu essen gab, backte Mama Plätzchen, die allerdings nicht richtig aufgingen, weil es keine Hefe gab. Tim stellt sich vor, wie er vor seinem Vorbild stehen würde, und hatte plötzlich eine »brillante« Idee. Er ging in sein Zimmer, nahm den Ford-Laster, Baujahr 31 – den-selben, den er zum Geburtstag bekommen hatte – aus dem Regal und verstaute ihn in der Schublade. Am nächsten Tag reinigte Tereza das Zimmer, fand das Auto in der Schublade und stellte es zurück zu den anderen.

Tim war wütend auf sie.

»Er gehört nicht mehr zur Kollektion. Ich schenke ihn Roger Ray!«

»Ah, entschuldigen Sie, Herr Tim«, antwortete sie mit ironi-schem Unterton, »das wusste ich nicht.«

Anschließend legte sie das Modell wieder in die Schublade und zwinkerte ihm zu.

Fred und Bitu erhielten gewöhnlich einige Münzen und Süßig-keiten von Padre Benedito. Er verteilte die Köstlichkeiten immer nach den Versammlungen an die Ministranten, aber das Geld steckte er ihnen heimlich zu.

Eines Tages, gegen Abend, sagte Mama halb im Spaß zu Tim:

»Hol' deinen Bruder. Er scheint sich nicht mehr an den Nach-hauseweg zu erinnern.«

Tim nahm es ernst, griff eine Taschenlampe und ging zur Kirche. Auf dem Weg schaute er aufmerksam in alle Winkel, um irgendwo den verirrten Bruder anzutreffen.

Er schob die Kirchentür auf und setzte sich auf die letzte Bank. Die Kirche war leer. Einige Minuten später wagte er sich weiter vor und erreichte den Korridor, der zum Zimmer des Pfarrers führte. Er hörte leise Stimmen.

»Langsamer, Fred ... so, von unten nach oben, ganz sanft ...«

Er spähte durchs Schlüsselloch und sah den Kirchenmann in einer Badewanne sitzen, die in seinem Schlafzimmer stand. Ich ließ Tim dort stehen, ging hinein und hockte mich neben die beiden. Fred fuhr mit seiner Hand linkisch über den Rücken des nackten Mannes.

Der Pastor nahm seine Hand und ließ ihn seine Brust einseifen.

»Du Schwein!«, rief ich und bemerkte den Hexer, der auf dem Bett saß.

»Ja, leider ...«, pflichtete er mir bei und schüttelte den Kopf.

Ich warf einen schnellen Blick zur Tür. Tim schaute immer noch durchs Schlüsselloch.

»Geh' nach Hause, und zwar sofort!«, schrie ich und packte Fred an seiner mageren Schulter.

Er war sichtlich verlegen und der widerliche Pfarrer nutzte seine Unschuld aus. Ich begann, Schaum in seinem Gesicht zu verteilen, in der Illusion, dass er in seinen Augen brennen würde. Es schien tatsächlich zu funktionieren, denn er begann, sich die Augen zu reiben. In diesem Moment lief Tim weg, vergaß jedoch die Taschenlampe auf dem Boden neben der Tür.

Als er fast zu Hause war, holte Fred ihn ein. Er war völlig außer Atem.

»Mama macht sich Sorgen. Sie meinte, du würdest den Nachhauseweg nicht mehr kennen.«

Fred grinste verlegen, und die beiden gingen ins Haus.

»Na endlich, Frederico! Du solltest nicht so spät nach Hause kommen. Hast du keinen Hunger?«, meinte Tereza verwundert und zeigte auf die alten Kekse auf dem Tisch.

»Warum fragt Mama ihn nicht, wo er so lange war und was er getrieben hat?«, fragte ich den Hexer.

»Sie wird andere Probleme haben«, antwortete er und wies in eine Ecke des Wohnzimmers, wo sie mit gesenktem Kopf saß.

Tim ging hoch in sein Zimmer und vergewisserte sich, ob das Modellauto noch in der Schublade war, oder ob er wieder mit Tereza streiten musste. Zu seiner Zufriedenheit fand er es noch dort.

Ich ging hinaus, um eine bestimmte Person zu besuchen.

Als ich in das Haus trat, wurde sie gerade von ihrem betrunkenen Mann verprügelt. Judith, die Hexe, erhielt einige Fußtritte, obwohl sie am schon Boden lag, und wurde dabei beschimpft und gedemütigt. Später saß sie auf dem schmutzigen Küchenboden und weinte.

»Mieser Taugenichts!«, stieß sie hervor, während ein Blutrinnsal über ihr Gesicht lief.

Ihr Ehemann hatte eine Vase auf ihrem Kopf zertrümmert.

»Wenn hier jemand nichts taugt, dann bist du es, fette Kuh! Hässlich wie die Nacht, und kannst nicht mal ein Kind bei dir behalten. Nicht mal das Kind wollte in deinem fetten Bauch bleiben, alte Schlampe.«

Daraufhin schluchzte sie laut und herzzerreißend.

Ich setzte mich zu ihr und ergriff ihre blutige Hand. Man konnte den Mond und die Sterne sehen, aber für sie hatten sie keinen Glanz.

»Hexer?«, rief ich vage.

Er stand angelehnt im Türrahmen und schien dasselbe zu empfinden wie ich.

»Das heißt also, dass sie Kinder verloren hat, die Arme. Das erklärt die vielen Spielsachen in ihrem Zimmer und den Hass, den sie gegenüber anderen Kindern empfindet.«

Er nickte mit dem Kopf und beobachtete bedauernd die schluchzende Frau. Ihr Mann ließ sich ins Bett fallen und schlief seinen Rausch aus. Der Hexer und ich blieben die ganze Nacht bei ihr und schauten zu, wie sie viele Zigaretten rauchte und nicht schlafen konnte, bis der Mond und die Sterne verblasst waren. Ich verstand ihren Schmerz und beklagte, dass andere sie nicht verstehen konnten.

Die Tage vergingen und der Pfarrer hörte auf, Fred weiter zu belästigen, weil er Tims Taschenlampe gefunden hatte. Der Kirchenmann nahm sie mit zur Schule und bat die Lehrerinnen, ihre Schüler zu fragen, wem sie gehörte. Als Tim sie in der Hand seiner Lehrerin sah, bekam er einen Schreck, denn bis dahin war es ihm gar nicht in den Sinn gekommen, dass er sie vergessen hatte. Er hielt den Mund und riss nur die Augen auf.

»Sie gehört mir!«, sagte Pinkel-João und hob seine Hand.

»Na, dann nimm sie.«

Als er zu ihr kam, beugte sie sich vor und flüsterte ihm ins Ohr:

»Pass auf, wenn du weggehst, um zu beten, besonders im Dunkeln.«

João verstand kein Wort und nahm die Taschenlampe. Ich atmete tief durch und war ihm dankbar für diese Lüge.

Am nächsten Tag wartete der Pfarrer die Pause ab, packte ihn am Arm und zog ihn hinter die Schule.

»Bengel, wenn du das noch mal machst, geh' ich zu deinem Vater und erzähl ihm, wo du dich so rumtreibst.«

João fing an zu zittern und erinnerte sich an die letzte Tracht Prügel.

»Verzeihung, Padre Be...«

»Schwörst du, das nie mehr zu tun?«, fragte er und drückte kräftiger zu.

»Ich schwöre es, ich werde nie mehr im Dunkeln beten. Ich schwöre es, ich schwöre es!«

»Hmm, das klingt schon besser. Lass dich dort nie mehr blicken! Verstanden?«

»Ja, Herr Pfarrer.«

So blieb es zwischen ihnen abgemacht. Man konnte die Fingernagelabdrücke des Pfarrers auf Joãos Haut erkennen, als er mit dem festen Glauben auf den Schulhof zurückkam, dass es eine Sünde sei, im Dunkeln zu beten.

Das größte Opfer des Pfarrers unter all den Kindern in Madrigal war ein anderer Ministrant, der gerade zehn Jahre alt war. Ich erinnere mich nicht an seinen Namen, aber seine Veränderung wird für immer in meinem Gedächtnis verankert sein. Die Belästigungen des Priesters wurden immer drängender und endeten schließlich in der Vergewaltigung des Kindes.

Ich war den Schritten dieses perversen Menschen gefolgt, der hinter seiner Kutte seine pädophilen Fantasien verbarg und seine repräsentative Rolle in der Gesellschaft schamlos ausnutzte. So war ich zugegen, als er der Kindheit dieses Jungen voller Träume ein jähes Ende setzte.

»Tun Sie etwas, Hexer!«, bat ich, während ich voller Abscheu und Mitleid weinte.

Er schüttelte nur den Kopf.

»Wer sonst?«, schrie ich. »Sehen Sie doch! Was für eine Szene!« Ich ließ mich kraftlos zu Boden fallen.

»Ich bin genauso traurig, Tim«, sagte er mit Tränen in den Augen, »und ich würde alles tun, um es zu verhindern, aber ich kann es nicht.«

»Und warum nicht?«

»Ich kann weder die Geschehnisse noch die Taten der Menschen verhindern.«

Ich richtete meinen Blick auf ihn und ich gestehe, dass ich ihn zusammengeschlagen hätte, wäre ich dazu in der Lage gewesen. Warum hatte er mich bis zu diesem Punkt gebracht, wenn es keine Möglichkeit gab, einzuschreiten?

Ich hatte alle Illusionen verloren.

»Es gibt keine Hexer«, sagte er, als er sich die Tränen abwischte.

»Er ist ein Kind, ein unschuldiges Kind! Schauen Sie in sein Gesicht, damit Sie die traurige Seele hinter seinen Augen wahrnehmen.«

»Ja Tim, ich sehe es.«

Ich trat voller Wut in den Hintern dieses abscheulichen Kirchenmannes.

Die Schulleistungen des Jungen ließen drastisch nach, er lief mit gesenktem Kopf umher, voller Scham und Schuldgefühl, weil er nicht in der Lage gewesen war, sich gegen diesen Mann zu wehren, den er einst bewundert hatte. Er wurde fast jede Nacht von Albträumen gequält und verwandelte sich in ein apathisches Kind ohne Träume, ohne Perspektiven und ohne Lebenslust. Ich ging gelegentlich zu den Messen dieses Scheusals und wünschte ihm den Tod. Wer solch ein Verbrechen begeht, quält ein Kind nicht nur physisch, sondern zerstört auch eine Kindheit, ein ganzes Leben.

Aber sprechen wir nach diesem düsteren Geschehnis über Tims großen Tag. Roger Ray war schon früh im Haus des Bürgermeisters angekommen, wo er während des Ereignisses untergebracht war.

»Der Popel-Gil hat vielleicht ein Glück!«, dachte Tim laut.

Die Luxuslimousine des Bürgermeisters, die vor dem Tor stand, wurde dem jungen Mann samt livriertem, geschniegeltem Chauffeur zur Verfügung gestellt und weckte die Aufmerksamkeit einer Menge Schaulustiger. Viele wollten ihr Idol aus der Nähe bewundern, aber sie mussten sich bis zum Schulfest gedulden.

Ich ging ins Haus und sah ihn, wie er auf dem pompösen Bett des Gästezimmers lag, sich von einer Hausangestellten mit einem Fächer frische Luft zuwedeln ließ und sich über irgendetwas beschwerte.

»Was für ein armseliges Nest! So viele arme und schlecht gekleidete Leute. Zu viele!«

Die elegante Dame, die ihn begleitete, öffnete den Vorhang.

»Mein Sohn, sieh nur, wie viele Menschen da draußen sind!«

»Keine Lust! Mach den Vorhang zu!« Anschließend schlug er sich auf den eigenen Arm. »Scheiß Moskitos!«

»Also Roger, es sind doch deine Fans.«

»Solche Fans können mich mal. Ich will sie nicht!«

Die Frau schloss den Vorhang und ging zur Zimmertür, weil jemand geklopft hatte.

»Frau Ray, der Bürgermeister lässt ausrichten, dass das Frühstück in fünf Minuten serviert wird.«

»Danke schön.«

Er verzog das Gesicht, als er das hörte, stieß die Hausangestellte an den Arm, damit sie mit der Wedelei aufhöre, schmierte sich Pomade ins Haar und puderte sein Gesicht. Ich amüsierte mich. Ich hatte nicht mehr gelacht, seit der Junge missbraucht worden war.

In der Stadt tummelten sich jede Menge Fernseh- und Radioleute, dazu Journalisten, die bis hierher gekommen waren, um über dieses epochale Ereignis zu berichten. Roger Ray ließ sich fotografieren und gab Interviews, wobei er sich immer in Pose stellte. Der junge Mann besuchte etliche Plätze in der Stadt sowie einige Fazendas, unter ihnen Genésios Anwesen. Von dort wollte er schnell wieder weg; er gab an, ihm sei schlecht.

Tim klammerte sich an das Tor vor dem Haus des Bürgermeisters, aber ein Wärter verscheuchte ihn. Er versuchte vergeblich, auf seine Beziehungen zu pochen:

»Ich bin ein Freund von Gil.«

»Heute sind alle seine Freunde. Verschwinde, Steppke!«, antwortete der Muskelprotz.

»Herzloser Grobian!«, schrie ich ihn an.

Tim kam heulend nach Hause und hörte erst auf, als Mama ihn tröstete.

»Heute Nachmittag wirst du mit Roger im selben Schwimmbecken sein. Spar dir deine Tränen.«

Tim trainierte in der Schule, beendete den Abschlusstest weit vor den anderen Jungen und zeigte, dass er ein würdiger Kandidat war.

Am Anfang des Nachmittags gingen die Bewohner voller Erwartung in die Schule.

Genésio ließ es sich nicht nehmen, seinen Sohn dorthin zu begleiten. Fred nahm, wie immer, an einem Jugendtreffen in der Kirche teil. Unter den Kindern war auch der missbrauchte Junge, der schweigend mit gesenktem Kopf dasaß. Der Pfarrer tat so, als wäre nichts geschehen, gab ihm ein paar Klapse auf den Rücken und lobte ihn.

Tim verließ das Haus vor seiner Mutter und trug in einer Tasche das Geschenk für sein Idol. Er fuhr mit seinem Fahrrad, ohne auf die Löcher der Straße zu achten, und während er in die Pedale trat, stellte er sich den magischen Augenblick vor, an dem er vor Roger Ray stehen und ihm das schönste Modell seiner Kollektion schenken würde.

»Das ist für Sie«, würde er bei der Überreichung des Geschenks sagen.

»Oh, was für eine schönes Auto! Wie heißt du, mein Junge?«

»Tim. Ich heiße Tim Ligier«, würde er antworten, und Roger würde ihn kräftig umarmen.

Er ließ den Lenker los und fuhr freihändig weiter. Das Fahrrad geriet in ein Loch und er verlor das Gleichgewicht.

Die frisch gewaschene und gebügelte Kleidung verwandelte sich in ein braunes schmutziges Etwas, das an seinem Körper hing. Der Staub knirschte zwischen seinen Zähnen und seine Haare standen vom Kopf ab. Er stand auf, spuckte den Staub aus und versicherte sich, ob das Auto nichts abbekommen hatte.

Er stieg wieder auf sein Fahrrad, stellte sich den großen Augenblick vor und lächelte.

So fuhr er träumend und fröhlich vor sich hin. Manchmal brauchen wir Illusionen, um glücklich zu sein.

Das Fest begann mit den Reden des Bürgermeisters, einiger Sportfunktionäre und der Schuldirektorin. Dann war Roger Ray an der Reihe, war aber zerstreut und brachte kein Wort heraus.

»Liebe Bürger von ...«, begann er, aber er hatte den Namen unserer Stadt vergessen.

»Madrigal«, flüsterte ihm der Bürgermeister ins Ohr.

»Natürlich! Entschuldigen Sie ... Madrigal ...«

Einige Pfiffe waren zu hören.

»Also, ...« Er versuchte weiterzusprechen, aber eine Biene flog um seinen Kopf herum, woraufhin er wie ein Hampelmann auf der Bühne herumzappelte.

Er hüpfte, schimpfte und schlug mit den Händen um sich. Die anderen Leute auf der Bühne schauten nur regungslos zu, während sich das Publikum vor Lachen bog. Auch der Hexer amüsierte sich königlich.

Das Ende der Rede wurde dem jungen Mann erspart, der Bürgermeister ergriff wieder das Wort und erklärte die Jugendspiele für eröffnet.

Roger Ray wurde in das Zimmer der Direktorin gebracht, das eigens für ihn und seinen Anhang umgestaltet worden war. Er trank eine Menge Wasser, um sich zu beruhigen, schimpfte und verfluchte diese Stadt, in der es vor Insekten nur so wimmele.

»Mich hat keine einzige Biene gestört«, sagte seine Mutter immer wieder.

Jemand klopfte an die Tür, um ihn zu informieren, dass die Siegerehrung in zwanzig Minuten stattfinden würde, und dass er hier sei, um die Medaillen zu vergeben.

»Okay, ich komm' ja schon«, sagte er und verzog das Gesicht.

Mama hatte sich etwas verspätet und wurde von der Direktorin eilends zum Schwimmbecken gewiesen. Sie hatte sich einen der besten Plätze reservieren lassen, um dem Wettkampf ihres Sohnes zuzuschauen.

Tim übergab dem Trainer seine Kleidung.

»Bitte passen Sie auf meine Kleider auf.«

Der Mann schaute verdutzt auf die verdreckten Stofffetzen.

Als er ins Wasser sprang, fühlte er sich wie Roger Ray. Die Leute feuerten ihn an.

»Zeig es ihnen! Hol dir die Medaille!«

»Tim, wir lieben dich! Du bist der Größte!«

Als er zu den Startblöcken ging, sah er viele seiner Freunde, die ihn frenetisch anfeuerten: Popel-Gil, Einauge, Kack-Julio, Micaela, Mônica und Mama.

Zur seiner Überraschung stand auch Pinkel-João auf der Tribüne. Er hatte die Arme verschränkt und warf ihm wütende Blicke zu.

Tim sah nur João, aber er sah nicht João und den Hexer, Seite an Seite.

Er siegte mit großem Vorsprung, gewann die Medaille und erfüllte den Bürgermeister vom Madrigal mit Stolz. Viele Wettbewerbe standen noch bevor, aber dieser erste Sieg war etwas Besonderes für Madrigal und er wurde in der Presse gebührend erwähnt. Als die Medaillen vergeben wurden, suchte er mit einem Blick seinen Vater in der Menschenmenge, während der Sprecher ankündigte:

»Meine Damen und Herren, wir rufen jetzt die Sieger der ersten Kategorie und ihre Angehörigen zur Siegerehrung.«

Er reckte sich und drehte seinen Kopf nach allen Seiten, aber er konnte weder Papa noch Fred auf der Tribüne ausmachen. Auf der anderen Seite standen die Ehrengäste und unter ihnen ein Mann, den er für Roger Ray hielt. Aber so sehr er sich auch bemühte und sich auf die Zehenspitzen stellte – er konnte ihn nicht richtig sehen, weil immer jemand vor ihm stand und sich alle pausenlos bewegten. Der Junge, der den dritten Platz belegt hatte, erhielt die Medaille aus den Händen seines Vaters, und so war es auch mit dem Zweitplatzierten. Beide wurden vom Bürgermeister umarmt und erhielten frenetischen Applaus.

Tim versuchte noch einmal, seinen Vater zu entdecken und ließ seinen Blick über die Menschenmenge schweifen. Aber er konnte nur Mama ausmachen, die auf dem Weg zum Podium war. Sie lief an der Seite eines Mannes, den er nicht kannte und dessen Name vom Sprecher genannt wurde. Es war ihm auch einerlei, denn es war jedenfalls nicht Roger Ray.

Als die beiden am Podium ankamen, rief der Sprecher den Namen des Siegers aus. Tim wollte seinen Augen nicht trauen. Wo war Roger? Wer war dieser Mann in Mamas Begleitung? Und warum waren Papa und Fred nicht gekommen?

Er stand dort mit hängenden Armen und zusammengepress-
ten Lippen. Er konnte nicht glauben, dass sein Vater, sein Bruder
und sein großes Vorbild nicht anwesend waren. Die Enttäuschung stand ihm ins Gesicht geschrieben.

Selbst, wenn sein Idol dort stünde – wie würde er ohne die
Hilfe von Papa, der immer die richtigen Worte parat hatte, zum
Ausdruck bringen, wie sehr er diesen Augenblick erwartet hatte? Tim ließ seine Gedanken schweifen und stellte sich vor, wie
Roger zum Kaffee nach Hause eingeladen wurde und Tereza ihre
besten Kuchen und Plätzchen auffuhr. Sie würden sich über das
idyllische Leben in diesem Städtchen und über seine einfachen
Menschen unterhalten. Er würde von seinen Abenteuern am
Wasserfall erzählen, wo er die ersten Schwimmzüge gelernt
hatte. Und heute sei er einer der Sieger der Jugendspiele. Er
würde erzählen, dass Roger immer sein großes Vorbild gewesen
sei und dass er ihn mehrfach im Fernsehen bei seinem »besten
Freund« Gil gesehen hätte, was natürlich Unsinn war. Er würde
ihm seine Modellautokollektion zeigen, und Roger würde von
den vielen Fotos und Zeitungsausschnitten begeistert sein, die
überall an den Zimmerwänden hingen und ihn entweder mit
breitem Lächeln vor verschiedenen Schwimmbecken zeigten
oder zusammen mit irgendwelchen Sportfunktionären.

Roger würde seine Autogramme überall hinterlassen, auf
Papier, Kleidung, Blumenvasen, Betttüchern, Tischdecken, auf
Terezas Schürze, auf Schulheften, auf dem Spiegel über der Kommode und auf allen Autos seiner Sammlung. Er würde versprechen, bald wiederzukommen, und Tim würde von allen in der
Schule bewundert werden. João würde nie mehr seine Früchte
und Kuchen klauen, um sie anschließend auf dem Boden zu zertreten. Im Gegenteil, er würde alles tun, um seine Freundschaft
zu gewinnen.

Tim stand weiter mit geschlossenen Augen da, während der
Mann seine Hand ausstreckte, um ihm zu gratulieren. Mama
stieß ihn mit dem Finger an.

»Hallo Tim«, sagte der Abgeordnete.

»Noch einmal, herzlichen Glückwunsch«, wiederholte der Mann, »wir sind sehr stolz auf dich.«

Tim zwang sich zu einem Lächeln, und Mama bemerkte in diesem Moment seine exorbitante Enttäuschung.

Sie umarmte ihn, nachdem sie ihm die Goldmedaille umgehängt hatte.

Die anderen Wettbewerbe begannen und Tim posierte für verschiedene Fotos.

Der Fotograf korrigierte Hüte und Kragen, berührte die Leute am Kinn und brachte sie in Positur. Dann ging er zu seinem seinen Apparat und schoss mehrere Aufnahmen – alle in schwarz-weiß.

»Wo sind Papa und Fred?«

»Fred ist in der Kirche und dein Papa ... Er hat sich nicht gut gefühlt und ist im Bett geblieben.«

Ihre Stimme kam mir seltsam vor und ich ging nach Hause. Papa lag im Bett, sein Bart war etwas gewachsen, er hatte ein bleiches Gesicht und einen leeren Blick. Es war ein herrlicher Tag, der Vorhang war teilweise geöffnet und gab den Blick auf den höchsten Berggipfel frei den man von hier aus sehen konnte. Er starrte lange Zeit aus dem Fenster. Dann fasste er sich an seinen Unterleib, stöhnte und schaute wieder aus dem Fenster. Ich ging um sein Bett herum, hob sein Hemd an und sah, dass sein Bauch angeschwollen war. Mein armer Papa!

Ich gab ihm einen Kuss auf die Stirn, bevor ich zur Schule zurückkehrte. Ich sah, wie Tereza in der Küche Gemüse für das Abendessen kleinschnitt. Ich gab auch ihr einen Kuss und einen kräftigen Klaps auf den Hintern.

»Tim, ich muss nach Hause. Deinem Vater geht es nicht gut, er braucht mich sicherlich.« Mama hielt seine Hand und lächelte ihn an. »Aber ich habe gehört, dass Roger Ray mit allen Siegern schwimmen wird, alle werden im Schwimmbecken feiern.«

»Er wird schwimmen?«

»Ja. Aber Junge, ich kann leider nicht länger hier bleiben. Erzähl' uns hinterher, wie es war, okay? Und was die Fotos betrifft – ich habe mit dem Fotografen gesprochen, und er hat mir gesagt, dass sie in nur einem Monat fertig sein werden und dass er uns zwei davon schicken wird.«

»Ja, Mama, danke.«

Sie ging eilig weg, und er überlegte sich, wie er in die Nähe seines Idols gelangen könnte.

Tim stellte sich in eine endlose Schlange von Kindern, die ein Autogramm ergattern wollten, aber im Gegensatz zu ihm waren alle in Begleitung ihrer Eltern. Er hatte sich kaum in die Schlange gestellt, als João und seine Vater ankamen und ihn einfach zur Seite stießen. Er wollte aufgeben, aber dann drängelte er sich wieder vor die beiden, um zu zeigen, dass er sich nicht einschüchtern ließ.

An der Tür regelte ein großer Mann mit schweren Händen den Eintritt der Menschen. Als Tim an der Reihe war, legte das Kraftpaket die Hand auf seinen Kopf.

»Moment mal, Junge. Wo ist dein Vater?«

»Zu Hause.«

Von der Stelle aus, an der er stand, konnte er den Eingang des Zimmers der Direktorin nicht sehen. Er erinnerte sich an die Momente, die er dort verbracht hatte. Einmal hatte er eine Papierkugel zurückgeworfen, die João gegen ihn abgefeuert hatte. Die Lehrerin hatte aber nur ihn erwischt und ihn zu einer sehr unangenehmen Unterhaltung zur Direktorin geschleppt. Ein anderes Mal musste er dort einen Bleistiftstummel gegen einen neuen umtauschen. Die Lehrerin hatte den Schülern immer wieder eingebläut, dass sie keine abgenutzten Bleistifte in ihrer Klasse dulde. Wenn sie zur Hälfte verbraucht seien, sollten sie weggeworfen werden. Zu dieser Zeit hatte Papa schon seinen Arbeitsplatz verloren und zu Hause wurde an allen Ecken und Enden gespart. Tim bat seine Mutter um einen neuen Bleistift, aber Mama meinte, er könne den alten noch eine gute Weile benutzen. Als die Lehrerin entdeckte, dass er sich ihrer Anordnung widersetzte, stellte sie ihn vor der ganzen Klasse bloß, indem sie ihn als »arm wie eine Kirchenmaus« bezeichnete. Er wurde allein auf den Flur geschickt und bog links ab zum Zimmer der Direktorin, die ihm zuerst eine Standpauke hielt und ihm anschließend einen neuen Bleistift gab. Er schämte sich, weil ihn die Mitschüler auslachten und weil er arm war, obwohl es den meisten von ihnen nicht besser ging. Als er in die Klasse zurückkam, wurde alles noch schlimmer, denn die Lehrerin hatte alle Aufgaben auf die Tafel geschrieben und sie hinterher abgewischt. Er musste sie also von einem Mitschüler abschreiben. Er saß neben einem Jungen, der es verabscheute, ein Bad zu nehmen, Mundgeruch hatte und nach Kuhstall roch. Ihm wurde übel, aber er schrieb die Aufgaben ab so schnell er konnte.

Jetzt stand er wieder vor dieser Tür, einige Schritte von Roger Ray entfernt, aber ohne diesen verdammten Bleistiftstummel und die damit verbundene Demütigung. Er hatte diesmal etwas Besseres einzutauschen, nämlich ein Modellauto gegen ein Autogramm. Aber worauf würde Roger sein Autogramm geben?

Er sah nach hinten und bemerkte, dass alle entweder ein Blatt Papier, eine Zeitschrift oder ein Heft dabeihatten. Er trug nichts anderes bei sich als seine Kleider, die zudem noch schmutzig und feucht waren.

Der Türsteher musterte ihn von oben bis unten, als João die Hand seines Vaters nahm und sich vordrängelte.

»Ich bin mit meinem Vater hier, er nicht. Lassen Sie uns vorbei.«

Tim wollte etwas sagen, aber ihm fehlten zunächst die Worte. Das Blut wich aus seinem Gesicht und er sah aus wie eine Wachsfigur. Er berührte seine Medaille, während Genésio den Wärter herausfordernd anschaute.

»Aber ich habe gewonnen. Sehen Sie meine Medaille«, brachte er schließlich heraus.

Der Mann schaute auf die blinkende Medaille und ließ ihn eintreten.

João schüttelte den Kopf wie jemand, der das alles nicht billigen konnte. Als Tim eintrat, saß Roger mit dem Rücken zu ihm. Eine Frau kämmte sein Haar und seine Mutter trocknete ihm die Stirn, während er die ganze Zeit einen Spiegel vor sein Gesicht hielt.

»Fertig, mein Junge! Der Schweiß ist weg.«

Tim stand weiterhin hinter ihm, wartete auf den magischen Augenblick und sah nur seine Augenbrauen im Spiegel.

»Was will der Hanswurst?«, fragte Roger, als er im Spiegel einen unbeweglichen Jungen sah, der mager und schmutzig war und an eine Vogelscheuche erinnerte.

Die Frau hörte auf, ihn zu kämmen und machte mit dem Kopf ein Zeichen, als wolle sie sagen: »Sag schnell, was du willst, und verzieh dich, Schmutzfink!«

Er zog das Auto aus der Tasche und streckte seinen Arm aus. Alle drei schauten sich gegenseitig an und dann auf das rote glänzende Modell. In seiner Kinderseele vernahm er einen Schrei, dass die Zeit stehen bleiben möge, denn dieser Augenblick mit einem so wichtigen Menschen war einfach zu schön, um wahr zu sein.

Die Frau nahm das Auto und Roger bedankte sich, ohne sich umzudrehen. Er ließ nicht einmal zu, dass dieser träumende Junge sein Gesicht sehen konnte.

Als Tim sich räusperte, um etwas zu sagen, kam der Gorilla ins Zimmer, um ihn herauszubefördern.

»Die Zeit ist um, Steppke!«

Er wurde hinausgeschoben und hörte über den Lautsprecher, dass Roger Ray das Schauschwimmen mit den Siegern abgesagt habe, weil es ihm nicht gut gehe.

João trat lächelnd ein, und Tim lief um das Schulgebäude herum bis an das Fenster des Direktorenzimmers. Er zog sich an der Brüstung hoch und konnte hineinsehen. Sein Auto war im Papierkorb gelandet, und er sah, wie João eine große reichlich verzierte Schachtel überreichte. Als Roger sie öffnete, strahlte er bis über beide Ohren und umarmte den Jungen. Dann zog er einen schwarzen Zylinder heraus und setzte ihn zum Spaß auf. Tim sah durch das Fenster viel mehr als einen weggeworfenen roten Ford. Er erkannte die Arroganz eines Mannes, den sie im ganzen Land zum Idol aufgebauscht hatten. Und er musste zugeben, dass João dasselbe erreicht hatte wie er, nämlich Roger Ray aus nächster Nähe zu sehen, mit dem Unterschied, dass Tim ihn niemals mehr zu Gesicht bekommen wollte.

Er wischte sich die Tränen ab, stieg auf sein Fahrrad und fuhr nach Hause. Ab und zu wischte er sich mit dem Handrücken über die Augen, seine Unterlippe stand nach vorn und sein Mund stieß ein Weinen hervor, das wie ein trauriges Lied klang - das Weinen eines enttäuschten Kindes.

Als er ankam, ging er direkt ins Badezimmer. Tereza kam, um ihn zu beglückwünschen, und er tat so, als würde er nicht weinen.

Mama kam, als er sich wieder angezogen hatte.

»Komm, wir zeigen Papa deine Medaille.«

Er antwortete nichts. Er war einfach zu enttäuscht.

»Dummkopf«, rief ich, als er sich hinlegte, »geh hin und sprich mit ihm.« Es war natürlich umsonst, und ich hörte die Unterhaltung nebenan.

»Ich glaube, er ist wütend, weil du nicht beim Wettbewerb zugeschaut hast.«

»Ach, das gibt sich«, lächelte Papa.

Leider war die Zeit grausam zu Tim. Er war einfach zu jung, um zu verstehen, dass wir die kostbare Zeit mit den Menschen, die wir lieben, auskosten müssen. Er meinte, er könne auch noch später mit Papa sprechen und ihm sagen, wie sehr er ihm an diesem Tag in der Schlange gefehlt habe, als die Eltern die Hände ihrer aufgeregten Kinder gehalten und ihnen Sicherheit vermittelt hatten. Außerdem würde er erzählen, wie groß die Enttäuschung war, die Roger Ray ihm bereitet hatte.

Wie schade, Tim, wie schade ... dazu ist es nicht mehr gekommen.

Als Fred ins Zimmer trat, fiel ihm die Medaille auf, die auf dem Bett lag.

»Was ist das denn?«

»Eine Medaille, siehst du das nicht?«

»Doch, aber ist das deine?«

»Natürlich! Ich habe gewonnen.«

»Hmm, Glückwunsch!« Er betrachtete die Trophäe.

»Warum warst du denn nicht da?«

»Chorprobe und danach Treffen mit dem Pfarrer.«

»Und das war dir wichtiger, als bei meinem Sieg dabei zu sein?«

»Nein, aber ich hätte nicht fehlen können, das weißt du. Das haben wir im Katechismusunterricht gelernt.«

»Hättest du doch! Ich bin wichtiger als der blöde Chor, der Pfarrer und ...«

Er wurde von seinem wütenden Bruder unterbrochen.

»Hör' endlich auf! Es war nur ein Wettbewerb, sonst nichts.«

»In diesem Wettbewerb habe ich die Goldmedaille gewonnen und unsere Schule vertreten!«

Mama kam ins Zimmer und beendete den aufkeimenden Streit.

Ich war überrascht über Tims Haltung und stolz auf ihn.

Am nächsten Tag schleppte sich Papa durch das Haus, wobei er sich die rechte Seite des Unterleibs hielt und vor Schmerzen das Gesicht verzog, obwohl er das nur tat, wenn niemand in seiner Nähe war. Er übergab sich, und sein Fieber ließ sich auch nicht durch den Tee senken, den Tereza zubereitet hatte. Ich bemerkte den besorgten Blick, mit dem sie ihn beobachtete.

Mama war zum Bahnhof gegangen, um eine Kiste mit bestickten Kleidern abzuschicken. Sie war traurig, als sie sah, dass sie ihr dieses Mal nur wenige Kleider zum Besticken geschickt hatten. Sie befürchtete, dass sie mit der Zeit immer weniger Arbeit haben würde und an Papas Ersparnisse herangehen müsste, die wegen des Vorfalls mit der Bordellbesitzerin ohnehin zusammengeschmolzen waren. Dieses Mal war nur eine Kiste gekommen, die so leicht war, dass sie hätte schwören können, sie sei leer.

Nachdenklich ging sie nach Hause und hoffte, dass sich Papas Zustand bald bessern würde, damit er eine neue Arbeit suchen könne und somit alles wieder in geordnete Bahnen käme. Irgendetwas nahm ihr den Atem, und sie musste einige Male anhalten, um zu verschnaufen.

Als sie schon vor der Haustür stand, wurde sie von Kita angesprochen, die sich über den Zustand ihres Mannes erkundigte und wissen wollte, ob in der Kiste neue Kleider zum Besticken waren.

Sie reagierte gereizt, antwortete mit Schimpfworten und ging rasch ins Haus. Als sie die Kiste öffnete, war nur ein Kleid darin.

Sie fragte Tereza, wie es Papa ginge. Sie sagte ihr, dass er sich mehrfach übergeben habe.

Mama dachte eine Weile nach und entschied:

»Wenn es ihm bis morgen nicht besser geht, rufe ich Aristeu.«

Als Tim und Fred am nächsten Morgen in die Schule gingen, traf der Apotheker gerade ein. In der einen Hand trug er einen Edelstahlkoffer und in der anderen ein Stethoskop.

Papas Haut war gelblich, und um seine Augen herum bildeten sich dunkle Flecken.

Nach einer vierzigminütigen Untersuchung kamen Aristeu und Mama die Treppe herunter. Ich bemerkte, dass sich sein Gesichtsausdruck völlig verändert hatte.

»Ich will nichts beschönigen und Ihnen sagen, dass es nichts Schlimmes ist. Es ist besser, Sie bringen ihn in die Hauptstadt.«

Ihr Gesicht wurde blass, ihr Hals war trocken und ihre Augen waren weit aufgerissen.

Aristeu schaute auf die Treppe, die nach oben führte, und fuhr fort:

»Geben Sie ihm die Medikamente, wie ich es erklärt habe, aber ich kann Ihnen keine Besserung versprechen. Es tut mir Leid.«

»Wollen Sie einen Kaffee?«, versuchte sie ihn noch etwas länger dazubehalten und seinen erfahrenen Augen weitere Informationen zu entlocken. Doch er lehnte ab.

Zu seiner Überraschung ergriff sie seinen Arm und drückte fest zu.

»Seien Sie offen zu mir, ich bin seine Frau.«

»Ich bin mir nicht sicher, ob es wirklich das ist, was ich glaube, ...«

»Und was glauben Sie?«

»Die schlechte Krankheit«, stieß er hervor.

Dieser Ausdruck wurde benutzt, um das Wort Krebs nicht auszusprechen. Die Leute nahmen damals dieses Wort nicht in den Mund, die Ärzte ausgenommen. Aristeu schloss sich dem Volksglauben an, dass ein Fluch auf dem Wort Krebs lag, und benutzte den Begriff, den alle Leute benutzten. Aber das änderte nichts an der Tatsache, dass er mit seinen Diagnosen fast immer richtig lag.

Mama ließ seinen Arm los und hätte beinahe den Halt verloren.

»Ich bin in der Apotheke, falls Sie noch etwas brauchen. Auf Wiedersehen, meine Damen.«

Sie hielt ihre Hand an den Mund und weinte. Tereza führte sie zum Sofa. Ich hockte mich davor und bemerkte den Hexer an meiner Seite.

»Glauben Sie, dass er Recht hat?«, fragte ich.

Er streichelte das Haar meiner Mutter und gab keine Antwort.

Ich ging nach oben; Papa lag im Bett und schaute zum Fenster. Ich legte mich zu ihm und weinte. Ich hatte Angst vor dem, was geschehen könnte, Angst vor dem, was bereits geschehen war.

In ihrer Verzweiflung suchte Mama den Bürgermeister auf. Als sie wieder fortging, fühlte sie sich etwas besser, und begrüßte auf dem Nachhauseweg sogar einige Bekannte mit einem Lächeln. Der Stadtverwalter hatte ihr angeboten, Papa in die Hauptstadt zu fahren, ohne etwas dafür zu verlangen. Sie erzählte es Tereza, und beide lachten erleichtert. Aber die Heiterkeit war vorbei, als sie in sein Zimmer trat.

»Ich gehe nirgendwo hin.«

»Bitte, Greg! Ich bitte dich!«, flehte sie ihn an und kniete sich neben sein Bett. »Der Bürgermeister ist ein guter Mensch und hat klargestellt, dass wir nichts zahlen müssen.«

»Aber ich will nicht. Ich will nirgendwo hin. Das ist mein Zuhause und was immer auf mich zukommt, es soll hier geschehen.«

In diesem Augenblick fing sie an, herzzerreißend zu weinen. Tereza betrat das Zimmer und kam ihr zu Hilfe.

Ich hatte sie nie vorher mit solch funkelnden Augen gesehen.

»Ich erledige das, Tyanna. Du hast ein Kleid zu besticken. Geh' schon.«

Mama ging hinaus.

»Sollen wir dich mit Gewalt wegbringen, Gregório?« Sie nannte ihn nur ganz selten bei seinem vollen Namen, nur dann, wenn etwas nicht stimmte.

»Tereza, du behandelst mich wie einen kleinen Jungen.«

»Genauso benimmst du dich!«

»Sei nicht so streng, ich will hier nicht weg. Wenn ich schon sterben muss, will ich hier sterben.«

»Wer redet vom Sterben?«

»Ich habe gehört, was Aristeu gesagt hat. Ich glaube auch, dass ich eine schwere Krankheit habe. Ich fühle mich innerlich vollkommen leer, wie ein hohler Baum, von dem nur noch die Rinde erhalten ist.«

»In der Stadt kann ein Arzt sagen, was dir tatsächlich fehlt. Denke an deine Frau, lass Sie nicht unnötig leiden.« Sie drehte sich um wie jemand, der die Schlacht schon gewonnen hatte und sagte, bevor sie die Tür hinter sich schloss: »Sag' Bescheid, wenn du fertig bist.«

Der Arzt in der Hauptstadt untersuchte Papa viel schneller als Aristeu, überreichte ihm anschließend eine Schachtel mit

Tabletten und sagte, er habe eine starke Entzündung und müsse dieses Medikament nehmen, um geheilt zu werden.

Der Bürgermeister, seine Frau, Papa und Mama lächelten erleichtert. Die Rückfahrt war recht angenehm. Sie hielten unterwegs an, um Wasser aus einer Quelle am Straßenrand zu trinken. Die Frauen setzten sich auf einen riesigen Stein, der bei den Sprengarbeiten für diese neue Straße freigelegt worden war. Die Frau des Bürgermeisters rauchte ununterbrochen, und Mama musste einige Male niesen. Papa lief langsam mit dem Bürgermeister, der eine Menge Mandarinen von einem Baum am Straßenrand gepflückt hatte, zum Auto. Dort saßen sie mit geöffneten Türen und aßen die Früchte, während sich die Frauen über Hüte und Schuhe unterhielten. Für Mama war es eine Form, sich selbst zu beruhigen: Alles klar, das Problem mit Greg ist gelöst.

Sie schlief die ganze Nacht tief und fest, im Gegensatz zu Papa.

Er wachte auf, nachdem er geträumt hatte, er sei zum Fenster hinausgeflogen, während alle anderen schliefen. Er sah unser Haus von oben und flog bis zum höchsten Berg. Madrigal lag vollkommen im Dunkeln und in einer angenehmen Ruhe. Nachdem er die ganze Stadt überflogen hatte, kehrte er durch das Fenster zurück und fiel ins Bett. In diesem Moment wachte er erschrocken auf.

Genau zwei Monate später erzählte er Mama von diesem Traum.

An diesem Tag wachte er früh auf und wusste, dass sein Ende nahe war.

Sein Körper schien seinem Gehirn diese Nachricht zu übermittelten. So war es bei ihm und bei anderen Menschen, die ich im Laufe meines Lebens kennengelernt habe.

Ich glaube nicht, dass wir gehen, sondern dass wir anhalten. Wir schließen einen Zyklus ab. Wenn es bei Tieren und Pflanzen so ist, warum sollte es bei uns anders sein? Unser Leben steht still, wenn unser Gehirn stillsteht. Das Leben endet, wenn die Batterie leer ist, nur dass wir keine neue einlegen können.

Papas Krankheit ermöglichte uns wenigstens, dass wir uns von ihm verabschieden konnten, und Tim machte eine wichtige Erfahrung.

Papa erzählte Mama, wie er im Traum über Madrigal geflogen war. Sie lachten, und ihr kamen die Tränen, als er sagte, dass jetzt für ihn der Moment gekommen sei, zu fliegen.

Am nächsten Tag kochte Tereza Kaffee, denn Padre Benedito würde in einigen Minuten ankommen. Sie war zur Kirche gegangen und erleichtert zurückgekehrt, weil sie sicher war, ihre Pflicht getan zu haben. Trotzdem stellte sie sich Papas wütende Reaktion vor, wenn der Priester sagen würde, es sei an der Zeit, »Jesus seine Seele anzuvertrauen«. Sie zitterte vor Angst, als sie sich diese Situation ausmalte.

Im Zimmer unterhielten sich meine Eltern über einige Unterlagen und das bisschen Geld, das in der kleinen Kiste im Arbeitszimmer aufgehoben wurde. Sie sprachen über die Kinder, bis Papa völlig überraschend ein ganz anderes Thema anschnitt.

»Du musst wieder heiraten, meine Schöne, aber such' dir einen aus, der dich verdient.«

Sie wischte sich mit einem Tuch über ihre Augen, die vom Weinen angeschwollen waren.

»Sag das nicht.«

»Wir müssen über alles sprechen, Tyanna. Es wäre ungerecht von mir, zu verlangen, dass du allein bleibst. Ich sage das auch im Hinblick auf unsere Kinder. Sie werden mich brauchen, aber ich werde nicht mehr hier sein. Also sieh' zu, dass du ein neues Familienoberhaupt findest, jemanden, der sie beschützen kann.«

Mama strich mit der Hand über sein eingefallenes, aber frisch rasiertes Gesicht. Er war so abgemagert, dass seine Wangenknochen hervortraten. Deren Fleisch war verschwunden. Aristeu kam jetzt oft zu uns nach Hause, um in verschiedenen Dingen auszuhelfen, wie, zum Beispiel, Papa zu baden und zu rasieren. Außerdem trug er eine Salbe auf die Stellen am Rücken und an den Knöcheln auf, an denen sich Schorf gebildet hatte. Die seiner Aussage nach starken Schmerzmittel zeigten keine

Wirkung mehr, die Schmerzen gewannen die Oberhand. Papas Überlebenskampf beschränkte sich darauf, ein wenig Suppe zu essen, ohne sich zu übergeben; in den Beinen hatte er nur noch genügend Kraft, um sie auf dem Bett zu bewegen. Jede Regung des Körpers rief eine neue Welle von Schmerzen hervor, die er erfolglos mit den Medikamenten zu stillen versuchte.

Solange es noch möglich war, ging Papa abends langsam zum Kinderzimmer, um den Jungen den gewohnten Gutenachtkuss zu geben. Fred erwiderte ihn, aber Tim wandte sein Gesicht ab und schloss die Augen, selbst wenn Papa gesehen hatte, dass er noch wach war. Hinterher weinte Tim vor Reue in der Dunkelheit seiner Kinderseele.

An Papas letztem Lebenstag kam Fred aus der Schule und hörte Ausschnitte der Unterhaltung seiner Eltern im Nebenzimmer.

Papa sagte: »Sprich mit den Kindern.«

›Was geht da eigentlich vor?‹, fragte er sich. Aber dann zerstreute er diese Gedanken, nahm sein Schachspiel und rief Bitu, um mit ihm unter dem Flamboyant an der Straßenecke eine Partie zu spielen. Fred unterbrach das Spiel, als er sah, wie der Pfarrer vor unserer Tür in die Hände klatschte. Er kehrte sofort nach Hause zurück und sah Tim, der mit verschränkten Armen und bösem Gesicht vor dem Priester saß. Er setzte sich neben den Bruder und flüsterte:

»Was will er hier?«

»Keine Ahnung, aber ich mag ihn nicht.«

Der Mann räusperte sich, als ob er um Ruhe bitten wollte.

Mama kam die Treppe herunter, ging direkt in die Küche und flüsterte Tereza zu:

»Ich glaube, es ist soweit ...«

»Der Pfarrer ist hier, ich habe ihn gerufen«, antwortete Tereza und deutete auf das Wohnzimmer.

»Und wo ist Geórgia, warum ist sie noch nicht hier?« Mamas Augen flackerten unruhig.

»Sie wird noch unterwegs sein. Du hast das Telegramm gestern abgeschickt, es bleibt uns nichts anderes übrig, als zu warten.«

Papa rief aus dem Zimmer und Mama ging zu ihm.

»Ich möchte mit den Kindern sprechen.«

Fred ging zuerst hinein und schloss die Tür. Papa öffnete die Arme und drückte ihn an sich. Mein Bruder kam langsam in die Pubertät, die ersten Barthaare sprossen über seinen Lippen, und seine Stimme war dabei, sich zu verändern. Sie verharrten eine Zeit lang in völliger Stille in dieser Umarmung. Ihre Herzen schlugen im gleichen Takt, und in diesem Augenblick waren keine Worte nötig. Freds Anblick in den Armen meines Vaters bewegte mich. Wie war es möglich, beim Abschied so ruhig zu sein? Ich konnte das nur bei meinem Vater verstehen, denn er wusste, dass die Schlacht verloren war und ihm nur noch übrig blieb, seine Familie darauf vorzubereiten, sich damit abzufinden.

»Ich möchte, dass du auf Mama und deinen Bruder aufpasst. Versprichst du das, mein Junge?«

Er nickte mit dem Kopf.

»Ich bin unendlich stolz auf dich, Frederico.«

Sie umarmten sich ein weiteres Mal, und Papa bat ihn, Tim zu rufen.

Als Fred ins Wohnzimmer kam, standen alle auf, bis auf Mama, die wie hypnotisiert schien.

»Jetzt möchte er mit dir reden ...«

Tim stand auf und rannte nach draußen, setzte sich auf den Boden mit Blick auf den Garten, zog die Beine an, umschlang sie mit seinen Armen und stützte den Kopf darauf.

Mama bat Tereza, auf ihn einzuwirken, denn sie schaffte es immer, uns zu überzeugen, etwas zu tun, wogegen wir uns zuerst gewehrt hatten. Sie setzte sich an seine Seite, schaute zum Horizont und wartete eine Weile, bevor sie anfing zu sprechen.

»Tim, mein Großvater väterlicherseits war als Hexer und Zauberer bekannt, weil es ihm immer wieder gelungen ist, Menschen zu helfen, ihre Probleme zu lösen.«

Er schaute sie erstaunt an und wartete darauf, dass sie weitersprach.

»Wir haben im Dorf Maloah gewohnt und lebten unter der ständigen Bedrohung eines Angriffs des Dorfes Hagelah. Beide Dörfer waren von den ersten freien Afrikanern gegründet, die sich in zwei Stämme aufgeteilt hatten und auf beiden Seiten des Flusses Porã lebten ...« Sie machte eine Pause und fügte hinzu: »Ihr habt diesen Krieg bestimmt in der Schule durchgenommen, oder wenigstens kurz darüber gesprochen. Er bedeutete das Ende des Stammes meiner Vorfahren.«

Tim schüttelte den Kopf. Er wollte es lieber aus ihrem Mund hören. Es war so gut, bei Tereza zu sein, wenn sie nicht zornig war und ihn mit erhobenem Kochlöffel bedrohte.

Sie fuhr fort. »Mein Großvater war das Oberhaupt des Stammes Maloah und nahm, als er starb, ein Geheimnis mit ins Grab. Eines Tages kam ein Ausländer mit der Bitte zu ihm, ihm bei der Lösung eines persönlichen Problems zu helfen. Wenn ihm dies gelänge, würde er reich werden, denn der Fremde würde ihm einen Code vermitteln, mit dem er an seinen Reichtum herankommen könnte. Es hieß, dass mein Großvater den richtigen Rat gegeben hatte, was zu tun sei, denn der Mann kam zurück und sagte, dass er das Problem gelöst habe, das ihn über Jahre belastete. Er hielt sein Versprechen und gab meinem Großvater den Geheimcode. Aber das Schicksal war grausam zu meiner Familie, denn kaum war der Fremde wieder gegangen, überfiel der Stamm Hagelah unser Dorf, tötete die Männer und steckte das ganze Dorf in Brand. Die Frauen und Kinder wurden auf die andere Seite der Teufelsberge verschleppt, wo sich eine menschenfeindliche Wüste ausdehnt.«

Sie hielt inne, um durchzuatmen, während sein Blick gebannt an ihren Lippen hing.

»Sie verbrachten drei Tage in Agonie, Hunger, Durst und unbeschreiblicher Angst. Die alten Frauen waren leider nicht widerstandsfähig und blieben auf dem Weg, zwischen Staub und Wind, zurück. Meine Großmutter ist verdurstet. Die Jüngeren hatten Glück, denn ein Reiter kam durch diese abgelegene Gegend und hörte das Weinen der Kinder. Heute kenne ich die einzige Klage, die meine Großmutter während dieser drei langen Tage hatte. Meiner Mutter war es wichtig, es mir zu erzählen.«

Tereza stand auf und ging zum Zaun, wo sie auf Tim wartete. Als er näher kam, beugte sie sich zu ihm hinunter und schaute ihm ins Gesicht.

»Tim, meine Großmutter hat drei Tage lang bis zu ihrem Tod darüber geklagt, dass sie keine Zeit hatte, mit meinem Großvater vor seinem Tod einige Worte zu wechseln. Weißt du, worüber sie sprechen wollte? Du denkst bestimmt, ...«

Er antwortete schnell:

»Sie wollte ihn bestimmt nach dem Code fragen, den der Fremde hinterlassen hatte.«

Tereza neigte ihren Kopf und schüttelte ihn einige Male.

»Nein, mein Lieber, sie hätte gern die Zeit gehabt, ihm zu sagen, wie innig sie ihn geliebt hat und dass er der beste Ehemann war, den eine Frau sich wünschen kann. Das hatte sie ihm nie gesagt. Sie hatte zu spät erkannt, dass aller Reichtum wertlos sei, aber diese Worte wie ein Schatz waren. Der Reichtum vergeht, aber die Worte bleiben für immer. Eine gut genutzte Zeit oder ein Satz, der im richtigen Moment ausgesprochen wird, sind mehr wert als aller Reichtum.«

Ich sah die Tränen in ihren Augen. Tereza war einer der weisesten Menschen, die ich in meinem Leben kennengelernt habe. Ich blieb bei ihnen stehen und hoffte inständig, dass der Junge verstehen würde, was er gerade gehört hatte.

»Tim, vielleicht hast du heute und jetzt deinem Vater etwas zu sagen.«

Er hatte den Kopf gesenkt und antwortete nichts. Sie schlug leicht mit ihrem Finger gegen seinen Kopf und deutete anschließend auf den Balkon vor Papas Zimmer. Als sie wieder im Flur war, hörte sie, wie Papa nach ihr rief.

»Komm rein, meine Schwarze!«

Sie tat so, als sei alles ganz normal und gab sich ganz locker.

Er streckte die Hand aus und sie kam an sein Bett. Papa drückte die Hand des Menschen, der sich so liebevoll um seine Frau und seine Kinder gesorgt hatte.

»Kein Geld der Welt könnte die Hilfe und Zuneigung bezahlen, die du für meine Familie aufgebracht hast.«

Sie atmete tief durch, als sie das hörte.

»Tereza, ich werde nicht mehr hier sein, wenn meine Söhne heranwachsen, aber ich möchte, dass du bei ihnen bleibst.«

Sein Räuspern klang, als ob ein Traktor einen Stein aus dem Weg räumte.

»Sei beruhigt, Greg, deiner ... unserer Familie wird nichts zustoßen.«

»Das ist die Tereza, die ich kenne«, beteuerte er und drückte wieder ihre Hand.

»Wo ist Tim?«

»Er kommt gleich.«

Sie umarmten sich lange, sie lag beinahe mit ihrem ganzen Gewicht auf ihm und raubte ihm fast den Atem. So verabschiedeten sich die beiden. Sie ging hinaus, damit Tim sehen konnte, dass das Zimmer frei war.

Er erschien in der Tür wie ein Soldat vor seinem Vorgesetzten. Er hielt die Arme an seinem Körper stramm nach unten gestreckt, den Rücken aufrecht, aber den Kopf gesenkt. Er ging auf Papas Bett zu, als ob er marschierte.

Der Hexer erschien und setzte sich auf die Bettkante.

»Los, Junge«, sagte er.

Tim blieb stumm, und Papa betrachtete ihn mit bewundernder Liebe. Sekunden verstrichen, und ich sah, wie sich der Hexer am Kopf kratzte. Unten im Wohnzimmer ging der Pfarrer auf und ab; er hatte schon vier Tassen Kaffee getrunken. Er wollte das letzte Sakrament geben und mit der Aura des heiligen Mannes, der die verlorene Seele in ihrer letzten Stunde bekehrt hatte, zur Kirche zurückkehren.

Die Minuten vergingen, und Tereza bat ihn, im Garten etwas frische Luft zu schnappen.

»Mir geht es gut, ich möchte lieber hier warten.«

Mama umarmte Fred, und der Schatten der beiden wirkte, als wäre er von einer einzigen Person.

Tim dachte an die Geschichte von Terezas Großeltern, an die Wüste, den Hunger, den Code und schließlich an die Klage der Frau, die nicht mehr dazu gekommen war, mit ihrem Mann zu sprechen.

Papa wartete geduldig, denn er dachte, dass Tim jeden Moment anfangen würde, zu sprechen. Aber sicher war er sich nicht, denn Tims Verhalten war unvorhersehbar.

»Papa ...«

»Ja, mein Junge.«

»Kennst du irgendeinen geheimen Code?«

Der Hexer lachte und machte Zeichen mit den Händen.

»Tim, dich gibt's nur einmal!«, stellte er fest, während er mich anschaute.

Papa setzte eine Miene auf, als habe er nicht verstanden, aber dann überraschte er uns mit seiner Antwort.

»Ja, ich habe einen Code«, sagte er und zeigte auf den Kleiderschrank. »Nimm ihn, er steckt in der Tasche des schwarzen Anzugs.«

Tim nahm das gefaltete Stück Papier und reichte es ihm.

»Mach' es selber auf, mein Junge.«

Als er die Zahlen sah, berührte mein Vater den Zettel mit seinem Finger.

»Diese Zahl hier ist der Tag meines Geburtstags. Die zweite Zahl ist der Monat. Die dritte ist der Tag des Geburtstags von deiner Mutter und die vierte ...« »Der Monat«, ergänzte Tim.

»Richtig, sehr gut«, sagte er, und deutete auf die nächste Zahl. »Und das hier?«

»Das ist mein Geburtstag.«

»Und die andere?«

»Freds Geburtstag.«

»So ist es. Diese Zahlenfolge hat mich zum Lottogewinner gemacht.«

Er zog seine Hand brüsk zurück und schaute zum Fenster. Tim betrachtete das hagere und bleiche Gesicht und sah die Tränen in seinen Augen.

»Es kann sein, dass dieselbe Zahlenfolge wieder ausgelost wird. Wenn du erwachsen bist, kannst du damit dein Glück versuchen. Ich bitte dich nur wähle dieselben Nummern, ohne dabei anderen zu vertrauen.«

Tim steckte sich sofort den Zettel in die Tasche seines Hemdes und legte die Hände auf die Brust seines Vaters, der wie jemand, der sich korrigieren will, das Schweigen brach.

»Aber baue nie auf das Glück. Lerne und arbeite viel, nur so kannst du sicher sein, dass du es zu etwas bringst.«

Der Junge nickte mit dem Kopf und versetzte sich in Gedanken in das Dorf Maloah, wo er sah, wie sich Terezas Großmutter von ihrem Ehemann verabschiedete. Er stellte sich vor, wie der alte Mann antwortete, dass auch er sie liebe, und dass sie die beste Ehefrau sei, die ein Mann haben könne. Kurz darauf wurden sie vom Stamm der Hagelah für immer getrennt.

»Papa ...« begann er und verdrehte den Zipfel des Betttuchs, »ich liebe dich und du bist der beste Papa, den jemand haben kann.«

Der Hexer applaudierte.

Papa zog ihn an sich und schlang seine Arme um seinen Rücken, dass er wie gefangen war. Er fühlte sich wie ein glücklicher Gefangener und wünschte sich, die Umarmung würde für immer währen. Dasselbe Gefühl befiel auch mich, wie damals, als ich die Augen geschlossen hatte. Sein Atem strich durch meine Haare und bewegte sie sanft. Ich konnte es fühlen und mit Haut und Haaren daran teilnehmen. Ich wollte diesen Augenblick nicht verderben und wagte nicht, die Augen zu öffnen.

Tim war von der Vorstellung begeistert, etwas zu verwirklichen, was Terezas Großmutter vorenthalten gewesen war. Kein Stamm der Welt würde ihm diese Gelegenheit nehmen. Und wenn er auch nicht an eine wirkliche Verabschiedung glaubte, öffnete er trotzdem sein Herz, und das war der Treibstoff, durch den er sich in dieser Wüste des Lebens, inmitten der Schwierigkeiten und Ängste stark fühlen konnte. Denn das Bild seines Vaters würde immer bei ihm bleiben, das Bild eines starken, sensiblen, intelligenten, tapferen und ehrlichen Mannes. Tim wünschte sich, dass die Zeit in diesem Moment stehen blieben könnte. Er wünschte sich, für immer in den Armen seines Vaters liegen zu können.

Sie sprachen über viele Dinge. Papa gab Ratschläge, lobte ihn und bat ihn um viele Dinge, besonders, dass er sich um Fred und Mama kümmerte.

Die Zeit rückte unerbittlich vor, wie damals der Stamm der Hagelah. Papa hatte wieder Schmerzen und Atembeschwerden und bat Tim klugerweise um einen letzten Gefallen.

»Mein Sohn, ich möchte, dass du und dein Bruder mir eine Seerose bringt. Eine weiße Seerose, okay?«

Tim nickte zustimmend, aber er dachte:

›Aber es war so schön ... der beste Platz, an den ich mich jemals angelehnt habe. Warum, Papa? Warum soll ich gerade jetzt gehen, wo es so schön warm ist?‹

Ich sprang vom Bett auf, denn ich verstand plötzlich diesen Wunsch. Papa wollte nicht, dass Tim zusah, wie er starb. Tim zog los, um eine weiße Seerose aufzutreiben, während Fred an der Ecke hielt und die Schachpartie mit Bitu fortsetzte, der unter dem Flamboyant auf ihn gewartet hatte. Tim fuhr auf seinem kleinen Fahrrad, das schon so oft zerlegt und wieder zusammenmontiert worden war. Er durchquerte die ganze Stadt und näherte sich dem Sumpf, im den er einmal gefallen war. Er sah nur zwei Seerosen am anderen Ufer und konnte nur zu ihnen gelangen, indem er den Sumpf durchquerte.

Mama versuchte erfolglos, ihre Tränen zurückzuhalten, als Papa sagte, er wolle den besten Anzug anziehen, denn er wolle gut aussehen.

Sie erwähnte die Anwesenheit des Pfarrers, und er reagierte barsch.

»Ich brauche keinen Pfarrer, meine Liebe. Er wird mich nicht heilen.«

»Er ist schon die ganze Zeit hier. Tereza hat ihn gerufen. Bitte, mein Lieber, lass ihn wenigstens eintreten.«

Als der Kirchenmann eintrat, empfing ihn Papa mit zynischen Worten.

»Wollen Sie mich heilen, Padre?«

Der Pfarrer erblasste und drückte die Bibel fest an seinen Körper.

»Ich bringe Erleichterung für Ihre Seele, Senhor Gregório.«

»Danke, aber ich brauche Erleichterung für meinen Körper.«

Der Pfarrer setzte einen frommen Blick auf.

»Unser Körper kommt aus dem Staub und kehrt auch wieder dorthin zurück, aber unsere Seele besteht weiter, zum Ruhme des Vaters ...«

»Sparen Sie sich Ihre Metaphern.«

Ich gebe zu, dass ich trotz allem meinen Spaß an diesem Dialog hatte.

»Das sind keine Metaphern, sondern Realitäten, denn unser Gott ist real.«

»Wo ist er jetzt, und warum schickt er einen Stellvertreter hierher? Wo war er, als ich ihn am meisten gebraucht habe? Ihr Gott hat mir niemals weitergeholfen.«

»Er hilft uns, wenn wir es verdienen, in den Stunden, in denen er es für richtig hält und nicht, wenn wir es wollen.«

»Ich helfe meinen Kindern, wenn sie mich brauchen und nicht, wann ich will ...«

»Unser Herr weiß genau, was er tut.«

»Nein, er muss blind, taub und stumm sein ...«

Papa konnte vor lauter Schmerzen nicht mehr weitersprechen. In seiner Agonie drückte er Mamas Hand.

Der Priester wartete einen Augenblick, dann bat er um Erlaubnis für die Salbung.

»Tun Sie, was Sie nicht lassen können, aber denken Sie daran, dass ich Sie nicht um diesen Unsinn gebeten habe.«

Papa wollte den Pfarrer loswerden. Ich glaube sogar, dass er ihn, wenn er etwas besser bei Kräften gewesen wäre, aus dem Haus geworfen hätte. Mein Vater ist immer ehrlich, höflich und liebevoll mit anderen Menschen umgegangen, aber Unverschämtheit und Aufdringlichkeit hat er sich nicht gefallen lassen, erst recht nicht im eigenen Haus. Und jetzt musste er ausgerechnet hier Dinge anhören, die er nicht hören wollte.

Der Kirchenmann gab ihm die letzte Salbung, machte einige Handbewegungen, betete und fragte obendrein noch, ob Papa beichten wolle.

»Beichten? Wozu? Sie sagen doch selbst, dass Ihr Gott sowieso alles weiß«, schnaubte er und schüttelte den Kopf. Der Padre machte eine unklare Geste und verließ schweigend das Zimmer.

»Er will mir etwas aufzwingen, woran ich nicht glaube«, sagte er zu Mama.

»Lass ihn. Er tut ja niemandem etwas zuleide.«

Tim zog die Schuhe aus und watete durch den Sumpf, wobei seine Hosenbeine nass wurden. Die Frösche hüpften verschreckt aus dem Weg, und er näherte sich den Seerosen.

»Was hast du zu den Kindern gesagt, dass sie so schnell weggegangen sind und gesagt haben, dass sie bald wieder zurück wären?«

»Ich will, dass die Kinder beschäftigt sind, mehr nicht.«

»Oh Greg!«, sagte sie und küsste ihn.

»Ich werde dich für immer lieben, Tyanna. Ich danke dir für unsere Kinder und die schöne Zeit, die ich mit euch verbracht habe. Du warst wunderbar!«

Sie begann zu schluchzen und drückte ihn fest an sich.

»Du bist meine einzige große Liebe.«

»Du auch, mein Greg ...«

Plötzlich wurde alles besser. Die Schmerzen schwanden und das Atmen erschien ihm nicht mehr so schwer.

Ah! Es geht besser ... Es ist immer so: Vor dem letzten Atemzug geht es besser.«

Tim näherte sich einer schönen Seerose. Er ließ seine Hand an ihrem Stängel hinuntergleiten und zog mit aller Kraft. Die Pflanze leistete Widerstand, aber er ließ nicht locker und konnte sie schließlich ausreißen. Papa lächelte. Mama legte ihren Kopf auf seine Brust und konnte seinen Herzschlag nicht mehr wahrnehmen. Er schloss seine Augen, und sie riss ihre auf. Tim hielt die Seerose in die Luft und rief: »Ich hab's geschafft, Papa!«

Der Tod ist trügerisch und verräterisch. Er wirkt in unserem Umfeld und ist für uns scheinbar akzeptabel. Scheinbar. Denn wenn er sein Gesicht zeigt, erschreckt er uns. Wir können ihn nicht akzeptieren.

Ich blieb im Zimmer und sah zu, wie Mama seinen Körper in Ihren Armen hielt. Mein Blick glitt zu den Schlappen, die von seinen Füßen geformt waren; ich sah die Armbanduhr auf dem Nachttisch und erinnerte mich, wie sie im Licht des Werkzeugzimmers geblinkt hatte, wenn er meine Autos zusammenflickte; ich roch an den Kleidern im Schrank, und sein Geruch war noch in ihnen.

Wie ist das möglich? Wofür hält der Tod sich eigentlich, dass er denen das Leben nimmt, die wir nicht verlieren wollen? Wie ist es möglich, dass wir von einem Augenblick zum anderen aufhören, zu existieren? Und unsere Freunde und Ehepartner, die wir so lieben, unsere Arbeit, die Musik und unsere Lieblingsspeise? Und diese Reise, die wir geplant, aber nicht angetreten haben? Woher nimmt sich der Tod das Recht, sich für größer zu halten als wir und uns das alles zu nehmen?

Meine Vorbilder sind gegangen. Sie sind nicht mehr in den Filmen, schießen keine Tore mehr, singen nicht mehr ...

Warum siegt der Tod am Ende immer – schweigend und unbarmherzig?

Er gewinnt immer.

Den Tod zu akzeptieren, ist eine große Herausforderung für die Menschen. Zu akzeptieren, dass er das Ende ist, ist eine noch größere Herausforderung.

Die Totenwache fand in unserem Haus statt. Tante Geórgia war erst am Abend eingetroffen. Sie sah Papa in einigen Gesichtszügen ähnlich. Ihr Blick war so lange auf den Sarg fixiert, dass ich glaubte, sie sei mit offenen Augen eingeschlafen. Sie war eine ruhige Frau, die langsam sprach und die Kinder herzlich umarmte.

Tim dachte an Terezas Großmutter. Es war unmöglich, diese Geschichte zu vergessen; durch sie war er in der Lage gewesen, sich so liebevoll von Papa zu verabschieden. Er hatte im richtigen Moment das richtige gesagt und hatte sogar die Seerose geholt, um die Papa ihn gebeten hatte. Er empfand deswegen gleichzeitig Traurigkeit und Stolz. Fred blieb die ganze Zeit, halb liegend, halb sitzend, im Bett, wo ihn seine Klassenkameraden, Tereza und Mama aufsuchten. Tim rückte jedes Mal die Seerose auf Papas Brust zurecht, wenn jemand seinen Körper berührt hatte.

Im Laufe des Abends kamen viele Menschen vorbei, weil Kita Klatschtante es sich nicht hatte nehmen lassen, auf ihrem Weg zum Zentralmarkt, wo sie Gemüse kaufte, allen, die ihren Weg kreuzten, von Papas Tod zu erzählen. Die Frauen hielten sich mit erschrockenen Gesichtern die Hände an den Mund, während die Männer ernsthaft dreinschauten. Dann fragten sie: »Woran ist er gestorben?«

Sie war stolz, dass sie im Besitz dieser Information war, und gab sie mit wichtiger Miene weiter. »An der schlechten Krankheit«, sagte sie. So ging das den ganzen Tag. Die Nacht war lang, traurig und ermüdend. Ich hörte geflüsterte und laut ausgesprochene Kommentare. »Der Arme, er ist so früh gegangen.« Ich fragte mich: ›Also haben die Alten den Tod eher verdient?‹ Dann überlegte ich mir, was sie sagen würden, wenn Papa älter gewesen wäre. »Der Arme, jetzt, wo er seine Rente genießen könnte, hat ihn diese verfluchte Krankheit erwischt!«

Andere benutzten das Klischee »Jetzt hat er Ruhe gefunden.« Als hätte er Ruhe gebraucht! Im Gegenteil, er war jung, hatte eine wunderbare Familie, liebte seine Frau und seine Kinder; er hatte

Charakter, war fleißig und brauchte keine Ruhe. Er hatte sich nicht gewünscht, zu sterben.

Ich ging in das Zimmer, in dem er immer die Spielsachen repariert hatte. Dort betrachtete ich die Werkzeuge, die Handschuhe, die Stiefel, den Overall mit den Farbspritzern. Ich schaute auf die Holzbank und erinnerte mich, wie er sie an einem Sonntag im Garten hergestellt und Tereza ab und zu vorbeigeschaut hatte, um zu sagen, wie gut er seine Arbeit mache, Er hatte stolz gelächelt und sich wieder auf die Arbeit konzentriert.

Manchmal war er fröhlich mit einer großen Einkaufstüte nach Hause gekommen, die Mama gleich ausgepackt hatte, um zu sehen, ob diese oder jene Zutat dabei war, mit der die Suppe noch besser schmecken würde. Den Blumenstrauß hatte er auf dem Fahrrad gelassen, um ihn erst zu überreichen, wenn alle Einkäufe verstaut waren. Sie hatte dann immer mit einem besonderen Glanz in den Augen den Duft der Blumen eingesogen. Der Geruch der frischen Blumen und der wohlschmeckenden Suppe hatte das Haus erfüllt und war bis in den Garten gedrungen, wo Fred und ich spielten. Und wenn wir dann in der Küche angelangt waren, hatte Tereza unsere schmutzigen Hände angeschaut und sie als »schmutzige Wiesenhände« bezeichnet.

Am nächsten Morgen, bevor der Sarg geholt wurde, küsste ich Papas Stirn und sein Gesicht und weinte. Der Hexer legte seine Hände auf meine Schultern, und das gab mir etwas Trost. Ich sah meinen verstorbenen Vater und die Leute, die gekommen waren, um die Familienmitglieder zu umarmen und ihnen tröstende Worte zu übermitteln, aber ich selbst war allein. Ich konnte weder gehört noch umarmt werden, deshalb tat mir die Anwesenheit des Hexers gut.

Nach dem Begräbnis trug Mama schwarze Kleidung, wie es die Tradition vorsah. Sie lief in der Öffentlichkeit nur mit gesenktem Kopf und fühlte sich unbehaglich wegen der Blicke, die auf sie gerichtet wurden. Manche Leute flüsterten, andere drehten sich nach ihr um, um sie zu beobachten, wie sie mit langem schwarzen

Kleid, Halstuch und Hut durch die Straßen lief und vor Hitze fast umkam. Das war der Preis dafür, dass sie Witwe geworden war. Damals war das eine Frage der Ehre, aber nicht für Mama. Einmal bekam ich mit, wie sie leise über die Leute schimpfte, die ihr nachstarrten: »Habt ihr nichts anderes zu tun?«

»Tereza?«

»Ja, Tim?«

»Warum ist Papa gestorben?«

»Hhmm, seine Stunde hatte geschlagen.«

»Gibt es eine bestimmte Stunde, in der wir sterben?«

»Für jeden gibt es diese Stunde.«

»Und wann schlägt meine Stunde?«

»Ich weiß es nicht. Wenn wir es wüssten, wäre das nicht so toll ...«

»Aber es ist auch nicht so toll, es nicht zu wissen.«

»Doch, denn so ist es Gottes Wille. Aber sei beruhigt, Kinder sterben nicht.«

»Ach so ... Gott tötet nur Erwachsene?«

»Er tötet sie nicht! Er holt sie nur zu sich.«

»Aber ich will nicht zu ihm, ich will immer hier bleiben.«

»Das kannst du auch. Es ist dein Recht.«

Monate vergingen, das Jahr neigte sich dem Ende zu und Papas Ersparnisse ebenfalls. Mama war eine sparsame Frau, und da sie niemals Wert auf Luxus gelegt hatte, fiel es ihr nicht schwer, unnötige Ausgaben zu vermeiden. Tereza ging in Genésios Laden und kaufte Spirituslampen und Spiritus. Damit sparten wir Stromkosten ein. Am Anfang war es für die Kinder schwierig, sich an den unangenehmen Geruch zu gewöhnen, aber mit der Zeit nahmen sie ihn nicht mehr wahr. Beim Frühstück wurde die Auswahl immer geringer, denn es gab keinen Käse mehr. Bald darauf war auch die Milch vom Frühstückstisch verschwunden, aber niemand beschwerte sich. Mama durchkämmte die ganze Stadt auf der Suche nach Kleidern, die gewaschen werden mussten, Häusern, die eine Reinigung nötig hatten und Babys, die ein

Kindermädchen brauchten, aber sie fand keine Arbeit. Alle sagten dasselbe: »Nein, wir brauchen niemanden.« Das stimmte zwar nicht, aber die meisten Leute hatten selbst nicht genug Geld, um solche Dienstleistungen zu bezahlen. Und in den Häusern der Reichen gab es jede Menge Angestellte, wie zum Beispiel beim Bürgermeister, wo Mama ebenfalls anklopfte. Seine Frau bat sie, einzutreten, sie tranken zusammen Kaffee und unterhielten sich über Papas Krankheit und die falsche Diagnose, die der Arzt in der Hauptstadt gestellt hatte. Diese Frau war sensibel und dachte mit Wehmut an jenen Tag. Nach dem Kaffee zeigte sie den Garten, in dem viele Obstbäume standen. Und hier vertraute sie Mama an, dass ihr Mann ständig Drohungen erhielt. Ein Individuum oder eine Gruppe hatten sich gegen ihn verschworen und wollten ihn aus dem Rathaus entfernen. Die beiden Frauen liefen durch den riesigen Garten hinter dem Haus und lauschten dem Gesang der Vögel in den Bäumen. Mama kam glücklich nach Hause, mit zwei Körben voller Früchte und Kleidung, die diese großherzige Frau ihr geschenkt hatte.

Judith, die Hexe, war wieder einmal schrecklich verprügelt worden und schlief mit Blutergüssen am ganzen Körper im Keller. In dieser Nacht schwor sie sich, dieser Situation ein Ende zu setzen. Zwei Tage später, als sie immer noch infolge des Schlags, den ihr Mann mit einem Stuhl gegen ihr Bein verübt hatte, durchs Haus humpelte, gelang es ihr, eine Ratte zu fangen, die sie ihm zum Abendessen servierte. Er setzte sich an den Esstisch und ging auf sie los, als er die frittierte Ratte auf seinem Teller erblickt hatte. Allerdings war sie diesmal vorbereitet und schlug mit einem Besenstiel auf ihn ein. Dann ergriff sie einen Topf mit heißem Fett, das sie ihm ins Gesicht schüttete. Der Mann schrie, sprang wie ein Wahnsinniger herum und stöhnte, während sein Gesicht feuerrot wurde. Er ließ sich auf die Knie fallen und griff sich an den Kopf, der schwere Verbrennungen erlitten hatte.

»Verdammte Hure!«, brüllte er.

Mit einem anderen Topf mit kochendem Wasser, Salz und Essig gab sie ihm den Gnadenstoß. Sie ging auf ihren Ehemann zu und streichelte ihn.

»Beruhige dich, mein Schatz, ich bringe dir Medizin.«

Er hielt die Hände in die Luft und erwartete das schmerzlindernde Mittel, das in Form von heißem Wasser auf ihn geschüttet wurde. Er fiel zu Boden, wälzte sich vor Schmerzen und schrie, bis ihm die Stimme brach.

Sie nahm eine Tasche, warf sie über die Schulter und verließ das Haus. Sie lief ruhig und zielstrebig, ohne sich umzuschauen und nahm in ihrer Tasche nur einige Kleider und Dokumente mit. Die Nachbarn hörten die Schreie, und obwohl sie einiges von diesem Ehepaar gewohnt waren, bekamen sie einen Schreck.

Ohne sich vor der Dunkelheit zu fürchten, setzte sie ihren Weg fort, und hielt nur einige Male an, um sich am Sternenhimmel zu orientieren. Der Mond war in seiner abnehmenden Phase und erinnerte an einen lachenden Mund. Die alten Menschen sagen, dass diese Phase des Mondes geeignet ist, um Konfliktsituationen zu lösen, was Judith gerade getan hatte. Ich begleitete sie auf der Schotterstraße, die unter ihren festen Schritten zu zittern schien. Ein Pferdekarren näherte sich von hinten, und ich rannte zurück, um zu sehen, wer daraufsaß. Ich hatte Angst um ihr Leben, die sie seltsamerweise nicht teilte. Die Frau auf dem Karren hielt ihr Baby an den Körper gepresst und hatte Angst vor der Gestalt auf der Straße. Ihr Mann zündete eine Lampe an.

»Wer ist da?«

Judith verlangsamte ihre Schritte.

»Eine Frau, mein Herr, eine Frau ohne Begleitung.«

Wir stiegen auf den Karren und setzten die Reise gemeinsam fort. Während der Fahrt sprach sie wenig, aber als sie gefragt wurde, sagte sie, dass sie Witwe sei. Ich gab ihr Recht. In gewisser Weise war dieser Mann für sie gestorben, sie haben sich nie wieder gesehen.

Er zerbrach den einzigen Spiegel im Haus, weil er den Anblick seines entstellten Gesichts nicht ertragen konnte, und weil er wusste, dass er selbst dafür verantwortlich war. Er schloss die Metzgerei, ging in Rente, hörte auf zu trinken und heiratete nicht wieder.

Am ersten Tag der Ferien, die Wochen andauern würden, wurden Tim und andere Kinder in der Schule geehrt. Einige, weil sie sich durch gute Noten hervorgetan, andere, weil sie bei den Jugendspielen Medaillen gewonnen hatten. Während der Feierlichkeiten erhielt er zwei Fotos, die anlässlich seines ersten Platzes im Schwimmen gemacht worden waren. Das war sein Glück, denn Mama hatte nicht einmal Geld, um ein Foto zu kaufen. Auf einem war er mit Politikern und Funktionären zu sehen, die dem Fest beigewohnt hatten. Das andere Foto zeigte ihn auf dem Treppchen, wie er die Goldmedaille mit beiden Händen nach oben streckte. Auf keinem der Fotos war Roger Ray zu sehen.

Die Kinder kamen wegen seiner Medaille auf ihn zu. Alle wollten sie sehen und berühren und wissen, wie man sich als Gewinner fühle. In einer Ecke des Schulhofs stand, grün vor Neid, Pinkel-João, der sich schwor, dem allen ein Ende zu setzen. Er musste nur den richtigen Zeitpunkt abwarten.

Nach der Ehrung ging Tim zum Wasserfall, um ein Bad zu nehmen. Beim Schwimmen entspannte er sich.

Als er aus dem Wasser stieg und sich anziehen wollte, sah er João mit seiner Medaille in der Hand am Ufer stehen. Er zog sich weiter an, ohne etwas zu sagen, und João lachte, bevor er die Medaille ins Wasser warf. Er hörte das klatschende Geräusch, als sie auf dem Wasserspiegel auftraf.

»Sag tschüss zu deiner Medaille, Schlappmaul!«

Sie sank nach unten und kam schließlich auf dem sandigen Grund auf. Vom Ufer aus konnte man sie sehen, denn sie schimmerte im Sonnenlicht. Als Tim ins Wasser sprang, um zu ihr hinunterzutauchen, sprang João auf ihn, und es begann eine Schlägerei im Wasser. Allmählich gerieten sie in tiefere Bereiche, ihre Schläge verursachten klatschende Geräusche und wurden vom Wasser gedämpft. Während sie miteinander kämpften, näherten sie sich immer mehr der Stelle, an der der kleine See zum

Fluss hin abfiel. Tim hörte João rufen: »Ich mach' dich fertig!«, und versuchte seinen Schlägen auszuweichen.

»Das ist gefährlich!«, schrie ich. Aber der Einzige, der mich hörte, war der Hexer, der auf der anderen Seite des Wasserfalls saß.

Die Strömung riss João zu einer Stromschnelle voller Steine. Dort endete der ruhige Bereich des Wasserfalls mit seinem kleinen See und ging in einen reißenden trügerischen Fluss über. Er hielt sich an einem Stein fest und versuchte, nichts von dem Wasser zu schlucken, das mit voller Wucht gegen sein Gesicht schlug. Tim hatte Glück und erreichte das Ufer. Er erkannte die Lage des anderen, und versuchte verzweifelt, ihm zu helfen.

»João, halte dich fest!«, schrie er, als er ihm einen Zweig zuwarf, der zerbrach, als João nach ihm griff. Inmitten der Verzweiflung, die beide erfasst hatte, sah ich, wie Pinkel-João, Tims größter Feind, der Gewalt des Wassers nicht mehr standhielt und von der Strömung mitgerissen wurde. Tim schrie und rannte am Ufer entlang, soweit er konnte, bis er ihn aus den Augen verloren hatte. Das Letzte, was wir sahen, waren seine weit aufgerissenen Augen, in denen die Todesangst stand.

»Tun Sie etwas, bevor er ertrinkt!«, schrie ich zum Hexer hinüber, der weiter auf das Wasser starrte. »Das darf nicht passieren ... Bitte!«

Tim saß am Ufer und sagte schluchzend:

»Vergib mir, João, für alles, was ich dir angetan habe. Ich habe dich eigentlich gemocht ...«

Ich sah, wie sich der Hexer die Tränen abwischte.

»Meinen Sie wirklich, dass ich die Ereignisse beeinflussen kann?«, schrie er vom anderen Ufer zu mir herüber.

»Nein«, antwortete ich, und legte mich neben Tim, der laut weinte.

Ich schaute zum blauen Himmel über den Baumkronen, während ich hörte, wie das Kind neben mir weinte. Dann erinnerte ich mich an den Tag, an dem João von seinem Vater verprügelt worden war. Ich dachte daran, welchen Schock seine Mutter erleiden würde, wenn Sie von der Tragödie erfuhr, und welche Konsequenzen dieser Tod für Tim haben würde. Ewig würde er mit dieser furchtbaren Schuld leben müssen.

»Er war nur ein Kind«, sagte ich zu mir selbst, denn ich hatte keine Lust auf eine Unterhaltung mit dem Hexer. »Er war kein Feind, sondern ein unschuldiges Wesen. Kinder streiten sich, aber dann vergessen sie es wieder; sie tun nichts aus Bosheit, sondern weil sie Kinderseelen haben.«

Ich lief am Fluss entlang um ihn zu suchen, aber ich konnte nichts finden. Sein Körper war bestimmt weitgetrieben worden.

Also beschloss ich, zurückzukehren.

Ich strich mit der Hand durch Tims nasse Haare, während er weiterhin den Kopf zwischen seinen Knien hielt und die Schultern auf und ab bewegte. Ich umarmte ihn von hinten und fühlte seine Rückenwirbel an meinem Körper.

»Pass auf dich auf, Junge«, sagte ich, als ob er nicht ich selbst wäre.

Ich setzte mich etwas weiter weg, um mich zu konzentrieren. Ich versuchte, mich so gut es ging zu entspannen, und als mir das gelang, begann ich zu zählen.

Ich zählte mit geschlossenen Augen und fixierte meine Gedanken auf das, was geschehen war. Als ich bei fünfzehn angekommen war, hörte ich das Geräusch von einem Gegenstand, der ins Wasser fiel.

»Sag tschüss zu deiner Medaille, Schlappmaul!«

Es war João, der gerade die Medaille ins Wasser geworfen hatte, während Tim seine Kleider anzog. Ich sprang auf.

»Was ist das denn? Alles noch einmal?«, schrie ich.

Ich lief zu Tim, schüttelte ihn mit aller Kraft und schrie ihn an, als ob er mich hören könnte.

»Lass sie! Versuche nicht, sie zu holen. Bitte, tu's nicht!«

João wartete auf eine Reaktion, aber Tim zog sich ganz ruhig an, ohne sich um die Medaille zu kümmern, die vom Grund nach oben schimmerte.

Ich schaute beide an, mein Blick wanderte hin und her. Ich hatte Angst vor ihren Reaktionen.

»Lass dich nicht provozieren Tim!«, wiederholte ich.

Er zog sich fertig an, lief zu seinem Fahrrad und warf einen letzten Blick zurück, bevor er losfuhr.

»Diese Medaille ist mir egal. Sie wird mir kein bisschen fehlen!«

João war genauso verblüfft wie ich. Ich setzte mich auf einen Stein und atmete erleichtert auf. Dann sah ich, wie João mit seinem Fahrrad langsam in eine andere Richtung fuhr, während Tim schon weit weg war. Ich dachte wiederholt über diese doppelte Szene nach. Wie war das möglich? Konnte ich doch die Dinge beeinflussen? Warum war es mir nicht vorher gelungen?

Ich war perplex, und so unglaublich es klingt, war der Hexer nicht da, um mir weiterzuhelfen. Mit geschlossenen Augen lehnte ich mich zurück gegen den Stein, den die Sonne dieses schönen Tages erwärmt hatte. An diesem Tag hatte ich zufällig entdeckt, dass ich die Geschehnisse ändern konnte. Ich dachte an den Tod meines Vaters und musste lachen. »Dieses Ereignis werde ich auch ändern«, war ich überzeugt. Ich schloss meine Augen und zählte ... Als ich sie wieder öffnete, hatte sich nichts verändert. Ich schloss sie noch einmal, zählte und öffnete sie wieder. Nichts.

Ich stieß irgendein Schimpfwort aus, und schon erschien der edle Hexer.

Natürlich musste ich ihm nichts erklären, ich wartete nur darauf, dass er es mir erklärte.

Er lächelte, aber dann wurde sein Gesicht ernst, und er setzt sich an meine Seite.

Nachdem wir dort eine Weile schweigend gesessen hatten, begann er zu sprechen, als er merkte, dass ich mich beruhigt hatte.

»Tim, Sie haben ein großes Herz.«

Ich schaute ins Wasser und sah die Medaille schimmern. Ihr Band tanzte im Wasser wie der Schwanz eines Fisches, und das runde vergoldete Stück Metall schien uns anzulächeln.

»Ich möchte bewirken, dass mein Vater zurückkommt.«

Er antwortete nicht, aber ich gab nicht nach.

»Ich will dieses Geschehnis genauso ändern, wie ich das heutige geändert habe.«

»Sie können nur drei Ereignisse während Ihrer Reise ändern und ...«

»Und warum kann ich nicht an den Todestag meines Vaters zurückkehren?«

»Um etwas verändern zu können, müssen Sie doppelt bei diesem Geschehnis anwesend sein.«

Ich dachte einen Moment nach. Als Papa starb pflückte Tim die Seerose. Das war es also ... Tim und ich waren nicht zusammen, als es passierte.

Ich drehte mich um und ging weg.

»Es tut mir leid, Tim«, bedauerte er.

Ich hielt an und zeigte ihm, ohne mich umzudrehen, den Mittelfinger. Dabei hätte ich ihn am liebsten erwürgt. Ich selbst musste darauf kommen, dass ich die Geschehnisse beeinflussen konnte.

Warum hatte mir dieser Vollidiot das nicht vorher gesagt?

Während dieser Reise hatte ich oft gedacht, dass der Hexer mir helfen, dass er in die Geschehnisse eingreifen und auf diese Weise das Schlimmste verhindern könnte. Ich hatte lange Zeit nicht begriffen, dass er dem Ausgang der Ereignisse gegenüber genauso hilflos war wie ich.

Diese Reise hat mich gelehrt, mit Verlusten umzugehen, mit Traurigkeit und Freude, mit angenehmen und unangenehmen Überraschungen, die uns das Leben auf einem goldenen Tablett oder in einem Kristallglas anbietet. Ich habe gelernt, dass wir Gottheiten sind, die wir selbst verehren müssen. Ich meine die Kapazität und die Größe in uns, die wir oft nicht erkennen. Ich meine unsere innere Kraft.

Als Tim nach Hause kam, fühlte er sich erleichtert, als ob das Gewicht der Medaille und Joãos Rachegelüste für immer im Fluss zurückgeblieben waren. In Wirklichkeit erwachte er für die Erfahrungen, die uns das Leben bietet. Er hatte gelernt, dass er keine Medaille brauchte, weil sie nichts an den Dingen änderte, die für ihn einschneidend waren, wie Papas früher Tod, der Blick des Türstehers, der jeden Zentimeter seiner einfachen und verdreckten Kleidung untersucht hatte und die Enttäuschung, die sein Idol ihm bereitet hatte, als er ihn kaltherzig behandelte und sein Geschenk missachtete, dass er ihm mit so viel Liebe gegeben hatte.

Roger Ray enttäuschte am Ende das ganze Land, denn er gewann keine einzige Medaille bei den Olympischen Spielen. Im Radio waren kritische Stimmen zu hören, die ihre Enttäuschung zum Ausdruck brachten, dass er das Land so bedeutungslos vertreten hatte. Die Poster in den Kneipen wurden entfernt und die vielen Interviews, die für die Zeit nach der Olympiade geplant waren, abgesagt. Zeitungen und Zeitschriften berichteten nur in negativer Form über dieses Thema. Roger war über seine eigene Eitelkeit gestolpert, seine Karriere und sein Ruhm waren dahin.

João kam nach Hause und wurde von seinem Vater geschlagen, weil er zu spät gekommen war, um die Ware abzuladen, die Rufino vom Bahnhof geholt hatte. Es handelte sich um Eisentöpfe, Angelhaken, Eimer, Teppiche und viele andere Dinge, die alle hinten im Laden gestapelt waren. Man konnte die Abdrücke des Gürtels an seinen Beinen erkennen, als er eine Ecke im Garten aufsuchte, um allein zu weinen. Am selben Abend belauschte Vicenta ein Gespräch zwischen Genésio und dem stellvertretenden Bürgermeister – einem Mann, der viele Güter und eine gewisse Macht in der Stadt besaß. Er war zwar nicht beim Militär, aber alle nannten ihn Coronel, was damals gleichbedeutend war mit »Großgrundbesitzer«.

Er sprach mit Genésio ohne große Umschweife über sein Anliegen. Sie hörte es in der Küche und hielt sich den Mund zu, damit ihm keine Laute des Entsetzens entwichen. Den Kaffee servierte sie mit Eile, damit sie nicht bemerkten, wie ihre Hände

zitterten, denn bei den beiden handelte es sich um zwei kaltblü-
tige Mörder. Stunden später, als ihr Mann im Bett lag, blieb sie
noch auf. Genésio schöpfte Verdacht und verhörte sie, er wollte
wissen, ob sie ihre Unterhaltung gehört hatte.

»Ich habe es gehört. Ist es wahr, dass ihr das mit diesem
großzügigen Ehepaar anstellen wollt?«

»Ich habe dir gesagt, dass du dich fernhalten sollst, wenn ich
Besuch habe!.«

»Aber es ist nicht wahr, oder?«, fragte sie noch einmal.

»Es geht dich nichts an. Und erwähne nie mehr dieses Thema. Nie mehr!«

Zwei Tage später wurden der Bürgermeister und seine Frau
in einen Hinterhalt gelockt und ermordet. Sie kamen von einer
Fazenda zurück, als zwei Männer vor ihr Auto sprangen und
mehrere Schüsse abfeuerten. Popel-Gil war bei diesem Attentat
zugegen und man fand ihn Stunden später, als er im Schockzu-
stand die Landstraße entlanglief.

Die Nachricht schockte ganz Madrigal und besonders Mama,
denn sie empfand großen Dank für den Bürgermeister und seine
Frau. Sie wusste, das waren ehrliche Menschen gewesen.

Vicenta wusste, wer den Bürgermeister ermordet hatte und
kannte auch das Motiv für diesen brutalen Mord. Sie weinte in
den Ecken des Hauses und verbarg ihre Tränen vor ihrem Mann,
der so tat, als sei nichts gewesen. Um seine Pläne zu verwirklichen, übernahm der Coronel die Macht in der Stadt. Weiteren
Verbrechen war Tür und Tor geöffnet.

Zu spät wurde Vicenta klar, dass ihr Leben in Gefahr war.

Der Coronel, der Pfarrer und zwei Nachbarn traten in ihr
Zimmer um zu bezeugen, dass es sich um einen Selbstmord
handelte. Ihre Leiche lag auf dem Bett und schien zu schlafen.
Sie hatte etwas Schaum vor dem Mund, und auf dem Nachttisch
stand ein Glas, das zur Hälfte mit Wasser gefüllt war und eine
Verpackung mit dem Rest des Giftes.

Es gab keinen Verdacht, und Genésio war ein guter Schau-
spieler. Er setzte sich hin, hielt ihre Hand und heulte wie ein

kleines Kind. Der Pfarrer bestäubte sie mit Weihwasser, betete und bat den Herrn, dieser »Selbstmörderseele zu vergeben und Engel zu schicken, um ihr im Fegefeuer beizustehen«.

Genésio weinte, sabberte und schüttelte immer wieder den Kopf.

João musste warten und erst, als die Zeugen das Zimmer verlassen hatten und der Körper für die Totenwache aufbereitet war, erhielt er die Erlaubnis, sie zu sehen. Er warf sich auf die Leiche seiner Mutter und schrie erbärmlich. Sein Weinen konnte man auf der Straße hören, wo sich eine Menge von Schaulustigen gebildet hatte.

Ich versuchte, diese Situation rückgängig zu machen. Ich hoffte, dass der Hexer sich getäuscht habe und ich dieses Ereignis ändern könne, auch wenn Tim nicht anwesend war. Ich versuchte es einige Male, aber immer, wenn ich meine Augen öffnete, stand ich vor der Leiche dieser schönen schwarzen Frau. Ich sprang dem Mörder an den Hals, drückte zu, schrie, schimpfte und verfluchte dieses widerliche Geschöpf.

Kita verbreitete die Neuigkeit in der Stadt. Sie stellte sich an die Ecke der Straße, ganz in der Nähe von Genésios Anwesen und hielt alle Vorbeigehenden an, um ihnen vom traurigen Tod des Dienstmädchens zu berichten. Denn so war Vicenta allgemein bekannt: nicht als Ehefrau, sondern als Dienstmädchen. Sie war schon in jungen Jahren ihren Eltern entrissen worden, um eine Liebessklavin zu werden. Sie erhielt nichts für ihre Dienste, und wenn sie die Wahl gehabt hätte, hätte sie bestimmt nicht diesen Weg gewählt. Aber das Leben hatte ihr nicht das Glück verliehen, weiß zu sein. Und Schwarze hatten keine Wahl, keine Rechte, keinen Lohn. Sie durften sich nicht einmal beschweren. Sie mussten immer stark sein und waren, von ihren Familienangehörigen abgesehen, unbedeutende Menschen für die anderen.

Vicentas Familie glaubte nicht an die Selbstmordtheorie, aber es gab niemanden, der ihnen helfen würde, die Wahrheit herauszufinden, schon gar nicht mit der Rückendeckung, die Genésio durch den Coronel erhielt.

Der Hexer und ich nahmen an der Totenwache teil, allerdings getrennt voneinander. Er hatte sich mit gesenktem Kopf in eine Ecke gehockt und weinte, wie ich es nie bei ihm gesehen hatte. Zuerst versuchte ich, mit ihm zu sprechen, aber dann sah ich ein, dass es besser war, ihn allein zu lassen. Ich empfand eine Mischung aus ohnmächtigem Zorn und Traurigkeit über diesen vertuschten Mord.

Ich hörte die Kommentare einer Gruppe von Religiösen, die um den Pfarrer herumstanden.

»Jetzt steht sie schon an der Tür zum Fegefeuer ... Möge sie die Lektion lernen.«

»Möge unser barmherziger Gott Mitleid mit dieser verlorenen Seele haben«, sagte der Küster, der wie ein Bär aussah. Beim Sprechen hob sich sein Kinn und er stotterte. Der Pfarrer hörte die Kommentare und nickte zustimmend. Und der Hexer weinte noch immer.

Zum Begräbnis kamen wenig Leute, nur die Familienangehörigen und einige Bekannte, die keine Vorurteile hatten, wie Mama, Tereza und Aristeu.

Tim empfand Mitleid mit João und hätte ihm gern Trost gespendet, aber er tat es nicht. Er wusste nicht, dass er ihn nie wiedersehen würde. Genésio gab an, er könne sich nicht um den Jungen kümmern, und schickte ihn weit weg. Er war weder bereit, sich sein Gejammer anzuhören, noch hatte er Lust, sich um einen Jungen zu kümmern, der ihn immer an dieses Dienstmädchen erinnern würde.

Er hatte seinen Sohn niemals geliebt.

Eine Lektion: Ein Kind, das missbraucht wird, ist ein Wesen, das einen Teil seiner Seele verliert, wobei der dadurch entstandene leere Raum mit Angst und Leiden gefüllt wird.

Kapitel 3

Die Waggons, in denen die Waffen für die Kaserne in der Hauptstadt transportiert wurden, waren geplündert und die zur Wache abkommandierten Soldaten ermordet.

Die Waffen wurden geraubt und in einer Nacht- und Nebelaktion in einem Raum auf Genésios Fazenda untergebracht. Das Geld, das durch den Verkauf hereinkam, wurde zwischen beiden Partnern geteilt.

Die Männer trugen die schweren Holzkisten unter der Aufsicht des Coronels, der sichtlich nervös war.

»Passt bloß auf!«

Die Ermittlungen kamen an der Stadtgrenze von Madrigal ins Stocken, denn er nutzte seine Position, um jeden Verdacht abzuwehren und die Untersuchungsbeauftragten des Heeres in die Irre zu führen.

Genésio verkaufte die Waffen auf dem Schwarzmarkt und erhielt die Deckung des Coronels, den er bei der Ausführung des Attentats auf den Bürgermeister unterstützt und ihn so zum Amt verholfen hatte. Er nahm das Haus des Bürgermeisters in Beschlag, und ließ davor ein Häuschen errichten, in dem sich vier Soldaten rund um die Uhr mit der Wache ablösten. Er schützte sich vor seinesgleichen. Der Bürgermeister hatte ironischer weise niemals eine Eskorte für erforderlich gehalten, während der, der ihn ermordet hatte, ständig von Sicherheitskräften umgeben war. Es war offensichtlich, dass er Angst hatte, dasselbe Schicksal zu erleiden, dass er diesem großherzigen Mann und dessen Frau bereitet hatte.

Tim dachte einige Tage lang an João, und die Geschichte von Terezas Großmutter kam ihm dabei wieder in den Sinn.

›Wir hätten Freunde sein können. Ich hatte die Gelegenheit, ihm zu verzeihen und seine Freundschaft zu gewinnen.‹ So dachte er voller Reue, als er am Haus vorbeikam, in dem sein »Feind« gewohnt hatte.

In der Schule war ein Vakuum entstanden. Die anderen Mitglieder der Bande waren in den Schulpausen kaum noch wahrzunehmen. Ohne ihren Anführer hatten sie allen Mut verloren.

Im Klassenzimmer schaute Tim auf die leere Bank und sah ihn förmlich dort sitzen. An einem Morgen betrachtete er nach der Pause den leeren Korridor. Die anderen Kinder waren schon in ihren Klassen, nur er schaute immer noch auf den frisch gewachsten Boden.

»Und jetzt? Wer wird mir jetzt noch eine Ohrfeige geben? Wer wird jetzt noch meinen Mohrrübenkuchen zertrampeln?«

Er lief zum Schulhof und erinnerte sich, wie er damals den Zettel auf seinem Rücken befestigt hatte und diese peinliche Situation hervorgerufen hatte. Und er sah die Kuchenstücke vor sich, die von den Schuhsohlen des Bandenführers zertreten worden waren.

»Was nützt mir das jetzt? Er ist weg und ich werde ihn niemals wiedersehen. Außerdem backt Tereza schon lange keine Kuchen mehr ...«

Durch Papas Tod waren Tim und Fred sich näher gekommen, und sie unternahmen wieder mehr miteinander. Sie badeten gemeinsam am Wasserfall und liefen zusammen die Landstraße auf der Suche nach Obstbäumen entlang. Sie hatten gelernt, dass die Früchte an den Ästen, die über den Zaun ragten, niemandem gehörten. Sie konnten also diese Früchte pflücken, ohne dass es als Raub angesehen wurde. Wenn die Schulranzen voll waren, zogen sie sich ihre Hemden aus und machten daraus Beutel, in denen sie das Obst nach Hause trugen. Zu Hause bauten sie im Garten Brücken über einen Graben, den sie selbst gebuddelt und anschließend mit Wasser gefüllt hatten. Fred war für die Fundamente der Brücken zuständig, denn er meinte, dass Tim nicht die richtigen Holzstücke auswählte und wackelige Brücken baute, die bei jeder Kleinigkeit zusammenfallen könnten. Tereza musste sich vorsichtig bewegen, um nicht aus Versehen gegen irgendein Teil zu treten und ihnen den Spaß zu verderben. Einmal war sie gerade dabei, Wäsche zum Trocknen aufzuhängen, als

Fred sie darauf aufmerksam machte, dass sie beinahe eine Brücke beschädigt hätte. Sie bat ihn, er solle lieber Brücken über den Fluss bauen, der mitten durch die Stadt floss, denn die einzige, die es gab, sei kurz davor, in sich zusammenzufallen. Dann lachte sie und lief wie auf rohen Eiern wieder ins Haus.

Auf der anderen Seite konnte Tim besser Schach spielen, und Fred lernte von ihm die besten Spielzüge. Sie gingen zusammen zu den Messen in der Kirche und nahmen an den Chorproben teil. Wie schon früher war Tim nie richtig bei der Sache und störte obendrein die Konzentration der Kollegen. Mama ging nicht zu den Messen und Tereza nur selten, denn sie betete immer im Wohnzimmer, wo die Figur eines Heiligen stand, an dessen Namen ich mich nicht mehr erinnere.

Es war spät am Nachmittag, und die Kinder waren noch nicht von der Chorprobe zurückgekommen. Sie spielten Verstecken auf dem Friedhof hinter der Kirche, fünf Jungen und zwei Mädchen. Der rot gefärbte Himmel zeigte an, dass es an der Zeit war, nach Hause zu gehen. In der Kirche sprach Padre Benedito mit Bitu und hinderte ihn daran, den Heimweg anzutreten. Fred und sein Nachbar und Freund hatten ausgemacht, zusammen nach Hause zu gehen. Aus diesem Grund warteten die Kinder nach dem Spiel vor der Kirche auf Bitu.

Nach und nach bemerkten die Kinder, dass es schon spät war, und gingen nach Hause, aber Bitu erschien immer noch nicht.

Der letzte Junge verabschiedete sich eilig, als seine Mutter laut mit der Hand gegen das Haupttor schlug, um ihn daran zu erinnern, dass es an der Zeit war zu gehen. Tim und Fred gingen in die Kirche und Fred setzte sich auf eine Kirchenbank, schloss die Augen und fing an, zu beten. Tim hatte Hunger und sein Fuß brannte, weil er beim Pinkeln hinter einem Grabstein etwas schlecht gezielt hatte. Er hatte immer zerkratzte Füße, und ausgerechnet der, der am meisten zerschunden war, hatte einen Strahl Urin abbekommen. Aber dann sah er den Kelch mit den Hostien und vergaß seinen brennenden Fuß. Dort stand er, teilweise bedeckt mit einem weißen Tuch, das die Nonnen liebevoll bestickt hatten, und lud ihn zu einem leckeren Bankett ein. Er zögerte nicht und steckte sich eine Handvoll des heiligen Brotes in den Mund, wobei er sich nach allen Seiten umschaute, während er kaute. Sie hatten gelernt, dass es eine Sünde war, die Hostie zu kauen, da sie schließlich den Körper von Christus repräsentierte. Nach dieser Überlegung zerdrückte er sie mit der Zunge und sammelte viel Spucke im Mund, um sie wie einen Brei herunterzuschlucken.

Ich setzte mich in die erste Reihe und lachte über diese Szene. Tim so zu sehen, wie er die Hostien hinunterschluckte und sich dabei ständig umschaute, um nicht erwischt zu werden, ließ mich für einige Augenblicke die traurigen Ereignisse vergessen, denen ich in letzter Zeit beigewohnt hatte. In wenigen Minuten war der Kelch leer. Um seine Sünde noch zu verschlimmern, wischte er sich den brennenden Fuß mit dem heiligen, geweihten Tuch ab. Anschließend versteckte er, um sein Vergehen zu vertuschen, das Tuch unter einer großen Blumenvase neben dem Altar und begleitete die ganze Szene mit einem lauten Rülpser.

Ich lachte laut auf und konnte nicht glauben, dass ich dieser Junge war.

Er kam wieder hinter dem Altar hervor, als mir auf einmal klar wurde, dass Bitu in Gefahr war. Ich rannte zum Zimmer des Pfarrers und traf die beiden dort an. Der Junge zitterte am ganzen Körper, während der Kirchenmann ihm die Kleider abstreifte. Ich fing an, auf dieses Dreckschwein einzuschlagen. Neben dem Bett stand ein Glas, das zur Hälfte mit Wasser gefüllt war und daneben eine Schachtel mit irgendeinem Medikament. Er hatte Bitu betäubt.

Die Nacht brach herein, aber keine Lampe wurde angezündet. Es wurde zwar immer dunkler, aber der Pfarrer brauchte kein Licht, um seine Schandtat durchzuführen. Tim streunte durch den Flur, genau wie damals, als Fred das Opfer war.

Zu meiner Verzweiflung hörte er ein Geräusch in der Kirche und zog sich zurück.

»Nein, bitte, geh weiter!«, schrie ich. »Tim, du musst anwesend sein!«

Ich sprang herum, schlug mit den Fäusten gegen die Wand, stellte ihm ein Bein, alles, um ihn zum Umkehren zu bewegen.

Eine Nonne zündete eine Kerze auf dem Altar an, und kehrte anschließend wieder in den Konvent zurück. Fred saß weiter mit geschlossenen Augen da und fuhr mit seinen unnützen Gebeten fort. Tim spähte von der Ecke des Flurs zum Altar, und als er sah, dass die Nonne nicht den leeren Kelch bemerkt hatte, fasste er sich mit der Hand an die Brust und atmete erleichtert auf.

»Aber jetzt komm zurück, Junge. Los komm schon«, bat ich verzweifelt.

Er schaute noch einen Moment in die Kirche, dann drehte er sich zum Korridor und lief etwas schneller, bis er an der Zimmertür des Seelsorgers angelangt war. Ich sah den Hexer mit gesenktem Kopf am Bettrand sitzen. Er hatte den beiden den Rücken zugekehrt. Ich rieb nervös meine Hände und richtete meinen Blick auf die Tür. Tim stand daneben.

»Gott spricht durch mich, mein Junge. Du sollst wissen, dass alles in Ordnung ist, denn es ist keine Sünde, sich dem Padre hinzugeben. Mein Körper ist der Tempel des Herrn, komm in den Tempel«, schmeichelte dieser verfluchte Kinderschänder.

Ich hörte das Wimmern des Kindes ...

Ich fühlte einen Knoten im Hals, die Tränen liefen mir über die Wangen und tropften auf mein Hemd.

Der Hexer hatte rote Augen und runzelte die Stirn.

»Wie kann ein menschliches Wesen einem Kind so etwas antun und dabei noch Lust empfinden?« Ich konnte es nicht fassen.

Sein Hals war genauso zugeschnürt wie meiner, er konnte nicht sprechen. Aber sein resigniertes Zucken mit den Schultern zeigte mir, dass jede Erklärung überflüssig war.

»Ganz ruhig, mein Engel«, grinste der Pfarrer.

»Das lass' ich nicht zu«, schrie ich.

Ich schloss meine Augen und zählte, bis ich mir sicher war, dass diese Szene noch nicht begonnen hatte.

Dann öffnete ich die Augen und sah, wie sich der letzte Junge gerade von Tim und Fred verabschiedete, während seine Mutter energisch gegen das Haupttor der Kirche schlug, um ihn daran zu erinnern, dass es schon spät war.

Schleunigst rannte ich in die Kirche und begann, ein großes Durcheinander anzurichten. Ich zog an den Gewändern der Heiligen, warf Kirchenstühle um, schüttete die Hostien auf den Boden, schrie – natürlich alles nur in meiner Vorstellung.

Tim kam herein und ging direkt in den Flur.

»So ist es richtig!«, freute ich mich.

Als er sich der Tür dieses Zimmers näherte, öffnete sie sich, und er sah, wie Bitu versuchte, sich den Belästigungen des Pfarrers zu entziehen.

»Was hast du hier zu suchen, Bengel?«, fragte der Padre mit aufgerissenen Augen.

»Ich wollte meinen Freund abholen«, stotterte Tim.

Der Kirchenmann schluckte und gab Bitu einen Klaps auf die Schulter.

»Vergiss nicht, worüber wir heute gesprochen haben.«

Der Junge nickte nur mit dem Kopf. Er war bleicher als die Altarkerzen und so erschrocken, dass er sich beim Laufen an der Wand abstützte. Tim konnte es nicht lassen, zu fragen:

»Worüber habt ihr denn gesprochen?«

»Über nichts Besonderes.«

»Aber er hat dich gebeten, es nicht zu vergessen.«

»Ja, aber das hängt mit dem Ministrantentreffen zusammen, sonst nichts«, log er.

Fred stand auf, als die beiden ankamen, und sie gingen zusammen nach Hause.

»Was hat er denn?«, fragte Kita, als sie ihren Sohn sah, der immer noch blass war und den Kopf hängen ließ.

»Keine Ahnung, ich glaube es ist nichts«, antwortete Fred.

Tim sah den einzigen Topf auf dem Herd und verschlang die Suppe. Fred ging sofort ins Bad.

Ich atmete erleichtert auf. Mein zweiter »Tausch« war erfolgreich gewesen, ich wollte mich ausruhen und ging zu Mamas Zimmer. Sie lag auf dem Bett und schaute aus dem offenen Fenster auf einen Himmel voller Sterne. Ich schlüpfte unter dieselbe Decke und betrachtete mit ihr dieses kostenlose Schauspiel.

Dort blieb ich, streichelte ihre Haare und fühlte ihre Wärme, während die Nacht schweigend voranschritt. Tereza und die Kinder schliefen längst, aber wir nicht. Wir verbrachten die ganze Nacht wach in einem Einklang von Liebe und Sehnsucht. Ich sah Sterne blinken und Sternschnuppen, die die Erde besuchten, und inmitten dieses kosmischen Festes sah ich Papa zwischen den Sternen, der uns mit einem aufmunternden Lächeln grüßte.

Bereits einige Wochen später richtete der Pfarrer seine skrupellosen Aktivitäten auf Fred aus.

Der Seelsorger schlug den Ministranten vor, nach dem Samstagstreffen ein Picknick in der Nähe des Wasserfalls zu veranstalten. Nur Fred und Bitu konnten mitgehen.

Tim verbrachte den Tag, indem er an seinem Fahrrad herumwerkelte und seine Autos untersuchte, von denen einige repariert werden mussten. Am Nachmittag traf Mama ihn in der Badewanne an, wo er sich mit dem Schaum vergnügte. Sie bückte sich und seifte seinen Rücken ein, wobei sie ein Lied sang, das ich besonders gern mochte. Tim stützte sich mit beiden Händen auf den Wannenrand und ließ sich von Mama einseifen. Sie benutzte einen pflanzlichen Schwamm – der an der Gartenhecke wuchs – und rieb mit sanften kreisenden Bewegungen über seine empfindliche Haut. Er lachte und wand sich, weil ihn der Schwamm kitzelte. Sie lachte ebenfalls und wusch ihn besonders ausgiebig unter den Achseln, um ihn noch mehr zum Lachen zu bringen.

Aber als sie den Schwamm vom Nacken nach unten gleiten ließ, korrigierte er sie.

»Nein, nicht so, sondern von unten nach oben.«

Sie hielt inne, lachte und runzelte die Stirn.

»Nein nicht so«, äffte sie ihn nach. »Wer sagt denn, dass das falsch ist?«

»Ich habe gesehen, wie der Pfarrer es Fred gezeigt hat ...«

Der Schwamm fiel ins Wasser.

»Wie bitte?«

Er wiederholte, was er gesagt hatte.

»Was hast du genau gesehen? Wann war das?« Sie war erschrocken.

Sie packte ihn an den Armen und drückte fest zu. In ihrem Blick war etwas Alarmierendes. Sie schüttelte ihn unaufhörlich.

Tim stotterte ein bisschen, aber dann erzählte er in allen Einzelheiten, was an jenem Abend passiert war, als er losgezogen war, um Fred zu suchen.

Mama hielt sich die Hand an den Mund, aber er konnte den Grund für die ganze Aufregung nicht verstehen.

Sie stürmte aus dem Bad, lief die Treppe hinunter, indem sie zwei Stufen auf einmal nahm und traf auf Tereza, die ein altes Geschirrhandtuch in den Händen hielt.

»Ich muss Fred aus der Kirche abholen!«

»Aber wa...«

»Weil er in Gefahr ist. Der Padre, dieser Padre, Tereza ...«

Während sie sprach, füllten sich ihre Augen mit Tränen und sie konnte ihre Lippenbewegungen nicht kontrollieren.

Tereza ließ das Handtuch fallen, hielt die Hand an den Mund und riss ihre großen schwarzen Augen auf.

»Ich komme mit!«

Die beiden liefen, so schnell sie konnten, die menschenleeren Straßen entlang, die im Licht der Spätnachmittagssonne lagen. Zu dieser Stunde versammelten sich die Familien üblicherweise in ihren Häusern und sprachen über die Tagesereignisse. So war es Brauch unter den Bewohnern Madrigals. Sie blieben nur an besonders heißen Tagen oder wenn es ein Fest gab, noch länger auf der Straße. An diesem Herbsttag war es allerdings ziemlich frisch.

Als sie in die Kirche kamen, gingen sie sofort zum Flur, zu dem Unbefugte keinen Zutritt hatten. Eine Nonne erschien und machte sie auf diesen Sachverhalt aufmerksam.

»Und ob ich Zutritt habe!«, schrie Mama.

Tereza fügte weise hinzu, dass es sich um einen Ernstfall handele und sie dringend mit dem Pfarrer sprechen müssten. So erfuhren sie, dass er mit einer Gruppe von Kindern im Wald war.

»Wo im Wald?«

»In der Nähe vom Wasserfall, an der Grotte der heiligen ...«

Sie ließen sie nicht aussprechen, sondern rannten los wie von der Tarantel gestochen, während sich die Nonne bekreuzigte.

Ich kam vor ihnen an der Grotte an und sah Fred und Bitu mit dem Pfarrer. Sie saßen auf einer Decke, die sie auf dem Boden ausgebreitet hatten. Zwei Körbe mit Brot- und Obstresten standen ebenfalls auf der Decke. Außerdem sah ich leere Weinflaschen, deren Inhalt teilweise auf die Decke und den Boden getropft war. Obwohl das Wasser des Wasserfalls zu dieser Jahreszeit schon kalt war, erkannte ich sofort, dass sie ein Bad genommen hatten, denn ihre Haare waren nass und sie hatten nur Unterwäsche an. Das galt auch für den Pfarrer, der seine Kutte auf den Boden geworfen hatte. Er versuchte, seine Haare mit den Händen nach hinten zu streichen, was ihm nicht gelang. Ich stellte fest, dass der Alkohol ihm zugesetzt hatte. Zu meiner Überraschung war auch Bitu betrunken. Der Junge versuchte, aufzustehen, aber er fiel gleich wieder um und rollte auf dem Boden umher. Der Padre legte sich über ihn und wollte ihn küssen, aber in diesem Moment war Bitu schon eingeschlafen.

»Komm, Fred, legen wir uns ein bisschen hin«, sagte Padre Benedito und streckte seine Hand zu Fred aus, der nicht getrunken hatte. Fred schüttelte verneinend den Kopf.

»Meinen Sie nicht, dass es Zeit ist, zu gehen?«

Der Pfarrer zuckte mit den Schultern, schloss die Augen und öffnete sie erst nach einer gewissen Zeit wieder.

»Heute gehen wir erst, nachdem du dich dem Padre hingegeben hast, Fred.«

»Es wird kalt, Padre. Wir müssen uns anziehen.«

»Zieh das an«, sagte er und wies auf die Kutte. »Los, zieh sie an. Du siehst bestimmt ganz toll in dieser Kutte aus, wuunderschööön!«

Fred hörte nicht auf ihn, nahm seine Kleider und begann, sich anzuziehen, aber als er sich das Hemd über die Schultern zog, erhielt er einen Stoß und fiel auf die Decke. Der Pfarrer beugte sich über ihn und zog ein Messer.

»Sage niemals nein zum Padre! Dem Padre darf man nichts abschlagen.«

Fred starrte schockiert auf das Messer, das gefährlich funkelte.

»In Gottes Namen, Padre, lassen Sie dieses Messer los!«

»Nur wenn du sagst, dass du heute mir gehörst, sag es!«

Fred schaute sich um und dann wieder auf das Messer. Es fiel ihm schwer, zu atmen und seine Hände zitterten. Ich dachte daran, dass Tim zu Hause war und ich nicht die Möglichkeit hatte, die Fakten zu ändern. Es wäre unerträglich, zu sehen, wie mein Bruder von diesem Monster missbraucht würde, ohne etwas ausrichten zu können.

Ich schloss meine Augen, weil ich mich sträubte, an so viel menschliche Boshaftigkeit zu glauben, aber dann hörte ich das Geschrei des Pfarrers. Fred hatte ihm eine Flasche ins Gesicht geworfen und ihm anschließend mit aller Kraft in den Bauch getreten. Das Scheusal war stärker, muskulöser und größer als mein Bruder, aber zu seinem Glück war der Mann betrunken und fiel nach hinten. Fred stand rasch auf und schlüpfte in seine Schuhe. Padre Benedito kochte vor Wut, ergriff das Messer und stürzte sich auf ihn. Fred rannte in den Wald und der Kirchenmann hinter ihm her.

»Glaubst du, ich krieg' dich nicht?«, schrie er.

Ein Zweig traf das Auge meines Bruders. Er stolperte und verstauchte sich den Fuß.

»Steh' auf, schnell!«, schrie ich.

»Ich war Soldat. Ich komme gut in so einem Dickicht zurecht«, eiferte sich der Mistkerl und kam auf ihn zu.

Fred stand schnell auf und rannte, so schnell er konnte, bis er, völlig außer Atem, an einem Felsabsturz zum Fluss anhalten musste.

Es gab keinen Ausweg, das Dickicht war undurchdringlich, voller Lianen, stacheligen Zweigen und giftigen Spinnen. Und unten gab es Treibsand und eine Schlucht, in der ein anderer, viel gewaltigerer Wasserfall mit schlammigem Wasser über enormen Felsbrocken toste. Dorthin zu geraten, bedeutete den sicheren Tod.

Er hatte nicht mehr viel Zeit und musste eine Lösung finden, obwohl es keinen Ausweg gab. Wohin er sich auch wendete, war es gefährlich.

Aber welche Richtung war weniger gefährlich?

Ich dachte in diesem Moment an Tim. Was würde er anstelle seines Bruders tun? Fred war immer etwas langsamer, während Tim die Gefahr schneller erkannte. Tim hätte es vielleicht riskiert, vom Felsen herunterzuspringen, was für Fred nicht infrage kam. Und genau aus diesem Grund tat er das einzig Richtige. Zu springen, war ein Kamikazeunternehmen. Ins Dickicht zu rennen, bedeutete, in eine Falle zu tappen und vom Pfarrer erwischt zu werden, was mit Sicherheit seinen Tod besiegelt hätte.

Klugerweise wählte Fred den Baum, der vor ihm stand, als Fluchtweg aus. Allerdings beging er den Fehler, seine Schuhe auszuziehen, weil er dachte, dass er ohne sie besser klettern könne. Hätte er sie doch wenigstens mitgenommen!

Der Pfarrer kam an, sah sofort die Schuhe, schaute nach oben und lachte. Dort umklammerte mein Bruder einen Ast, der von einer dornigen Kletterpflanze umrankt war. Aber eins war klar: Der Padre war nicht in der Lage, wie ein Leopard bis dorthin zu klettern. Fred war jünger, schlanker und agiler, und das war seine Rettung.

»Komm 'runter, mein Sohn, ich tu dir nicht weh.«

Er erhielt keine Antwort.

»Komm schon, Fred, lass uns reden«, sagte er und hielt mit festem Griff das Messer hinter seinem Rücken.

»Werfen Sie zuerst das Messer in den Fluss!«

Der Kirchenmann schüttelte sich vor Lachen.

»Hast du etwa Angst? Ich werde dir nicht wehtun.«

»Ich komme nur 'runter, wenn Sie das Messer wegwerfen.«

»Beweise dein Vertrauen in mich. Ich werfe das Messer nicht weg, du kommst 'runter und alles ist in Ordnung.

»Das ist gelogen, Fred, bleib oben!«, rief ich und umkreiste diesen Wahnsinnigen. Jedes Mal, wenn er Fred bat, herunterzukommen, drückte er mit seiner Hand den Messergriff. Der Ast bog sich leicht unter Freds Gewicht und er erinnerte an einen Affen, der versucht, den Klauen eines Raubtiers zu entkommen. Ja, sie waren wie Jäger und Beute, es ging um Tod oder Leben.

Der Padre ging noch einige Schritte zurück, um Fred besser sehen zu können, aber dann trat er ins Leere, verlor das Gleichgewicht und stürzte den Felsvorsprung hinunter. Wir hörten seinen letzten Schrei. Fred schloss die Augen und fing an zu weinen. Mama und Tereza riefen seinen Namen und er antwortete.

Plötzlich trat der Hexer in Szenerie. Er streckte seinen Hals aus und schaute hinunter zum Fluss.

»Gute Reise zur Hölle, Padre«, wünschte er mit einem zynischen Lächeln.

In der Nacht hatte mein Bruder viele Albträume. Und auch in den darauffolgenden Nächten hatte er Schwierigkeiten, einzuschlafen. Er wachte jedes Mal schweißgebadet auf, obwohl die kalten Nächte den Winter ankündigten. Schließlich bekam er noch eine Lungenentzündung, die ihn zwei Wochen lang ans Bett fesselte. Die Behandlung war teuer und musste in der Hauptstadt durchgeführt werden. Obendrein gab es nicht mehr den großzügigen Bürgermeister, der meiner Familie hätte helfen können, und Mama musste für alles allein aufkommen. Sie gab Papas letzte Ersparnisse aus und verkaufte noch einige Wertsachen aus dem Haus, um Freds Gesundheit zu garantieren – zumindest seine körperliche.

Seine schulischen Leistungen ließen stark nach und er wurde von schweren Depressionen heimgesucht.

Das erlebte Trauma hatte aus ihm einen kranken Jungen gemacht, und Mama brachte ihn zu einem Psychiaterehepaar, das in der Stadt nach einem Grundstück suchte, um eine Klinik zu errichten. Als die beiden bemerkten, dass die Stadt für ihre Pläne nicht geeignet war, zogen sie wieder weg und nahmen mit Mamas Einverständnis meinen Bruder mit sich. In dieser schwierigen Zeit war es für Mama eine Erleichterung. Sie hatte weder Geld noch Zeit, denn sie hatte eine neue Arbeit gefunden.

Die ganze Stadt war über den Tod des Pfarrers, dessen Leiche auf dem Fluss trieb, geschockt.

»Der arme Padre Benedito, er war ein Engel!«

»So einen Tod hat er nicht verdient.«

»Ich bin so traurig über den Tod unseres lieben Pfarrers, aber Gott hat ihn zu sich geholt.«

Solche und ähnliche Sätze hörte ich bei der Totenwache. Dieser Tod wurde von der ganzen Stadt bedauert, abgesehen von meiner Familie und von Bitu, der das Geheimnis der Belästigungen aus Angst vor der Gesellschaft und der Kirche für sich behielt. Über solch ein Thema offen zu sprechen, hätte damals in dieser Stadt zu einer Steinigung führen können.

Ich schaute auf den Sarg, der von Kirchenleuten umgeben war, die ihn von der Bevölkerung trennten. Jeder Gläubige durfte nur eine Minute lang an den Sarg treten, denn Tausende von Menschen wollten ihn ein letztes Mal sehen. Es gab Tumulte, Menschen, die in Ohnmacht fielen, Ehrungen. Es gab verzweifelte Klagen und sogar Vorschläge, diesen Pädophilen Pfaffen heiligzusprechen.

Nur meine Familie und Bitu kannten den wahren Grund seines Todes. Mama bat uns, mit niemandem darüber zu sprechen. Bitu vertraute sich nur Fred wegen der Belästigungen an, die er erlitten hatte. Seine Mutter erfuhr erst viel später von den schändlichen Taten des Pfarrers – durch einen Brief, den Bitu kurz vor seinem Selbstmord an sie geschrieben hatte.

Er hatte nie verstanden, warum er in einem Seminar gelandet war. Sein Onkel, zu dem er gezogen war, hatte es nie verkraftet, dass es ihm nicht vergönnt war, Pfarrer zu werden. Mit der Absicht, seine Seele zu retten, schickte er seinen Neffen dorthin und meinte, damit ein gutes Werk zu tun. Weit weg und ohne irgendeine Nachricht seiner Mutter wurde der Jugendliche von zwei Pfarrern missbraucht und bekam infolgedessen tiefe Depressionen. Bartolomeu – das war Bitus richtiger Name – zog es vor, sich das Leben zu nehmen, anstatt eines in Angst und Schande zu führen, indem er sich immer so verhalten musste, als sei nichts geschehen. Er wollte nicht mehr die Verbrechen der Männer decken, die ihn sexuell missbrauchten und dabei noch als »rein« angesehen wurden. Diese Monster hatten ihm seine Würde entrissen und seine Stimme im Namen der Kirche und ihres Rufes zum Schweigen gebracht. Der Brief wurde dem On-kel überreicht, der erst Monate später den Mut aufbrachte, ihn seiner Schwester Kitéria – Kita Klatschtante – auszuhändigen.

Bitus Leiche wurde nach Madrigal geschickt, wo er unter den böswilligen Kommentaren der Bevölkerung begraben wurde, wobei es ihm nicht gewährt wurde, im Familiengrab im Stadtfriedhof bestattet zu werden. Seine Leiche kam in ein Massengrab, das für Selbstmörder vorgesehen war.

»... ich dachte, sie seien wie Väter für mich, aber am Tag, als sie mich zum ersten Mal berührten, erkannte ich, dass sie Scheu-sale waren, Feinde, gegen die ich mich nicht wehren konnte. Ich hatte immer darauf gesetzt, dass diese missratenen Vertreter der Kirche irgendwann ihren Funktionen enthoben werden, ich habe Jahre darauf gewartet, aber Gott hat es nicht getan. Warum befreit Er uns nicht vom Übel? Warum sind unschuldige Kinder Opfer derer, die in Seinem Namen sprechen? Wenn Gott es zulässt, dass das Böse in Sein eigenes Haus gelangt, um zu täuschen, Kinder zu missbrauchen und die ekelhaftesten Sünden zu begehen, dann ist er weder Gott noch Vater, er existiert nicht. Ob ich ins Fegefeuer oder direkt in die Hölle komme, weil ich mir das Leben genommen habe, ist für mich nicht relevant, denn ich lebe ohnehin schon in der Hölle.

Ich bitte nur dich um Vergebung, meine geliebte Mutter. Du sollst wissen, dass ich dich immer lieben werde.

Dein Sohn Bitu.«

Eine Lektion: Das Leben ist ein ständiger Kampf zwischen unseren Träumen einerseits und der Bewältigung der Herausforderungen, die sich uns stellen, andererseits. Der erste Punkt ist die Grundlage des Zweiten, wobei wir nur siegen können, wenn wir uns unserer Kraft bewusst sind.

Kapitel 4

Ein weiteres Jahr verging und Mama war am Ende, sie wusste nicht mehr, wie sie die Familie ernähren sollte. Sie Hatte fast die gesamte Einrichtung des Hauses zu Geld gemacht.

Stühle, Sofas, Tische und Schränke verschwanden allmählich aus dem Haus. Tim und Fred weinten über den Verlust ihrer Fahrräder und empfanden eine gewisse Eifersucht, als der Besitzer des Hotels kam, um sie abzuholen. Er hatte einen Sohn und eine Tochter, und Tim hoffte inständig, dass das Mädchen sein Fahrrad bekäme, weil er glaubte, dass es so länger halten würde. Wir fanden Käufer für alles, was wir hatten, nur die Standuhr wollte Mama keinesfalls versilbern, weil glückselige und melancholische Erinnerungen mit ihr verbunden waren.

Ich hörte, wie sie folgende Worte zu Tereza sagte:

»Ich werde nie den Tag vergessen, an dem Opa mir diese Standuhr geschenkt hat.«

Sie behandelte diese Uhr beinahe wie einen Menschen. Für sie besaß sie eine Seele und sie behauptete, dass ihre Schläge uns sagen würden, wie viel wir noch für uns selbst tun müssten, bevor unsere Zeit abgelaufen sei.

Tereza schaute einige Sekunden auf die Uhr und brach anschließend das Schweigen.

»Heilige Jungfrau! Mir läuft es kalt den Rücken runter.«

Wir aßen jeden Abend Gemüse, entweder als Beilage oder als Suppe. Manchmal gab es Brot, Hühnerinnereien oder Obst, das uns ein Nachbar gegeben hatte. Unser Garten war teilweise in einen Gemüse- und Obstgarten umgewandelt worden, was den ärgsten Hunger abwendete. Tim brachte Tereza zur Weißglut, weil er nicht abwartete, wie die Tomaten heranwuchsen, sondern sie aufaß, als sie noch grün waren. Sie beschwor die schlimmsten Plagen herauf und malte ihm aus, wie er den ganzen Tag mit Durchfall auf der Toilette verbringen würde. Er hatte seinen Spaß, wenn er sie so sah, denn er erinnerte sich daran, wie sein Vater über ihre gespielten Wutausbrüche gelacht hatte.

An einem frischen Nachmittag kündigte der Apotheker Aristeu Mama seinen Besuch an, indem er vor der Haustür laut in die Hände klatschte. Sie bat ihn nicht, sich zu setzen, denn wir hatten kein Sofa mehr, aber das schien ihn nicht zu stören. Er brachte Mama die Nachricht, auf die sie so sehnlich gewartete hatte: Es gab Arbeit für sie.

»Es ist die Zeit der Kaffee-Ernte, und ich habe gehört, dass Seu Genésio Arbeitskräfte braucht.«

»Also, ich habe niemals Kaffee geerntet, aber ...«

»Das lernen Sie. Ich kenne Leute, die dort vorübergehend gearbeitet haben und am Anfang nicht die geringste Erfahrung hatten. Die Angestellten dort sind freundlich und geben sich Mühe, den Neulingen alles Notwendige beizubringen.«

»Ja«, sagte Mama, während er sprach. Ich erkannte in ihren Augen einen Hoffnungsschimmer nach einer so langen Zeit des Wartens.

Tereza bestand darauf, mitzugehen, denn sie wollte auch arbeiten, obwohl Mama es lieber gesehen hätte, wenn sie weiter zu Hause für uns sorgen würde.

Sie gingen zum Laden und erinnerten sich an die Zeiten, als sie ihn nur betreten hatten, um dort einzukaufen. Sie schauten sich um und sahen die überquellenden Regale. Früher hatten sie sich am meisten für die Regale mit Nähzubehör interessiert, aber damals hatten sie noch andere Lebensbedingungen. Heute konnten sie es sich nicht leisten, irgendetwas zu kaufen, nicht einmal eine einfache Nähnadel. Tereza lief das Wasser im Mund zusammen, als sie die Würste sah, die über ihrem Kopf an Schnüren von der Decke hingen. Mama riss ihren Blick von den Waren los und besann sich auf den Grund ihres Besuchs.

Genésio verpackte gerade irgendetwas für einen Kunden und sah, wie Mama unruhig ihre Füße bewegte und die Hände auf dem Rücken hielt, um ihre Nervosität zu verbergen. Sie hatte niemals arbeiten müssen, schon gar nicht bei der Kaffee-Ernte – eine Arbeit, die Geschick und Erfahrung voraussetzte. Ihre Hände waren weich wie Rosenblätter und ihr Körper so anmutig, dass ihr Gang eher an einen Tanz erinnerte. Sie war schön und feingliedrig und hatte keine Ahnung, was sie in den nächsten Jahren erwartete.

»Mhmm«, brummte der Mann, als sie sagte, sie würde Arbeit suchen.

Er betrachtete sie von oben bis unten und kratzte sich ungeniert an den Hoden. Ich fühlte, wie ihr Gesicht unter der Schminke feuerrot wurde, während sie vom Blick dieses grobschlächtigen Händlers verschlungen wurde. Er schenkte Tereza überhaupt keine Beachtung, sondern tat so, als sei sie gar nicht anwesend, was die Lage meiner Mutter noch unangenehmer machte.

Ich hätte sie so gern aus dieser Situation befreit! Das war nicht der richtige Ort, um Arbeit zu suchen ...

Ich legte meine Hand auf ihre Schulter und wartete auf ihre Antwort.

Der Händler schüttete Kognak in ein Glas und bot es ihnen an. Sie lehnten natürlich ab. Mit einem Ruck goss er sich das Getränk in den Hals und knallte das leere Glas auf den Tresen. Sie wichen einen Schritt zurück.

»Mein Vorarbeiter holt Sie morgen früh hier ab. Also, machen Sie sich auf Schwielen an den Händen gefasst.«

»Entschuldigen Sie,
aber gibt es keine Arbeitsstelle für meine ...«

»Nein«, unterbrach er sie. »Nur eine Stelle, und zwar für Sie.«

Als sie den Laden verließen, sah Mama, wie er ihr mit einem Auge zuzwinkerte.

Auf der Straße wischte sie sich eine Träne ab und hob den Kopf, während Tereza ihren Arm hielt.

Frauen teilen ihre Schmerzen und Freuden mit größerer Leichtigkeit als Männer. Sie verstehen sich, ohne ein einziges Wort sagen zu müssen. Trotzdem sagte Mama, mehr zu sich selbst als zu Tereza:

»Es ist für meine Söhne. Ich tu' es für sie.«

Als es am nächsten Tag hell wurde, war sie bereits auf dem Weg zur Fazenda, wobei sie das Schauspiel der ringsum erwachenden Natur genoss und wobei sie sehen und hören konnte, wie Flora und Fauna ihr Tagwerk verrichteten. Dabei versuchte sie ihre Unruhe zu verbergen. Der Tau bedeckte die Pflanzen und der Nebel lag so tief, dass man nicht allzu weit sah, aber ich musste zugeben, dass es ein herrlicher Morgen war. Wenig später hob sich der Nebel wie ein milchiger Vorhang und gab einen unbeschreiblichen Panoramablick frei. Die frische Luft trat in ihre Lungen und sie atmete einige Male tief durch, als wolle sie sich von ihrer Unsicherheit befreien.

Sie waren vier Männer und drei Frauen, alle hatten einen besorgten und ernsten Gesichtsausdruck. Mama gab sich Mühe, um nicht gegen einen der Männer geschleudert zu werden, wenn der Karren durch eine Kurve fuhr oder über einen Stein ruckelte. Sie schaute verstohlen auf die beiden anderen Frauen vor ihr und überlegte sich, was passieren würde, wenn sie nicht dort wären. Sie empfand große Dankbarkeit für die Anwesenheit dieser beiden Frauen.

Eine trug ein Kopftuch, schien um die fünfzig Jahre alt zu sein, und hatte ein von der Zeit zerfurchtes Gesicht. Sie sagte nichts und hörte nur dem Geflüster der anderen zu, die ihre Tochter zu sein schien. Dieser fehlten die beiden oberen Schneidezähne, und wenn sie sprach, trat ihre Zunge zwischen den übrigen gelben Zähnen hervor.

»Sie sind Witwe, nicht wahr?«, fragte Rufino.

»Ja«, antwortete Mama und hoffte, er würde sie nichts weiter fragen. Zu ihrer Erleichterung tat er es nicht, und sie verbrachten schweigend den Rest der Fahrt.

Sie begann, zu arbeiten, ohne zu wissen, wie viel sie verdienen würde. Sie hatte nicht den Mut aufgebracht, ihren neuen Chef zu fragen, und egal, wie gering der Lohn auch ausfallen würde – er würde dazu beitragen, ihren Kindern ein besseres Leben bieten zu können.

Auf der Fazenda wurde sie von allen verstohlen betrachtet. Die Leute wollten nicht glauben, dass sie gekommen war, um hart zu arbeiten. Sie konnten sich nicht vorstellen, dass diese junge gepflegte Frau mit der zarten Haut und den langen glänzenden Haaren die Kraft aufbringen könnte, unter der sengenden Sonne in den Reihen der Kaffeebäume zu schuften. Sie waren neugierig und wollten wissen, wie sie an diesen Ort geraten war.

Ihre Kleidung wurde von allen bewundert.

»Sie sieht aus wie eine Prinzessin«, stellte eine Sklavin bewundernd fest.

»Ich habe noch nie eine so schöne Frau gesehen«, meinte eine andere.

Gleich am ersten Tag wurde ihr anstelle des Ernteeinsatzes eine Arbeit in Genésios Haus zugewiesen. Esperanza, die Magd, die im Haus arbeitete, nahm sie herzlich auf und zeigte ihr das ganze Haus. Als sie schließlich in der Küche waren, fragte Mama diskret, warum sie nicht zur Arbeit in die Kaffeeplantage geschickt worden war. Sie kannte schon die Antwort, die sie erhalten würde.

»Seu Genésio hat es so angeordnet.«

Esperanza brachte sie anschließend zu Genésios Mutter, die seit der Hochzeit ihres Sohnes die Fazenda verwaltete. Dona Ágata war deutscher Abstammung, eine stämmige Frau mit blauen Augen und einer tiefen Stimme. Sie lachte selten, so wie ihr Sohn.

Esperanza trat zuerst ins Zimmer und rief anschließend meine Mutter. Die Frau stand auf der Veranda und schaute auf die weit entfernte Kaffeeplantage, in der es von Menschen, die emsig ihrer Arbeit nachgingen, wimmelte. Überall sah man Leute, die Körbe und Säcke schleppten und Karren, die beladen wegfuhren und leer wieder zurückkehrten. Menschen erschienen und verschwanden in den unzähligen Reihen der Kaffeebäume mit ihren roten Früchten. Diese Früchte wurden neben dem Nachbarhaus von einer anderen Arbeitsgruppe mit großen Rechen auf ein weitläufiges Gelände verteilt, um in der Sonne zu trocknen.

Dona Ágata warf ihr einen verächtlichen Blick zu und ließ ihren Blick wieder über den Horizont schweifen. Mama hielt für einige Sekunden ihre Hand zum Gruß ausgestreckt und ließ sie wieder zurückgleiten. Esperanza schaute zu ihr, als wolle sie sich entschuldigen, dabei zwinkerte sie ihr zu.

›Sie ist nur eine alte Schreckschraube. Warum willst du ihr die Hand geben?‹ ›dachte ich.‹

Sie verließen das Zimmer, und Mama gab den Tieren Futter, zuerst den Hühnern. Sie nahm einen Maiskolben und strich mit einem Messer die Körner ab, die auf den Boden fielen und die Aufmerksamkeit der Hühner weckten. Sie amüsierte sich, wie sie angerannt kamen, um die Körner gierig aufzupicken. In der Scheune nebenan stand eine handbetriebene gusseiserne Mühle, mit der die Körner zu einem gelblichen Mehl gemahlen wurden, das für die Küken bestimmt war.

Während die Körner auf den Boden fielen, näherte sich eine Gans, die offensichtlich Streit suchte, und zwar mit Mama.

Ich weiß nicht, warum diese Gans auf meine Mutter losging, aber sie tat es mit einer solchen Vehemenz und unter solchem Geschrei, dass Mama rückwärts in ein Blumenbeet fiel. Da lag sie nun mit den Beinen nach oben, mitten zwischen Dahlien und Nelken.

Ein junger schlanker und kräftiger Mann mit muskulösem Oberkörper und markantem Blick kam herbei und streckte ihr seine Hand aus. Sie erhob sich mit rotem Gesicht.

»So eine dumme Gans!«, sagte sie mit gespieltem Zorn.

»Ist alles in Ordnung, Madame?«, fragte er, während er sie mit seinem Blick von oben bis unten musterte.

»Alles klar, danke«, erwiderte sie selbstsicher und rückte ihr Kleid zurecht.

Bevor er sich zurückzog, verbeugte er sich wie ein Untergebener vor seiner Königin.

»Stets zu Ihren Diensten.«

Sie verrichtete weiter ihre Arbeit, aber sein Blick ging ihr nicht mehr aus dem Sinn.

Bevor sie das Mittagessen servierte, erklärte Esperanza ihr, dass Dona Ágata im Hinblick auf die millimetergenaue Anordnung des Silberbestecks ausgesprochen pingelig war. Die Kristallgläser funkelten in den Sonnenstrahlen, die durch das offenstehende Küchenfenster einfielen.

Als Dona Ágata eintrat, standen die beiden Frauen stramm wie Soldaten.

Sie stolzierte mit erhobenem Kinn durch die Küche, wobei sie sich mit einer Hand auf einen Stock stützte und mit der anderen ihr Kleid glattstrich, als sei es eine Uniform.

Esperanza hatte schon auf einige Marotten dieser Frau hingewiesen, und Mama verhielt sich dementsprechend. Der wichtigste Punkt war, dass zu dieser Stunde nicht gesprochen werden durfte.

Ich sah, wie Mama alles tat, um es ihr Recht zu machen und dabei weder Dank noch ein Lächeln, sondern nur eisige Blicke erntete.

Natürlich erkannte ich, wie unangenehm diese Situation war, und hätte am liebsten auf den Teller dieser arroganten Hexe gespuckt. Später entschuldigte sich die Magd bei Mama, als sei sie es gewesen, die sich so grob verhalten hatte. Mama meinte dazu:

»Ich hatte einen deutschen Großvater, deswegen kenne ich ein wenig ihre Art. Manchmal scheint es, als hätten sie Angst vor Fremden; sie öffnen sich nicht, als fühlten sie sich bedroht. Sie sind ernst und introvertiert, aber fleißig und ehrlich, und sie stellen hohe Anforderungen - auch an sich selbst.«

»Das stimmt, aber sie ist ein guter Mensch«, versuchte Esperanza einzulenken.

»Ja, das glaube ich, aber sie hat weder Ausstrahlung noch Humor. Mein Großvater war auch ein gütiger Mensch, aber er war nie locker. Am Anfang meinte meine Großmutter, es läge daran, dass er früher General gewesen war, aber Jahre später entdeckte sie, dass es in seinem Elternhaus genauso zugegangen war, und dass er, mein Opa, eine strenge Erziehung genossen hatte.« Mama machte eine Pause biss sich auf die Lippen und fuhr fort: »Es heißt, dass er als Kind gezwungen wurde, mit den Eltern zum Gottesdienst zu gehen. Aber einmal hat er sich von Spielgefährten auf dem Weg dorthin ablenken lassen und kam erst in die Kirche, als der Gottesdienst bereits angefangen hatte. Sein Vater zog ihn am Ohrläppchen aus der Kirche und peitschte ihn aus, bis er blutete. Während er ihn verprügelte, sagte er: »Damit du nie mehr zu spät kommst! Nirgendwo! Merk dir: Fünf Minuten vor der Zeit ist des Soldaten Pünktlichkeit!«, brach der preußische Militär aus ihm hervor.

»Das einzig Gute, was mein Großvater von seinem Vater geerbt hatte«, sagte Mama, »war eine riesige Bibliothek. Meine Mutter erzählte, dass er Studenten in seinem Haus empfing, die sich für General Müllers berühmte Privatbibliothek interessierten.«

Mama lachte und wiegte den Kopf. Danach entschuldigte sie sich bei Esperanza, dass sie sie mit diesen Dingen belästigt habe. Die Magd winkte mit einer sympathischen Geste ab.

Ich gebe zu, dass ich diese Geschichte nicht kannte. Mama hat sie wahrscheinlich nur Papa und Tereza erzählt, aber nicht ihren Kindern. Ich wusste, dass mein Urgroßvater Deutscher war, und dazu ein strenger Mann, aber diese Details hatte sie uns verschwiegen. Mir wurde klar, wie viel Glück meine Großmutter hatte, als sie einen Lateinamerikaner heiratete. Mein Großvater war ein Kavalier, sowohl zu Hause als auch außerhalb. Meine Mutter erzählte mir, dass er fünf Jahre lang immer wieder erfolglos versuchte, bei meinem Urgroßvater, dem General, um die Hand meiner Großmutter zu bitten. Nach fünf Jahren gab der General, der bereits tatterig war, seine Zustimmung.

Esperanza brach das Schweigen.

»Na, dann wissen Sie ja gut, wie man mit Dona Ágata umgehen muss. Ich und meine Familie arbeiten mit großer Dankbarkeit für sie und ihren Sohn, denn hier haben wir Unterkunft und Ernährung. Meine Großeltern waren die ersten Sklaven in dieser Fazenda, und meine Mutter hat die Arbeit getan, die ich heute verrichte. Leider hat sie durch ihre Krankheit« – sie zeigte auf ihre eigenen Beine – »immer geschwollene Beine, muss ständig Wasser trinken und dadurch dauernd auf die Toilette, was sie daran hindert, weiter zu arbeiten. Außerdem sieht sie schlecht, denn diese Krankheit befällt den gesamten Organismus.«

»Diabetes«, sagte ich, als könne sie mich hören.

Ich schaute auf die Kleidung, auf die Zähne und die nackten Füße dieser Sklavin und dachte über die Lebensbedingungen dieser Leute nach, die für Ernährung und Unterkunft ihr Leben hingaben und ihre eigene Freiheit opferten.

Esperanza ging mit Mama auf die Veranda und zeigte ihr das Haus ihrer Eltern. Sie deutete mit dem Finger auf eine Ansammlung von Lehmhütten mit Strohdächern.

»Es ist das erste. Dort leben meine Alten«, sagte sie mit einem stolzen Lächeln.

Ich schaute auf die armseligen Hütten, die mehr an einen Haufen getrockneten Schlamm erinnerten.

»Mein Vater ist ein Hexer. Er kennt sich aus.«

Mama machte ein erstauntes Gesicht.

»Es ist wahr. Er hat sich nie in dem geirrt, was er in den Augen der anderen gesehen hat.«

Es war ein Tag voller Neuigkeiten. Ich lief durch die Kaffeeplantage und beobachtete die Kinder, die auf den von bunten Blumen umgebenen Wiesen spielten, während ihre Mütter die Kleider im Fluss wuschen, der in der Nähe des Hauses vorbeifloss. Ich ließ immer wieder meine Hände über die Wände der bescheidenen Häuser gleiten, die aus Lehm, Schilf und Holz bestanden. Die Strohdächer erinnerten an die Haare von Tereza, die, wenn sie befeuchtet und abgetrocknet worden waren, vom Kopf abstanden.

Ich fuhr auf einigen Karren mit und ärgerte mich über Rufino, der die Männer wie die Pferde behandelte, die vor seinen Wagen gespannt waren. Ein anderes Mal saß er am Wegesrand, rauchte eine Zigarette und klatschte den Mädchen, die mit der Wäsche auf dem Weg zum Fluss waren, im Vorbeigehen auf den Hintern. Sie mussten sich nicht nur diese Respektlosigkeit gefallen lassen, sondern auch noch darüber lachen, sonst machte er ein Zeichen mit dem Finger, als wolle er sagen: »Sieh dich vor!«

Mama arbeitete viel und hoffte, Dona Ágata im Haus nicht über den Weg zu laufen. Sie fand, das Leben habe ihr bereits reichlich unangenehme Erfahrungen beschert. Aber sie täuschte sich in der Hoffnung, ihr nicht zu begegnen, denn, obwohl die Frau einen Stock zum Laufen benötigte, war sie überall anzutreffen, schaute auf die kleinsten Details und überhäufte sie mit Fragen. Als Mama ihr Zimmer putzen wollte, beklagte sie sich über den Lärm, den der Besen beim Kehren machte. Als Mama den Besen durch einen Putzlumpen ersetzte, meinte sie, der Holzboden könne verfaulen. Wenn Mama das Fenster öffnete, ordnete sie an, es zu schließen; wenn Mama es schloss, wollte sie, dass sie es wieder öffnete.

Einmal ließ sie absichtlich Geld auf der Kommode liegen, nur um meine Mutter auf die Probe zu stellen. Ein anderes Mal verstreute sie Juwelen auf ihrem Bett und ging spazieren. Mama überstand alle diese Prüfungen, denn ihre Würde war nicht käuflich.

Da sie den Absichten ihres Chefs misstraute, wunderte sie sich nicht, als der Mann kurz vor ihrer Rückkehr zur Stadt plötzlich auftauchte. Esperanza bekam einen Schreck, als sie ihn ankommen sah und versicherte, dass er an diesem Wochentag normalerweise nicht zur Fazenda kam.

Er setzte sich auf die Veranda mit dem traumhaften Ausblick, von der man auch das große Gelände, auf dem die Kaffeebohnen trockneten, sehen konnte. Er lud Mama ein, einen Kaffee mit ihm zu trinken, was sie nur annahm, um ihren Job nicht zu verlieren.

Er zeigte ihr seine Ländereien, indem er mit dem Arm in verschiedene Richtungen deutete und dabei von Größenordnungen sprach, die sie sich nicht vorstellen konnte. Als Esperanza erschien, um noch mehr Kaffee und Plätzchen anzubieten, warf Mama ihr einen flehenden Blick zu, um sie nicht mit dem Patron allein zu lassen. Ihre Hände schwitzten, ihr Mund zitterte und Sekunden erschienen ihr wie Stunden.

Nach einiger Zeit rief er Rufino, und der Vorarbeiter brachte sie zurück in die Stadt.

Als sie am nächsten Tag den Eingangsbereich des Hauses fegte, erschienen zwei Kinder und überreichten ihr einen Blumenstrauß. Sie bedankte sich und fragte die Kinder nach ihren Namen.

»Dianna und Nereu«, antwortete der Junge, und sie sagte: »So, und jetzt geht spielen. Sucht Hühnereier hinter dem Haus. Los, auf geht's!«

Mama lächelte dem attraktiven jungen Mann zu, der ihr gestern geholfen hatte. Er senkte zum Gruß respektvoll den Kopf.

»Ihre Kinder haben schöne Namen.«

»Das sind meine Geschwister. Er ist zehn und sie ist sieben.« Sein tiefer Blick schien sie zu lähmen.

»Oh, sie sind hübsch.«

»Wir sind drei Geschwister, Esperanza ist unsere Mutter. Sie kennen sie schon.«

»Ah, ja.«

»Wir wohnen hier seit vier Generationen.« Er schaute beim Sprechen in alle Richtungen. Dann sah er sie wieder an: »Herzlich willkommen, Frau ...?«

»Tyanna«, antwortete sie und drückte den Besen an ihren Körper. »Und wie heißen Sie?«

»Kaluga«, sagte er und beugte sich leicht nach vorne, um sich zu verabschieden.

Sie betrachtete voller Bewunderung seinen kaum bekleideten, muskulösen Körper.

An diesem Tag versuchte sie immer wieder, ihre Gedanken von Kaluga abzuwenden, aber es gelang ihr nicht.

Eines Tages jagte Fred uns einen Riesenschreck ein. Er wollte nicht aufstehen und blieb den ganzen Tag im Bett. Er wollte kein Bad nehmen, aß fast nichts und antwortete kaum auf Terezas Fragen. Als meine Mutter nach Hause kam, schüttelte sie ihn leicht, um zu sehen, ob er reagierte.

Am nächsten Tag kam Aristeu, untersuchte ihn mit seiner gewohnten Geduld und empfahl einen Besuch bei dem neuen Arzt, der sich kürzlich hier niedergelassen hatte.

Tereza ging mit ihm dorthin, weil Mama Angst hatte, sie würde ihren Job verlieren, wenn sie fehlte.

Doktor Afonso, ein Psychiater, diagnostizierte eine von Depressionen begleitete Schizophrenie, die »untersucht werden müsse«.

Mein Bruder besuchte von da an regelmäßig seine Sprechstunden und sein Zustand besserte sich ein wenig, aber er war nicht mehr in der Lage, weiter in die Schule zu gehen. »Unaufmerksamkeit, Schläfrigkeit, Konzentrationsschwäche und scheinbar unmotivierte Weinanfälle« waren die Beschwerden der Klassenlehrerin, die die Direktorin dazu veranlassten, uns zu Hause zu besuchen. Nach einem Gespräch mit meiner Mutter wurde vereinbart, dass Fred vorübergehend nicht in die Schule gehen solle, um sich besser behandeln zu lassen. So ging man damals mit solchen Fällen um.

Das Ärzteehepaar hatte keine Kinder, und mit der Zeit wuchs ihre Zuneigung zu dem Jungen, der am Anfang ein gewöhnlicher Patient war, aber bald wie ein Familienmitglied behandelt wurde. Er sah dem Arzt sogar etwas ähnlich. Während einer gemeinsamen Fahrt in die Hauptstadt fragten verschiedene Leute, ob Fred sein Sohn sei. Der Arzt freute sich darüber und beschloss, Fred zu adoptieren.

Das war unser Glück, denn Mama hatte kein Geld, um eine psychiatrische Behandlung zu bezahlen.

Normalerweise wurde Mama morgens abgeholt und kam am späten Nachmittag zurück, wenn die Sonne hinter den Bergen unterging. Später, als sich Esperanzas Rheumabeschwerden verschlimmert hatten, schlief sie mindestens zweimal in der Woche in der Fazenda. Am Anfang war das schwierig für sie, denn sie hatte niemals ohne Papa oder uns Kinder auswärts geschlafen.

Das Bett hatte ein hohes Kopfkissen und eine Matratze aus Stroh. Das Zimmer war einfach, besaß aber eine Veranda mit atemberaubendem Ausblick. Man konnte die Berge in der Ferne sehen, deren Silhouette an die sinnlichen Kurven einer auf der Seite liegenden Frau erinnerten. Der Mond ging hinter dem höchsten Berg zwischen »Kopf« und »Schulter« auf und stieg immer höher.

Mama verschloss die Türe und drehte den Schlüssel zweimal herum – aus Angst, Genésio könne es wagen, einzudringen.

Das Haus war alt und der Holzfußboden knarrte, wenn sie sich auf ihm bewegte, was sie dazu veranlasste, auf Zehenspitzen zu schleichen, wenn sich schlafen legte. In der ersten Nacht blies sie die Lampe aus und schloss die Augen, um schnell einzuschlafen, was ihr nicht gelang. Sie erinnerte sich an ihre Hochzeit und an das Glücksgefühl, das sie empfunden hatte, in ein schönes Haus zu ziehen, von Kindern zu träumen und Tereza dort aufnehmen zu können. Sie erinnerte sich an die Unterhaltungen in der versammelten Familie und an das Gelächter, das Tereza mit ihren komischen Geschichten und der Art, wie sie sie erzählte, hervorgerufen hatte, besonders bei mir und bei Fred.

Dann warf eine traurige Erinnerung einen Schatten auf diese Gedanken und veranlasste sie, sich im Bett umzudrehen: Papas Krankheit, die ihn so früh verzehrt hatte.

Warum wohl? Wenn es überhaupt ein Warum gibt.

Es gibt keinen Grund. Es passiert einfach und basta. Für den Tod ist kein Motiv notwendig.

Die Menschen sterben wie die Tiere, die Pflanzen – so ist die Natur. Allen irdischen Lebewesen steht ein Ende bevor, dachte sie.

Ich lauschte mit ihr den nächtlichen Geräuschen der Fazenda – ein Orchester von Grillen, Fröschen, Füchsen, Nachtvögeln, Fledermäusen, dem Wind und den Katzen auf den Dächern – alles, was unter diesem hypnotisierenden Nachthimmel atmete. Sie dachte wieder an ihre Familie und quälende Gedanken überfielen sie. Auf der anderen Seite der Zimmertür saß eine alte Frau im kalten, dunklen Korridor und bewachte wie ein Adler die neue Hausangestellte. Ich erkannte Dona Ágata, die ein bepunktetes

Nachthemd und eine Schlafmütze trug. Ihre Augen waren wegen der Dunkelheit weit aufgerissen. Nach einer Weile lehnte sie sich gegen das Kissen hinter ihrem Kopf und schlief ein.

Mama lernte bald, wie man seine Geschäfte in diesem Haus verrichtete. Tagsüber wurden seltsame, nicht besonders hygienische Kloschüsseln benutzt, in der Nacht dagegen Nachttöpfe, die unter jedem Bett standen. Dona Ágata war in dieser Hinsicht pedantisch – ihr Topf musste in aller Frühe geleert und anschließend mit aromatischen Kräutern gewaschen werden, bevor er wieder unter ihr Bett gestellt wurde. Mama musste diesen Dienst ausführen, und oft sie hielt dabei den Atem an, bis ihr Gesicht blau anlief. Der Urin der Chefin hatte einen Geruch, der in seiner Penetranz weit über das Herkömmliche hinausging.

Tereza legte ihre Matratze in das Kinderzimmer und blieb dort, bis Tim eingeschlafen war. Sie erzählte immer wieder dieselben Geschichten und manchmal schlief sie mittendrin ein. Aber Tim weckte sie, damit sie weitererzählte, obwohl er das Ende der Geschichten kannte.

Einmal unterbrach er sie. Ich saß auf der Fensterbank, ließ die Beine nach draußen hängen und sah zu, wie die Wolken allmählich den Mond verdeckten, während ich zum vierten Mal in dieser Woche dieselbe Geschichte hören musste.

»Papa und Fred sind nicht mehr hier und Mama geht auch weg. Lässt du mich auch allein?«

»Was spinnst du dir da zusammen, Junge?«, fragte sie mit erschrockenem Blick. »Fred ist nicht weg und Tyanna auch nicht und ... und niemand lässt dich allein.«

Er seufzte erbarmungswürdig und sein Magen knurrte hörbar. Der Mehlbrei mit Gemüse hatte seinen Hunger nicht gestillt, aber er wollte nicht darüber sprechen. Früher hatte er nur den Mund aufmachen müssen, und Tereza erfüllte alle seine Wünsche. Glücklicherweise konnte er in der Schule zu Mittag essen, und abends täuschte er seinen Magen mit Kleinigkeiten wie Tee und alten Keksen über den Hunger hinweg.

Die Plätzchen wurden in der Semmelbröselbüchse aufbewahrt – dort hielten sie sich, laut Tereza, angeblich länger. Außerdem gab es gelegentlich Erbsensuppe oder, wie heute Abend, einen Brei aus Maismehl. Er schloss die Augen und dachte an Papa, an sein Lächeln und an seinen Gutenachtkuss, dessen Spucke manchmal seine Stirn befeuchtet hatte. Während die Spucke hier das Leben symbolisierte, repräsentierte der Kuss die Liebe.

In diesem Moment bekam Tim Angst, eine ganz normale Angst, die sich einstellt, wenn wir fühlen, dass wir jemanden verlieren. Wieder kam ihm die Geschichte von Terezas Großmutter in den Sinn – was sie in den Tagen in der Wüste durchgemacht hatte, und wie der Kummer sie förmlich erdrückte. Er sah sich selbst in der Wüste, ohne dass ihm jemand zur Seite stand. In diesem Moment entdeckte Tim, dass die Lebensuhr niemals anhält und sich alles ständig ändert – zum Besseren oder zum Schlechteren.

Er weinte, eng an Tereza gekuschelt, und in dieser Nacht ging sie nicht zum Schlafen in ihr Zimmer, sondern hielt ihn in ihren Armen, wie eine Mutter ihrem Sohn.

»Tereza, du bist die beste Freundin, die man haben kann!«

»Du bist auch ein guter Freund, Tim.«

So verging dieses Jahr: Fred war in Behandlung, Mama arbeitete weit weg für einen Hungerlohn, von dem ihr noch alles abgezogen wurde, was sie in Genésios Laden einkaufte, und Tereza kümmerte sich um Tim und das Haus, in dem es fast komplett an Einrichtungsgegenständen mangelte.

Eines Tages beschloss sie, zum Bahnhof zu gehen, um eine Lösung für die Krise zu finden. Sie benutzte ihre Ersparnisse, die aus Papas weihnachtlichen Geldgeschenken bestanden, um einen Brief schreiben zu lassen.

Für diejenigen, die nicht schreiben konnten – und das waren damals viele – gab es am Bahnhof diesen Service. Als Analphabetin diktierte Tereza einer knochigen alten Frau mit langer Nase, die ihre Haare zu einem Dutt geknotet hatte, den Text, den sie schreiben sollte. Wenn Tereza nicht die richtigen Worte für bestimmte Sätze kamen, wartete die Frau, indem sie mit der einen Hand den Kugelschreiber hielt und mit den Fingern der anderen auf dem Tisch trommelte. Sie gab sich nicht die geringste Mühe, ihr zu helfen. Ich fand das nicht unbedingt schlecht, denn mit dieser Geste zeigte sie sich unparteiisch und ließ die Analphabeten frei ihre Texte zusammenstellen, selbst wenn der Kontext darunter litt.

Die alte Frau, die niemals lächelte, nahm die Geldscheine und verzog das Gesicht, denn sie waren zerknüllt, weil Tereza sie in einer winzigen Börse, die eigentlich für Münzen bestimmt war, aufbewahrt hatte.

In diesem Moment bekam ich Besuch vom Hexers.

Als die Frau den Umschlag verschloss, las er mit lauter Stimme die Adresse vor.

»Oh, das ist ein Onkel von ihr«, erklärte ich ihm.

»Er erinnert sich wahrscheinlich nicht an sie«, sagte er mit einem hämischen Lächeln.

Nach zwei Monaten schob der fröhliche Briefträger einen Umschlag unter unserer Tür hindurch, und Tereza war so aufgeregt, dass sie beim Öffnen einen Teil des Briefes zerriss. Sie ließ ihren Blick über jedes Wort gleiten, als könne sie lesen, rieb sich nervös die Hände und ging sofort zum Bahnhof.

Die alte Frau war gerade nicht anwesend, und Tereza ging auf und ab, wie jemand, der einen Plan ausheckt. Sie wartete nicht länger, sondern verließ den Bahnhof in unserer Begleitung. Auf den Plätzen, an denen sie vorbeiging, waren Dutzende von Männern zu sehen, die entweder auf zu Tischen umfunktionierten Kisten Karten spielten oder auf der Gitarre für ein kleines Publikum Musikstücke intonierten. Andere saßen einfach nur mit gekreuzten Beinen und den Händen auf den Knien herum und schauten in die Ferne. Sie waren alle von der Krise, die Madrigal erreicht hatte, betroffen. Aber trotz ihrer Arbeitslosigkeit taten sie so, als sei alles in Ordnung. Ich kommentierte die Tatsache, dass Mama Glück mit ihrer Arbeitsstelle gehabt habe, worauf der Hexer antwortete:

»Nein Tim, sie hat Glück, dass sie gesund ist.«

Tereza betrat unauffällig die Apotheke und tat so, als würde sie sich umschauen. Sie nahm verschiedene Medikamente in die Hand und musterte sie, als wolle sie sie kaufen. Als der einzige Kunde das Geschäft verlassen hatte, ging sie schnell auf Aristeu zu und sprach so leise, dass er sie fast nicht verstehen konnte.

»Ah, Sie wollen, dass ich ihnen einen Brief vorlese, richtig?«

»Ja bitte. Wenn Sie mir diesen Gefallen tun könnten ...?«

Er führte sie in sein Arbeitszimmer, wies ihr einen bequemen Sessel zu und setzte sich an den Tisch, an dem er normalerweise die Gebrauchsanweisungen der Medikamente studierte.

Tereza hatte alles so geplant, dass sie Mama erst einweihen wollte, wenn der Onkel geantwortet hätte, wobei sie natürlich eine positive Antwort voraussetzte.

Jetzt war der so sehnlich erwartete Augenblick gekommen.

Der Name des Absenders war nicht der ihres Onkels, sondern ihres Vetters. In seinem Brief schrieb er, dass sein Vater verstorben sei. Er freue sich, nach so vielen Jahren Nachricht von ihr zu erhalten. Er habe Jura studiert und sei heute Professor an der Universität. Außerdem habe er eine Professorin geheiratet und sei Vater von vier Kindern. Ich war über die freundliche Antwort überrascht.

»Ich möchte dir gerne helfen, meine Cousine, ich bedaure diese Krise, die nicht nur Madrigal, sondern das ganze Land wie eine Seuche heimsucht. Meine Frau und ich haben schon eine Hilfe zu Hause, nämlich ihre Tante. Das heißt, wir selbst brauchen keine weiteren Arbeitskräfte, aber ich kenne viele Leute in dieser Stadt und kann dir helfen, eine Arbeit zu finden. Komm und wohne bei uns, solange es nötig sein sollte.«

Tereza wollte so schnell wie möglich nach Hause gehen und verabschiedete sich eilig.

Zuerst erschien es, als sei es ein Akt der Feigheit und der Untreue, aber dann konnte sie alles erklären.

Ausgerechnet jetzt, wo Papa nicht mehr da war. Ausgerechnet jetzt, wo Fred krank war. Ausgerechnet jetzt, wo Mama außerhalb arbeiten musste. Ausgerechnet jetzt, wo es nichts mehr zu essen gab.

Sie erklärte, dass sie es nicht mehr aushielt, das alles zu sehen, ohne etwas dagegen tun zu können. Wenn sie gehen würde, hätte Mama einen Magen weniger zu ernähren. Und so ging sie fort, die Besitzerin dieses Magens, dieses riesigen Hinterns und eines noch größeren Herzens.

»Tyanna, glaube nicht, dass ich gern gehe. Ich würde dich nie verlassen, wenn ich eine andere Wahl hätte. Du sollst wissen, dass nur mein Körper geht, meine Seele bleibt für immer hier.«

Mama trocknete ihre Tränen, als sie das hörte. Die beiden Brüder hatten sich schon Schlafen gelegt.

Tim war glücklich, denn an diesem Tag war Fred zu Besuch gekommen und beide hatten zusammen im Garten gespielt. Zum Abendessen hatte es Hühnchen mit Kartoffeln gegeben, die Mama von Esperanza geschenkt bekommen hatte, und die beiden Jungen schliefen gesättigt ein. Fred konnte endlich wieder schlafen, obwohl er noch immer Albträume hatte.

»Ich weiß, dass er mir in der großen Stadt helfen wird. Er ist jetzt Doktor und kennt bestimmt viele reiche Leute«, rechtfertigte sich Tereza.

»Ich bitte dich nur, schicke uns Nachrichten, egal ob gute oder schlechte.« Mama dachte einen Augenblick nach und ergänzte: »Bitte jemanden, dass er für dich schreibt.«

Der Tag ihrer Abreise stand noch nicht fest, aber die Traurigkeit über die bevorstehende Trennung war beiden deutlich anzusehen. Von diesem Tag an schien alles heimlich zu geschehen. Terezas Schritte auf der Treppe ließen Mamas Herz schneller klopfen. Wenn sie nach Hause kam und Tereza gerade einen Bekannten besuchte oder aus einem anderen Grund gerade nicht anwesend war, glaubte sie, sie hätte sie bereits verlassen. So ging es bis zu dem Tag, an dem sie wirklich abreiste.

Für Mama war Tereza wie eine Schwester, und umgekehrt verhielt es sich ebenso. Über Jahre hatten sie Freud und Leid geteilt, Geburtstage gefeiert, sich über die Fortschritte der Kinder gefreut und neue Kochrezepte erlernt. Sie waren zusammen zum Zentralmarkt gegangen, um Obst und Gemüse einzukaufen und hatten sich gemeinsam über witzige Situationen amüsiert. Tereza war eine Meisterin darin, andere zu imitieren, und wenn sie das mitten auf der Straße tat, bekam Mama immer einen roten Kopf vor lauter Lachen. Sie lachten, als hätten sie keine Probleme in diesem Leben, das für beide täglich schwieriger wurde.

Alles änderte sich für unsere Familie, und nach Papa war es jetzt Tereza, die uns verließ.

Wie sich das Leben wandelt!

Genésio bedrängte meine Mutter immer ungenierter, die überall, wo sie sich aufhielt, den Duft süßer Mandeln verbreitete. Ihr Haar glänzte in der Sonne und ihre blauen Augen leuchteten wie Aquamarine. Das immer häufigere Auftauchen ihres Arbeitgebers auf der Fazenda weckte ihr Misstrauen.

Immer, wenn sie Kaluga traf, fühlte sie eine große Wärme im ganzen Körper, und anschließend bat sie Papa mit gekreuzten Armen und geschlossenen Augen um Vergebung.

Allmählich lernte sie die anderen Angestellten und neue Winkel der Fazenda kennen, wie an einem Nachmittag, als Esperanza sie auf lockere Weise an der Hand nahm.

»Kommen Sie, ich stelle Ihnen meine Alten vor.«

In dem einfachen Haus gab es nicht mehr als einen mit Holz beheizten Herd, auf dem vier Steintöpfe standen, dazu drei Holzhocker, zwei Matten auf dem Boden und ein Bambusregal, das als Kleiderschrank diente. Esperanzas Mutter trug einen Umhang aus Stoffabfällen und ein abgenutztes Kopftuch. Sie konnte fast nichts sehen, aber als sie Mamas Hand berührte, sagte sie:

»Eine attraktive junge Frau mit einer Haut, die so sanft ist wie ihre Seele. Sie hat nie hart gearbeitet und liebt ihre Familie.«

Danach wurde Mama ihrem Mann vorgestellt und in diesem Moment erinnerte sie sich an das, was Esperanza über ihn erzählt hatte.

Sie tranken einen Kaffee, während die diabeteskranke Frau einen Tee zu sich nahm, der angeblich die Krankheit zum Schweigen brachte.

Sie verließen das Haus, um Esperanzas andere Bekannte zu besuchen, und als Mama zurückschaute, sah sie, wie der alte Mann ihr zuwinkte. Sie winkte zurück und lief weiter.

Er ging zurück ins Haus und meinte zu seiner Frau:

»Ich habe versucht, sie zu warnen, aber sie hat es nicht verstanden.«

Seine Frau fühlte eine Eingebung und ihre Augen wanderten vage durch das Zimmer.

»Aber sie steht unter einen besonderen Schutz. Sie wird dem Übel entkommen«, garantierte sie.

Als ich das hörte, rief ich den Hexer.

»Sie sind ganz schön verschroben, nicht wahr?«, sprach ich ins Leere, denn ich wusste, dass er erscheinen würde. Und so war es auch.

»Wir sind verschroben, denn wir hören nicht auf die, die mehr erlebt haben als wir«, antwortete er mir.

Ich fand es besser, nicht auf ihn zu hören, denn für mich war er genauso verschroben. Als ich die Hütte verließ, stank meine Kleidung nach dem Rauch des Holzfeuers.

»Verdammter Herd, verdammte Rückständigkeit«, fluchte ich.

Ich hörte lautes Gelächter hinter mir, aber achtete nicht darauf und lief Mama hinterher.

Sie besuchten viele Hütten. Die Kinder stießen ihre Mütter an und fragten, ob sie Mama anfassen dürften. Sie hörte es, bückte sich, um auf derselben Höhe zu sein, und ließ sich berühren.

Sie fassten ihr Kleid an, berührten ihr Haar und ihre Haut. Einige hatten, von Dona Ágata einmal abgesehen, nie ein weiße

146

Frau gesehen. Die jungen Mädchen waren von ihren Schuhen und dem Stoff ihrer Kleider begeistert.

Mama war von diesem Ort beeindruckt, der tatsächlich noch rückständiger als Madrigal war. Alle Menschen hier waren einfach, überaus gastfreundlich und unglaublich fröhlich.

»Wir haben nichts, aber leben so, als hätten wir alles«, bestätigte Esperanza.

Mama reflektierte ein wenig und ergänzte:

»Und viele haben alles, aber leben, als hätten sie nichts.«

Während sie weitergingen, wechselten sie einige Worte mit den Angestellten, die ihren Weg kreuzten. Genésio beobachtete sie von einem Schaukelstuhl aus, der auf der Veranda stand.

»Ein Püppchen«, kommentierte er lachend, ohne zu bemerken, dass seine Mutter hinter ihm stand.

»Es ist besser, dieses Feuer gleich im Keim zu ersticken.«

»Ich bin ein freier Mann, Mutter.«

»Ja, du hast das Hausmädchen auf dem Gewissen und den Bastard in die große Stadt abgeschoben. Ich habe dich gewarnt, dich nicht mit dem Gesinde einzulassen.«

Sie kam näher, schaute in die Richtung meiner Mutter und atmete tief und hörbar durch.

»Sprich nicht mehr davon, Mutter! Jemand könnte es hören.«

Sein Blick heftete sich auf die beiden Frauen, die auf dem Weg von der Siedlung zur Kaffeeplantage liefen. Ein Windstoß fuhr durch Mamas lange Locken und wirbelte sie durch.

Genésio lächelte.

Auf dem Rückweg sah Mama eine Angestellte, die eine pedalbetriebene Nähmaschine bediente. Die junge Frau nähte die Säcke, in denen der Kaffee transportiert wurde. Ihre Füße bewegten sich hastig, um den Stoff an beiden Seiten so schnell wie möglich zu einem Sack zusammenzunähen. Als die beiden näherkamen, erschrak sie und unterbrach ihre Arbeit. Esperanza winkte ihr zu.

»Mach weiter, Franciska.«

»Meine ewige Göttin, was für eine schöne Frau!«, stieß sie hervor und ließ den Mund offenstehen.

»Sie ist aus Madrigal und arbeitet jetzt bei uns.«

Mama interessierte sich für diese Nähmaschine und beobachtete, wie der grobe Stoff in Säcke verwandelt wurde.

Als sie weggingen, kam Franciska näher und flüsterte hinter vorgehaltener Hand:

»Haben Sie Vicenta gekannt?«

»Seu Genésios Frau? Natürlich.«

Franciska schaute zum Tor, als hätte sie Angst, dass jemand hereinkommen könnte.

»Sie war meine Schwester, die Arme. Was für ein trauriger Tod, finden Sie nicht?«

Mama riss die Augen auf.

»Oh, mein herzliches Beileid!« Mama umarmte sie.

»Danke, aber ich wollte Sie etwas fragen.«

»Nur zu.«

»Wissen Sie, ob sie traurig war und viel geweint hat?«

Mama dachte eine Weile nach und betrachtete zerstreut ihren Schatten auf dem Boden, der nicht die Eleganz ihres Körpers hatte.

»Nein. Ich habe mit ihr eine Woche vor ihrem Tod auf dem Zentralmarkt gesprochen, und sie kam mir nicht traurig vor.«

Franciska räusperte sich, wechselte einige Blicke mit Esperanza und flüsterte:

»Sie würde so etwas niemals tun.« Sie eilte zu ihrer Nähmaschine.

Mama war nachdenklich und Esperanza schwieg, bis sie am Eingang des Hauses angekommen waren.

»Sie ist meine Nichte, die Tochter meines Bruders – der, der den ersten Karren gelenkt hat, den wir auf dem Weg zur Plantage gesehen haben.«

»Vicente?«

»Ja, Vicente. Der Arme, er ist so traurig. Er nimmt nicht einmal mehr an den Grillnächten teil.«

»Grillnächte?«

»Ja, wir treffen uns praktisch jeden Samstag, entfachen ein großes Feuer und grillen das Fleisch von Tieren, die wir im Wald gejagt haben. Einige von uns singen, andere tanzen, und alle versuchen, sich ein wenig zu zerstreuen. Mein Bruder und mein Sohn gehören zu den Jägern.«

Mama hörte es mit Bewunderung.

»Kommen Sie doch auch. Ich bin mir sicher, es wird Ihnen gefallen.«

»Das geht nicht. Ich habe zwei Söhne und eine Schwester, ich kann sie nicht allein lassen.«

»Bringen Sie sie mit! Ich spreche mit dem Patron; ich glaube, er hat nichts dagegen.«

Als sie eintraten, stand er mit einem vagen Lächeln in den Mundwinkeln, die von seinem Schnauzbart bedeckt waren im Wohnzimmer.

Während Mama Dona Ágatas Bad vorbereitete, sprach die Magd mit dem Patron, der zustimmend mit dem Kopf nickte. Der Tag ging zu Ende und Rufino schickte sich an, die Angestellten, die in der Stadt wohnten, zurückzufahren, als Esperanza ihr mitteilte:

»Mein Sohn wird euch am Samstag abholen. Der Patron hat es erlaubt.«

Ich sah ein Lächeln auf den Lippen meiner Mutter, wie ich es schon lange nicht mehr gesehen hatte. Sie strich sich mit den Händen durch die Haare und schaute durch das Fenster auf die dunklen Berge am Horizont.

»Ich glaube, mein Mann wird sich für uns freuen. Er wird immer bei uns sein.«

Esperanza nickte mit dem Kopf.

Der Samstag kam, und eine saubere, mit braunem Tuch ausgekleidete Kutsche hielt vor unserem Haus. Die Kinder kamen zuerst heraus und waren begeistert von diesem Anblick. Dann kam Tereza und zum Schluss Mama, die wunderschön aussah. Als sie Kaluga sah, schlug ihr Herz schneller, aber ihre Freude wurde getrübt, als sie bemerkte, dass Kita aus ihrem Fenster schaute.

Kaluga trug mehr Kleidung als gewöhnlich. Er hatte eine lange Hose an, und das weiße Hemd war über seiner Brust halb geöffnet. Außerdem trug er braune Schuhe, die bei jeder Bewegung leuchteten.

Er half ihr, auf die »neue« Kutsche zu steigen. An den Seiten waren frische Blumen befestigt, was sie einer Idee Esperanzas zuschrieb.

Die Fahrt verlief ruhig, am Horizont hoben sich rote Wolken vom dunkelblauen Himmel ab, die Luft war rein und bezaubernd, und die Temperatur lau.

Als sie ankamen, sahen sie Fackeln, die einen riesigen Kreis bildeten. In der Mitte war eine große Pyramide aus Brennholz errichtet worden, an deren Seite ein ausgewachsenes, fast gares Wildschwein von zwei Spießen gehalten wurde. Daneben wurde anderes Fleisch gegrillt. Überall waren Strohmatten ausgebreitet, die Kinder rannten lachend und schreiend herum, während die Erwachsenen die letzten Vorbereitungen für das Fest trafen.

Die Mehrheit der Angestellten kannte Mama schon, und sie wurde mit großer Freude empfangen. Tim und Fred waren am Anfang etwas schüchtern, aber dann beantworteten sie die Fragen der Kinder, die sich für das Leben in der Stadt interessierten. Einige wollten mit der Hand durch Tims Haare streichen, die schon über seine Ohren gewachsen waren und den Hals berührten. Fred war der ältere und wurde deswegen von den Kindern öfter ausgefragt. Er konnte nicht wie sie mit einem einfachen angespitzten Bambusstock fischen und er konnte auch nicht den Gesang bestimmter Vögel oder das Heulen der Wölfe imitieren. Die Kinder dieser Fazenda waren wie Indios, sie hatten einen engeren Kontakt zur Natur und kannten ihre Geheimnisse. Fred versuchte, über Schach zu reden, bemerkte jedoch schnell, dass sie nicht wussten, wovon er sprach. Also erzählte er von den Brücken, die sie im Garten gebaut hatten; der Gesprächsstoff ging ihnen jedenfalls nicht aus.

Tim beobachtete mehr. Er schaute sich um und achtete auf jedes Detail. Ihm fiel zum Beispiel auf, dass die meisten Kinder barfuß liefen und zerrissene Kleider trugen. Er registrierte, dass die Frauen kunstvoll geflochtene Zöpfe trugen, in die zusätzlich bunte Bänder eingearbeitet waren, die über ihre Schultern fielen. Die Ketten und Armreife hatten sie selbst angefertigt, und der Schmuck an den Beinen verlieh ihnen einen zusätzlichen Charme.

Ein schönes Mädchen bemerkte sein Interesse und erklärte, dass hier viele Frauen Kunsthandwerk betrieben und ihre Produkte in der Stadt verkauften, was ihre einzige Einnahmequelle darstellte. Mama hielt sich erschrocken die Hand vor den Mund.

»Das heißt, ihr erhaltet keinen Lohn?«

Sie lachte und zeigte ihre Handflächen.

»Wir haben Schwielen von der harten Arbeit, aber Geld bekommen wir nur für unser Kunsthandwerk, das wir abends betreiben. Das ist unser Leben seit vielen Generationen.« Nach einer Pause fügte sie resigniert hinzu: »Und ich glaube, es wird immer so sein.«

Esperanza bot Mama und Tereza Hocker an, die für sie reserviert waren, aber sie lehnten ab. Sie wollten wie die anderen behandelt werden und keine Sonderstellung einnehmen; deswegen legten sie Wert darauf, sich auf eine Strohmatte zu setzen. Die Nacht brach herein, die Kerosinfackeln erleuchteten zusammen mit der brennenden Holzpyramide einen großen Bereich und warfen einen Schein auf ölige Gesichter mit konzentrierten Augen. Zwei ältere Männer spielten Viola und Akkordeon, und alle anderen sangen dazu in einem einzigen Chor.

Einige junge Frauen standen auf und fingen an zu tanzen, und bald gesellten sich Kinder und Männer hinzu.

Es gab Wein und Fruchtsäfte, und die erste Runde Fleisch war kaum verzehrt, als noch mehr ihre Holzteller füllte. Sie aßen mit den Händen, tranken aus Aluminiumbechern und niemanden störte der mangelnde Komfort.

Sie lachten und tanzten, während die Musiker pausenlos weiterspielten. Esperanza zeigte ihr Talent und sang zu den

Klängen der Viola. Alle hörten gebannt zu, und so sehr ich mich auch konzentrierte – es gelang mir nicht, auch nur ein einziges Wort zu verstehen. Das Lied erinnerte mehr an ein Gebet, denn während sie sang, hielten alle die Hände ihrer Nachbarn und schlossen die Augen.

Kaluga ergriff Mamas Hand, und sie war glücklich über diese Geste. Als alle schon satt waren, gab es immer noch Fleisch. Meine Familie aß, was in den Magen passte, und alle wünschten sich, es könne jeden Tag so sein. Nur Fred war in dieser Hinsicht in einer besseren Lage, denn er wohnte im Haus des Arztes. Aber er wünschte sich, dass es öfter Augenblicke gäbe, in denen meine Familie so glücklich vereint sein könne.

Nach dem Applaus gab es Umarmungen und angeregte Unterhaltungen.

Einige legten sich auf die Strohmatten und genossen den Sternenhimmel, während sich die anderen im Sitzen oder im Stehen unterhielten und lachten.

Die Kinder rannten herum und warfen sich gegenseitig um, lachten, standen auf und rannten weiter. Sie amüsierten sich königlich.

Tereza unterhielt sich mit Esperanza, und beobachtete Mama argwöhnisch von der Seite, die lächelnd neben Kaluga saß.

›Da läuft was ab‹, dachte sie.

Wer meine Mutter kannte, hatte keine Zweifel, dass sie sich zu diesem jungen Mann hingezogen fühlte. Einige Mädchen schauten zu den beiden hinüber und flüsterten.

Die Nacht war wunderbar, alles war so perfekt wie ein schöner Traum, der niemals enden dürfte.

»Hören wir auf, uns zu siezen, okay?«

»Entschuldigung. Wir haben wahrscheinlich dasselbe Alter«, meinte er und erklärte anschließend: »Ich habe gehört, dass Sie Witwe sind, und wollte nur meinen Respekt für diese Tatsache bezeugen.«

»Warum duzen wir uns nicht? Das ist viel besser. Und ‚du’ zu sagen, bedeutet nicht, den anderen weniger zu respektieren, finde ich.«

»Hast du meine Cousine Vicenta kennengelernt?«

»Ja.«

»Sie war die zweite Ehefrau, die in diesem Haus gestorben ist.«

»Von unserem Chef willst du sagen.«

Er nickte mit dem Kopf.

»Natürlich! Ich weiß, dass er Witwer war, als er Vicenta geheiratet hat ...«

»Er hat sie nicht geheiratet«, unterbrach er sie, »sondern einfach für sich beschlagnahmt, als sie noch ganz jung war.«

Mama machte ein trauriges Gesicht. Er fuhr fort.

»Die Arme, sie wollte das nicht, aber sie hatte keine andere Wahl. Ihre Eltern wären rausgeworfen worden, wenn sie es nicht akzeptiert hätte. Sie hat Dona Cecília im Haus geholfen und ist schon als Kind von ihm vergewaltigt worden.«

»Und wie ist seine erste Frau gestorben?«

Er schaute ins Feuer und atmete tief durch.

»Dona Cecília hatte einen Unfall, und zwar im Garten ihres Hauses in der Stadt. Dort gibt es eine Quelle, die einen Brunnen ernährt. Und dort ist es passiert, sie ist mit dem Kopf gegen einen Stein gestoßen. Es heißt, dass sie Medikamente genommen hat, die sie schläfrig und benommen gemacht haben. Deswegen ist sie gefallen.«

»Wie ist so etwas möglich?« Mama starrte ungläubig in die lodernden Flammen.

»Das war irrsinnig traurig für uns, besonders für mich, denn sie war eine liebenswerte Frau, sehr menschlich. Sie hat sich nicht wie eine Chefin aufgeführt, obwohl ihr das alles hier gehört hat.« Er deutete mit dem Finger in alle Richtungen.

Mama riss die Augen auf.

»Das alles hier?«

Er nickte mit dem Kopf und sagte:

153

»Bei ihr haben Vicenta und ich lesen und schreiben gelernt.«

»Es tut mir Leid.«

Nachdem Genésio Vicenta umgebracht hatte, hatte er den Sklaven Yapoula gerufen, damit er sich um das Haus kümmere und im Laden aushelfe. Er wusste, dass Yapoula ausgezeichnet kochen konnte, deswegen wollte er ihn in seinem Haus haben.

Mama und auch Kaluga bemerkten, dass plötzlich alle schwiegen. Es waren nur noch die knackenden Geräuschen des brennenden Holzes der Pyramide zu hören, die immer mehr in sich zusammensank.

Sie reckte den Hals, um zu sehen, was geschehen war. Vielleicht würde eine Tänzerin irgendeinen exotischen Tanz aufführen oder ein Instrument, das sie nicht kannte, eine Musik spielen, die die Leute zum Tanzen animierte. Aber nichts dergleichen. Alle starrten wie gebannt auf den Fazendabesitzer, der auf sie zukam.

»Er kommt nie zu diesem Fest«, sagte Esperanza zu Tereza.

Mein Kindermädchen sagte nichts. Sie schaute nur auf Mamas überraschtes Gesicht.

»Ekelhaftes Schwein. Hau ab!«, schrie ich, während er sich immer näher auf sein Ziel zubewegte.

Er hockte sich neben sie.

»Gefällt Ihnen das Fest?«

Sie räusperte sich und atmete tief ein, bevor sie antwortete.

»Ja, es ist eine Freude hier zu sein.«

Hinter seinen Schultern sah sie Rufino, der sich eine Zigarette drehte und gelegentlich den Kopf hob, um zu sehen, was der Patron machte.

»Hol' zwei Hocker für uns«, befahl er Kaluga.

Die Hocker wurden hingestellt und Genésio wies ihr einen zu. Gegen ihren Willen setzte Mama sich hin, während er sich den anderen Hocker griff.

»Diesen Fettsack hält er nicht aus ...«

Bevor ich meinen Satz zu Ende sprechen konnte, fiel der Mann zur Seite, weil eines der Hockerbeine gebrochen war.

Er hob ihn auf und warf ihn ins Feuer. Danach kam er zurück, um Mamas Schemel zu ergreifen. Sie konnte gerade noch rechtzeitig aufstehen, um zu vermeiden, von ihm berührt zu werden. Die Hocker verwandelten sich in wenigen Minuten zu Asche.

Angesichts dieser lächerlichen Szene herrschte totales Schweigen. Alle bemühten sich, nicht zu lachen, denn es gab nichts Schöneres, als Genésio fallen zu sehen, wenn auch nur von einem kleinen Hocker.

»Macht weiter und hört auf zu glotzen!«, brüllte er.

Er hasste Aufsehen.

Der Akkordeonspieler legte wieder los, und Kaluga forderte sofort Franciska zum Tanzen auf.

»Sie geben ein schönes Paar ab«, sagte Esperanza, während sie ihren Sohn und ihre Nichte beobachtete.

In diesen Zeiten waren Hochzeiten zwischen Vettern und Cousinen nicht ungewöhnlich, und Franciska liebte Kaluga.

Tereza nickte mit dem Kopf, dabei hatte sie längst erkannt, dass er sich nicht für Franciska interessierte.

Tim und Fred zeigten die ersten Ermüdungserscheinungen. Mama bemerkte es und nahm die Gelegenheit wahr, den Patron anzusprechen, der gerade an einem riesigen Stück Fleisch kaute.

»Also, ich muss nach Hause. Meine Söhne müssen schlafen.«

»Schlafen Sie hier«, schlug er vor, und schob sich ein fettes Stück Fleisch in den Mund, wobei ihm der Saft bis hinunter zum Kinn lief.

»Das geht nicht!«

Er kaute unter irritierendem Schmatzen zu Ende. Dann schaute er nach dem Vorarbeiter und winkte ihn herbei.

Zu ihrem Bedauern war es Rufino, der sie nach Hause brachte, aber vorher hatte sie noch ein aufregendes Erlebnis: Als sie sich von Kaluga verabschiedete, erhielt sie neben einem Handkuss einen Blick, der alles andere in den Schatten stellte.

Seine Brust leuchtete im Feuerschein, und Mama stellte sich seine Muskeln so hart vor wie das Holz, das dem Feuer Widerstand leistete. Es war, als ob Flammen aus ihren Poren schlugen, weil jemand in ihrem Inneren ein Feuer entfacht hatte. Sie lächelte ihm zu, wobei sie ihre weißen Zähne zeigte, und er zwinkerte ihr mit einem Auge zu. Der Code zwischen den beiden wurde in diesem Moment dechiffriert.

In dieser Nacht träumte sie, dass sie mit ihm in der Kutsche eine wunderschöne Allee entlang fuhr. Plötzlich geriet der gleichmäßige Lauf der Pferde völlig aus dem Takt, und sie bemerkte, dass Genésio auf einmal die Zügel in der Hand hatte, und sich vor Lachen kaum halten konnte, während er auf die Tiere einschlug. Die Schatten spendende Allee hatte sich in eine staubige Naturstraße verwandelt, die zu einem Abhang führte. Je mehr sie schrie, desto mehr peitschte er die Pferde aus.

Sie wachte erschrocken und schweißgebadet auf. Tereza kam und setzte sich auf den Rand ihrer Matratze, die auf dem Boden lag, und blieb dort, bis sie wieder eingeschlafen war.

In der nächsten Woche sah sie, wie Kaluga Kinder in den Schatten eines Baumes trug. Sie betrachtete seinen muskulösen Körper, der notdürftig mit zerrissenen Stoffen bekleidet war, und empfand ein tiefes Mitgefühl.

Nachdem sie die ganze Woche auf das Erscheinen von Genésio gewartet hatte, ließ er sich am Freitag blicken, und sie ergriff schnell die Initiative.

Eine Sache habe ich auf meiner Reise von den Frauen gelernt: Wenn eine Frau schön ist, öffnen sich alle Türen. Wenn sie dazu auch noch intelligent ist, schließen sie sich nicht mehr.

Sie trat in das geräumige Wohnzimmer mit den rustikalen Möbeln. An der Wand über der Tür hing ein ausgestopfter Hirschkopf, und vor dem Zimmer lag die Veranda, auf der sich der Patron so gern aufhielt. Mama ging auf ihn zu, rieb sich nervös die Hände und lief, als könnte sie jeden Moment auf eine Mine treten. Er bemerkte sie und drehte sich um, um sie zu mustern. Er zog einen Stuhl für sie heran und fing an zu reden.

»Die Ernte läuft gut. Ich glaube, dieses Jahr wird sie hundertprozentig sein. Wir haben kaum Ausschuss und die Kaffeebohnen sind dieses Mal perfekt.«

Sie schaute auf die grünen Berge in der Ferne und begann, zu sprechen. Zuerst lobte sie die Angestellten und die organisierte Verwaltung der Fazenda. Und sie betonte, wie glücklich sie sei, mit so netten Menschen zusammenzuarbeiten. Dann sprach sie über die Nähmaschine, mit der Franciska arbeitete. Sie schlug vor, bessere Stoffe zu kaufen, damit sie ihr beibringen könne, Kleider für die Angestellten herzustellen.

»Menschen, die gut und warm bekleidet sind, sind seltener krank und arbeiten besser.«

Er hörte nur zu, ohne etwas zu antworten.

Sie machte eine Pause und kam mit neuen Argumenten.

»Ich habe halbnackte Männer gesehen und Kinder, die dem Wind und der Kälte ausgesetzt sind. Ein paar Stoffe genügen, sie sind nicht nur schön, sondern wärmen die Leute und kosten kaum Geld. Ich selbst könnte die Kleidung anfertigen, denn mein früherer Chef war einer der besten Schneider der Gegend und hat mir viel beigebracht ...«

Er stand auf und setzte sich seinen Hut auf.

»Ich habe wichtigere Dinge zu erledigen, als mich um die Kleidung meiner Angestellten zu kümmern.«

Er ließ Mama enttäuscht zurück. Sie hatte anfänglich gedacht, dass sein Schweigen ein ‚Ja' bedeutete.

Dona Ágata kam, nachdem sie das ganze Gespräch mit angehört hatte, zu ihr und wies sie zurecht.

»Sie brauchen nicht zu glauben, dass Sie mehr als eine Hausangestellte sind, nur weil Sie bessere Kleider tragen. Mein Sohn braucht Ihre Ratschläge nicht.«

Mama schaute auf die Landschaft und anschließend auf die alte Frau mit dem kalten Blick und erhob sich. Als sie das Wohnzimmer verließ, kullerte eine Träne über ihr Gesicht.

»Bereiten Sie mein Bad vor.«

»Ja, gnädige Frau.«

Als sie Wasser in die Badewanne einließ, schimpfte sie vor sich hin.

»Ein Bad in einer Woche. Altes Ferkel!«

Die alte Frau mochte es nicht besonders, ein Bad zu nehmen, und wo sie vorbeikam, hinterließ sie einen Geruch, der sich aus einer Mischung von Urin, Schweiß und was weiß ich noch allem zusammensetzte.

Am Montag fuhr Rufino auf Genésios Anordnung in die Stadt und kam mit einigen Bestellungen zurück. Auf den großen Kisten stand ein Hinweis.

Stoffe für Dona Tyanna.

Mama freute sich und rief Franciska, um mit ihr die Konfektion zu besprechen. Zuerst wollte sie Schnittmuster für die Kinder anfertigen, anschließend für die Erwachsenen. Diesen Monat schlief sie häufiger in der Fazenda, denn sie konnten mit den Näharbeiten erst nach der Arbeitszeit beginnen. Leider war es genau der Monat, in dem Fred uns verließ.

Der Arzt und seine Frau kamen zu uns nach Hause und teilten uns mit, dass sie nicht länger in Madrigal bleiben könnten, weil der Bau der Klinik, die sie so lange geplant hatten, hier nicht durchführbar sei. Sie wollten, dass Fred bei ihnen bleibe, um seine Behandlung fortzuführen und baten Mama, eine entsprechende Vollmacht zu unterschreiben. Das tat sie, wenn auch unter vielen Tränen. Später erklärte sie Tereza, dass sie keine andere Wahl hatte.

»So hat er wenigstens eine würdige Behandlung, Kleider, Schuhe und Essen«, sagte sie und weinte an der Schulter ihrer Schwester.

Doktor Afonso war sehr freundlich. Er sagte, dass er regelmäßig schreiben würde, um sie über Freds Leben zu informieren. Wenn er vollkommen geheilt sei, würde er wieder zurückkommen.

Tim wollte sich nicht von Fred verabschieden. Er sperrte sich im Zimmer ein, kroch unter die Bettdecke und blieb eine lange Zeit dort. Sie klopften immer wieder an seine Tür, aber das Einzige, was er unter Tränen sagen konnte, war »Nein!«, während Fred auf der anderen Seite der Tür weinte.

Franciska lernte, die Stoffe zurechtzuschneiden und zusammenzunähen und freute sich über die fertigen Produkte. Die Kinder zogen sie an und rannten zu ihren Eltern, um sie ihnen zu zeigen. Alle waren zufrieden, dass Mama in einigen Woche erreicht hatte, was sie niemals geschafft hatten: Genésio hatte etwas für sie gekauft.

Dona Ágata sah von der Veranda aus, wie die armen Kinder ihren lächelnden Angehörigen die neuen Hosen, Hemden und Kleider präsentierten. Jetzt waren sie würdig angezogen, auch wenn sie immer noch keine Schuhe hatten. Kaluga bekam ebenfalls neue Kleider und als er sie anzog, stellte er, ohne es darauf anzulegen, seinen perfekten Körper vor Mamas glänzenden Augen zur Schau. Sie tat so, als müsse sie sein Hemd zurechtrücken, nur um ihn berühren zu können. Es war ein Schwindel ohne Reue.

Die nächste Bitte richtete sie an den Patron, als beide in seinem Auto saßen. Er hatte sie eingeladen, die Plantage zu besichtigen, und sie hatte nur eingewilligt, weil sie an die neuen Vorschläge dachte, die sie ihm unterbreiten wollte. Sie fuhren die ungeteerte Straße entlang, die unter den zahllosen Fahrten der Karren gelitten hatte. In der Mitte gab es einen Streifen aus grünem Gras und am Straßenrand wuchsen wilde Blumen und Obstbäume. Sie unterhielten sich ein wenig und Mama brachte ihren Vorschlag vor.

»Hier gibt es viele Frauen, und sie sind verantwortlich für die Wäsche, Essen für Kinder und Ehemänner, die Kindererziehung und vor allem für die Ernte. Wenn es sie nicht gäbe, …« – sie machte eine Pause, als ein Karren vorbeikam, deren Kutscher ihnen zur Begrüßung zuwinkte – »wäre das alles hier nicht möglich.«

Er stimmte ihr zu, indem er mit dem Kopf nickte, und dachte, sie hätte schon geendet.

»Aber«, fuhr sie fort, »alle Frauen lieben bestimmte Kleinigkeiten wie Schminke, Schuhe und Hüte. Sie mögen es, sich diesen kleinen Luxus leisten zu können, und wenn es nur ein Lippenstift ist.«

Er lächelte zynisch, aber sie ließ sich nicht einschüchtern, sondern erkannte ihre eigene Kraft. Plötzlich tauchte Esperanzas Vater auf, der langsam in der Straßenmitte lief. Als er das Auto sah, wich er zum Straßenrand aus, wo er mit den Händen an den Hüften stehen blieb.

Genésio machte sich den Spaß, ihn anzuhupen und Mama bemerkte, wie seine Augen die Ihrigen suchten. Ihr lief ein Schauer über den Rücken.

»Ich werde darüber nachdenken«, sagte das von ihr gebändigte Monster.

Mit der Zeit ließ Genésio den Frauen die von Mama gewünschten Dinge zukommen. Einmal schickte er Rufino, um sie mit Hüten zu beschenken, ein anderes Mal gab es eine Kiste mit Lippenstiften, Schminke und Parfüm, was bei den Frauen unbändige Begeisterung hervorrief, denn Sie hatten niemals solche Dinge benutzt. Manchmal kam er sogar selbst mit Sandalen und Schuhen, die er gebraucht in der großen Stadt gekauft hatte.

Mama wurde von allen Angestellten wie eine Göttin verehrt und bewies Genésio, dass sie Recht hatte, denn die Frauen arbeiteten nun mit Begeisterung, pflegten sich mehr und hatten mehr Selbstbewusstsein. Manchmal gingen sie, nur um auf den Plätzen zu flanieren, in die Stadt, und einige riefen das Interesse der anwesenden Männer hervor.

Franciska machte sich weiter Hoffnung auf Kaluga, und Mama erfuhr erst davon, als sie mit Esperanza Wäsche holte, um sie neben dem Haus aufzuhängen. Franciska diskutierte mit einer anderen Sklavin, warum sie nicht in die Stadt mitgehen wollte.

»Aber du weißt nicht, was du verpasst, Franciska. Da laufen ein paar hübsche Weiße rum.«

»Wer sagt denn, dass sie einen Weißen will?«, fragte Esperanza, als sie näher kamen.

Alle lachten.

»Sie hat schon einen Schwarzen in ihrem Herzen. Warum wollt ihr der Guten denn einen Weißen aufdrängen?«

Mamas Lächeln verschwand, als die Magd neben ihr sagte:

»Sie ist in ihren Vetter verliebt, aber ich glaube, er hat sich nie für sie interessiert.«

Am nächsten Tag trat sie diskret an Esperanza heran und fragte: »Liebt Kaluga Franciska?«

Die Magd bügelte mit einem schweren Bügeleisen, das mit glühender Holzkohle gefüllt war.

»Ja. Ich weiß nicht, worauf er noch wartet. Sie geben ein perfektes Paar ab«, sagte sie, ohne ihren Blick von der Bügelwäsche abzuwenden.

Mama fühlte Stiche der Eifersucht.

Am nächsten Tag hörte sie beim Wäschewaschen im Fluss ein Stöhnen aus dem Dickicht hinter ihr. Sie stieg aus dem Wasser und lief langsam in die Richtung, ohne selbst ein Geräusch zu machen. Sie sah ein Paar mitten im Liebesakt, und zur ihrer Überraschung waren es Rufino und eine der jungen Angestellten. Der Mann ließ sie nach dem vollzogenen Geschlechtsakt einfach liegen und sie begann zu schimpfen. Mama kam schnell herbei und bedeckte sie.

»Alles okay?«

»Wie könnte alles okay sein?«

»Warum lassen Sie es zu?«

»Ich habe keine andere Wahl. Entweder bin ich ihm zu Willen, oder meine Eltern werden ausgepeitscht.«

Als sie das Entsetzen im Gesicht meiner Mutter sah, zog sie sich hastig an und legte den Finger auf die Lippen, um Mama zu verstehen zu geben, sie solle nicht darüber sprechen. Mama lief hinter ihr her und bestand auf einem Gespräch.

»Wollen Sie es wirklich wissen? Fragen Sie Esperanza.«

»Ja, es ist leider wahr«, sagte Kalugas Mutter.

»Warum lasst ihr zu, dass er das macht?«

»Nach dem Chef ist Rufino derjenige, der hier das Sagen hat, und wer nicht gehorcht, wird an den Pfahl gebunden und ausgepeitscht. Oder er kommt in den Keller, wo er über lange Zeit nur Wasser bekommt. Dieser Mistkerl hat schon viele Mädchen

161

geschwängert; insgesamt hat er sechs Kinder mit vier verschiedenen Frauen.«

Ich erinnerte mich daran, einige Jungen gesehen zu haben, die eine hellere Haut als die anderen hatten, und ich hegte den Verdacht, dass es Genésios Söhne waren.

»Und wissen Sie, was diesem Mädchen angetan wird ...«

»Sie meinen wahrscheinlich die Rosana. Ja, das weiß ich. Sie ist ein gutes Mädchen, die in der Hand dieses Teufels leidet. Sie hat schon zwei Kinder von ihm.«

»Und keiner tut etwas, um ihr zu helfen?«

Esperanza sah sie mit einem resignierten Blick an.

»Sie sind weiß, sie haben einen Ort, wohin Sie fliehen und jemanden, an den Sie sich wenden können.«

Tim ging früh aus dem Haus und traf sich mit Kack-Júlio an der Brücke. Von dort gingen sie zusammen zu Fuß zur Schule. Er aß jetzt viel mehr von der Schulkost, denn abends gab es immer nur eine Suppe oder einen Brei zu essen. Manchmal hatte er Glück und fand einige Früchte an den Obstbäumen am Wegesrand. Wenn nicht, ging er nach der Schule zum Zentralmarkt, um nach Resten zu suchen. Leider hatten einige Schulkameraden dieselbe Idee, die Konkurrenz schlief nie.

Einmal kam er fröhlich mit einem halben Kürbis nach Hause.

»Siehst du nicht, dass er schon voller Würmer ist?«, fragte Tereza und zeigte ihm die Tiere, die erschienen, nachdem sie ein Teil des Kürbisfleisches abgeschnitten hatte. Tim rannte auf die Toilette und übergab sich, denn er hatte schon ein rohes Stück von diesem Kürbis gegessen.

»Was passiert mit meiner Familie?«, fragte ich den Hexer, als wir zusammen im Garten saßen.

Er kratzte sich am Kopf und sagte nur:

»Das ist eine schwierige Zeit, nicht wahr, Tim?«

Ich wollte mir die Beine vertreten. Eigentlich wollte ich wegrennen, aber als ich an Kitas Fenster vorbeikam, sah ich, wie sie im Wohnzimmer ihrem Sohn, der die ganze Zeit mit hängendem Kopf dasaß, einen Brief vorlas.

Ich beugte mich über das Fenstersims und hörte aufmerksam zu.

»Dein Onkel hätte gern, dass du zu ihm gehst, mein Junge.«

»Aber ich will nicht!«

»Aber es ist wichtig. Dort kannst du eine bessere Ausbildung erhalten, eine Möglichkeit, die ich nie hatte. Dort kann etwas aus dir werden, hier nicht. Hier gibt es keine Zukunft mehr. Die Leute ziehen weg und Madrigal gleicht einem Friedhof.«

»Ich möchte bei dir bleiben, für immer«, sagte er und umarmte seine Mutter.

Aber zwei Wochen später wurde er früh morgens von seinem Onkel abgeholt. Danach sah er seine Mutter nur noch einmal, bevor er in das Seminar kam. Was dann passiert ist, wissen wir schon.

Mama saß an einem Tisch und legte das letzte Kleidungsstück, das sie an diesem Abend hergestellt hatte, zusammen. Franciska war nach Hause gegangen, und nur ein Flügel des Tores stand offen. Sie vernahm ein Geräusch und hob die Lampe über ihren Kopf.

»Wer ist da?«

»Ich bin es«, antwortete Kaluga und trug einen Korb mit Süßigkeiten und einem Kuchen herein.

Es gelang ihr nicht, ihre Überraschung zu verbergen.

»Du kannst nicht die ganze Zeit nur arbeiten. Du musst auch etwas essen.«

Sie setzten sich auf Kaffeesäcke, aßen und unterhielten sich. Sie wollte mit ihm über Franciska und ihre Liebe zu ihm sprechen, fand aber den Augenblick dafür nicht angemessen. Er fing an, über die Veränderungen in der Fazenda zu sprechen.

»Seit du hergekommen bist, gab es viele Fortschritte. Alles ist besser geworden.«

»Das ist wahr, und ich hoffe, das ist erst der Anfang. Es ist euer Recht, auch wenn der Patron nicht dazu verpflichtet ist.«

»Was für eine erbärmliche Zeit!«, schimpfte ich.

Sie lächelte, als sie sah, dass er das von ihr genähte Hemd anhatte.

»Es steht dir gut.«

»Was?«

»Ich meine die Kleidung. Du bist richtig elegant.«

Während des Schweigens bemerkte er die Fäden auf ihrem Kleid.

»Wie lange willst du noch arbeiten?«

»Für heute reicht's. Ich bin fertig«, sie klopfte die Fäden von ihrem Kleid.

»Dann begleite ich dich bis zur Haustür, wenn du willst.«

Sie stimmte zu, und als sich beide gleichzeitig bückten, um dem Korb aufzunehmen, stießen sie mit den Köpfen zusammen.

»Oh, Entschuldigung«, sagte er und massierte ihren Kopf.

»Halb so schlimm. Es ist okay.«

»Wirklich?«, hakte Kaluga nach und ließ seine Hände an ihrem Gesicht herunter gleiten.

Sie antwortete nicht und ließ sich verzaubern. Sie konnte nicht reagieren, oder besser, sie wollte es gar nicht. Er näherte sich, um sie zu küssen. Plötzlich hörten sie das Knattern eines Motors und erschraken.

»Was ist das?«

»Das ist das Auto des Patrons. Mach das Licht aus!«

Sie löschte das Licht und sie hörten, wie das Auto vor der Scheune anhielt.

Er nahm Mama an die Hand und sie versteckten sich hinter den Mais- und Bohnensäcken. Sie bedeckten sich mit einer Plane, kuschelten sich eng aneinander und waren mucksmäuschenstill.

Genésio setzte einen Fuß in die Scheune und fragte:

»Ist da jemand?«

Absolute Ruhe.

»Was sollte jemand in dieser Finsternis tun?«, wandte einer der Männer die ihn begleiteten ein.

Ein anderer lachte und Genésio grunzte zustimmend.

»Kommt, wir gehen in mein Arbeitszimmer.«

»Bist du sicher, dass alle schlafen?«, fragte der Mann, der gelacht hatte.

»Ja, um diese Uhrzeit ist in diesem Haus niemand mehr wach.«

Sie entfernten sich und gingen zum Arbeitszimmer. Kaluga lag halb auf Mama, die etwas atemlos war.

»Die Luft ist rein«, stellte er fest und zeigte nicht die geringste Lust sich von ihr zu entfernen.

Seine Brust drückte sich an ihre, und ihre Vermutung wurde bestätigt. Sie war wirklich hart wie ein Stück Holz, mit Herz und Lunge dahinter, die seine Brustmuskeln auf- und niedersteigen und seinen warmen Atem in ihr Gesicht blasen ließen. Ein Stück lebendiges Holz.

Es war ein einmaliges Gefühl und sie hoffte, dass er nicht plötzlich aufstehen würde. Dann küsste er sie und das Feuer der Liebe schlug seine höchsten Flammen. Leider mussten sie es dabei belassen, denn sie wussten nicht, inwieweit Genésio nicht doch misstrauisch war.

Sie schlichen auf den Zehenspitzen zum Haus und vereinbarten, dass sie sich die Schuhe ausziehen und leise in ihr Zimmer gehen sollte. Kaluga wollte anschließend mit einem Sack Bohnen zur Küche gehen, wo die Männer ihn, falls sie irgendein Geräusch vernehmen sollten, antreffen würden. Der Plan klappte!

Als Mama in ihr Zimmer trat, forderte Genésio die Männer mit einer Handbewegung auf, zu schweigen. Er ging in die Küche und traf auf Kaluga, der gerade den Sack Bohnen auf den Boden stellte.

»Was machen Sie hier, junger Mann?«

Obwohl es auf der Fazenda elektrisches Licht gab, wurde es selten benutzt. Man benutzte allgemein Fackeln oder Kerosinlampen. Aber heute, bei Vollmond, waren selbst diese Leuchten nicht notwendig. Die Nacht wurde im hellen Mondlicht fast zum Tag.

»Meine Mutter hat gesagt, es gäbe keine Bohnen mehr, und ...«

»Ich verstehe. Aber jetzt verschwinden Sie.«

Mama hörte alles hinter der Tür. Sie versuchte, ihren Atem zu kontrollieren.

Im Dunkeln hinter der Tür war es viel frischer als in der Scheune, denn dort hatte sie das Feuer der Leidenschaft erwärmt.

Sie legte ihr Ohr an die Tür und hörte, wie Gläser auf den Tisch gestellt wurden, in die irgendein Getränk geschüttet wurde.

»Das war nur ein Angestellter.«

»Was wollte er um diese Uhrzeit? Bist du sicher, dass er keinen Verdacht geschöpft hat?«

»Ihr könnt beruhigt sein.«

»Also kommen wir wieder zur Sache.«

»Ja«, antwortete Genésio, »zurück zu den Geschäften.«

Das Getränk wurde in einem Zug abgekippt und sie gingen zurück ins Arbeitszimmer.

Sie setzte sich ganz langsam auf ihr Bett, denn das kleinste Geräusch könnte ihren Verdacht erwecken. Nach einer gewissen Zeit legte sie sich hin. Ihre Bewegungen waren langsam wie die eines Alligators und ihre Ohren lauschten wachsam. Als sie ihren Kopf auf das Kissen legte, fühlte sie etwas in ihrem Haar. Sie griff mit Ihrer Hand an die Stelle und befürchtete, es sei irgendein Tier. Aber dann berührte sie die Blätter einer Blume, deren Farbe sie erst am nächsten Tag zu Gesicht bekam. Sie roch an ihr und fragte sich, wann er sie wohl in ihr Haar gesteckt habe. Der Stängel war geschickt in ihre Locken gesteckt worden, wo sich die Blume bis jetzt gehalten hatte.

›Wie hat er das gemacht, ohne dass ich es gemerkt habe?‹ dachte sie und bewunderte diese romantische Geste.

Sie dachte den ganzen Tag über an die letzte Nacht, an sein Auftauchen, seine Berührung, seinen Blick, an das Versteck unter der Plane, die Nähe seines Körpers und … an ihren Kuss.

Aber dann schweiften ihre Gedanken ab zu Genésio, der dieser schönen Nacht durch seine unerwartete Ankunft einen

Moment des Schreckens hinzugefügt hatte. Und sie dachte an sein Gespräch mit diesen Männern.

›Ein Geschäft im Dunkeln. Sehr mysteriös, mit Sicherheit nichts Gutes‹, dachte sie.

Es ging um den Schwarzmarkt mit den Waffen aus Heeresbeständen. Die Käufer waren von weit her angereist. Zuerst kamen sie in seinen Laden in der Stadt, von wo sie zusammen zur Fazenda fuhren. Dort besuchten sie zuerst die Kaffeeplantage, wo sie sich als Kaffeehändler ausgaben und fuhren anschließend zum Haupthaus, wo sie in Genésios Arbeitszimmer ihren wahren Geschäften nachgingen.

An diesem Nachmittag hängte Mama Wäsche auf. Der Wind ließ ihr Haar auf- und abgleiten und spielte mit ihren goldenen Locken. Sie begann, zu singen und zu lächeln, aber dann rief sie sich zur Ordnung.

›Wie kann ich bei alledem, was meiner Familie zugestoßen ist, glücklich sein? Ich bin ein Monster.‹

Ein Brief wurde unter der Tür hindurchgeschoben und Tim hob ihn auf.

»Geh' in den Garten zum Spielen«, bat Tereza.

Er setzte sich in den Garten und schaute auf unsere Bauwerke. Die Brücken waren noch intakt, aber ihr »Fluss« war ausgetrocknet. Er sehnte sich nach Fred und stand auf, um einen Eimer mit Wasser zu füllen und damit dem Fluss zu neuem Leben zu verhelfen.

Tereza zog ihre abgelaufenen Sandalen an und lief zur Apotheke. Aristeu warf ihr einen freundlichen Blick zu und wies auf die Tür zum Arbeitszimmer. Wenn es etwas gab, das alle Leute an ihm schätzten, dann war es seine diskrete Art. Ein diskreter Mensch gewinnt leicht das Vertrauen anderer.

Ihr Vetter hatte einen Eilbrief geschickt, in dem er sie bat, so schnell wie möglich zu ihm in die große Stadt zu kommen. Er hatte in einem Prozess für einen Unternehmer gearbeitet, dessen Frau ein Baby erwartete und ein erfahrenes Kindermädchen suchte.

Daraufhin hatte er seinem Kunden von Tereza erzählt, und der Mann wollte sie anstellen.

›Komm, liebe Cousine, dein Glück ist nah,‹ beendete er den Brief.

Zwischen den Betttüchern, die auf der Wäscheleine im Wind schaukelten, sah Mama Kalugas Schatten. Er kam hinter einem Tuch hervor, das seinen Kopf streifte.

»Du solltest nicht hier sein ...«

»Das ist mir egal.«

»Aber es ist gefährlich.«

»Warum?«

»Man könnte uns sehen.«

»Na und?«

»Sie könnten ...« Sie sprach den Satz nicht zu Ende.

Na und? Er war nicht verheiratet, und sie war Witwe.

Sie drehte ihm den Rücken zu, um mit ihrer Arbeit fortzufahren. Er blieb dort und betrachtete ihre eleganten Bewegungen.

»Bitte, geh.«

Er gehorchte.

Am nächsten Tag fuhr sie früher als sonst nach Hause; Rufino nahm sie mit in die Stadt.

Tereza zeigte ihr den Brief und packte ihre Sachen zusammen, um am nächsten Tag zu verreisen. Ihr Koffer war klein, es war derselbe, mit dem sie in dieses Haus gezogen war. Er war verstaubt, aber intakt. Tereza vertraute ihr Schicksal ihrem Vetter an. Als sie noch Kinder waren, hatten sie sich oft gesehen, denn Terezas Onkel hatte mit seinen Kindern in den Ferien oft das Haus meiner Oma besucht, wo die Kinder miteinander spielten.

Es war an der Zeit, zu gehen. Der Abschied war schmerzlich. Damals waren vierhundert Kilometer eine unvorstellbar lange Distanz, die Menschen voneinander trennte – oft für immer.

Mama und Tim begleiteten sie bis zum Bahnhof. Als der Zug ankam, bat er um ein Taschentuch, um seine Tränen zu verbergen.

Überall sah man Menschen, die Ähnliches wie er durchmachten. Leute, die dabei waren, einen wertvollen Gefährten zu verlieren, den Sohn, den Vater, einen Bruder, einen Freund ...

Eine Menge von Verlierern, die wussten, dass dieser Abschied endgültig sein konnte; trotzdem ließen sie sich diesen letzten Augenblick nicht nehmen.

»Bis bald!«, riefen einige und wischten sich Tränen der Besorgnis und der Angst ab.

»Schreib' uns«, baten andere.

So war es auf diesem Bahnhof: ein »bald«, das vielleicht »nie« bedeutete; ein »schreib' uns«, das womöglich nie befolgt wurde.

Der Zug hielt.

Mama umarmte Tereza und befeuchtete mit ihren Tränen das grüne Kleid, das Papa ihr geschenkt hatte. Heute brauchte Tereza nicht mehr den Atem anzuhalten, denn ihr Kleid war weit geworden. Alle zu Hause hatten abgenommen, und Tereza war der Gewichtsverlust am deutlichsten anzusehen.

Als der Schaffner pfiff, schauten sie und Tim sich an. Beide hatten einen Riesenkloß im Hals und das Einzige, wozu sie in der Lage waren, war eine Umarmung.

Ein Abschied bedarf nicht immer vieler Worte, genauso wie die Liebe. Etwas anderes spricht für uns, eine Berührung, ein Blick. Bei Terezas Abschied war es nicht anders.

Noch ein Pfiff, und sie stieg eine Stufe nach oben, hielt an, blickte zurück und winkte.

Der Abschied ist wie ein feuriges Schwert, das schneidet, brennt und schreckliche Schmerzen verursacht.

Ich sah, wie Mama und Tim sich gegenseitig stützten. So standen sie und schauten dem Rauch nach, der aus dem Schornstein stieg und einen dunklen Streifen am Himmel bildete, der sich mit jeder Träne weiter verflüchtigte. Sie blieben noch auf dem Bahnhof. Es war die Angst, zurückzugehen. Die Angst, in das leere Haus zu treten und in jedem Winkel mit unerträglichen Erinnerungen konfrontiert zu werden, war groß.

Mama hielt im Mercadinho do Genésio an. Sie wollte mit ihm über die Möglichkeit sprechen, Tim mit auf die Fazenda zu nehmen. Ihr Gesicht konnte ihre Trauer nicht verbergen, und ihre Augen waren geschwollen.

»Das geht in Ordnung«, antwortete er und warf einen Blick auf Tim.

»Meine Schwester ist gerade abgereist ...« Sie fing wieder an, zu weinen.

Er wartete, bis sie sich gefangen hatte und schaute zur Decke seines Ladens.

»... und er kann nicht allein in der Stadt bleiben,« schloss sie ihren Satz ab.

»Die Fazenda steht Ihnen zur Verfügung. Tun Sie, was Sie für richtig halten«, beruhigte er.

»Sie sind ein guter Mensch, Seu Genésio.« Er zeigte ein leichtes Lächeln und zog dabei einen Mundwinkel nach oben. Dann bot er Tim ein Bonbon an, das er erst annahm, als Mama zustimmend genickt hatte. Irgendetwas an seiner Freundlichkeit war mir ungeheuer, aber vielleicht sah ich das einfach zu eng.

»Gehen Sie erst einmal nach Hause. Morgen holt Rufino Sie mit Ihren Koffern ab.« Er ließ durchblicken, dass es ihm recht wäre, wenn sie in der Fazenda wohnen würde.

»Aber mein Haus ...«

»Lassen Sie ihr Haus. Sie können so lange in der Fazenda bleiben, bis sich alles geregelt hat.«

Das schien nicht derselbe Genésio zu sein, der eine Jugendliche als Sklavin und Geliebte ausgebeutet hatte, deren Leben er ohne Erbarmen vernichtet hatte und deren Sohn er in ein Waisenhaus abgeschoben hatte; derselbe, der seine Kunden mit falschen Rechnungen betrog, mit Waffen handelte und Soldaten überfiel, ja sogar ermordete.

Ich beobachtete ihn. Dieser Mann war hart wie Eisen und schlau wie ein Fuchs.

Sie verabschiedete sich, und wir gingen zu unserem Haus, das nicht nur wegen der fehlenden Möbel leer war; es fehlten besonders die Stimmen, das Gelächter, die Bitten, das einge-schaltete Radio mit seinem Programm für die ganze Familie, das Geräusch von Schritten ...

Hand in Hand traten Mama und Tim zögernd in das Haus, das einmal unser Heim gewesen war.

Die Wände schienen traurig zu sein, und der Boden litt unter ihren Schritten.

Tim hockte sich mit den Automodellen auf den Boden seines Zimmers. Er versuchte, mit einigen zu spielen, aber er gab es bald auf. Als sie ein Bad nahm, weinte er hemmungslos.

In der Nacht, als er in ihren Armen schlief, dachte sie darüber nach, wie sie die Dinge zu seinem Besten gestalten konnte. Tim musste weiter in die Schule gehen, und sie musste es einrichten, dass er jeden Morgen in die Stadt und abends wieder zurück zur Fazenda käme. Rufino fuhr jeden Morgen in die Stadt, dort könnte er also mitfahren. Nach dem Unterricht könnte er die fünf Kilometer zurücklaufen. Sie wälzte sich im Bett und konnte nicht einschlafen.

›Wenn Genésio Recht hat, wird sich alles mit der Zeit re-geln‹, dachte sie. Dann dachte sie an Fred. Sie empfand eine große Sehnsucht und eine Angst, ihn vielleicht nie wieder zu sehen.

Sie stand auf und ging in den Garten, wo sie sich auf den Boden setzte und gegen die Hauswand lehnte.

»Scheiß Leben!«, schimpfte sie und fuhr sich mir den Händen durch das Haar.

Sie blieb eine ganze Weile dort, bis sie Schritte auf der Straße vernahm und einen Schatten sah. Sie rannte in die Küche zündete eine Leuchte an und lehnte sich gegen den Türrahmen.

»Wer ist da?«

Ich ging nach draußen und sah Genésio dort stehen.

Er klopfte mit dem Finger an die Tür und gab Antwort.

»Was wollen Sie, bitte?«

Er schaute zu beiden Seiten der dunklen Straße, auf der der Wind trockene Blätter aufwirbelte. Er atmete tief.

»Ich möchte mit Ihnen sprechen.«

»Und worüber, bitte?«

»Über Sie und Ihren Sohn. Ich wollte nur wissen, ob alles in Ordnung ist.«

Für einen Augenblick herrschte Schweigen. Sie war sichtlich erschrocken, und musste sich erst sammeln, bevor sie antwortete.

»Es ist alles okay, Seu Genésio. Danke.«

Er blieb stehen, lehnte fast an der Tür und wartete offensichtlich darauf, hereingebeten zu werden.

»Ordinäres Schwein!«, schrie ich und wollte auf ihn einschlagen. Es war nur zu eindeutig, was er wirklich von ihr wollte. Aber Mama war eine intelligente Frau und handelte immer mit Umsicht – in jeder Situation.

»Können wir uns ein wenig unterhalten?«, schlug er vor.

Entschuldigen Sie, aber das ist nicht der richtige Moment dafür. Ich wünsche Ihnen eine gute Nacht.«

Er machte ein enttäuschtes Gesicht, lenkte jedoch ein; es war noch zu früh für diesen Schritt.

»Also dann, gute Nacht, Dona Tyanna.«

Als er sich entfernte, lehnte sie sich an die Wand und lauschte seinen schweren Schritten auf der Straße. Dann ging sie nach oben und spähte aus dem Fenster. Er bog gerade um die Ecke und erinnerte an ein Rhinozeros, das sich verlaufen hatte.

»Das hat mir gerade noch gefehlt!«, wetterte sie.

Am Morgen packten sie ihre Sachen, um in die Fazenda zu ziehen. Kita erschien und stellte jede Menge Fragen, und das Einzige, was Mama herausbrachte, war, dass sie ihr Leben in die Reihe bringen müsse und bald wieder zurückkäme. Kita bot ihr an, zu helfen, wo es nötig sei und erwähnte, dass ihr Sohn jetzt in einem Seminar war.

»Am schlimmsten ist es, keine Nachricht von ihm zu erhalten«, beklagte die Nachbarin mit Tränen in den Augen.

Mama umarmte sie kräftig und sah zu, wie sie mit gesenktem Kopf in ihr Haus ging.

Genésio kam vor Rufino an und klatschte in die Hände. Diesmal wurde er eingeladen, einzutreten. Er schaute sich jeden Winkel des Hauses an, als sei er daran interessiert, es zu kaufen.

Glücklicherweise kam Rufino kurz darauf an.

»Fahr am Nachmittag zurück und hol' den Jungen von der Schule ab«, ordnete der Patron an.

Der Vorarbeiter verbarg nicht sein Erstaunen über diesen Befehl. Er wusste nur zu gut, dass dieser Mann nichts tat, was nicht seinem eigenen Interesse diente.

Alles lief so, wie sie es geplant hatte. Folgende Routine spielte sich ein: Tim fuhr morgens mit Rufino zur Schule und kam mit irgendeiner der Kutschen zurück, die die Straße entlang fuhren. Viele Landwirte transportierten morgens ihre Produkte zum Markt in der Stadt und fuhren nachmittags wieder zurück, was sich gut mit dem Schulschluss traf. Außerdem gab es immer irgendetwas in Madrigal zu erledigen, und so hatte Tim stets eine Mitfahrgelegenheit.

Tim und Kaluga verstanden sich gut und jeder lernte vom anderen. Aber es war schwierig für Tim, sich daran zu gewöhnen, ein Bad im Fluss zu nehmen und dabei eine stark riechende Seife zu benutzen, die die Sklaven selbst herstellten. Es gab weder Duschen noch warmes Wasser.

Er spielte viel mit den anderen Kindern, worüber Mama sich freute. Sie zeigten ihm, wie man einen Bambusspieß fischen konnte, und er brachte einigen sogar Lesen und Schreiben bei.

Das Jahr ging zu Ende, und die nächsten sollten viele Überraschungen bringen. Schade nur, dass wir nicht darauf vorbereitet waren.

Eine Lektion: Wenn die Liebe kommt, lass dich darauf ein, ohne um Erlaubnis zu fragen. Wenn wir es entdecken, ist es schon zu spät.

Kapitel 5

Mama wurde von den Angestellten wie ein Schutzengel angesehen. Alle wollten ihre Meinung wissen, sei es über einen Haarschnitt oder über ein kunsthandwerkliches Produkt. Sie freute sich, dass sie den Leuten helfen konnte, aber am meisten wünschte sie sich, den Ungerechtigkeiten, die Rufino an diesen Menschen verübte, ein Ende zu setzen.

Es gelang ihr, ein engeres Verhältnis zu den jungen Frauen aufzubauen, und sie entdeckte dabei, dass einige von ihnen ihm sexuelle Befriedigung verschafften, um Vorrechte zu erhalten, wie, zum Beispiel, bei starker Hitze nicht in der Kaffeeplantage arbeiten zu müssen, im Krankheitsfall eines Angehörigen zu Hause bleiben zu dürfen oder um sich schlicht vor der gnadenlosen Auspeitschung am Pfahl zu retten. Der Pfahl war ein hinter dem Haus bis zur Hälfte eingegrabener Baumstamm. An dem Teil, der aus der Erde ragte, waren oben und unten Eisenringe befestigt, an denen der Sklave angekettet wurde, um der Bestrafung nicht entkommen zu können. Die Peitschenhiebe wurden in aller Öffentlichkeit ausgeteilt. Um zu verhindern, dass der Sklave Selbstmord beging, indem er Erde aß, wurde er geknebelt. Es war ein schockierendes Schauspiel. Ich gebe zu, dass ich nie an diesem Ort bleiben konnte, wenn es wieder einmal geschah.

Einmal wurde ein Mann bestraft, weil er länger als einen Tag in der Stadt geblieben war. Rufino wollte keine Erklärungen hören und fesselte ihn zwei Tage lang an den Pfahl. Der wilde Hund war für das Auspeitschen zuständig. Mama sah die traurige Szene und weinte an Kalugas Schulter. Er versuchte, sie zu trösten und erklärte ihr, dass dieser Sklave es gewohnt war, verprügelt zu werden, und dass er es mit Sicherheit überleben würde. Und so war es auch.

Einige Tage später erhielt sie Briefe von Fred und Terezas Vetter, die ihr mitteilten, das es ihnen gut ging, aber das verstärkte nur noch ihre Sehnsucht nach den beiden.

Wer an Mamas Erfolg keinen Gefallen finden konnte, war Dona Ágata, die sich bei Esperanza beschwerte, dass die Angestellten sich seit ihrer Ankunft immer dreister und ungezogener benehmen würden.

Irgendwann saßen der Hexer und ich auf der Veranda, als die alte Schreckschraube ankam und sah, wie Mama unter einem Baum saß und den Kindern Geschichten erzählte.

Sie rief Esperanza zu sich, deutete auf die Szene und meckerte: »Jetzt sitzt sie faul im Schatten herum! Sie führt sich auf, als würde ihr die Fazenda gehören.«

Die Magd sah sie von der Seite an und wagte, zu antworten.

»Die Kinder sind von Weißen nie so gut behandelt worden wie von Dona Tyanna. Sie will die Kinder nur glücklich machen, sonst nichts. Dona Cecília würde bestimmt dasselbe tun, wenn sie mal wieder kommen würde, aber leider ...«

Die alte Frau warf einen wütenden Blick auf Esperanza und kam plötzlich auf die Idee, mit Rufino zu sprechen. Sie ging langsam, gestützt auf ihren Stock, auf den Zaun zu, der die Weide abgrenzte. Er war gerade dabei, ein Pferd zu einem Bereich zu treiben, in dem das Gras noch hoch stand. Das Tier begann zu grasen, während der Vorarbeiter die Peitsche in der Luft kreisen ließ. Als er sie bemerkte, kam er auf sie zu.

»Ich möchte, dass Sie diese Fremde, die mein Sohn hier aufgenommen hat, im Auge behalten, denn sie führt sich auf, als würde ihr die Fazenda gehören.« Sie atmete tief durch und fuhr fort. »Sie provoziert Rebellion und Faulheit unter den Angestellten.«

Er lachte zynisch und schaute sich um.

»Ich weiß. Es dauert nicht mehr lange, bis sie meinem Chef sagt, was er zu tun hat.«

Dona Ágata nickte mit dem Kopf und zwinkerte ihm zu. Dann deutete sie mit zwei Fingern auf ihre Augen.

»Halten Sie die Augen offen!«, befahl sie.

Der Vorarbeiter legte seine Hand auf ihre und schlug in aller Seelenruhe vor:

»Wenn Sie wollen, beseitige ich sie.«

Die Alte entzog ihre Hand und zwang sich zu einem Lächeln. »Aber alles hat seinen Preis«, fuhr er fort. »Ich werde nicht kostenlos meine Hände mit dem Blut einer Weißen besudeln.« Sie dachte einige Sekunden nach und schlug ihm dann vor: »Kommen Sie heute Abend zu meinem Zimmer, um die Einzelheiten zu besprechen.«

Kaluga war bei den Kindern ebenso beliebt wie Mama. Einmal brachte er eine Gruppe von Kindern zum Spielen an den Fluss, wo Mama gerade Wäsche wusch. Sie sang ein bekanntes Lied, während sie die abgenutzten Kleidungsstücke einseifte und auswrang. Mit ihren ins Gesicht gefallenen Haaren sah sie aus wie ein Mädchen.

Ihr Kleid hatte sie bis zu den Oberschenkeln hochgeschlagen, weil sie zum Waschen in den Fluss steigen musste. Kaluga blieb stehen und beobachtete sie einige Minuten lang. Er versuchte seinen Blick abzuwenden und zurückzulaufen, aber es gelang ihm nicht. Sie bekam einen Schreck, als die Kinder neben ihr ins Wasser sprangen, und bemerkte erst jetzt seine Anwesenheit.

Er winkte ihr zu und brachte die Kinder wieder zurück zu ihren Eltern.

Mama erlitt immer wieder Rückfälle der Trauer, wenn sie an Papa, Fred und Tereza dachte. Sie wälzte sich fast die ganze Nacht schlaflos in ihrem Bett, während Tim wie ein Engel schlief und im Gegensatz zu ihr vermied, an vergangene Geschehnisse zu denken. Er konzentrierte sich auf die Prüfungen des zu Ende gehenden Schuljahres.

Ich suchte Tereza auf und sah, wie sie sich um die Kinder ihrer neuen Chefin kümmerte und ihnen dieselben Lieder vorsang, mit denen sie uns beruhigt hatte. Obwohl sie von ihren neuen Arbeitgebern anständig behandelt wurde, saß sie manchmal weinend auf der Kloschüssel oder ging in eine Kapelle, wo sie sich vor der Jungfrau Maria hinkniete und Schutz für meine Familie erbat.

Ich legte meine Hand auf ihre Schulter und war ihr für diese Liebesbezeugung dankbar.

Als ich Fred besuchte, freute ich mich, denn er hatte sich zu einem gutaussehenden Jugendlichen entwickelt. Er nahm die Schule ernst und wurde von seinen Pflegeeltern geliebt. Die Dinge liefen also bestens, und trotzdem überkam ihn manchmal der Gedanke, alles aufzugeben und nach Madrigal zurückzukehren. Er dachte jeden Tag an Mama und Tim, und wenn er sie besonders vermisste, zog er sich von seinen neuen Freunden zurück.

Rufino trat in das Zimmer von Dona Ágata und nahm seinen Hut ab, während sie die Tür verschloss. Als sie die Kommode öffnete, bemerkte sie, wie nah er bei ihr stand. Sie war irritiert und gab ihm mit einer schroffen Handbewegung zu verstehen, dass er einen gebührenden Abstand einhalten solle, denn sie wollte die Menge ihrer Schmuckstücke und anderer Wertgegenstände vor ihm verbergen.

Er machte eine vage Bewegung mit den Händen, um sich zu entschuldigen und ging, ohne sich umzudrehen, einige Schritte zurück.

Sie zog einen Armreif aus der Schublade und hielt ihn vor. Er wies ihn zurück.

Danach präsentierte sie einen Kerzenständer aus Silber und Bronze. Er lehnte abermals ab. Sie schloss die Kommode ab und ging langsam auf ihn zu.

»Was ich Ihnen angeboten habe, würde ausreichen, um Napoleon eine Schlacht verlieren zu lassen.«

Er setzte sich den Hut auf und sagte, bevor er die Tür öffnete:

»Aber für mich ist es zu wenig, um eine zu gewinnen.«

Am nächsten Tag fragte er Genésio, ob es üblich sei, dass Kaluga sich allein in Dona Ágatas Zimmer aufhielt.

»Warum wollen Sie das wissen?«

»Ich habe gesehen, wie er dort herauskam, als sie sich vor dem Haus aufhielt, um frische Luft zu schnappen.«

Dem Patron gingen diese Worte eine lange Zeit nicht mehr aus dem Kopf.

Rufino verfolgte Mama und bemerkte bald, wie oft sie und Kaluga Blicke austauschten. Er informierte seinen Chef, der sie noch in derselben Woche in sein Arbeitszimmer beorderte.

»Ich möchte Ihnen helfen«, begann er, als sie sich setzte. »Ich finde, Sie können nur gewinnen, wenn Sie in Ihr Haus investieren.«

Sie verstand ihn nicht.

›Investieren? In dieser Krise? Wo so viele Leute Madrigal verlassen, um in anderen Städten Arbeit zu suchen?‹, dachte sie.

»Ich könnte mich um Kunden kümmern, die Ihr Haus kaufen oder es zumindest mieten würden. Es steht leer und bringt Ihnen nichts ein.«

Sie rückte sich auf dem Stuhl zurecht und schaute auf den Kalender, der auf dem Tisch stand.

›Wie schnell die Zeit vergeht! Mir kommt es vor, als sei ich erst gestern in dieses Haus gezogen, als seien gestern die ersten Möbel eingetroffen. Ich sehe noch genau vor mir, wie ich mit Tereza das Haus eingerichtet habe und wie Greg den Garten angelegt hat. Wie die Zeit fliegt!‹, dachte sie.

Obwohl sie Genésios Vorschlag anmaßend fand, musste sie ihm Recht geben. Schließlich war er ein guter Geschäftsmann und verfügte über reichlich Erfahrung. Das Haus könnte ihr etwas Geld einbringen, solange sie in der Fazenda wohnte. Auch wenn ihr Gehalt gering war, waren die Vorteile, die Tim und sie genossen, unbezahlbar. Aber genau das waren die Gedankengänge, in die Genésio sie lenken wollte; ihm kam es darauf an, bei ihr das Gefühl zu erwecken, dass sie dieses Haus nicht mehr brauchte.

Mama war glücklich, weil sie von den Sklaven, die sie fast wie ihre eigene Familie behandelte, eine Menge lernte. Sie waren solidarisch, und wenn sie auch kaum etwas besaßen, halfen sie sich immer gegenseitig. Diese Menschen waren sensibel, aufrichtig, liebenswert, und sie besaßen eine Fröhlichkeit und einen Lebenswillen, der sie ansteckte. Sie nahm immer an den Grillnächten teil, an denen die Arbeiter ihr Leben feierten, ein leidvolles, armseliges Sklavenleben, das von der Hoffnung geleitet wurde. Und auch sie lebte in der Hoffnung, eines Tages wieder nach Hause zurückkehren zu können, um dort mit den Kindern und unserer geliebten Tereza zu leben.

Genésio schien ihr wirklich helfen zu wollen, vor allen Dingen, weil er an ihr interessiert war. Er wollte meine Mutter haben und war bereit, alle dazu notwendigen Kunstgriffe anzuwenden. Zuerst versuchte er es mit falscher Großherzigkeit und ging dann zur brutalen Gewalt über, wie ich später noch erzählen werde.

»In Ordnung, Seu Genésio, ich nehme Ihre Hilfe an«, antwortete sie, während er sich in seinem Sessel zurücklehnte und die Arme hinter dem Kopf verschränkte.

»Alles wird notariell geregelt, seien Sie beruhigt. Aber dazu brauche ich alle Unterlagen.«

Sie gab ihm alle notwendigen Papiere und den Hausschlüssel. Noch am selben Abend fuhr er in eine andere Stadt, wo sein Anwalt ihm ein Schriftstück aufsetzte, dass sie unterschreiben musste. Genésio nutzte die Fahrt, um ihr einen Hut und ein Kleid zu kaufen. Da er ihre Maße nicht kannte, bat er Esperanza, eines ihrer Kleider aus ihrem Zimmer zu holen, ohne dass sie es bemerkte. Durch ihre Papiere erfuhr er, dass sie in drei Tagen Geburtstag hatte – der richtige Anlass, sie zu beschenken. Er wollte ein rauschendes Fest veranstalten und ließ dafür die ebene Rasenfläche herrichten.

Die Frauen trugen Körbe mit Blumen herbei, während die Männer unter dem missbilligenden Blick von Dona Ágata Tische und Stühle aus dem Herrenhaus trugen. Ein Rind und mehrere Schweine wurden geschlachtet, dazu gab es jede Menge Geflügel. Und die Leute hüpften vor Freude, als unzählige Kisten mit Weinflaschen angeliefert wurden. Auf einem riesigen Tisch standen Früchte und Salate, auf einem anderen Kuchen und Süßigkeiten. Es war wie ein Wunder. Der Patron gab ein Fest. Endlich zeigte er sich einmal von seiner guten Seite.

Sie kannten nur nicht den Grund, aber der war nicht wichtig, wenn sie nur ordentlich schlemmen und feiern konnten.

Nicht einmal zur Hochzeit mit Cecília hatte es so ein Fest gegeben. Die Zeremonie hatte sich auf das Unterschreiben der Hochzeitsdokumente und ein Mittagessen in der Familie beschränkt, bei dem außer Cecílias Mutter und ihrer alten stummen Tante nur Dona Ágata anwesend war, die sich von Anfang an nicht mit ihrer Schwiegertochter verstand. Cecília hörte auf, ihre eigene Fazenda zu besuchen, weil es ihre Schwiegermutter so durchgesetzt hatte. Sie verließ das Haus nur, um Einkäufe zu machen und wurde immer häufiger Opfer der Aggressionen ihres Mannes. Ihre Mutter erkrankte deswegen und starb bald darauf. Sie selbst verfiel in Depressionen und erhielt von Genésio starke Beruhigungsmittel.

Zu Mamas Geburtstagsfest hatten alle Angestellten ihre besten Kleider angezogen. Einige Frauen hatten die Erlaubnis erhalten, in die Stadt zu gehen, um dort mit dem geringen Erlös aus ihrem Kunsthandwerk Schuhe zu kaufen. Alle waren glücklich, es war wie ein schöner Traum. Die Kinder trugen unter Geschrei und Gelächter Teller und Bestecke heraus. Alle waren in Bewegung, um zur Vorbereitung dieses Festes beizutragen. Rufino tat nichts, außer die anderen herumzukommandieren und die jungen Mädchen heimlich durchs Fenster beim Ankleiden zu beobachten.

Sie mutmaßten über den Grund des Festes, aber keiner wusste die Antwort.

»Ich glaube, Seu Genésio will uns etwas Wichtiges mitteilen«, sagte einer.

»Also, ich glaube, er ist viel reicher geworden und kann jetzt Geld für Feste ausgeben«, meinte ein anderer. So verging der Tag voller Spekulationen.

Die Fackeln wurden vor Einbruch der Dunkelheit angezündet. Die Angestellten warteten gespannt in der Nähe der Tische. Sie waren es nicht gewohnt, an einem Tisch zu sitzen. Aber an diesem Abend waren sie eingeladen und lehnten es nicht ab, obwohl die Strohmatten auf dem Boden für sie gemütlicher waren und die Leute sich einander näher kamen. Auf den Matten tat ihnen der Rücken nicht weh, und wer wollte, konnte sich einfach hinlegen, um die Sterne zu beobachten. Am Tisch schmerzten die von der Arbeit gebeugten Rücken nach einigen Minuten. Ihre Füße schwollen an und schrien förmlich danach, die Schuhe loswerden zu wollten, an die die meisten von ihnen nicht gewöhnt waren. Allerdings waren sie glücklich und erwartungsfroh, dass an diesem Ort neue Zeiten anbrechen würden.

Mama zog das neue Kleid an und brachte es nicht fertig, sich damit im Spiegel zu betrachten. Sie fühlte sich in gewisser Weise von Genésio über den Tisch gezogen und war wütend, dass sie diese Kleidung tragen musste, weil er es so wollte – als sei er ihr Mann oder ihr Besitzer.

Esperanza erzählte ihr, wie er an ihre Maße herangekommen war, und sie zitterte vor Abscheu. Er tat, was er wollte, und jetzt drang er in ihr Privatleben ein, um in ihrer Welt schalten und walten zu können, wie er wollte. Sie war aufgewühlt und wäre am liebsten weggelaufen. Seit Tagen hatte sie Kaluga nicht gesehen, und als sie ihn an diesem Tag suchte, war er nirgends aufzutreiben.

Genésio machte es sich auf dem Stuhl des Gastgebers bequem und bestand darauf, dass Mama und Tim sich neben ihn setzten wie eine Familie, die Freunde zu einem Abendessen eingeladen hatte. Ich setzte mich auf eine Seite und der Hexer auf die andere. Mama sah umwerfend aus und Tim trug seine besten Kleider, aber sein Blick war schwermütig. Er stützte seine Ellenbogen auf den Tisch, als hätte er die guten Manieren vergessen, die sein Vater ihm beigebracht hatte. »Ein Kavalier sitzt immer ordentlich am Tisch«, hatte er gesagt. Aber Tim war nicht danach zumute, er fühlte nicht die Freude, die er beim ersten Fest empfunden hatte.

Die Tische waren groß, und einige passten nicht mehr auf die Rasenfläche. In der Mitte erleuchteten die Fackeln diesen angenehm frischen Abend, während der Duft des gegrillten Fleisches die Luft erfüllte. Eine Gruppe von Frauen war auserwählt worden, um die Gäste, die aus der Umgebung gekommen waren, zu bedienen. Immer, wenn Rufino ihm diskret die Ankunft neuer Gäste ankündigte, erhob sich Genésio, um sie zu begrüßen. Als der Coronel eintraf, schaute der Hexer mich an und schnitt eine Grimasse.

Der Mann kam in Begleitung seiner Frau, deren Mundpartie an eine Hundeschnauze erinnerte, und die ohne Punkt und Komma redete. Als sie Mama begrüßte, wollte sie wissen, was es zum Abendessen geben würde. Mama verwies sie an Esperanza und ließ ihren Blick über die Tische der Angestellten gleiten, in der Hoffnung, Kaluga irgendwo zu entdecken. Aber er wollte nicht an diesem Zirkus teilnehmen.

Nach und nach trafen die Gäste ein, in der Regel Ehepaare mittleren Alters, Geschäftsmänner und Politiker aus der Umgebung. Sie kamen mit edlen Pferden und eleganten Kutschen an, und einige auch mit Autos.

Die Frauen stellten ihre teuren Kleider, die den Boden fegten, zur Schau und übertrafen sich gegenseitig in der Exaltiertheit ihrer Hüte. Die Männer, die nach Rasierwasser rochen, überließen den Knechten ihre Pferde und legten ein gefälliges Lächeln auf, was ihnen ein gutbürgerliches Flair verlieh.

Nachdem alle Gäste Platz genommen hatten, verkündete Genésio den Grund des Festes.

»Heute ist der Geburtstag einer Person, die für uns alle ein ganz besonderer Mensch ist: Dona Tyanna.«

Sie konnte nicht glauben, dass sich diese Szene wirklich abspielte. Alle Anwesenden klatschten begeistert Beifall, und sie wusste nicht, wie sie darauf reagieren sollte.

Genésio zog aus seiner Tasche eine kleine Schachtel, die mit Samt überzogen war und überreichte sie ihr.

»Nein, bitte, ...«

»Nehmen Sie es an. Es kommt von Herzen.«

Es wäre einem Affront gleichgekommen, das Geschenk zurückzuweisen, dazu noch vor all diesen Menschen.

Die Situation war absurd. Dieses Ungeheuer hätte so etwas niemals für Vicenta, die Mutter seines Sohnes, getan. Und jetzt brachte er Mama vor allen Leuten in diese Verlegenheit. Für eine Haushaltshilfe, eine Angestellte wie alle anderen, war dieser Wahnwitz vollkommen fehl am Platz. Sie hatte ein flaues Gefühl im Magen, und ihr Kopf schien zu explodieren.

Die Lage war nicht mehr zu kontrollieren.

»Bitte nehmen Sie es an«, sagte er und hielt ihr die Schachtel entgegen.

Ein Schauer überlief ihren Körper. Sie wäre gern sofort aus diesem Albtraum aufgewacht.

Mit zitternden Händen nahm sie die Schachtel entgegen und es gelang ihr kaum, sie zu öffnen.

›Wo steckt Kaluga und warum, zum Teufel, gibt mir dieser Mann dieses Geschenk?‹, dachte sie.

Es war ein Brillantring, ein altes wunderschönes Schmuckstück.

Alle ließen ein »Oh!« vernehmen. Genésio steckte ihr linkisch den Ring an den Finger und klatschte zweimal in die Hände, damit Nereu, ein Bruder Kalugas, mit einem edlen Rappen in Szene trat, dessen lange Mähne und elegantes Auftreten alle bezauberte. Die Gäste waren überrascht und bewunderten das Tier, viele Kinder fragten ihre Eltern, ob sie es anfassen dürften. Einige der eingeladenen Damen nutzten den Augenblick, um sich bei ihren Männern zu beschweren.

»Du hast nie so etwas für mich getan«, raunte eine ihrem Mann ins Ohr.

»Seu Genésio ist eben ein richtiger Ehemann«, provozierte eine andere.

Genésio nahm dem Jungen die Zügel aus der Hand und kam mit dem Tier auf den Tisch zu.

»Sie können morgen mit den Reitstunden anfangen. Er gehört Ihnen.«

Danach gab er den Hengst zurück und bat den Jungen, ihn wieder in den Stall zu bringen.

Sie bedankte sich in einem Anflug von Verzweiflung und wünschte sich sehnlich, an der Stelle des Pferdes zu sein, das weder die übel riechende Nutzlosigkeit dieser Leute ertragen noch an diesem Spiel teilnehmen musste, dessen einziger Spieler mit gezinkten Karten spielte.

Ich schaute zum Hexer, der in einen Apfel biss. Er hörte auf zu kauen und schaute mich an. Ich wendete schnell meinen Blick ab und er lachte zynisch.

»Warum lachen Sie?«

»Dieser Ring hat einmal Dona Cecília gehört.«

In meinem Kopf drehte sich alles und mein Blut schien zu kochen. Ich schaute auf den Ring der Verstorbenen an ihrer Hand und überlegte mir, ob sie dies jemals erfahren würde.

Das Fest nahm seinen Lauf. Tim bat Mama, sich zu den Kindern der Sklaven setzen zu dürfen, und der Coronel, der neben ihm gesessen hatte, nahm seinen Platz ein, um neben Genésio sitzen zu können. Seine Frau redete ununterbrochen und spuckte dabei auf Mamas Teller. Sie beschwerte sich über Wehwehchen am ganzen Körper, während Mama mit Schwindelanfällen kämpfte. Esperanza erkannte den Ring der früheren Patronin, als sie Mama bediente. Genésio unterhielt sich mit dem Coronel über die Kaffeegeschäfte und benutzte einige Codeworte, die, wie ich annahm, mit dem Waffenhandel in Verbindung standen. Der Coronel sprach von der Hilfe, die die Regierung Madrigal zukommen lassen würde. Er sprach von enormen Beträgen, die bereitgestellt würden, um die Infrastruktur der Stadt zu verbessern, wie der Bau von neuen Straßen und Brücken, die Sanierung des Wasser- und Abwassersystems, die finanzielle Unterstützung kleiner Landwirte und die Errichtung einer Universität, die eine große Anzahl von Studenten aus der ganzen Umgebung anziehen würde, was wiederum dem Handel und dem Immobiliensektor neue Impulse gäbe.

Zwei Personen waren bei diesem Fest nicht anwesend: Kaluga und Dona Ágata. Er war in die Stadt gegangen, um nicht ansehen zu müssen, wie Mama von seinem Patron bedrängt wurde.

Esperanza hatte ihm von dem Kleid erzählt, das sie geschenkt bekäme, und er litt darunter. Er hasste sich selbst, weil er ihr keine Kleider, Schmuckstücke, Schuhe oder andere Dinge, die sie seiner Meinung nach verdient hätte, schenken konnte.

Während die Musiker aufspielten und alle animierten, trat Rufino lautlos ins Herrenhaus und klopfte an Dona Ágatas Tür. Sie öffnete ihm, und er erwürgte sie mit der Kälte und dem Geschick eines geübten Mörders. Dann öffnete er ein Fenster auf der anderen Seite des Hauses, an der eine Leiter angelehnt war. Ein Komplize stieg eilig herauf, um ihm dabei zu helfen, die Kommode zu entleeren, und bald waren sie mit einer geraubten Kutsche unterwegs, schlugen auf die Pferde ein und feierten ihren Streich. Zehn Minuten später erschoss er seinen Komplizen und warf die Leiche in den Fluss. Alles musste schnell gehen, damit er vor dem Ende des Festes wieder zurück in der Fazenda war. Er versteckte den schweren Sack in einer Höhle, fuhr zurück und mischte sich unter die Leute, die ausgelassen feierten. Er ergriff eine Sklavin am Arm, um mit ihr zu tanzen, trank eine Menge Wein und lachte immer wieder laut auf.

Als die Gäste sich verabschiedeten, fragte die Frau des Coronels:

»Wann ist denn die Hochzeit?«

Mama erbleichte wie eine Wachsfigur. Genésio wartete darauf, dass sie etwas antwortete, und setzte sein typisches Lächeln auf, ohne die Zähne zu zeigen. Sie brachte kein Wort heraus und es gelang ihr nicht, ihr Unbehagen zu verbergen.

Nachdem alle gegangen waren, waren die Tische mit schmutzigen Tellern und Gläsern vollgestellt. Auf dem Boden lagen Essensreste, angebissene Früchte, abgebrannte Fackeln und die Überreste des Rindes. Das Ende einer ereignisreichen Nacht, deren Geschehnisse ans Tageslicht kommen würden.

Der Mond stand über der Fazenda wie ein schweigender außenstehender Betrachter. Als Kaluga spät nachts zurückkam, hörte Mama das Pferdegetrappel und spähte aus dem Fenster. Als er sich anschickte, das Pferd in den Stall zu bringen, entschloss sie sich, hinunterzugehen. Sie wickelte sich in eine Decke ein und ging barfuß wie auf rohen Eiern zu ihm hinüber.

Er schaute sie eine Weile an, ohne etwas zu sagen. Sie machte mit dem Kopf ein Zeichen, an einen anderen Ort zu gehen.

Als sie an der Scheune ankamen, hatten sie kein Wort miteinander gewechselt.

Sie zündete die Lampe an und erkannte die Traurigkeit in seinen Augen.

Während des Festes hatte sie viele unruhige Blicke gesehen und zynisches Gelächter und seltsame Worte über uninteressante Angelegenheiten gehört. Niemand zeigte seine Seele durch seine Augen, so wie er es tat. Kaluga näherte sich ihr und berührte ihre Stirn mit seiner Nasenspitze. Sein Atem ging immer schneller, und als sie irgendetwas sagen wollte, nahm er sie in seine Arme und küsste sie stürmisch.

Sie leistete keinen Widerstand.

Sie legten die Decke auf das Stroh hinter den Maissäcken und ließen nur noch ihre Körper sprechen.

Es gab keinen Zweifel mehr, dass die Liebe ihre Herzen übermannt hatte und ihnen nichts anderes übrig blieb, als es zu akzeptieren.

Während der Mond Genésios Anwesen erleuchtete, lag die von ihm so begehrte Hausangestellte in den Armen eines anderen. Die beiden ahnten allerdings nicht, dass ihm diese Tatsache bekannt war.

Genésio zündete sich auf der Veranda eine Zigarre an und schaute zur Scheune hinüber. Er wusste genau, was dort vor sich ging. Eine Mücke belästigte ihn mit demselben Durst auf Blut, den er in diesem Moment empfand.

Der Gedanke, dass sich die Frau, die er mit einem Ring beschenkt hatte, in derselben Nacht einem seiner Sklaven hingab, war einfach zu viel für Genésio.

Während ich an seiner Seite lachte, schüttelte der Hexer den Kopf. Vielleicht ahnte er, dass etwas Schreckliches passieren würde.

Als die Sterne erloschen waren und es allmählich hell wurde, erkannte sie, dass Stunden vergangen waren und fuhr erschrocken auf.

Er war wach und strich ihr zärtlich durch die Haare.

»Wir dürfen nicht hier sein«, sagte sie mit einem verzweifelten Unterton in der Stimme.

Er küsste sie auf die Nase und lächelte.

»Ich würde am liebsten gar nicht mehr weggehen.«

»Ich meine es ernst, Kaluga. Sie dürfen uns nicht erwischen.«

»Deswegen?«, fragte er und schlug mit dem Finger auf den Ring.

»Nein! Natürlich nicht.«

»Warum dann?«

Sie zog sich schnell an, und schaute mehrmals zum Tor, durch dessen Spalten die ersten Sonnenstrahlen drangen.

»Hör bitte zu«, begann sie, »ich gehe zuerst, und wenn ich ins Haus trete, machst du das Tor auf und tust so, als würdest du arbeiten.«

Der Glanz in seinen Augen verschwand. Seine Seele sank in sich zusammen wie ein austrocknender Fluss.

Sein Gesichtsausdruck, seine weiche Haut, seine Jugend – alles schien wie heiße Butter zu zerrinnen. Alles zerfiel, alles änderte sich, alles schien verloren.

Natürlich erkannte sie seinen Zustand und stand vor der Wahl, sich ihm zu erklären oder zu gehen, bevor jemand sie bemerkte. Sie entschied sich für die zweite Alternative.

Als sie durch den Flur lief, fiel ihr nicht auf, dass der Patron auf der Veranda saß.

Esperanza war die erste, die an diesem Morgen in Dona Ágatas Zimmer trat und die Chefin dort tot auffand. Als sie die leere Kommode sah, dachte sie sofort: ›Das war Mord!‹

Der Coronel erschien zusammen mit dem Polizeihauptmann und seinem Team. Sie untersuchten alles gründlich und stellten unzählige Fragen, besonders an diejenigen, die häufigen Zutritt zum Haus hatten, wie Mama, Esperanza, Kaluga und Rufino. Der Einzige, der kein überzeugendes Alibi hatte, war Kaluga.

Dona Ágata wurde auf einem dreißig Kilometer entfernten Friedhof in einem Familiengrab beigesetzt. Genésio weinte bitterlich, ohne dass es jemand mitbekam.

Einige Tage später wurde Tim krank. Er hatte Fieber, Schüttelfrost, starke Kopfschmerzen und erbrach sich.

Ich packte den Hexer einige Male an den Schulten, schüttelte ihn und schrie wie ein Verrückter.

»Was hat er?«

Seine Antwort war lakonisch: »Er ist krank.«

Am nächsten Tag wurde er ins Stadtkrankenhaus von Madrigal gebracht. Der diensthabende Arzt riet Mama, ihn so schnell wie möglich in die Hauptstadt zu bringen.

Sie war verzweifelt, denn es gab in dieser Stadt weder einen Krankenwagen noch einen wohltätigen Bürgermeister, niemanden, der ihr helfen konnte – außer Genésio. Sie ging in seinen Laden, warf sich ihm zu Füßen und bettelte um Hilfe.

Am nächsten Tag stellte er sein eigenes Auto zur Verfügung, damit Rufino sie und Tim zur Behandlung in die Stadt fahren konnte. Tim blieb vier Wochen lang im Krankenhaus, wo seine Meningitis mit Antibiotika behandelt wurde. Mama nahm Kontakt zu Tante Geórgia auf, die sich ausgesprochen hilfsbereit zeigte. Sie besuchte ihn jeden Tag im Krankenhaus, um die neuesten Informationen zu erhalten und brachte ihm Schokolade oder kleine Geschenke mit. Als Mama ihn das nächste Mal besuchte, ließ Genésio es sich nicht nehmen, sie selbst hinzubringen. Ich sah, wie er sie belästigte und die Situation ausnutzte. Schließlich war er nicht nur ihr Patron, sondern hatte sich ihr gegenüber auch erkenntlich gezeigt.

Genésio hielt an einem abgelegenen Ort an, legte seine Hand auf ihre Oberschenkel und versuchte, ihr Kleid nach oben zu schieben. Als Mama zurückwich, gestand er ihr, wie er sie begehrte und besitzen wollte. Sie öffnete eilig die Wagentür, stieg aus und entfernte sich. Er ging ihr nach und fasste sie von hinten an den Schultern. Ein Gefühl überkam sie, und sie wusste nicht, ob es Selbstmitleid oder Wut war. Sie hatte das Verlangen, ihm in die Hoden zu treten und wegzulaufen, aber sie wusste, dass sie damit einen Fehler begehen würde, denn sie war auf ihn angewiesen.

»Mein Herr, mein Mann ist noch nicht lange unter der Erde.«

»Aber wir sind nicht tot, meine Liebe. Nur er ist gestorben.«

Sie schüttelte heftig den Kopf und entfernte sich von ihm. Glücklicherweise bestand er nicht weiter auf seinen Belästigungen und steuerte schweigend das Auto, während sie aus dem Fenster schaute und die Landschaft betrachtete.

Sie wollte nicht, dass sich die Dinge auf diese Weise ereigneten. Das war nicht das Leben, das sie sich vorgestellt hatte. Alles war schief gelaufen und alle, die ihr nahstanden, waren nicht mehr bei ihr. Sie wünschte sich, in Kalugas Armen geborgen zu sein. Sie hatte Kopfschmerzen und Schwindelanfälle. Es war, als hätte Papas Tod eine Reihe von Problemen nach sich gezogen, gegen die sie vergeblich ankämpfte. Sie hatte weder die Trennung von Fred noch die von Tereza abwenden können, und jetzt war Tim in Lebensgefahr.

Als sie das Krankenhaus wieder verließ, wurde vereinbart, dass sie in der nächsten Woche zurückkäme, die Kosten begleichen und ihn mit nach Hause nehmen würde. Aber Tante Geórgia überzeugte sie davon, dass es besser sei, Tim vorerst bei ihr zu lassen, bis er wieder bei Kräften war und ein normales Leben führen konnte. Mama sträubte sich zuerst, aber mit einer Vorahnung, was auf sie zukommen könnte, willigte sie ein. Tim würde also eine Zeit lang in der Hauptstadt wohnen, und Tante Geórgia würde sie ständig über Briefe auf dem Laufenden halten. Wenn alles wieder in Ordnung wäre, würde er wieder nach Hause kommen.

Zurück auf der Fazenda erhielt Mama gleich schlechte Nachrichten von Esperanza. Sie war niedergeschlagen, konnte kaum sprechen und sah aus, als hätte sie nächtelang nicht mehr geschlafen. Der Coronel hatte Kaluga als Hauptverdächtigen verhaften lassen und seine Männer geschickt, um ihn zu holen.

»Wo ist er jetzt?«

Die Magd schüttelte den Kopf und zuckte mit den Schultern, um zu zeigen, dass sie es nicht wusste.

Meine Mutter saß am Flussufer, den Kopf auf ihre Knie gelegt, und hing ihren traurigen und angstvollen Gedanken nach, als eine der Angestellten an sie herantrat.

»Vertrauen wir unsere Probleme den Göttern an, Dona Tyanna.«

»Ich glaube nicht, an ihre Existenz«, antwortete sie ohne Umschweife.

»Doch, sie existieren, und sie werden uns helfen.«

»Bis jetzt haben sie mir jedenfalls nicht geholfen«, sagte Mama und schaute die Frau von der Seite an.

»Sie müssen sich hinknien und darum bitten. Nur so erhören sie uns.«

Als sich die Frau entfernt hatte, führte Mama Selbstgespräche.

»Sie wollen, dass ich sie anflehe? Wenn sie Verherrlichung wollen, dann will ich Handlungen, und dafür werde ich die Ärmel hochkrempeln und mich nicht hinknien.«

Sie stand auf, ging zu ihrem Zimmer, zog sich den Ring von Finger, schrieb etwas auf ein Blatt Papier und ritt mit ihrem Pferd bis zum Bahnhof in der Stadt.

»Ich bin eine verzweifelte Mutter, die ihren kranken Sohn retten muss. Bitte helfen Sie mir! Vielen Dank.« Das war die Botschaft, die sie aufgeschrieben hatte.

Als sie ankam, ließ sie sich erschöpft auf eine der Bänke, die im Bahnhof standen, fallen und bemerkte, dass ihre Schuhe völlig verstaubt waren. Sie kümmerte sich nicht weiter darum, denn im Moment der Verzweiflung gibt es wichtigere Dinge als persönliche Eitelkeiten. Die alte Tyanna war gestorben und mit ihr die Eitelkeit. Bevor sie das Blatt auseinanderfaltete, dachte sie daran, wie sich ihr Leben verändert hatte. Sie hatte sich nie vorgestellt, dass sie einmal um Geld betteln würde. Nicht einmal im Traum hatte sie sich diese Szene ausgemalt, in der Menschen mit ihrem Gepäck hin- und herliefen, während sie still den Zettel mit der Botschaft zeigte, die ihre ganze Verzweiflung ausdrückte. Eigentlich hätte man nur ihr Gesicht betrachten müssen, um das zu erkennen. Einige Leute schauten flüchtig auf die geschriebenen Worte, andere nicht einmal das, und niemand ließ sich vom Anblick dieser verzweifelten Mutter erweichen.

Der erste Zug traf zehn Minuten später ein. Die Türen öffneten sich, die Leute stiegen ein und aus. Es gab Abschiedsszenen mit weinenden und winkenden Menschen. Überall waren Hüte und Tücher zu sehen, die nervös hin- und hergewedelt wurden. Ein Pfiff, und der Zug fuhr wieder los. Keine einzige Spende. Niemand hatte sich von ihren Worten berühren lassen und ich sah, wie sich ihre Augen mit Tränen füllten. Meine Göttin, meine Mama! Ich setzte mich neben sie und legte meinen Arm auf ihre Schulter.

Was würde eine Frau mit dem Geist einer Mutter und den Flügeln eines Engels nicht alles für ihren Sohn tun?

Der Hexer reichte mir ein Taschentuch. Ich nahm es an, obwohl ich wusste, dass nur er meine Tränen und meine tropfende Nase mitbekam.

Als ich das Tuch auffaltete, sah ich, dass darauf ein Satz aufgestickt war.

»Wer Träume hat, der lebt. Wer lebt, hört nie auf, zu träumen.«

Ich lächelte. Diese Botschaft war exklusiv an mich gerichtet.

Eine geraume Zeit verstrich, bis der nächste Zug eintraf.

Wieder stiegen Menschen aus und andere zögerten den Augenblick hinaus, sich zu verabschieden und die Stufen hochzusteigen. Der Zug setzte sich in Bewegung, und der Rauch stieg zum Himmel wie ein Vogel, der neue Abenteuer sucht. Ich ließ mich auf das Abenteuer ein, zu träumen.

Ich legte meinen Mund an ihr Ohr und fing an zu sprechen.

»Beruhige dich, irgendjemand wird bestimmt Mitleid zeigen, meine liebe Mama. Und wenn es auch nur ein einziger Mensch ist, der sich erweichen lässt und dir etwas von seinem Geld abgibt.«

Sie schaute weiterhin mit unruhigen Augen auf die vorbeigehenden Menschen.

»Ich liebe dich, Mama«, schloss ich ab.

Der Zeitraum zwischen Ankunft und Abfahrt des Zuges war die Brücke zwischen Hoffnung und Verzweiflung. Sie wollte Genésio auf keinen Fall noch einmal um Hilfe anbetteln müssen, und dieser Bahnhof war ihr Fluchtweg – sowohl vor ihrem Patron als auch vor der Verzweiflung.

Ein vornehm gekleideter Mann erschien in einer Tür des Zuges, schaute sich um, stieg langsam aus und kam auf sie zu.

»Gnädige Frau, würden Sie bitte mit mir mitkommen?«

Sie hob den Kopf und schaute ihn ungläubig an, während sie mit dem Handrücken eine Träne abwischte.

»Würden Sie bitte mit mir zum Zug kommen, meine Dame?«

»Warum sollte ich das tun, mein Herr?«

»Weil mein Patron mit Ihnen reden möchte.«

Sie schaute um sich, als würde sie einen Zeugen suchen. Dann entschloss sie sich, mitzugehen.

Sie gingen gemeinsam zum Zug, stiegen die Stufen hinauf und traten in ein Abteil in der Mitte des Wagens. Der Angestellte drehte sich mehrfach um, um sich zu vergewissern, ob sie ihm folgte.

Er öffnete die Tür zum Abteil Neun, in dem ein eleganter Mann mittleren Alters am Fenster saß. Das Abteil war exklusiv und luxuriös. Er erhob sich, um sie mit einem Handkuss zu begrüßen – was damals noch ziemlich üblich war – und deutete auf einen freien Sessel.

Mama war nervös und ich ebenfalls. Was in aller Welt hatte dieser Fremde vor?

Der Angestellte verließ das Abteil und verschloss die Tür hinter sich. Mama schluckte und hielt den zusammengefalteten Zettel an ihre Brust.

»Wie heißen Sie, gnädige Frau?«

»Tyanna Ligier.«

»Hmm ...«

Seine Augen musterten sie von oben bis unten, aber etwas sagte mir, dass er keine schlechten Absichten hatte.

Sie ließ ihre Finger knacken.

»Zeigen Sie mir bitte Ihre Knie.«

»Was?! Du alter Sack!«, schimpfte ich.

»Wie bitte?«, fragte sie, fast schon sprachlos.

»Ich habe Sie gebeten, mir Ihre Knie zu zeigen.«

»Ich bin eine Witwe, die um Hilfe bittet, keine Prostituierte.«

»Das habe ich weder gesagt noch gedacht«, erklärte er mit ruhiger Stimme. »Ich muss nur Ihre Knie sehen, und ich bin bereit, zu bezahlen. Ich verspreche Ihnen, Sie nicht zu berühren, meine junge Dame.«

»Geiler Sack! Du bist wohl ein Kniefetischist? Altes Schwein!«, geiferte ich.

Er wartete geduldig, während sie ihr Kleid langsam anhob. Ich konnte in diesem Moment ihre Gefühle verstehen.

›Ich tue es für meinen Sohn‹, dachte sie und stellte sich vor, wie wütend Papa wäre, wenn er dieser Szene beiwohnen würde.

Als ihre Knie vollkommen freigelegt waren, beugte sich dieser feine Herr etwas näher, untersuchte die Knie minutiös und sagte dann:

»In Ordnung, Sie können sie wieder zudecken.«

Sie atmete erleichtert auf.

»Sie sind tatsächlich Gabrielas Tochter.«

Mama war sichtlich verblüfft.

»Welches Problem belastet Sie, meine Liebe?«, fragte er, und es stellte sich heraus, dass der Kniefetischist nur in meiner Einbildung existiert hatte.

»Mein Mann ist vor Kurzem gestorben, einer meiner Söhne hat psychische Probleme und lebt in einer anderen Familie, meine Halbschwester hat uns verlassen, um Arbeit zu suchen, und mein jüngerer Sohn ...« Sie konnte nicht mehr weitersprechen

Sie weinte, als hätte sie für diesen Augenblick alle ihre Tränen aufgehoben. Alles brach aus ihr heraus, als ob sich die Vorhänge für ein trauriges Schauspiel öffnen würden.

Er wartete einen Moment und zog dann geduldig ein Taschentuch aus der Tasche seines Anzugs und bot es ihr an.

»Das Einzige, was ich noch hatte, war der Mut, hierher zu kommen«, sagte sie unter Schluchzern.

»So anmutig wie die Mama ...«

»Haben Sie sie gekannt?«, fragte sie verwundert und drückte sich das Tuch gegen die Augen.

Er lächelte zum ersten Mal.

»Ja, sie war meine große Liebe.«

Sie rückte sich im Sessel zurück und schien sich allmählich zu entspannen.

»Ihr deutscher Großvater war unerbittlich und hat uns für immer voneinander getrennt.« Er kratzte sich an der Augenbraue und machte eine kurze Pause. »Aber er hat es nie geschafft, sie meinen Träumen zu entreißen, niemals. Bis heute sehe ich sie vor mir und fühle ihren Geruch, so wie beim letzten Mal.«

Mama hörte ihm aufmerksam zu und sagte nichts.

»Das letzte Mal, dass ich sie gesehen habe, war, als Sie noch ein Kind waren und sich am Knie verletzt hatten.«

Ich setzte mich neben Mama, hielt ihre Hand und starrte auf diesen eleganten Herrn, einen der würdevollsten Männer, die ich jemals kennengelernt habe.

Mama lächelte, denn die Erinnerung an jenen Tag wurde wieder wach.

»Ich habe Jura studiert, als ich Ihre Mutter kennengelernt habe. Ihr Vater hatte eine Bibliothek geerbt, die damals jeden Universitätsprofessor in Neid versetzte, denn sie war reich und umfassend, sowohl in der Bandbreite als auch in der Qualität ihrer Werke. Wir hatten Glück, dass er der Freund des Rektors war, der ihn dazu überreden konnte, sie für seine Schüler zu öffnen. Er stellte nur zwei Bedingungen. Die erste: Wir durften unter keinen Umständen ein Buch mitnehmen.

Die zweite: Wir durften seine Tochter nicht anschauen. Ich habe gegen beide Bedingungen verstoßen. Aber er hat es nur bei der zweiten bemerkt.«

Mama lachte auf, es klang noch ein bisschen heiser.

Wir hörten den ersten Pfiff. Es war an der Zeit zu gehen, der Zug würde gleich losfahren.

Sie stand auf, aber der Mann, dessen Namen wir nicht einmal kannten, machte ein Zeichen, dass sie sich wieder setzen solle.

»Das geht nicht ...«

»Immer mit der Ruhe. Wir machen eine kleine Reise zur nächsten Station. In Ordnung?«

»Aber ...«

»Vertrauen Sie mir.«

Er rief seinen Angestellten und flüsterte ihm etwas ins Ohr. Der Mann stieg aus und kam mit einer Fahrkarte zurück.

»Bitte sehr.« Er überreichte ihr die Fahrkarte. »Das geht in Ordnung. Sie brauchen sich um nichts zu kümmern. Wenn Sie an der nächsten Haltestelle aussteigen, ist meine Geschichte erzählt, und jeder geht wieder seine eigenen Wege.«

Mama schaute auf das Ticket, es war für die Hin- und Rückfahrt. Sie musste ihm nur zuhören, er war bereit, dafür zu bezahlen.

Er schaute aus dem Fenster, überall waren Menschen, die sich verabschiedeten und weinten. Man sah rennende und winkende Kinder und Frauen mit großen Hüten, Wespentaillen und aufgewühlten Seelen. Fast alle Frauen waren in ihren Seelen verletzt, sei es, weil der Sohn zum Militärdienst einberufen worden war, oder weil der Ehemann in der Ferne Arbeit suchte. Es war ein harter Kampf gegen ein monotones Leben.

Als sich der Zug in Bewegung setzte, führte der Mann seine Erzählung fort. Der Hexer setzte sich auf einen der Koffer und zwickte mich. Ich lächelte ihm zu und war mir sicher, dass alles gut ausgehen würde. Wir beide waren gespannt auf die Geschichte, die der Reisende im Abteil Neun erzählen würde.

»Als ich Sie da draußen sitzen sah, hatte ich sofort Ihre Mutter vor Augen, und ich gestehe, dass ich Angst davor hatte, zu erfahren, ob Sie es wirklich wären.«

Mama hing wie gebannt an seinem rätselhaften Blick. Er fuhr fort.

»Also, die Bibliothek war riesig, und die Studenten gingen ehrfürchtig in ihr auf und ab, als sei es eine Schatzkiste voller Gold. Wenn wir dort waren, empfanden wir weder Hunger noch Müdigkeit. Er kam, um uns zu begrüßen und schaute immer in unsere Mappen. Einmal war ich ganz allein in der Bibliothek, und der General war nicht zu Hause. Plötzlich kam eine betörende junge Frau herein, ohne meine Anwesenheit zu bemerken. Sie nahm sich ein Buch, setzte sich auf den Boden und fing an zu lesen, wobei sie immer wieder lächelte. Ich war sofort von diesem Anblick bezaubert. Kurz darauf entdeckte ich, dass sie die Tochter des Generals war. Aber es war verboten, sich ihr zu nähern.

Von da an blieb ich oft länger in der Bibliothek, nur, um sie zu beobachten. Immer wenn sie wieder wegging, stellte sie das Buch an dieselbe Stelle zurück. Ich nutzte das aus und nahm es mit, weil ich wissen wollte, wovon es handelte. Es war eine Geschichte über eine Prinzessin, die ihren erblindeten Prinz betrog, indem sie eine andere Frau, die eine ähnliche Statur und eine gleichlautende Stimme hatte, an ihre Stelle setzte und sich hinter den Hügeln heimlich mit einem einfachen Bürger traf, in den sie sich verliebt hatte. Als der Prinz den Betrug aufdeckte, war sie bereits mit dem anderen über alle Berge.

Täglich ging ich jetzt in die Bibliothek. Sie kam immer am Ende des Nachmittags – als die anderen schon gegangen waren und ihr Vater noch nicht zurückgekommen war –, um ihr Buch zu suchen. Sie ging zwischen den Regalen hin und her und stieg die Leiter hoch, um in den oberen Etagen nachzuschauen. Am dritten Tag gab ich mich zu erkennen.

So vergingen Monate: Sie kam immer, wenn alle gegangen waren, und wir saßen auf dem Boden, unterhielten uns, lachten und vergaßen alles andere um uns herum. Wir verliebten uns ineinander, und es war unausweichlich, dass wir schließlich vom General entdeckt wurden. Er mochte mich nicht, denn er hatte sich in den Kopf gesetzt, dass seine Tochter niemals einen Anwalt heiraten dürfte. Ihre Mutter«, er deutete auf Mama, »das heißt, Ihre Großmutter, versuchte, sich für uns einzusetzen und erhielt dafür vor der ganzen Familie einige Ohrfeigen – und das an Weihnachten.

Sogar mein Vater bemühte sich um uns, mit dem Erfolg, dass die Freundschaft zwischen ihm und dem General abrupt beendet wurde.

Wir fanden einen Weg, uns weiter heimlich zu treffen. Auf diese Weise konnte sie mit der Lektüre des Buches fortfahren, das sich jetzt in meinem Besitz befand. Ich behielt es sozusagen als Pfand bei mir, sie konnte es nur mit mir zusammen lesen.

Aber als wir den letzten Satz der Geschichte gelesen hatten – etwa ein Jahr, nachdem der General mich aus der Bibliothek herausgeworfen hatte –, gestand sie mir, dass sie das Buch vorher schon zweimal gelesen hatte.

Wir planten, nach meinem Diplomabschluss zu heiraten und zu fliehen. Ich studierte die beiden folgenden Jahre verbissen, und wir hielten den schriftlichen Kontakt aufrecht, wobei wir Pseudonyme benutzten und die Briefe an eine ihrer Freundinnen schickten, die uns allerdings bald beim General verriet. Wir wurden erneut voneinander getrennt. Danach versuchte ich zwei Jahre lang, den Kontakt wieder aufzunehmen, leider ohne Erfolg, denn sie waren umgezogen.

Aber an einem unvergesslichen Abend traf ich sie auf einem Militärfest. Ohne dass es der General, der im Nachbarsaal an der prunkvollen Galaveranstaltung teilnahm, bemerkte, verließen wir das Fest mit meinem Auto und verbrachten zwei Stunden gemeinsam. Nach dieser Nacht erhielt ich nur schlechte Nachrichten.«

Er hielt in seiner Erzählung inne und klopfte an die Tür, woraufhin sein Angestellter erschien. Er gab ihm nur ein kleines Zeichen mit der Hand, und drei Minuten später kam der Diener mit Wasser, Wein und Tee zurück. Sein Chef fuhr mit der Geschichte fort.

»Die schlechteste dieser Nachrichten erhielt ich, als ich erfuhr, dass ein Lateinamerikaner, der sich schon länger für sie interessiert hatte, schließlich die Erlaubnis bekam, sie zu heiraten.«

»Er war bereits alt und er wusste nicht mehr so richtig, was er tat«, unterbrach ihn Mama.

Der Mann lächelte und schüttelte verneinend den Kopf.

»Der General schuldete dem Lateinamerikaner einige Gefälligkeiten. Aus diesem Grund akzeptierte er den Heiratsantrag, der nicht der erste war.«

»Opa war ein Banker«, sagte Mama und akzeptierte ein Glas Wasser.

»Ganz genau. Ein Banker, bei dem der General Schulden hatte.«

Für einige Augenblicke herrschte Stille.

»Nun gut«, fuhr er fort, »Ihre Großmutter nahm Kontakt zu mir auf, und wir trafen uns heimlich. Bei diesem Treffen erzählte sie mir, dass ihre Tochter vorher eine Schwangerschaft hatte. Ich suchte den General auf und stellte ihn zur Rede. Er bestätigte die Abtreibung und meinte, ich hätte seine Tochter geschändet. Um die Ehre der Familie zu retten, hätte sie schnell heiraten müssen. Er informierte mich, dass das Problem schon gelöst sei.«

»Wusste mein Vater davon?«

»Ja. Sie selbst hat es ihm gesagt, aber trotzdem hat er sie als Jungfrau aus gutem Hause geheiratet.«

Mama riss die Augen auf.

»Und zur Freude des Generals wurde sie kurz nach der Hochzeit wieder schwanger.«

»Donnerwetter!«, staunte ich und schaute zum Hexer. Er stand auf und klopfte mir auf die Schulter.

»Tim, Sie dachten schon, Sie seien der Enkel dieses Herrn, nicht wahr?«

Ich nickte mit dem Kopf.

»Wie hat sie das Kind verloren?«

»Sie hatte eine Blutung. Aus dem Nichts. Später trafen wir uns bei dem Begräbnis des Generals. Ich hatte von seinem Tod erfahren und bin hingegangen. Ihre Großmutter hat keine einzige Träne vergossen. Sie nahm mich zur Seite und führte mich zu Ihrer Mutter. Dort sah ich ein kleines Mädchen, ihre Tochter, das mit den anderen Kindern herumrannte, bis es hinfiel und sich das Knie aufschlug. Es war eine tiefe Wunde, die stark blutete.«

Er schloss seine Geschichte ab und deutete auf ihr Knie.

Sie zeigte ein breites Lächeln, aber dann liefen ihr die Tränen über das Gesicht.

»Es tut mir aufrichtig Leid für Sie«, sagte sie, ohne ihre Emotionen zu verbergen.

»Es muss Ihnen nicht leidtun. Ich habe mich gefreut, Sie wiederzusehen. Sie sind Ihrer Mutter sehr ähnlich. Sie sind genau so schön wie sie.«

»Danke.«

»Wie viel brauchen Sie für Ihren Sohn?«

Mama atmete tief durch. Sie war von der Frage überrascht, denn sie hatte den eigentlichen Grund ihrer Anwesenheit in diesem Zug vorübergehend vergessen.

»Ich weiß es nicht. Er ist in einem staatlichen Krankenhaus in der Hauptstadt, und ich muss die Medikamente und seinen Aufenthalt dort bezahlen. Aber ich bin nicht in der Lage, ...«

»Kein Problem. Ich werde Ihnen helfen.«

Plötzlich hob sie ruckartig ihren Kopf, als hätte sie einen Schreck bekommen.

»Entschuldigen Sie bitte, wie heißen Sie eigentlich?«

»Tim Brant.«

Sie, ich und der Hexer saßen buchstäblich mit offenen Mündern da.

»Tim?«, fragte sie, als hätte sie nicht richtig verstanden.

»Ja, Tim.«

»So heißt mein Sohn, der im Krankenhaus liegt ...«

Er beugte sich mit dem Körper nach vorn.

»Warum haben Sie ihm ausgerechnet diesen Namen gegeben?«

Sie brach in ein Gelächter aus.

»Es war der Wunsch meiner Mutter«, antwortete sie und bemerkte, dass er auch lachte. »Noch bevor ich geheiratet habe, wünschte sie sich, dass ich, wenn ich einen Sohn hätte, ihm diesen Namen geben solle. Als mein erster Sohn zur Welt kam, wollte mein Mann ihn Frederico nennen – wegen eines deutschen Philosophen. Als der Zweite geboren wurde, haben wir ihr den Wunsch erfüllt.«

Die beiden schauten sich an und sie stammelte:

»Ich habe sie nie nach dem Grund gefragt.«

Er schaute aus dem Fenster. Der Himmel hatte sich verdunkelt, schwere Regenwolken waren aufgezogen.

»Es gibt Dinge, die in einem bestimmten Moment geschehen sollen. Ich glaube, dieser Tag war ein Geschenk für mich.«

»Für mich ebenso. Sowohl wegen Ihrer Hilfe als auch wegen dieser Geschichte.«

»Sie sind aufrichtig, und das öffnet Türen«, antwortete er und trank in einem Zug sein Glas Wasser aus.

Der Regen klatschte gegen die Scheiben, und draußen bogen sich die Bäume unter den Windböen. Einige Blitze zuckten vom Himmel, und der darauffolgende Donner erschreckte die Kinder. Wir hörten ihr Weinen und das Gemurmel beruhigender Worte, die wir nicht genau verstanden. Wahrscheinlich sagten die Mütter etwas Ähnliches wie »das ist die Stimme Gottes« oder »schlaf, es ist bald vorbei«. Der Zug fuhr ruhig und stetig weiter.

»Haben Sie von ihrem Tod erfahren?«, fragte Mama, um das Schweigen zu brechen.

»Ja, aber ich wollte nicht zum Begräbnis gehen. Ich wollte das Bild behalten, das ich von ihr hatte, als sich ihre Schönheit mit dem Duft der Blumen vermischte und ich aus ihrem Mund die Worte hörte, auf die ich so lange gewartet hatte.«

Mama senkte ihren Kopf und er ließ sich nicht weiter über die Gefühle aus, die er gehabt hatte, als ihre Blicke sich getroffen und die Botschaft der Liebe ausgetauscht hatten.

Mama hatte immer gedacht, dass meine Großeltern aus Liebe geheiratet hätten. Auf dieser Zugreise erfuhr sie, dass sie sich geirrt hatte.

So ist das Leben und so werden seine Seiten geschrieben. Glückliche Zufälle und verpasste Chancen, eine Liebe, die nicht mit der Zeit vergeht. Menschen, die von uns gehen und uns trotzdem das ganze Leben lang begleiten, Menschen, die man sofort wieder vergisst und andere, die uns die Bedeutung des Wortes ›Leben‹ aufzeigen. Leben bedeutet, zu lieben und Menschen zu verlieren. Und sich in der Liebe zu verlieren.

Der nächste Bahnhof, das Ziel dieser ungewöhnlichen Reise, erschien hinter den Hügeln.

Als der Zug einfuhr, gab er ihr seine Visitenkarte mit seinem Namen, Adresse und Telefonnummer. Sie war so aufgewühlt, dass sie nicht richtig las, was dort geschrieben stand, sondern die Karte gleich in die kleine Handtasche steckte.

»Mein Angestellter begleitet Sie.«

Er rief seinen Diener und flüsterte ihm seine Anweisung ins Ohr. Dann verabschiedete er sich von ihr mit einer herzlichen Umarmung. Sie fühlte sich, als läge sie in den Armen ihres Vaters. Wie oft hatte sie so in seinen Armen gelegen, ihr Gesicht an seine Brust gedrückt und eine große Liebe empfunden.

Aber hier, an der Brust dieses Unbekannten, empfand sie eine beklemmende Unruhe. Es kam ihr vor, als würde sie, wenn er seine Reise fortsetzte, ein weiteres Mitglied ihrer Familie verlieren.

Der erwartete Abschied. Das Trauma des Abschieds.

Wie oft hatte Mama sich in den letzten Monaten verabschiedet? Schmerzliche Abschiede ...

Aber warum empfand sie dasselbe bei diesem Fremden? Warum wollte sie ihn nicht verlieren?

Als sie schon auf der ersten Stufe stand, hielt sie plötzlich inne und beschloss, zurückzukehren. Sie stieß gegen Leute, die aussteigen wollten und kämpfte gegen den Strom, bis sie wieder am Abteil Neun angelangt war.

Der Hexer und ich taten dasselbe, denn wir waren natürlich gespannt, was sie zu sagen hatte.

»Wann hat sie das Baby verloren?«

Er schaute sie überrascht an.

»Es ist so lange her, dass ich es nicht genau sagen kann.«

Sie senkte den Kopf, bedankte sich und ging.

Nachdem sie den Zug verlassen hatte, setzte sie sich auf eine Bank auf dem Bahnhof. Der Diener trat an sie heran und überreichte ihr einen Umschlag.

»Wie heißen Sie?«, wollte sie wissen.

»Nivaldo«, antwortete er, ohne sie anzuschauen. Dieses Verhalten war damals eine Regel, man drückte damit Respekt und Unterwerfung aus. Untergebene wurden praktisch wie Gegenstände behandelt, auch wenn das auf den Herrn im Zug nicht zutraf.

»Haben Sie Kinder?«

Er räusperte sich und stand weiter kerzengerade und mit erhobenem Kinn da.

»Ja, gnädige Frau, eine Tochter.«

»Ich wünsche ihr viel Glück.«

Als der letzte Pfiff ertönte, grüßte Nivaldo bescheiden zum Abschied und eilte zum Zug.

Sie wollte den Umschlag nicht auf dem Bahnhof öffnen, sondern zog es vor, abzuwarten und in den Regen zu schauen. Sie beobachtete, wie die Vögel das Wasser tranken und dabei einen merkwürdigen Tanz um die Pfützen veranstalteten. Für eine lange Zeit hatte sie die Realität vollkommen vergessen. Jetzt kamen die Fakten wieder in ihre Erinnerung, und sie wünschte sich, das alles sei nur ein Albtraum.

Der Zug nach Madrigal fuhr ein. Sie trat in das Abteil, in dem eine junge Frau saß. Sie verspürte keine Lust, ein Gespräch zu beginnen, sondern hing noch in Gedanken an diesem letzten Dialog.

›Er erinnert sich nicht an das Datum‹, dachte sie und biss sich auf die Lippen.

Sie versuchte mit einer gewissen Angst, Ähnlichkeiten zwischen ihr und ihrem Vater auszumachen, denn sie war, im Gegensatz zu ihm, hellhäutig. Sie schauderte, als sie ihr eigenes Spiegelbild im Fenster sah.

Dann betrachtete sie die feuchte Landschaft. Die Pflanzen schienen dem Himmel für den Regen zu danken. Alles war grün, als ob die Hoffnung in den leidenden Herzen neu aufblühen würde. Nach dem Regen war alles verändert, die Landschaft strotzte im satten Grün.

Sie wusste immer noch nicht, was der Umschlag enthielt. Aber sie hatte Bedenken, ihn zu öffnen, noch dazu vor dieser unbekannten Frau. Also zog sie es vor, zu warten.

Als sie in Madrigal ausstieg, ging sie direkt in die Toilette, um ihre Neugier zu stillen.

Der Umschlag enthielt Geld und eine kleine Notiz.

Am nächsten Dienstag kommt ein Chauffeur, der Sie in die Hauptstadt bringt. Bitte warten Sie am Bahnhof.

Sie hatte erzählt, dass Tim in der nächsten Woche aus dem Krankenhaus entlassen werden würde und dass sie ihn dort abholen musste.

Sie ging in den Laden, um mit Genésio über diese Reise zu sprechen, aber hinter dem Tresen stand Yapoula.

»Der Patron ist verreist, Dona Tyanna.«

Sie fühlte den dringenden Wunsch, über Kaluga zu sprechen. Der Angestellte wusste bestimmt irgendetwas; er hatte vielleicht einige Worte aus den Gesprächen zwischen Genésio und dem Coronel über seine Haft aufgeschnappt oder ihn womöglich selbst dort besucht. Sie bemerkte eine gewisse Nervosität in den Bewegungen des Sklaven, besonders, als ein Glas seinen Händen entglitt und auf dem Boden zerbrach. Ausgerechnet Yapoula, der immer so ausgeglichen war.

Sie verzichtete auf die Fragen, verließ den Laden und ritt langsam auf ihrem sanften und gehorsamen Pferd, das kaum geführt werden musste. Es entstand ein Verhältnis zwischen ihr und diesem Tier, das mit jedem Wort tiefer wurde.

Als sie in der Fazenda ankam, nahm sie ein Bad und widmete sich anschließend etwas entspannter wieder dem Umschlag des netten Herrn mit dem Namen Tim. Sie zählte das Geld und las, was auf der Visitenkarte stand.

Dr. Tim Brant
Richter

»Er ist also Richter geworden«, dachte sie.

Nachdem sie den Umschlag unter der Matratze versteckt hatte, verließ sie, einer Eingebung folgend, das Zimmer. Sie traf Esperanza im Haus ihrer Eltern.

»Wissen Sie schon, wo er ist?«

»Nein, noch nicht.«

»Ich werde Rufino fragen, der weiß es mit Sicherheit.«

»Tun Sie das nicht«, sagte der alte Mann. »Das wäre genauso, als würden Sie einen Wolf über die Schafe befragen.«

Sie ging zum Fenster und dachte über diese Worte nach. Dieser alte Mann mit den müden Augen, dem verfallenen Körper und der langsamen Sprache war der Herr der Weisheit.

Sie folgte seinen Worten. Aber da es nicht ihre Art war, die Arme zu verschränken, beschloss sie, etwas anderes zu tun.

Sie nutzte die Tatsache aus, dass Rufino in der Stadt war, und trommelte alle Angestellten zusammen.

Alle legten ihre Arbeit nieder und setzten sich in einem Kreis auf der roten Erde am Aufstieg zur Kaffeeplantage zusammen. Von dort oben konnten sie gut sehen, wenn der Vorarbeiter am Haupteingang eintraf. Sie sprach zu ihnen, wie wichtig es sei, herauszufinden, wo Kaluga gefangengehalten wurde, und betonte, dass es noch wichtiger sei, zu herauszufinden, wer Dona Ágata wirklich ermordet hatte.

»Wir müssen das herausfinden, um seine Unschuld zu beweisen und damit dem Coronel helfen, den wahren Mörder festzunehmen.«

Alle gaben ihr Recht und drückten ihre Empörung über die Verhaftung ihres Bruders aus.

Am Dienstag kam ein schwarzer Bugatti in die Stadt und verursachte großes Aufsehen. Wer den Anblick dieses eleganten Wagens in den von Pferdekutschen zerfurchten staubigen Straßen gesehen hatte, würde ihn so schnell nicht wieder vergessen. Die Kunde verbreitete sich wie ein Lauffeuer in alle Winkel dieser kleinen Stadt.

Am Bahnhof schaute sich Nivaldo nach Mama um, die dort seit dem frühen Morgen auf ihn wartete.

Die Reise dauerte lange, weil die Autos damals nicht so kräftige Motoren hatten und der Zustand der Straßen alles andere als gut war. Es gab also genug Zeit, sich über einige Förmlichkeiten hinwegzusetzen. Eine Regel war schon von Beginn an gebrochen, nämlich, dass eine Frau allein mit einem Fremden verreiste. Zu ihrem Glück war dieser Fremde weder unverschämt wie Genésio noch unangenehm wie Rufino. Beide unterhielten sich angeregt, was die Reise weniger anstrengend gestaltete.

Sie unterschrieb die Entlassungspapiere für Tim und benutzte das Geld des Richters um die Krankenhauskosten zu bezahlen.

Leider hatte die Krise auch negative Auswirkungen auf den Gesundheitsbereich.

In der Hauptstadt gab es viele Hochhäuser und andere Gebäude, die Tim noch nie gesehen hatte. Er schaute aus dem Fenster des Autos, während Mama ihn in den Armen hielt und die Fragen ihrer Schwägerin über seine Gewohnheiten beantwortete. Sein Zimmer war schon für ihn hergerichtet, und am meisten mochte er den Ausblick, den er von seinem Fenster aus hatte. Beim Abschied trat die Sehnsucht zutage, die in ihren Herzen verankert war. Es waren Schmerzen, heftige Schmerzen.

Auf dem Rückweg brach Nivaldo das Schweigen, um sie ein wenig aufzumuntern.

»Wenigstens ist er wieder gesund. Das ist das Wichtigste.«

Beim Abschied in Madrigal bat sie ihn, Folgendes auszurichten:

»Bitte sagen sie Ihrem Chef, dass ich niemals in der Lage sein werde, zu bezahlen, was er für mich getan hat. Ich werde ihm für immer dankbar sein.«

Der Mann nickte mit dem Kopf, wies das Trinkgeld zurück und fuhr los, während ihm eine Menschenmenge nachschaute.

Sie wollte sich ein wenig die Füße vertreten und lief zu unserer Straße. Sie ging langsam und betrachtete dabei jedes Haus, die Gärten, alle Details. Nostalgie machte sich in ihrem Herzen breit. Vor unserem Haus blieb sie wie versteinert stehen. Sie erinnerte sich an so viele schöne Geschehnisse und konnte kaum glauben, dass sie sich wirklich ereignet hatten. Die Erinnerungen stapelten sich in ihrem Kopf. Sie lächelte ... und das Haus schien zurückzulächeln.

Kita hing wie immer in ihrem Fenster, ihrem Lieblingsplatz, aber zu Mamas Erstaunen weinte sie.

Dieses Auto war das Tagesgespräch in Madrigal, und unter normalen Umständen hätte Kita sie mit Fragen überhäuft und jede Menge Kommentare abgegeben. Aber heute war alles überraschenderweise ganz anders.

»Was ist denn los?«

»Mir geht es gar nicht gut«, antwortete sie mit verbitterter Stimme. »Ich habe keine Nachrichten mehr von meinem Sohn erhalten. Ich versuche immer wieder, Kontakt aufzunehmen, aber er antwortet nicht.«

»Und Ihr Bruder?«

»In seinem letzten Brief hat er angedeutet, dass Bitu unglücklich über sein Leben im Seminar ist und wohl bald keinen Kontakt mehr zu ihm aufnehmen könnte. Ich bin seine Mutter. Es ist so hart, keine Nachricht vom einzigen Sohn zu erhalten.« Sie fing wieder an, zu weinen.

Mama betrachtete ihr mageres, blasses Gesicht.

»Warten Sie noch ein bisschen«, sagte sie mehr zu sich selbst, denn sie hatte seit langer Zeit keine Nachrichten mehr von Fred und Tereza erhalten.

Die Frau wischte sich die Tränen ab, wobei ihre Hände zitterten.

»Kita, ich hole Aristeu, er kann Ihnen bestimmt helfen.«

Er überprüfte den Blutdruck und stellte einige Fragen. Dann kam er zu dem Schluss, dass sie an Bluthochdruck und Depressionen litt und behandelt werden müsse.

Die Arme ahnte nicht, dass ihr Sohn zu dieser Zeit im Seminar sexuell missbraucht wurde und sich bald das Leben nehmen würde – wie ich schon erzählt habe.

Für Tim waren die Tage im Krankenhaus aufgrund der ständigen Einnahme von Antibiotika alles andere als angenehm gewesen. Die Krankheit hatte ihn so geschwächt, dass er nur einige Schritte im Zimmer auf und ab gehen konnte. Er war zwar geheilt, brauchte aber anfangs noch viel Ruhe, obwohl er mit der Zeit kräftiger wurde und längere Spaziergänge unternehmen konnte. Am liebsten ging er in den Park und sah zu, wie sich die Kinder mit Spielen, die er nicht kannte, die Zeit vertrieben. Tante Geórgia stellte ihn den Jungen aus dem Kirchenchor vor, und obwohl er sich weigerte, die Messen zu besuchen, begleitete er sie oft bei ihren Ausflügen.

Er war immer freundlich zu allen, was vor allem die Freundinnen seiner Tante an ihm schätzten. Sie brachten immer Geschenke mit, Kleider, Bücher und interessante Spiele. Mit der Zeit gewöhnte er sich an das Leben in der Stadt.

Genésio war eine ganze Woche lang verreist. Die Sklaven nutzten seine Abwesenheit, um sich mehrmals zu versammeln.

»Wir müssen den Vorarbeiter beschatten«, schlug einer vor.

»Und ihn umbringen, wenn wir entdecken, dass er es war«, meinte ein anderer voller Rachegelüste.

»Immer mit der Ruhe, meine Brüder«, warf Esperanza ein. »Wenn ihr ihn tötet, bezahlt er nicht für das, was er getan hat.«

»Woher nehmt ihr die Sicherheit, dass er es war?«, fragte Mama.

Die Reaktion war ironisches Gelächter vermischt mit einigen Schimpfworten, bis ein älterer Mann sagte:

»Er ist der Teufel in Person, der einzige, der sich verdrückt, ohne dass es bemerkt wird. Rufino wird unsichtbar, wenn er will, und deswegen habe ich keinen Zweifel, dass er während des Festes weggegangen ist.«

Es gab Beifall und zustimmendes Geschrei.

»So ist es!« »Ich weiß, dass er es war!« »Er kennt kein Erbarmen, wenn es um Raub und Mord geht!«

Esperanza hob die Hand, und sie beruhigten sich.

»Wir dürfen nicht den Hass in unsere Herzen lassen. Bis heute hat niemand aus unserer Gruppe Blut an den Händen. Niemand soll dafür verantwortlich sein, dass unsere Kinder einmal für etwas bezahlen, das sie nicht verschuldet haben. Wir tragen das Erbe der Güte ...«

»Und die Gerechtigkeit?!«, schrie einer.

»Sie wird siegen, aber dazu müssen wir uns für das Gute vereinen, das Gute denken und es für alle wünschen. Wenn wir so handeln, bringen wir unseren Kaluga wieder zurück.«

Alle klatschten Beifall.

»Also, ich finde, wir müssen anfangen, die Schritte des Vorarbeiters zu verfolgen. Wir müssen den Coronel überzeugen, ihn zu verhaften und Kaluga freizulassen. Aber wir müssen uns vorsehen und mit List und Beweglichkeit vorgehen, bevor er mit diesem Schmuck verschwindet. Denn ich glaube, er hat ihn irgendwo versteckt«, sagte Mama.

Alle stimmten zu und berieten sich über die nächsten Schritte.

Ich war platt über die Kühnheit und das Benehmen des Coronels, als sei er ein Justizbevollmächtigter. Er hatte den Sklaven ohne jegliche polizeiliche Ermittlung verhaftet und hielt ihn gefangen.

Rufinos Hütte lag am linken Flussufer, und um dorthin zu gelangen, musste man nicht weit laufen. Man musste nur einen engen Trampelpfad durch hohes Schilf gehen. Das Haus war so einfach wie die Hütten der anderen Angestellten, aber es war von einer unheimlichen Atmosphäre umgeben, sodass sich niemand in seine Nähe wagte, abgesehen von der Tatsache, dass keiner von ihnen jemals zu Besuch eingeladen worden war. Nicht dorthin zu gehen, war eher eine Frage der Ehre als fehlender Mut, denn dieser Mann hatte ihre Freundschaft nicht verdient. Einige Kinder, die ihre Neugier nicht zügeln konnten, hatten einen Blick durch das Fenster geworfen und nichts anderes gesehen, als einen Tisch, einen Hut, einige Kleider, die an Nägeln an der Wand aufgehängt waren, und einen kleinen Holzherd.

»Aber brecht nicht in sein Haus ein!«, bat Mama.

Andere Einzelheiten wurden festgelegt, bevor Rufino in der Kurve vor dem Haupttor erschien.

Seitdem Kaluga festgenommen worden war, hatte es keine Grillnächte mehr gegeben. Sie trafen sich nur, um ihre Götter anzurufen und um Erbarmen zu bitten. Sie sangen und weinten mit Herzen, die vor Schmerzen brannten.

Ich sah, wie die Angestellten Rufinos Schritte überwachten. Einer von ihnen folgte ihm bis in die Stadt, um herauszubekommen, was er dort machte. Leider ging der Vorarbeiter nur in den Mercardinho do Genésio und ins Bordell Fiore. Aber das war für sie kein Grund, ihren Plan aufzugeben.

Zwei junge Männer setzten sich von der Kaffeeplantage ab und folgten ihm auf der Straße, als er eines Tages mit dem Pferd losritt. Kutschen wurden nur benutzt, um Arbeiter zu transportieren oder Ware in den Laden in der Stadt zu bringen.

Die beiden sahen, wie er den Berg hochritt, direkt auf die Höhle zu, von der solche Horrorgeschichten erzählt wurden, dass niemand es jemals gewagt hatte, sie zu betreten. Diesen Geschichten zufolge wurde derjenige, der dort eindrang, von seltsamen Tieren angegriffen, die das Blut der Opfer verunreinigten. Es war nicht leicht für Mama, sie davon zu überzeugen, dass das alles nichts weiter als Aberglaube war.

Die jungen Männer erzählten, was sie gesehen hatten, und alle versammelten sich sofort. Die Mutigsten beschlossen, den richtigen Moment abzuwarten und der Gefahr zu begegnen. Sie würden die Höhle betreten und Rufinos Geheimnis lüften.

Diese Mutigsten waren Mama und Vicente. Sie gingen hin und entdeckten, was sie suchten.

Endlose Minuten und Stunden vergingen. Das Leben verging. Ich sah, wie meine Mutter durch die Fazenda lief, sich an das Flussufer setzte und dort lange Zeit blieb, während der Wind ihr Hoffnungen ins Gesicht blies und das Leben seinem Kurs folgte, wie dieser Fluss, der immer floss.

Voller Sehnsucht sah sie Tereza in einer Ecke des Sofas sitzen, Papa in der anderen und die Kinder in der Mitte. Alle lachten. Sie sah, wie Papa sie anlächelte, und wie dieses Lächeln sie ins Paradies beförderte. Sie sah Freds unschuldigen Blick und hörte Terezas Stimme, die die Kinder zum Essen an den Tisch rief, an den sie sich erst setzen durften, wenn sie die Hände gewaschen hatten. Sie sah, wie sich Tim vor Lachen kaum halten konnte, als er einer von Terezas Geschichten zuhörte. Seine Haare tanzten nach rechts und nach links und gaben kurzzeitig seine Stirn frei, die der ihren ähnelte.

Mama weinte oft im Schatten der Nacht unter einem Himmel ohne Mond und Sterne. Um sie herum verbreitete der kalte Wind Verzweiflung, und in ihrem Inneren weckten die Schreie ihrer Seele die Gespenster der Vergangenheit. Niemand lachte mehr. In ihrer Umgebung schienen sich alle dem Leiden hingegeben zu haben. Sie fühlte sich schuldig für die Schmach dieser Gemeinde, der zum ersten Mal eines ihrer Mitglieder auf so ungerechte Weise entrissen worden war.

In einer dieser Nächte schlief sie mit tränennassem Gesicht und durchwühlten Haaren auf dem Boden ein. Ich setzte mich neben sie und legte meine Arme um sie, in der Hoffnung ihr etwas Wärme und Schutz bieten zu können. Ich streichelte ihr Haar und sprach ihr Mut zu.

»Habe Vertrauen in das Leben, das dich jeden Morgen neu in seinen Bann zieht; verzweifle nicht vor dem Schlimmsten, das vor deinen Augen erscheint, denn das Beste wartet schon im Schatten deiner Seele; glaube daran, und du wirst sehen, dass das Glück in nicht allzu ferner Zukunft auf dich wartet. Und vergiss nicht,

Mama, dass in uns eine Gottheit steckt, die uns in jeder Minute einen Augenblick des Glücks bescheren kann. Gib niemals auf, lass dich nicht hängen, und deine Kräfte werden wachsen. Du sollst wissen, dass deine Instinkte, die Natur und das Leben zu deinen Gunsten handeln.«

Ich weinte an ihrer Seite, während ich sie mit meinen Armen beschützte. In einigen Momenten drückte sie meine Hände, und das war einer der magischen Augenblicke dieser Reise.

An mich gedrückt fiel sie in einen tiefen Schlaf. Ich schloss meine Augen und dachte daran, wie tapfer meine Mutter war; durch ihren Kampf hatten wir Zuneigung und Schutz erhalten. Während wir gut bekleidet und ernährt waren, lag sie dort in ihrer Einsamkeit auf dem kalten Boden. Ihre Trauer führte dazu, dass sie sich nicht richtig ernährte. Sie musste auf ihr eigenes Glück bauen, im Gegensatz zu den armen Sklaven, die seit ihrer Geburt nie etwas besessen hatten und mit Tänzen und Gesängen die Ängste und Zweifel, die die Sklaverei mit sich brachte, zu überwinden suchten. Sie waren zum Kampf bereit, obwohl sie sich über den Feind und seine Überlegenheit im Klaren waren.

Mitten in der Nacht geschah etwas Unerwartetes: Esperanzas alter Vater kam und legte eine Decke über sie. Er setzte sich neben sie auf den Boden und rauchte, während er den eigenwilligen Tönen der Nacht lauschte.

Der nächste Morgen brachte eine weitere Überraschung, diesmal allerdings eine unangenehme. Rufino kam vorbei, nickte dem alten Mann mit dem Kopf zu und stieß Mama mit der Peitsche an. Sie wachte erschrocken auf und schaute sich um.

»Guten Tag, Dona Tyanna, der Patron ist wieder da und will Sie sprechen.«

Der Alte stand auf und rieb sich die müden Augen. Mama wusste nicht, was sie an diesem Ort tat und wendete sich an den Vorarbeiter.

»Sagen Sie ihm, dass ich gleich komme.«

Als Rufino gegangen war, sagte der Greis:

»Wir haben niemanden, der sich für uns einsetzt. Die einzige Hoffnung, die wir haben sind, Sie. Wir können nicht kämpfen, wenn unsere Mitstreiterin sich in die Hände dessen begibt, der uns zerstören will. Ich bitte Sie im Namen von uns allen, die wir seit Generationen leiden, lassen Sie uns nicht im Stich. Kämpfen Sie mit uns.«

Sie hielt seine Hand und versprach, ihnen zu helfen, soweit es in ihrer Macht läge.

»Sehen Sie, das ist ein neues Geschenk, und ich möchte, dass Sie es annehmen.«

Sie schaute auf die Schachtel, die auf dem Tisch stand und bedankte sich, ohne größeres Interesse zu zeigen.

»Wollen Sie es nicht öffnen.«

Sie seufzte und wollte am liebsten weglaufen. Es war mehr als unangenehm, Geschenke von ihm zu erhalten. Aber dann überlegte sie es sich anders und erinnerte sich an die Überzeugungskraft, die sie über Genésio besaß.

»Na schön, ich mache es auf«, sagte sie und riss das Geschenkpapier auf.

In der Schachtel lagen ein Paar Stiefel, eine Peitsche, Handschuhe und ein Hut. Eine komplette Ausstattung zum Reiten und alles aus bestem Leder.

Sie schaute auf die Geschenke und zwang sich zu einem Lächeln. Dann begann sie mit ihrer Inszenierung.

»Seu Genésio, Sie haben so viel für mich getan. Ich glaube, es gibt keinen besseren Mann auf dieser Welt als Sie.«

Das erfüllte ihn mit Stolz, und sie fuhr fort:

»Sie haben wirklich ein gutes Herz, deshalb glaube ich, dass Sie Kaluga nicht beschuldigen sollten.«

Er hörte auf, zu lächeln, rückte sich im Sessel zurecht und räusperte sich.

Sie ließ sich nicht einschüchtern.

»Seine Familie erhält keine Nachrichten von ihm.«

Ich möchte helfen, wo ich kann, Dona Tyanna. Ich bin derjenige, der am meisten daran interessiert ist, herauszufinden, wer meine Mutter ermordet hat.«

»Also dann helfen Sie uns bitte.«

Er ergriff ihre Hand auf dem Tisch.

»Ich sehe, dass Ihnen sehr viel daran liegt, den Arbeitern zu helfen, besonders Kaluga ...«

Es erschien mir, als hätte sich ihr Gesicht in Glut verwandelt.

»Ich kenne alle Angestellten gut, denn ich habe täglich mit ihnen zu tun, das wissen Sie. Ich garantiere Ihnen, dass niemand von ihnen jemanden töten würde, und erst recht nicht wegen einiger Schmuckstücke. Sie haben andere Werte. Was sie wollen, steht über den Dingen, die der Reichtum ihnen geben könnte.«

»Ich bin kein Gesetzeshüter, meine Liebe. Wer dafür zuständig ist, ist unser Bürgermeister, der Coronel. Ich konnte nichts tun, um zu verhindern, dass Kaluga verhaftet wurde, übrigens allein aufgrund der Tatsache, dass er als Einziger von denen, die Zutritt zum Zimmer meiner Mutter hatten, die Fazenda verlassen hatte.«

»Es gibt keine Beweise dafür!«, schrie sie und schlug mit der Hand auf den Tisch. Im selben Moment erkannte sie, dass sie einen Fehler begangen hatte, und fügte mit leiser Stimme hinzu: »Ich bitte Sie, seine Familie muss wissen, wo er ist und wie es ihm geht. Es sind schließlich schon viele Tage vergangen. Die Leute arbeiten vollkommen entmutigt, der Betrieb läuft langsam und das könnte Ihnen schaden. Jeden Tag ist ein anderer krank und die Kinder weinen die ganze Zeit. Alle sind traurig, weil er nicht da ist.«

Er rieb sich eine Minute lang die Hände und schaute dabei auf das Geschenk, das mitten auf dem Tisch lag.

»Ich spreche mit dem Coronel. Wer es auch war, er wird teuer dafür bezahlen, dass er mir meine Mutter genommen hat.«

Sie nickte zustimmend mit dem Kopf.

»Sie sind wirklich ein gerechter Mann. Vielen Dank.«

Sie hatte einen anderen Eindruck von Genésio. Er schien nicht mehr das Monstrum zu sein, das er einmal gewesen war.

»Wir müssen die Dinge für Sie in die Wege leiten«, sagte er anschließend. »Der Makler hat schon die Papiere vorbereitet, damit wir Ihr Haus verkaufen oder vermieten können.«

Sie rückte sich im Sessel zurecht und kam sich vor, als sei sie um dreißig Jahre gealtert. Ihre Muskeln schmerzten in jeder neuen Position. Sie führte es auf den Stress oder auf eine sich anbahnende Krankheit zurück.

»Was muss ich tun?«

»Sie müssen nur unterschreiben«, sagte er in knappen Worten.

»Na schön.«

Er versuchte, eine familiäre Stimmung aufzubauen, indem er ihr Fotoalben zeigte. Dona Ágata war auf den Fotos jung und hübsch, auch wenn man ihr dabei dieselbe strenge, autoritäre Frau ansah. Sie lächelte auf keinem der Fotos und trug einfache Kleider, was Mama zu der Vermutung brachte, dass Genésio vor seiner Hochzeit mit Cecília nicht gerade ein Luxusleben geführt hatte. Auf den Fotos erschien er als kräftiges Kind – immer in Begleitung seiner Mutter.

Er blätterte um, zeigte mit dem Finger auf die nächsten Fotos und gab kurze Kommentare ab.

Nach dem »familiären Teil« saß sie etwas gelockerter in ihrem Sessel und nahm ein Glas Saft, das Esperanza ihr anbot. Genésio öffnete eine Schublade und zog eine Mappe heraus.

Ich warf einen Blick auf die Unterlagen.

»Hexer!«, rief ich.

Er saß plötzlich auf dem Tisch neben Genésio.

»Sie darf das nicht unterschreiben.«

Er nahm mir die Papiere aus der Hand und überflog sie schnell.

»Du alter Schlaumeier«, sagte er zu dem Mann.

»Was meinen Sie?«, fragte ich.

Ich bin ein Ingenieur und kein Anwalt, aber was ich da gelesen hatte, würde meiner Mutter schaden. Ich wartete auf seine Meinung. Er deutete auf die Schulter dieses Ungeheuers und schaute mit zusammengekniffenen Augen und gerunzelter Stirn zu mir herüber.

»Tim, ich glaube, er hat nur schlechte Absichten. Dieser Mann ist nicht die Luft wert, die er atmet«, sagte er und fuhr mit seinen Händen durch Genésios Haare. Obwohl die Szene urkomisch war, war mir nicht nach Lachen zumute.

Mama überflog die Papiere und verstand die technischen Begriffe nicht. Das war Fachchinesisch. Dafür hatte Genésio einen Anwalt in der Stadt aufgesucht.

Er versuchte, sie zu beruhigen.

»Es soll alles auf korrekte Weise zugehen, im Rahmen der Gesetze, verstehen Sie, Dona Tyanna?«

Sie ließ ihre Augen noch einmal über die Zeilen gleiten und zwinkerte einige Male. Es war eindeutig, dass sie nicht alles verstand, aber aufgrund seiner »Großzügigkeit« schämte sie sich dafür, um genauere Erklärungen zu bitten.

›Wie dem auch sei, ich hoffe, dass er mir nicht schadet‹, dachte sie, bevor sie fragte:

»Und wo soll ich unterschreiben?«

Er beugte sich nach vorn, lag mit seinem fetten Körper halb auf dem Tisch und zeigte ihr die Stelle. Während sie unterschrieb, nahm er einen Schluck Kaffee, der schon kalt war.

Sie unterschrieb, ohne zu ahnen, dass sie damit ihren gesamten Besitz verlor.

Mama gab Genésio das Recht, alle Entscheidungen in ihrem Namen zu treffen, denn mit dem unterschriebenen Dokument hatte er alle Vollmachten erhalten.

Sie nutzte den Moment, um über die Möglichkeit zu sprechen, dass die Arbeiter einmal rechtliche Besitzer des Geländes würden, das sie bewohnten. Er versprach ihr, darüber nachzudenken. Als sie das Arbeitszimmer verließ, verschloss er die Unterlagen in der Schublade, streckte sich auf seinem Sessel, legte die Beine auf den Tisch und zündete sich eine Pfeife an. Seine Pläne waren aufgegangen.

Ich beschreibe hier nicht in allen Einzelheiten, auf welche Weise Kaluga in seiner Haft vom Coronel verhört wurde, denn ich gebe zu, dass ich nicht imstande war, mir all die Szenen der Gewalt anzuschauen. Als er freigelassen wurde, war er kaum wieder zu erkennen. Es fehlten ihm Zähne, einige seiner Knochen waren gebrochen, und er hatte schrecklich abgenommen. Die Male an seinem Körper zeigten nur unzulänglich, was er in diesen Tagen durchgemacht hatte.

In der Verzweiflung, ihn zu retten, versprach Mama, Geld aufzutreiben, um ihn in die Stadt in ärztliche Behandlung zu bringen. Aber als sie nach dem Ring suchte, um ihn in der Stadt zu verkaufen, entdeckte sie, dass er verschwunden war. Sie stellte das ganze Zimmer auf den Kopf, öffnete alle Schubladen und Kisten, schaute unter der Matratze nach und durchwühlte alle Taschen. Sie durchsuchte jeden Winkel, konnte ihn jedoch nicht finden. Der Hexer und ich hatten mitansehen müssen, wie Genésio nicht nur den Ring, sondern auch die Visitenkarte des Richters Tim entwendete, als er in ihrer Abwesenheit ihr Zimmer durchsuchte.

Ich nehme voraus, dass Kaluga, ohne dass er es zeigte, schreckliche Schmerzen hatte und ihnen am Ende erlag. Meine Mutter widmete sich ihm bis zu seinem Tode.

»Wenn es dir besser geht, heiraten wir«, versprach sie an seinem Kopfkissen.

Sie legte Kräuter in seine Wunden, beschwor ihn, etwas zu essen und versuchte, ihn aufzumuntern. Wenn sie nicht bei ihm war, suchte sie Aristeu auf, um Medikamente zu beschaffen. Er kam zwar nicht in die Fazenda, aber war trotzdem derjenige, der ihr am meisten dabei half, Kalugas Leiden zu lindern.

Eines Morgens, als sie Esperanza half, ihn zu baden, war ihr schwindelig, und sie musste sich übergeben. Sie war schwanger.

Genésio besuchte unser Haus in der Stadt und fing einen Brief von Tante Geórgia ab. Sie hatte, wie versprochen, geschrieben, um Mama über Tim auf dem Laufenden zu halten. Sie erzählte, dass er sie bei einem Theaterbesuch begleitet hatte; dass er im Stadtpark Tiere gefüttert hatte; dass er zum ersten Mal eine Kunstausstellung und ein Kino besucht hatte.

›Besonders die Wildwestfilme haben es ihm angetan‹, hob sie hervor. Danach schrieb sie etwas, das mich sehr beeindruckte.

Meine liebe Schwägerin, ich weiß, dass das alles nicht passiert wäre und deine Kinder an deiner Seite leben würden, wenn mein Bruder nicht gestorben wäre. Ich weiß, dass mein Herz schwach ist, auch wenn mein Arzt gesagt hat, ich solle mich nicht beunruhigen. Aber so sind die Ärzte, sie meinen, sie können die Lage beurteilen und am Ende geben sie dem Zufall die Schuld, nicht wahr? Aber ich weiß, wie es um mich steht und dass ich bestimmt keine hundert Jahre alt werde. Mit der Sicherheit, dass ich nicht mehr lange lebe, werde ich dir in meinem Testament all meinen Besitz hinterlassen. Das Leben hat mir die Freude vorenthalten, zu heiraten und Kinder zu bekommen, aber es hat mir eine wunderbare Schwägerin und zwei Neffen beschert, die zwar weit von mir entfernt aufgewachsen sind, denen ich mich aber dennoch eng verbunden fühle und denen ich, so gut ich kann, helfen will. Wenn ich nicht mehr hier bin, werdet ihr wenigstens mein Haus und etwas Geld auf der Bank erhalten.

Ich verspreche dir, dich über alle Neuigkeiten und Tims Alltag zu informieren.

Alles Liebe, Geórgia.

Er steckte den Brief in die Hosentasche und untersuchte das Haus, wobei er alle Ecken und Winkel durchforstete und seine Hände benutzte, um die Qualität der Fenstern und Wände zu überprüfen. Er öffnete Türen und verschloss sie wieder. Danach warf er einen Blick in den Garten und landete schließlich in der Küche, wo er seinen Hintern auf eine Holzkiste wuchtete. Er popelte mit dem Zeigefinger in der Nase und dachte über den Plan nach, den er mit seinem Anwalt ausgeheckt hatte. Für ihn war er unfehlbar.

Nach einem Monat lag Kaluga im Koma und verstarb kurz darauf. Seine Bestattung, zu der sich alle am Flussufer versammelt hatten, wurde auf einem Floß mitten auf dem Fluss durchgeführt. Niemand weinte oder klagte, die Rituale sollten seinen Geist an einem Ort führen, der sich ihrem Glauben zufolge außerhalb der Erde befand.

Meine Mutter war deprimiert, ihre Wangen waren eingefallen, ihre Haut und ihre Haare schienen verwahrlost. Sie war schon lange nicht mehr dieselbe junge Frau, die überall Fröhlichkeit verbreitete und alle mit ihrem Lächeln bezauberte, dass ihre weißen Zähne strahlen ließ.

Am nächsten Tag gab Esperanzas Vater zu verstehen, dass für die Mutigen die Stunde gekommen sei, in die Höhle einzudringen. Drei Männer waren dazu bereit, Vicente war einer von ihnen. Als sie zu ihren Messern griffen, sagte Mama:

»Rufino hat immer einen Revolver bei sich. Was wollt ihr mit den Messern ausrichten?«

Der weise Greis antwortete.

»Der Adler scheint nicht mehr als ein normaler Vogel zu sein, der sich vor unserer Übermacht zurückzieht. Aber er ist klüger, geschickter und intelligenter als wir und erreicht Höhen und abgelegene Orte außerhalb unserer Reichweite. Er benutzt das, was er hat, und ist deswegen ein Symbol für Kraft und Größe.«

Als die drei tapferen Soldaten zurückkamen, trugen sie auf ihren Schultern den Schmuck von Dona Ágata.

Eine Versammlung, an der Mama, Vicente, Esperanza und ihr alter Vater teilnahmen, wurde in dieser Nacht heimlich in Vicentes Haus abgehalten. Sie heckten einen Plan aus, demzufolge Genésio entdecken sollte, wer der Dieb und der Mörder seiner Mutter war.

Sie mussten geschickt vorgehen, damit nichts schieflief. Der nächste Tag war ein Sonntag, und Genésio würde, wie gewohnt, zur Fazenda kommen. Der Plan baute auf dieser Tatsache auf. Mama suchte Yapoula in der Stadt auf und nahm ein großes Risiko auf sich, um mit ihm zu sprechen, ohne gesehen zu werden.

Aber weil Genésio viele Kunden im Laden hatte, konnte sie unbemerkt mit ihm reden.

Yapoula hatte Angst, dass der Patron Wind von der Sache bekommen könnte und ihn bestrafen würde. Aus diesem Grund unterhielten sie sich zwischen den Ständen auf dem Zentralmarkt, wo die Verkäufer lauthals ihre Produkte anpriesen.

Am Nachmittag überwachte Rufino einige Arbeiter, wobei er rauchte und sich am Hintern kratzte.

»Rufino!«

»Was gibt's?«

»Als ich das Grab meines Mannes besucht habe, bin ich Yapoula über den Weg gelaufen, der gerade die Straße gekehrt hat. Er hat mich gebeten, Ihnen eine Nachricht zu übermitteln.«

»Schießen Sie los.«

»Na ja, ich schäme mich ein bisschen. Das sind Dinge, die man einer Frau nicht sagen sollte, aber Sie kennen die Männer, manchmal sind sie ziemlich unelegant.«

»Kommen Sie zur Sache.«

Sie schaute sich um, bedeckte die Hälfte ihres Mundes mit der Hand und flüsterte:

»Er hat mir aufgetragen, Ihnen zu sagen, dass morgen eine neue Ladung frischer Jungfrauen im Fiore eintreffen wird. Und er war noch so frech, mir vorzujammern, dass er kein Geld hätte, dorthin zu gehen.«

Der Vorarbeiter lachte ironisch, und sie schluckte. Ob er wohl anbeißen würde?

»Haha, ich brauche kein Geld, um da reinzukommen«, gab er an.

Er schaute zum Horizont, und ich sah, wie seine Augen funkelten. Ich konnte mir vorstellen, was er dachte.

›Frische Jungfrauen‹ – meine Mutter hatte Ideen!

»Genésio war niemals so sehnsüchtig in der Fazenda erwartet worden wie an diesem Sonntag, und um zu gewährleisten, dass er wirklich hinfuhr, hatte Yapoula ihm zum Frühstück einen Sack mit schmutziger Wäsche gegeben, mit den Worten, dass sie dringend gewaschen werden müsste, weil es »fast keine saubere Kleider mehr im Hause gäbe«. Er hatte einige absichtlich beschmutzt und andere einfach versteckt.

Der Patron fiel auf die Lüge herein.

Als der Vorarbeiter dabei war, in die Stadt zu fahren, hörten wir das Motorengeräusch von Genésios ankommendem Auto. Der Chef und seine rechte Hand wechselten einige Worte, und beide setzten ihren Weg fort.

Zu diesem Zeitpunkt waren alle Arbeiter längst im Bilde, und alle verhielten sich so unauffällig wie möglich, damit keiner der beiden Verdacht schöpfte.

Ein junger Sklave war beauftragt, Rufino zu folgen. Glücklicherweise war das Verlangen, die frischen Jungfrauen kennenzulernen, sein einziges Ziel an diesem Abend. Er dachte nicht daran, in der Höhle nach dem Rechten zu sehen.

Dieser Tag schien tatsächlich der richtige Tag zu sein, diesem verdammten Vorarbeiter das Handwerk zu legen.

Mama wurde von Genésio eingeladen, sich zu ihm an den Tisch zu setzen.

Während des Mittagessens unterhielten sie sich über die Dürre und das fehlende Gras für das Vieh.

Genésio ließ beim Essen Speisereste um seinen Teller herum auf den Tisch fallen. Mama verspürte schon gleich am Anfang Schwindelgefühle und Brechreiz und bat um Entschuldigung. Sie könne nichts essen, weil es ihr nicht gut ginge.

»Ich mache einen guten Tee.«

»Danke, Esperanza.«

Als sie die Höhle untersucht hatten, waren sie auf eine alte Decke, Reste verbrannten Holzes, eine Kanne und ein Glas gestoßen. Sie waren weiter vorgedrungen und hatten schließlich gefunden, was sie gesucht hatten. Einen Sack mit Schmuck und Goldmünzen. Es gab weder Fledermäuse noch andere Ungetüme. Vicente hatte, bevor sie eintraten, wieder die Götter angerufen und den anderen verboten, irgendetwas außer den Dingen, die sie suchten, zu berühren. Sie mussten schnell handeln, denn wenn Rufino Verdacht schöpfen würde, so wäre der Plan hinfällig.

Mama bat Genésio, mit ihr auf die Veranda zu gehen, weil sie dringend frische Luft brauche.

Als er zustimmte, kreuzte Esperanza ihre Hände zu einem stillen Dankgebet. Glücklicherweise hielt sich Genésio gern an diesem Ort auf, wo er die Arbeiter überwachen und seinen Tee trinken konnte. Es schien, als würde der Plan funktionieren.

Sie sprachen über Dona Ágata und ihre Gewohnheiten. Der Sohn erzählte von ihren Manien und ihrer Dickköpfigkeit. Während er sprach, zitterte Mama vor Angst, dass etwas schiefgehen könne. Vielleicht, weil sie seit langer Zeit keinen Tag in Frieden und Fröhlichkeit verbracht hatte.

Plötzlich kamen ein paar Kinder schreiend und gestikulierend das Flussufer entlang gerannt. Einige Frauen gaben sich überrascht und liefen auf die Kinder zu. Kurze Zeit später konnte man das Feuer von Weitem sehen, und eine gewaltige Rauchwolke stieg zum Himmel.

Esperanza erschien auf der Veranda, der Schreck stand ihr ins Gesicht geschrieben. Genésio war aufgesprungen.

»Ich glaube, es brennt!«, stellte Mama fest und wies mit der Hand auf die Rauchwolke.

Ein Arbeiter kam angerannt und schrie dem Patron zu:

»Das Feuer breitet sich aus, es kommt aus Rufinos Haus!«

Mama hielt sich erschrocken die Hand vor den Mund und Genésio lief sofort los.

»Oh Gott!«, schrie Esperanza. »Das Haus des Vorarbeiters steht in Flammen ...!«

Ehe sie zu Ende sprechen konnte, hatte Genésio sich in aller Eile auf den Weg gemacht.

Sie zwinkerte Mama zu, und sie zwinkerte zurück.

Die Männer schleppten eimerweise Wasser, während die Frauen konfus durch die Gegend rannten und sich die Hände an den Kopf hielten. Sogar die Kinder versuchten, zu helfen, indem sie mit Bechern Wasser aus dem Fluss schöpften, das sie auf dem Weg zu Rufinos Haus absichtlich vergossen.

Genésio ergriff eine große Aluminiumschüssel und zerstörte mit Vicentes Hilfe die Tür der Hütte. Es war zwar gefährlich, weiter einzudringen, aber er betrat in die Hütte trotzdem und verbrannte sich beinahe. Der Rauch ließ ihn fürchterlich husten, und er schrie den Kindern zu, sie sollen sich fernhalten.

Das Feuer erreichte schnell das schilfbedeckte Dach, und nach einigen Minuten standen nur noch die Wände.

Am Ende gab es nur noch verbrannte Kleider und verkohltes Holz, und die extreme Hitze hatte den Holzherd in einen Haufen Ziegelsteine verwandelt. Alles war in Asche gelegt, der Geruch war penetrant, und man hörte vereinzelt knackende Geräusche, die an explodierendes Popcorn erinnerten.

Im Bordell Fiore suchte Rufino das Zimmer einer Prostituierten auf, mit der er es bereits einige Male getrieben hatte. Es gab allerdings keine frischen Jungfrauen, aber die Besitzerin des Freudenhauses war schlau genug, zu sagen, dass se auf dem Weg zu ihrem Etablissement waren, aber noch nicht eingetroffen seien. Auf diese Weise verlor sie keine Kunden, die immer wieder in der Hoffnung kamen, neue junge Frauen anzutreffen und sich am Ende mit einer der altbekannten Prostituierten begnügten, so wie Rufino es an diesem Nachmittag tat.

»Wenn sie ankommen, bin ich vielleicht nicht mehr in Madrigal«, kommentierte er.

Die Bordellbesitzerin wollte Genaueres wissen, als sei sie eine enge Freundin.

»Ich habe vor, wegzugehen. Mein Onkel hat mir ein Erbe hinterlassen, und das kann ich mir natürlich nicht entgehen lassen«, log er.

Genésio stocherte mit einem Stock in den Überresten von Rufinos Hab und Gut herum. Seit der Vorarbeiter in der Fazenda angestellt worden war, war er nicht mehr in diese Hütte getreten.

Er trat vorsichtig auf, sprang über die Glut und bewegte sich allmählich genau auf die Stelle zu, wo alle ihn haben wollten.

Esperanza hob ihre Hand zum Himmel, Vicente legte seine auf sein Herz. Das Feuer war erloschen. Es war unwahrscheinlich, dass der Patron gerade jetzt seine Durchsuchung beenden würde.

Irgendetwas blinkte mitten in der Asche. Er hielt inne und kniff die Augen zusammen. Ein funkelnder Gegenstand hob sich von dem pechschwarzen Umfeld ab. Genésio ging auf ihn zu, wobei er in Pfützen und schmierige Asche trat. Er nahm seinen Stock und entfernte mit ihm die Reste des verbrannten Sackes.

In diesem Moment entdeckte er, dass sich hier alle Schmuckstücke seiner Mutter befanden. Dieser Fund berührte ihn tief in der Seele und ließ die Wut in seinen Adern kochen. Er war es also gewesen. Aber Kaluga hatte dafür bezahlt.

Er rief Esperanza zu, sie solle einen neuen Sack holen.

Als Rufino ankam, saß Genésio auf der Veranda und pfiff ein Lied vor sich hin. Der Vorarbeiter sah, wie er ihm zuwinkte und trat ins Haus, wo sie zusammen in das Arbeitszimmer gingen.

Rufino legte seinen Hut und seinen Revolver auf den Tisch und machte es sich auf einem Stuhl bequem.

»Leider hat ein Feuer Ihre Hütte vollkommen vernichtet, aber seien Sie unbesorgt, wir errichten eine neue. Soweit ich informiert bin, haben die Flammen alles verzehrt, die Leute konnten sie nicht schnell genug löschen.«

Mama und Esperanza klebten förmlich mit den Ohren an der Tür. Ihre Herzen schlugen so laut, dass man es beinahe im Arbeitszimmer hören konnte.

»Also, Seu Genésio, ich glaube, Sie brauchen keine neue Hütte zu bauen.«

»Selbstverständlich, das ist doch Ehrensache.«

Der Hexer erschien, und ich gebe zu, dass ich mich darüber freute.

»Ich habe vor, morgen wegzugehen.«

»Wollen Sie nicht mehr hier arbeiten? Was habe ich Ihnen getan?«

»Nichts, gar nichts. Sie waren immer ein hervorragender Patron, aber mein Onkel ist verstorben und hat eine gute Erbschaft hinterlassen.« Nach einer kurzen Pause sprach er weiter. »Es ist weit von hier. Wahrscheinlich werden wir uns nie mehr wiedersehen.«

»Und was bin ich Ihnen noch schuldig?«

»Nichts, ich will nichts. Mit dieser Erbschaft bin ich ein reicher Mann.«

Genésio bewegte sich auf seinem Stuhl und schaute anschließend auf den Boden, während er laut dachte:

»Aha, eine Erbschaft ...«

»Also, ich gehe dann, ich will sehen, was von meinen Sachen noch übriggeblieben ist.«

Rufino stand auf und der Patron streckte seine Hand aus, um sich zu verabschieden.

Der Vorarbeiter steckte sich den Revolver in den Gürtel, setzte den Hut auf und ging auf die Tür zu, als Genésio nach ihm rief. Als er sich umdrehte, traf ihn ein Schuss ins Herz.

Mama fiel in Ohnmacht. Nachdem Esperanza sie in ihr Bett gelegt hatte, ging sie auf Genésios Anordnung los, um Vicente zu holen.

»Geh', und hol den Coronel!«, befahl er ihm von der Veranda aus.

Die Leiche wurde an einen unbekannten Ort geschafft. Nicht einmal ich wollte wissen, wo diese Kreatur begraben wurde.

Das Jahr ging zu Ende, und die Arbeiter veranstalteten ein Fest. Um Mama zu danken, setzten sie sie in ihre Mitte und tanzten um sie herum. Während dieser Ehrenbezeugung verspürte sie plötzlich starke Schmerzen im Unterleib.

Alle beweinten Kalugas Abwesenheit und betranken sich in der Neujahrsnacht.

In dieser Nacht erzählte sie Esperanza, dass sie schwanger war.

Tage später hatte sie starke Blutungen und verlor das Kind, obwohl sie die ganze Zeit im Bett verbrachte und Esperanza verschiedene Tees für sie zubereitete.

Eine Lektion: Der Sieg kommt vielleicht spät, aber wenn er kommt, haben wir das Gefühl, er sei im richtigen Moment gekommen.

Kapitel 6

Aufgrund der letzten Ereignisse dachte Mama kaum noch an unser Haus. Kalugas Tod und der Verlust des Kindes hatten sie schwer getroffen. Auf der anderen Seite hatte sie Werte kennen gelernt, die vorher für sie nicht existiert hatten.

Die Zeit verging, und die Wunden verheilten allmählich. Sie hatte sich wieder erholt und war stark genug, um sich neuen Kämpfen zu stellen. Ein halbes Jahr war vergangen, Fred begann ein Studium an der Universität, und Tereza war zufrieden mit ihrer Arbeit in der neuen Familie. Sie legte jeden Monat etwas Geld zur Seite und brachte es auf ein Bankkonto, weil sie vorhatte, Mama irgendwann zu besuchen.

Tim schloss die technisch-militärische Schule ab. Jeden Tag begeisterte er sich mehr für Autos, und er träumte davon, eines Tages Ingenieur zu werden. Oft weinte er vor Sehnsucht, wenn er an Mama dachte, aber mit der Zuneigung seiner Tante und seiner Freunde gelang es ihm, den Schmerz zu überwinden. Er begeisterte sich für den Fernsehapparat, der im Schaufenster eines Elektrogeschäfts ausgestellt war und ging täglich dorthin, um seine Lieblingssendung zu sehen.

Mama nahm sich vor, mit dem Patron über unser Haus zu sprechen – schließlich hatte sie ein Anrecht darauf zu wissen, wie die Dinge standen –, aber sie hatte andererseits Bedenken, unhöflich zu erscheinen. Genésio hatte das Talent, einfache Angelegenheiten in unangenehme Situationen zu verwandeln, und andersherum unangenehme Sachverhalte zu banalisieren.

Sie war sich weiterhin seines Interesses, sie zu besitzen, bewusst und wollte diese Tatsache ausnutzen, um den Sklaven zu helfen. Für sie war es nicht akzeptabel, dass Menschen hart arbeiten mussten, ohne ein Gehalt zu bekommen, ohne ein würdiges Zuhause oder wenigstens anständige Kleidung zu besitzen, von Schule und medizinischer Versorgung einmal ganz zu schweigen.

Genésio rief immerhin einen Arzt, als Esperanzas Mutter im Sterben lag, aber er tat das nur, um den Eindruck zu erwecken, dass er sich Sorgen machte. Tatsache war, dass es für eine Heilung ihrer Krankheit längst zu spät war. Ich war dabei gewesen, als Kaluga mit meiner Mutter darüber gesprochen hatte. Und ein Beweis für die Kälte des Patrons war die Tatsache, dass er sich niemals bemüht hatte, Kaluga zu helfen, als dieser im Sterben lag.

Wieder wurde ein Brief unter dem Türschlitz hindurchgeschoben, diesmal von Dr. Afonso. Er gab neue Nachrichten von Fred, und er brachte seinen Stolz über dessen Entwicklung zum Ausdruck. Mein Bruder war von verschiedenen Psychiatern untersucht worden, deren Spezialgebiet die Schizophrenie war. Ihr gemeinsamer Befund war, dass Freds geistiger Zustand gut war und er keinerlei Zeichen dieser Krankheit aufwies. Außerdem schrieb er, dass Fred zwar gelegentlich traurig über die Abwesenheit seiner Familie war, er sich auf der anderen Seite intensiv seinem Medizinstudium widmete und dort hervorragende Leistungen erzielte. Er schloss seinen Brief ab, indem er seinen Wunsch bekräftigte, sie bald zu besuchen. Allerdings sei er mit seiner Klinik so beschäftigt, dass er im Moment keine Zeit habe. Er versprach, bald wieder zu schreiben.

Kurz darauf traf ein Brief von Terezas Vetter ein. Er schrieb, dass es ihr gut gehe, was nicht nur in ihrem Gehalt, sondern auch im Vertrauen, das ihr täglich entgegengebracht wurde, zum Ausdruck kam. Ihre Chefin war zufrieden und suchte bei ihr immer wieder Rat in persönlichen Angelegenheiten. Tereza war begeistert von der Stadt und besuchte häufig Feste, die für Alleinstehende im fortgeschrittenen Alter veranstaltet wurden, die so genannten »Bälle der einsamen Herzen«.

Der Vetter hob hervor, dass Tereza, die auf Nachrichten von ihr, Fred und Tim wartete, ihn gebeten hätte, ihr Folgendes zu schreiben: »Wann schreibst du uns mal?«

Beide Briefe wurden Mama aufgerissen überrecht, und sie war wütend auf den Patron. Tage später fragte sie ihn, ob nicht auch ein Brief ihrer Schwägerin eingetroffen sei, was er kurz verneinte, um anschließend das Thema zu wechseln.

Mama erfuhr von Bitus Tod und erschien zur Beerdigung. Kita war untröstlich und konnte nicht fassen, dass ihr Sohn so etwas hatte tun können. Erst Monate später erhielt sie von ihrem Bruder seinen Abschiedsbrief und erfuhr die traurigen Beweggründe.

Tage vergingen, und Mama wollte unser Haus aufsuchen, um zu sehen, ob sie dort vielleicht Briefe von Tante Geórgia fände. Sie kam nicht auf die Idee, dass einer eventuell unterschlagen worden war.

»Ich war heute Morgen dort und habe nichts gefunden,« log Genésio.

»Ich glaube, ich gehe zum Postamt, um mich zu erkundigen. Vielleicht ist der Brief zurückgeschickt worden, weil der Postbote bemerkt hat, dass das Haus unbewohnt ist.«

»Ich selbst erledige das für Sie«, unterbrach er sie. »Und wenn Sie Briefe verschicken wollen, kann ich das gleich miterledigen.«

»Danke, Seu Genésio.«

Am nächsten Tag gab sie ihm drei Briefe, die natürlich nie abgeschickt wurden. Außerdem log er sie an, indem er sie informierte, dass es keine weitere Korrespondenz für diese Adresse gäbe und alle Briefe ordnungsgemäß ausgeliefert worden seien.

Genésio war es wieder einmal gelungen, sie zu täuschen.

Einen Monat später, nachdem Mama ihn immer wieder nach Briefen mit Nachrichten von Tim ausgefragt hatte, bat er eine Prostituierte im Fiore, einen Brief im Namen einer angeblichen Fazenda-Angestellten zu schreiben, von dem er Abschriften an Tante Geórgia, Terezas Vetter und Dr. Afonso schickte. Der Text informierte in knappen Worten, dass Mama sich in einen der Angestellten verliebt hätte.

»Sie hat ihr Haus verkauft und ist mit ihm über alle Berge, ohne zu sagen, wohin«, stand in dem Brief, der mit Ausdrücken des Bedauerns und den besten Wünschen für die Zukunft der drei Empfänger abschloss.

Aber der härteste Schlag, den Genésio ihr versetzte, sollte noch kommen.

In Madrigal hatte sich einiges verändert. Der Coronel kaufte Ländereien und Vieh und veruntreute Geld aus öffentlichen Mitteln. Genésio hatte Mama unter Kontrolle, obwohl er so tat, als ließe er sich von ihr kontrollieren. Mama hatte eine unstillbare Sehnsucht nach ihren Söhnen und verstand nicht, warum sie keine Nachrichten mehr von ihnen erhielt. Die Waffenhändler kauften weiterhin in Nacht- und Nebelaktionen Waffen bei Genésio.

Gegen Ende des Jahres lag Mama zusammen mit Esperanza, Nereu und Dianna auf einer Matte am Flussufer. Dasselbe Ufer, wo sie damals in Kälte und Einsamkeit eingeschlafen war, wo sie gesehen hatte, wie das Floß mit Kalugas Leiche in Flammen aufging und wo sie – bittere Ironie – so schöne Augenblicke mit ihm verlebt hatte.

Sie lauschten dem Wasser und schauten zu den Sternen, die in aller Pracht am Himmel funkelten. Sie sprachen über ihre Leben, ihre Kindheit, ihre Eltern und andere Dinge, an die sie sich gern erinnerten. Mama erzählte von ihrer Ehe, der Geburt ihrer Kinder und ließ sich von der Sehnsucht übermannen. Die Erinnerung an Kaluga überfiel sie, und sie bedauerte, dass sie nicht mehr hatte tun können, um ihm zu helfen.

»Mein Vater nahm Vicente immer mit zur Jagd, dort hinter dem großen Berg«, erzählte Esperanza und wies auf einen Schatten am Horizont. »Zuerst säuberten Sie den Weg, denn mit weniger Blättern und Zweigen auf dem Boden hörten die Tiere nicht, wie sie sich anpirschten. Mein Großvater hatte ausgezeichnete Augen und Ohren und war deswegen einer der erfolgreichsten Jäger der Umgebung. Er kam nie mit leeren Händen zurück. Mein alter Vater hat jede Menge Tricks von ihm gelernt. Schade, dass er heute nicht mehr jagen kann, aber wir freuen uns über seine Anwesenheit bei den Grillnächten, denn es war ihm immer sehr wichtig gewesen, bei der Zubereitung des Fleisches zu helfen.«

»Er ist immer noch kräftig«, widersprach Mama und zeigte auf eine Sternengruppe. »Sieh nur, der Orion, wie hell ...«

In diesem Augenblick fuhr Genésios Auto vor und die beiden Frauen erhoben sich.

»Was will er hier zu dieser Stunde?« Mama war sofort hellhörig.

»Ah, heute ist wieder eine mysteriöse Nacht.«

»Wie bitte?«

»An manchen Nächten ist es uns strikt verboten, uns in der Nähe der Fazenda aufzuhalten, denn er trifft sich mit einigen Männern in seinem Arbeitszimmer. Es scheinen Geschäftspartner zu sein, aber wenn da alles mit rechten Dingen zugehen würde, hätte er uns nicht befohlen, uns fernzuhalten.«

Mama erzählte von der Nacht, in der sie mit Kaluga in der Scheune war, als der Patron mit zwei Unbekannten vor dem Gebäude angehalten hatte, und anschließend mit ihnen in seinem Arbeitszimmer verschwunden war. Sie erzählte alles, was sie gehört hatte und sagte:

»Gutes hatten die bestimmt nicht im Sinn.«

»Das glaube ich auch.«

Genésio trat mit zwei Männern ins Haus, während ein dritter draußen auf und ab ging und den Bereich wie ein Wachhund beobachtete.

Einen Monat später untersuchte Mama Genésios Büro, weil sie glaubte, dass er dort ihre Briefe versteckt hielt. Zu ihrem Pech traf Genésio ausgerechnet in diesem Moment ein, und sie konnte sich gerade noch im Schrank verstecken. Sie sah ihn mit anderen Männern und vielen Waffen, hörte ihre Unterhaltungen und ihr Gelächter und erfuhr, dass sie die Soldaten, die den Transport bewacht hatten, kaltblütig ermordet hatten. Genésio öffnete eine Flasche Wein, und sie prosteten sich zu, tranken und lachten inmitten der Kisten, die auf dem Boden herumstanden. Schließlich öffnete der Patron eine Geheimtür, die sich hinter einem monströsen Gemälde des gekreuzigten Jesus befand, und gab so den Blick auf noch weitere gestohlene Ware frei.

Die Männer verließen das Zimmer mit den Händen voller Geld, an dem das Blut unschuldiger Menschen haftete.

Am nächsten Tag teilte sie Esperanza ihre Entdeckung mit, als beide wieder einmal zusammen mit anderen Sklaven den Nachthimmel bewunderten.

»Also, das ist es, Esperanza ... in diesen mysteriösen Nächten werden Waffen entweder angeliefert oder weiterverkauft, und alles muss so ablaufen, dass niemand Verdacht schöpft.«

Sie erinnerte sich, dass sie einmal im Radio von einem Überfall auf einen Waffentransport der Armee gehört hatte, bei dem alle Soldaten gemeuchelt worden waren. Die Behörden stellten eine hohe Belohnung für Hinweise, die zu den Verbrechern führten in Aussicht.

Ich legte mich neben sie und schaute auf den Sternenhimmel, während das neue Jahr seinen Einzug hielt. Diesmal feierte niemand dieses Datum, denn es gab keinen Anlass zur Feststimmung. Es gab nur Hoffnungen und Träume, die in jedem dieser Herzen, die gegen die Ungerechtigkeit kämpften, verwurzelt waren. Es gab nur eine Sicherheit für diese Menschen: dass die Sonne am nächsten Tag wieder scheinen würde. Und unter dieser sengenden Sonne würden sie dann wieder hart arbeiten, ohne ihre Hoffnungen auf die Freiheit jemals zu verlieren.

Die Stimmen der beiden und der fantastische Nachthimmel ließen mich einschlafen. Ich war ausgebrannt.

Eine Lektion: Wir alle erleiden Verluste und Niederlagen, und die Überwindung des Leidens liegt vielleicht in der Idee, dass eine Entschädigung jeden Moment stattfinden kann.

Kapitel 7

Ich öffnete die Augen und sah eine Gruppe von Menschen in Trauerkleidung, die zur Totenwache um einen Sarg herumstand. Ich näherte mich dem Sarg. Dort lag sie. Ihr Gesicht schien entspannt, und ihre Züge erinnerten an Papa. Die Hände waren über ein violettes Kleid gekreuzt, das fast vollständig von weißen Blumen bedeckt war, die einen süßlichen Duft verbreiteten. Ich schaute mich um und sah einige Anwesende mit einem Rosenkranz und zitternden Lippen. Andere wiederum näherten sich schnell, warfen einen Blick auf die Verstorbene und zogen sich eilig wieder zurück. Ein Pfarrer gähnte in einer Ecke dieses kalten Raumes. Um ihn herum standen acht Nonnen. Ich mischte mich unter die Leute und hörte ihren Kommentaren zu.

»Sie war eine Heilige.«

»Ein Tumor im Kopf ist eine ernste Angelegenheit, das ist unheilbar.«

›Moment! Das heißt, Tante Geórgia ist nicht an ihrem Herzleiden verstorben.‹ Ich hörte weiter zu und erfuhr, dass sie durch diesen Tumor längere Zeit im Koma gelegen hatte. Ich dachte an ihren Brief, in dem sie geschrieben hatte, dass sie nicht mehr lange leben würde, weil ihr Herz schwach sei. Ich kam zum Schluss, dass ihr Gehirn sie über den wahren Grund ihrer Schwäche getäuscht hatte.

Nebenan gab es einen kleinen Raum, in dem einige Leute Kaffee tranken und Plätzchen aßen.

Ich sah einen Jugendlichen, der dort mit gesenktem Kopf zwischen drei anderen Teenagern saß. Ich ging auf die Gruppe zu und erkannte Tim, der sich ziemlich verändert hatte. Seine Haare waren kurz geschoren, und sein Gesicht war länger und feiner geworden. Seine Haut war voller Pickel, die unappetitliche Akne hatte sein Gesicht mit unzähligen kleinen und einigen großen, eitrigen Pusteln überzogen.

So wurde meine Tante in Mamas, Terezas und Freds Abwesenheit begraben. Tim besuchte, wie schon gesagt, eine technisch-militärische Schule. Aufgrund seiner Begabung im Umgang mit Autos und des Wissens, das er sich in einigen Kursen angeeignet hatte, wurde er dazu auserwählt, die Reparaturen des gesamten Fahrzeugbestands in der Kaserne durchzuführen. Er war bald unter den Offizieren bekannt und angesehen, die ihn zu ihren Festen einluden, wo er einflussreiche und wohlhabende Menschen kennen lernte. Er bekam ein Stipendium und arbeitete bald mit renommierten Professoren zusammen.

Trotzdem weinte er manchmal, wenn er sich an seine arme, jedoch glückliche Kindheit in Madrigal erinnerte. Er überlegte sich, was Mama dazu getrieben haben könnte, sich auf diese Weise abzusetzen. Er träumte davon, sie wiederzusehen, und obwohl er über ihre angebliche Entscheidung keinen Verdacht schöpfte, war er bereit, ihr zu verzeihen.

Bei einem dieser Militärbälle hörte er den unglaublichen Geschichten der trinkenden Offiziere zu, als drei Freunde ihn aufforderten.

»Los, Ligier, die Mädels sind alle da drüben.«

Die Tanzfläche war noch leer, weil die Kapelle ihre Instrumente stimmte. Drei junge Frauen saßen am Tresen, zwei an einem Tisch daneben und vier weitere auf einem Sofa aus weißem Leder. Alle trugen Spitzenkleider und Stöckelschuhe. Es war die Höhe der Gefühle, zu sehen, wie die Kleider ihre Knie freigaben. Sie kicherten albern und zupften ständig daran herum, aber die Jungen kamen auf ihre Kosten.

Die Jugend!

Einer der Freunde bot Tim eine Zigarette an, aber er lehnte sowohl mit dem Kopf als auch mit der Hand ab. Bravo, Tim!

Ich lief durch den Saal, auf der Suche nach dem Hexer. Es kam mir vor, als hätte ich ihn seit einem Jahrhundert nicht mehr gesehen. Tim setzte sich auf einen großen Barhocker und bestellte einen Whisky, obwohl er eine gewisse Angst empfand, auch einmal ein Alkoholiker zu werden wie sein Vater.

Und wer stand hinter dem Tresen? Er lachte und bot mir einen Drink an.

Während Tim an seinem Whisky nippte, dachte er an den Umzug, der ihm bevorstand. Er wollte nicht mehr an diesem Ort bleiben, wo er die letzten Jahre gewohnt hatte. Die Erinnerung und die Einsamkeit belasteten ihn täglich immer mehr, er konnte diese Wohnung nicht mehr ertragen.

Er erinnerte sich an die Sammlung seiner Modellautos; an die Brücken, die er mit Fred im Garten gebaut hatte und an den Geruch der frischgebackenen Kuchen, der auf die Straße drang, wo Fred und er mit Freunden Fußball spielten. Er dachte an Mama und an ihre Zärtlichkeit. Wie oft war er mitten in der Nacht aufgewacht und hatte ihren Namen gerufen. Dann war Tante Geórgia immer gekommen und bei ihm geblieben, bis er wieder eingeschlafen war.

»Warum hat sie mich verlassen?«, fragte er, und Tante Geórgia umarmte ihn mit den Worten, dass er diese Frage eines Tages persönlich an sie stellen würde, und dass er sie nicht vorher verurteilen dürfe.

Er ließ seinen Finger über den Rand des Whiskyglases kreisen und dachte über neue Projekte, einen neuen Wohnort und sein Studium nach, dem er sich widmete.

Die Kapelle begann, Tanzmusik zu spielen, und bald füllte sich die Fläche mit Paaren, die sich zu der Musik bewegten und lachten.

Der Hexer und ich prosteten uns zu.

Tims Blick fiel auf eine Jugendliche am Ende des Tresens, die mit dem Finger die Eiswürfel in ihrem Glas bewegte. Sie war nachdenklich wie er.

›Ob sie auch ihre Familie verloren hat?‹, fragte er sich.

Nach drei schnellen Stücken spielte die Band romantische Musik. Verschiedene junge Männer forderten sie zum Tanz auf, aber sie lehnte jedes Mal ab.

Tim saß weiter am Tresen, trank und dachte über sein Leben nach. Und sie saß weiterhin in der anderen Ecke, ruhig und einsam.

Nach einer Weile kam jemand auf sie zu.

»Wollen Sie sich unterhalten?«

Sie lächelte und schaute auf ihr Getränk.

»Ich heiße Tim, angenehm«, er streckte seine Hand aus.

Sie gab ihm ihre und er berührte ihren kalten Finger.

»Elizabeth, sehr angenehm.«

»Hum. Sie haben wirklich etwas Adeliges«, sagte er lachend. »Warum tanzen Sie nicht?«

»Sie tanzen doch auch nicht«, gab sie zurück.

»Erstens kann ich nicht tanzen, und zweitens habe ich keine Partnerin.«

Sie grinste ihn an.

»Ich kann auch nicht tanzen.«

»Sind Sie allein?«

»Nein, ich bin hier mit meinem Vater und einigen Freundin-nen«, sie deutete zuerst zur Tür, die zum anderen Saal führte und anschließend auf die Tanzfläche.

»Ist er ein Offizier?«

»Ja, Oberst Morgan. Kennen Sie ihn?«

»Ich habe einmal sein Auto repariert.«

»Ah, Sie waren das?«

»Ja, warum?«

»Er hat zu Hause darüber gesprochen. Er hat gesagt, dass es in der Kaserne einen jungen Soldaten gäbe, der die Lösung für den gesamten Fahrzeugbestand sei.«

Tim musste lachen. Die Musik war vorbei, und zwei ihrer Freundinnen kamen auf die beiden zu und zogen Elizabeth am Arm.

»Komm mit zur Toilette.«

Sie bat um Entschuldigung und begleitete ihre Freundinnen, die die ganze Zeit kicherten.

Ich folgte ihnen und erlebte eine Überraschung. Natürlich ging ich nicht mit in die Zellen mit den eigentlichen Toiletten, ich bin schließlich ein Gentleman, aber ich beobachtete sie, als sie vor dem Spiegel standen und sich über die jungen Männer ausließen, mit denen sie gesprochen hatten.

»Meiner scheint zwar reich zu sein, aber er ist nicht gerade gebildet. Habt ihr gehört, wie er geredet hat?«

»Das geht noch. Meiner hat Mundgeruch. Ich bin fast ohnmächtig geworden, als er etwas zu mir gesagt hat.«

Elizabeth kämmte unterdessen ihre Haare und sagte nichts.

»Lynda, und deiner?«

»Seine Pickel sind ja nicht zu übersehen.«

»Hört bloß auf, ihr Klatschtanten. Heute heiße ich Elizabeth und ich habe einen Freund.«

Sie lachten, während ich, ohne mich an die Zukunft erinnern zu können, den perfekten Körper dieser Jugendlichen betrachtete, die heute meine Frau ist. Ihr eng anliegendes Kleid, das bis zu den Knien reichte, brachte ihre perfekten Kurven zur Geltung. Ihre Augen waren die einer Göttin, und an diesem Abend verliebte ich mich unsterblich.

Sie kamen zurück und unterhielten sich mit ihren jeweiligen Bekanntschaften. Tim hatte seinen Whisky ausgetrunken und erlebte eine Überraschung.

»Tanzen wir?«

»Aber Sie haben doch gesagt, Sie können nicht tanzen.«

»Wir beide können es nicht, aber wir können es gemeinsam versuchen. Wenn der eine aus dem Takt kommt, kann sich der andere wenigstens nicht beschweren.«

Sie tanzten mit langsamen Schritten, die Körper und Gesichter eng aneinander geschmiegt.

Sie sprachen wenig, während zwischen ihnen eine Anziehungskraft wuchs, die von der romantischen Musik noch gefördert wurde.

Anschließend gingen sie zurück zum Tresen. Die Leute verließen allmählich das Fest, bis nur noch wenige anwesend waren.

»Du studierst also Maschinenbau?«

»Ja, ich möchte mich auf Fahrzeugbau spezialisieren. Und du?«

Sie hob das Glas mit ihrem neuen Drink und antwortete, bevor sie trank.

»Philosophie.«

Sie unterhielten sich noch eine Weile, aber er fühlte sich nicht gut, weil er zu viel getrunken hatte. Sein Kopf schien sich zu drehen und der Boden unter seinen Füßen zu schwanken. Er ahnte schon, dass das Schlimmste passieren könnte und log sie an, er müsse noch eine Arbeit für die Universität beenden. Er verabschiedete sich und entfernte sich eilig.

Vor der Haustür übergab er sich. Als er sein Zimmer betrat, ging es ihm noch schlechter, nicht nur, weil er betrunken war, sondern weil es niemanden gab, der auf ihn wartete. Er beschloss definitiv, so schnell wie möglich umzuziehen.

Lynda kam nach Hause und dachte die ganze Zeit nur an den Soldaten Ligier. Sie bereute, ihm ihren wahren Namen und die Tatsache, dass sie ausgezeichnet tanzen konnte, verschwiegen zu haben.

Die Jugend!

Monate waren vergangen und Mama hatte nie ein wirkliches Gehalt empfangen. Obwohl sie kein Geld hatte, beschloss sie, ihre Söhne aufzusuchen. Aber welchen zuerst?

Tim wohnte bei seiner Tante, deren Adresse sie kannte. Schon aus diesem Grund würde sie ihn zuerst besuchen.

Als sie Genésio von ihrem Vorhaben unterrichtete, zeigte sich der Mann sehr daran interessiert, ihr zu helfen.

»Ich bringe Sie zu ihrem Sohn.«

»Danke, Seu Genésio, aber bemühen Sie sich nicht. Ich fahre mit dem Zug.«

»Das kommt gar nicht in Frage! Ich lasse Sie nicht so lange in einem schmutzigen Zug fahren.«

»Aber ...«

»Ich selbst fahre Sie hin, und Sie brauchen nichts zu bezahlen. Ich bringe mein Auto vorher in die Werkstatt, denn es ist eine lange Reise«, sagte er und schloss die Unterhaltung ab.

Es blieb ihr nichts anderes übrig, als zuzustimmen. Allerdings dauerte es länger als einen Monat, bis das Auto wieder aus der Werkstatt kam. Tim konzentrierte sich auf sein Studium und hatte außerdem viel Arbeit in der Kaserne.

Fred verbrachte die Ferien in einem Haus, das Dr. Afonsos Familie gehörte. Es lag an einem Flussufer und war von Hügeln und schönen Wäldern umgeben. Dort lernte er seine erste Freundin kennen, von der er dachte, sie sei das Mädchen seiner Träume. Es war Liebe auf den ersten Blick. Sie war bezaubernd, gut erzogen, intelligent und erwiderte sein Interesse. Ihr Vater war ein berühmter Politiker und kam gern zum Angeln an diesen wunderschönen Ort.

Tereza blieb weiter Junggesellin und beschwerte sich über die Männer. Ihre Arbeitgeber bemühten sich sogar, einen Lebensgefährten für sie zu finden, aber der arme Auserwählte wagte es nicht, noch einmal in dieses Haus zurückzukehren, aus Angst, er könne von einem Nudelholz am Kopf getroffen werden. Tereza war einfach nicht zu ändern!

Mama wusste nicht, was sich hinter Genésios Freundlichkeit verbarg. Sie ahnte nicht, welcher Hinterhalt auf sie wartete.

Am Tag der Abreise lief sie in der Küche auf und ab, während Esperanza versuchte, sie zu beruhigen. An diesem Tag, der ihr Glückstag sein sollte, wechselte ihr Leben vom Realen ins Surreale.

Die bloße Vorstellung, Tim wiederzusehen, machte sie nervös. Er war bestimmt gewachsen und hatte sich auch sonst verändert. Sie dachte auch daran, dass ihre Schwägerin nicht ihr Wort gehalten hatte, ihr regelmäßig zu schreiben. Trotzdem war sie ihr dankbar, denn sie hatte sich bestimmt mit aller Zuwendung um Tim gekümmert. Sie lachte und schnalzte mit den Fingern.

Am Nachmittag fuhr das Auto vor, erschreckte dabei einige Tiere und weckte die Fazenda aus ihrer Trägheit.

Der Patron ging direkt in sein Arbeitszimmer, während Esperanza ihren Koffer trug.

»Pass gut auf dich auf«, bat die Magd.

»Ich verspreche es.«

Sie umarmten sich herzlich, während sie auf den Patron warteten. Viele Kinder wollten sich ebenfalls von ihr verabschieden. Franciska brachte einen Korb mit Süßigkeiten und Broten, und einige Männer drückten ihr kräftig die Hand und wünschten ihr alles Gute.

Als Mama ins Auto stieg, saßen der Hexer und ich schon auf der Rückbank und schauten mit Abscheu auf den fetten furzenden Fahrer. Genésio passte zu diesem Auto wie ein Elefant zu einer Streichholzschachtel.

Sie schaute zurück und erblickte Esperanza und deren Vater im Rückfenster. Sie lächelte ihnen zu, obwohl ihr zum Weinen zumute war. Es war die Emotion, ihren Sohn, den sie so lange Zeit nur in Gedanken umarmt hatte, endlich wiederzusehen.

Aber inmitten dieser Gefühle empfand sie plötzlich eine Angst in ihrer Seele.

Frauen können Vorahnungen haben, aber viele wissen es nicht.

Die Reise begann, und alles schien gut zu sein, bis der Wagen plötzlich nach einer halben Stunde Fahrt in einem Waldstück anfing, zu ruckeln. Genésio fuhr an den Straßenrand und hielt an. Die nächste Stadt war weit entfernt, und bald würde es dunkel sein.

Eine große Verzweiflung überfiel meine Mutter, als der Patron anfing, am Motor herumzuhantieren. Danach setzte er sich wieder ans Steuer und tat so, als wolle er den Motor anlassen. Ich überprüfte, ob genug Benzin im Tank war. Auch der Motor war in perfektem Zustand. Dieser verfluchte Mann inszenierte ein billiges Theaterstück.

»Passen Sie auf, wie er es anstellt«, sagte der Hexer. »Er täuscht einen Defekt vor, aber in Wirklichkeit gibt er kein Gas beim Anlassen.«

Mama verstand nichts von Autos, hatte nicht einmal einen Führerschein und durchschaute nicht den Trick, mit dem das Auto genau dort zum Anhalten gebracht worden war, wo außer ihnen weit und breit keine Menschenseele war. Das Einzige, was sie bemerkte, war der schlecht versteckte Revolver unter seinem Sitz.

Er beschmutzte seine Hände mit Öl, denn sie sollte denken, dass er versuchte, das Auto zu reparieren. Er ging hin und her, schnitt Grimassen, stieg schließlich wieder ins Auto und schaute zum Horizont.

»Und jetzt?«, sie war sichtlich verschreckt.

»Wir haben kein Auto mehr, meine Dame.«

Mama stieg aus und schaute sich um. Wo sie auch hinschaute, gab es nur Bäume.

Sie kam zurück und schrie beinahe.

»Wir können bis zur nächsten Stadt laufen.«

Er lachte.

»Ich glaube nicht, dass wir vor dem Morgengrauen ankommen. Die Nacht wird kalt, es ist besser, wenn wir uns im Auto aufwärmen.«

Sie kniff die Lippen zusammen. Ihr Hals war trocken und ihre Augen brannten.

»Vielleicht kommt jemand mit einem Auto vorbei und hilft uns, aber es ist unwahrscheinlich, dass hier noch eine Menschenseele vorbeifährt«, hob er hervor.

Ich trat gegen das Blech des Autos, und der Hexer schlug mit der Faust aufs Dach.

»Verfluchter Hurensohn!«, schrie ich.

»Lügner!«, eiferte sich der Hexer.

»Und jetzt?«, fragte ich ihn, als ob ich eine Antwort erwartete.

Als er mich anschaute, bemerkte ich etwas Seltsames in seinem Blick.

»Alles kann passieren, Tim. Warten wir es ab.«

Nach einer unruhigen halben Stunde verspürte Mama das Bedürfnis, zu urinieren.

»Ich muss«, sie kratzte sich verlegen am Kopf, »etwas erledigen – und zwar im Wald.«

»Ich verstehe.« Er grinste schmierig.

Sie stolperte unsicher in den Wald, in dem es düster und kalt war. Sie schaute zurück, weil sie befürchtete, er würde ihr nachstellen. Dann hob sie ihren Rock und urinierte.

»So ein Mist! Elender Mist!«, schimpfte sie, als sie zurückging.

Zwei Minuten später stieg er aus, ging an den Straßenrand, öffnete in aller Seelenruhe die Knöpfe seiner Hose und pinkelte, wobei er fröhlich vor sich hin pfiff.

Mama schnitt eine Grimasse, um ihren Abscheu zu zeigen und schloss das Fenster, denn der Wind wurde immer kälter.

Die Nacht brach herein und sie saßen im Auto, eine schreckliche Situation für sie. Um ihre Stimmung etwas zu heben, versuchte sie, sich das Wiedersehen mit ihrem Sohn vorzustellen.

»Legen Sie sich auf die Rückbank und schlafen Sie«, riet er, während er mit dem Finger in der Nase popelte.

Mama fand das tatsächlich besser, denn neben ihm zu sitzen, war die reinste Tortur. Er aß, was Franciska für sie eingepackt hatte, und schmatzte geräuschvoll.

Gegen Mitternacht, als sie glaubte, dass er schlief, schloss sie die Augen, um zu entspannen. Sie war erschöpft und musste sich ausruhen, um für den nächsten Tag gewappnet zu sein.

Als sie schlief, erschien dieser verfluchte Mann zitternd vor Erregung über ihr.

»Was wollen Sie?« Die Frage erübrigte sich, es war offensichtlich was er wollte.

»Ich halte es nicht mehr aus, das Verlangen ist zu groß«, grunzte er, und holte sein erregtes Glied aus der Hose.

Sie versuchte, zu schreien, aber er hielt ihr den Mund zu.

»Wenn der Neger dich gekriegt hat, kriege ich dich auch!« Er legte sich auf sie. »Los, mein Flittchen, mach mit mir, was du mit ihm gemacht hast!«

Ich konnte das nicht mitansehen. Die letzte Szene, die ich mitbekam, war, wie er ihren Rock mit einer Hand nach oben schob, während er mit der anderen versuchte, ihre verzweifelten Schreie zu ersticken. Ihre Augen füllten sich mit Tränen, und ich schrie, bis ich ohnmächtig wurde. Nachdem er sein Werk vollbracht, sie entwürdigt und verwundet hatte, steckte er sich seine Pfeife an und rauchte in aller Ruhe.

Wie mir der Hexer danach erzählte, blieb meine Mutter liegen und schaute ausdruckslos nach oben. Sie gab keinen Laut von sich, wie angeschossenes Wild. Seinen weiteren Schilderungen zufolge weinte Mama nicht, sondern wischte sich nur mit dem Rocksaum ab.

Es wurde hell, jemand klopfte an das Fenster und weckte Genésio.

»Es ist alles in Ordnung. Meine Frau und ich haben nur angehalten, um ein bisschen zu schlafen«, sagte er zu dem Kavalier, der sich sofort wieder auf den Weg machte, ohne Verdacht zu schöpfen. Mama versuchte zuerst, sich einzureden, dass nichts geschehen war. Aber dann zog sie es vor, der Wahrheit entgegenzutreten und ihre Intelligenz zu nutzen, um zu überleben. Schließlich kannte sie Genésio und wusste, wozu er imstande war. Sie fürchtete um ihr Leben und stellte sich vor, wie er sie umbringen würde, damit sie der Polizei nichts von dieser Vergewaltigung erzählen könne.

An diesem gottverlassenen Ort war es ebenso leicht, ein Verbrechen zu verbergen, wie eine Leiche.

Sie stand langsam auf und sah, dass er auf der Straße stand und rauchte, während er an diesem frischen anbrechenden Tag den Wald mit seinen vielen Singvögeln, Eichhörnchen und anderem Getier beobachtete.

Ich saß am Straßenrand und gebe zu, dass ich in diesem Moment so beklommen war, dass ich nur noch Angst vor diesem Ungeheuer empfinden konnte. Der Hexer gab sich alle Mühe, mich zu beruhigen, und lief ständig zu Mama und wieder zurück zu mir. Ich erkannte auf einmal in ihm einen Freund, den ich vorher nie gesehen hatte. Er setzte sich neben mich und legte gefühlvoll seine Hand auf meine Schulter.

»Tim, wir müssen positiv denken.«

Ich schaute ihm tief in die Augen und versuchte eine Antwort auf eine Frage zu finden, die ich mir in meinem Inneren immer wieder stellte.

›Warum haben sie Hexer, Zauberer, Götter und sonst was erfunden, wenn keiner von ihnen uns helfen kann? Ich werde erst an sie glauben, wenn sie diese Ungerechtigkeit abstellen.‹

Mama war in Lebensgefahr, und das Einzige, was uns blieb, war, positiv zu denken? Konnte das sein?

Ich verdrängte meinen Zorn und musste anerkennen, dass er sich wirklich um mich bemühte. Mein Gemütszustand verbesserte sich noch mehr, als ich sah, wie Mama aus dem Auto stieg und dem Monster, das ihr Gewalt angetan hatte, einen guten Tag wünschte. Sie tat, was sie tun musste, es gelang ihr, kühlen Kopf zu bewahren.

»Es liegt allein an uns, richtig zu handeln und die Dinge zu ändern«, dachte ich laut.

Genésio drehte sich kurz um, um sie zu begrüßen und schaute dann wieder in den Wald, als ob er dort etwas Bestimmtes suchte. Sie streckte ihre Arme in die Luft und gähnte. Jetzt war sie es, die Theater spielte. Sie tat so, als würde sie sich nicht erinnern, als hätte sie keine Schmerzen, als würde sie keinen Ekel vor ihm empfinden.

Alles, um zu überleben!

In diesem Moment fühlte sie eine Flüssigkeit an ihrem Bein herunterlaufen und drückte den Rock gegen die Haut.

Sie hätte am liebsten den Revolver genommen und ihm eine Kugel in den Kopf gejagt, was ich an ihrer Stelle bestimmt getan hätte. Aber dann überlegte sie sich, wie die Gesellschaft sie sehen würde. Sie würde mit Sicherheit in einer Gefängniszelle sterben, ohne jemals ihre Söhne wiederzusehen.

›Es ist besser, diese Idee zu vergessen‹, überlegte sie und ging zurück zum Auto.

Der Motor sprang beim ersten Versuch an, und sie fuhren wieder zurück zur Fazenda.

Ihre Träume waren nicht gestorben, schließlich war sie Ty-anna. Sie würde niemals aufhören, zu kämpfen, solange sie am Leben war.

Als sie bemerkte, dass sie nicht mehr in Richtung Haupt-stadt fuhren, war sie dankbar, dass sie wenigstens noch lebte.

Nach zehn Minuten beschloss sie, irgendetwas zu sagen.

»Wir fahren wieder zurück, nicht wahr?«

»Richtig.«

Danach hüllten sich beide wieder in Schweigen, und nach kurzer Zeit waren in der Ferne Häuser zu erkennen. Sie waren ein Zeichen, dass die Zivilisation nicht mehr weit war, und sie fühlte sich nach dieser Nacht inmitten des Nichts etwas geborgener. Nach wenigen Minuten trafen sie Eselkarren und Kutschen auf der Straße. Genésio grüßte alle, als sei er ein eminent wichtiger Politiker im Wahlkampf.

Sie öffnete das Fenster und atmete tief durch. Wenn in dieser Nacht nichts vorgefallen wäre, hätte sie jetzt sicherlich Hunger und würde gern einen heißen Kaffee trinken. Aber das Einzige, das sie jetzt interessierte, war ein Bad mit heißem Wasser, aus dem sie so schnell nicht wieder herauskommen würde. Sie muss-te sich reinigen, und zwar zuerst ihren Körper. Die Seele musste warten.

Als schließlich Madrigal vor ihnen lag, huschte ein Lächeln über ihr Gesicht.

»Wenn Sie den Mund öffnen, um zu erzählen, was geschehen ist, bringe ich Sie um. Aber vorher lasse ich alle Ihre Angehörigen umbringen.«

Sie schluckte und nickte mit dem Kopf.

›Alles, um zu überleben‹, dachte sie.

»Haben Sie verstanden?«

»Ja, Seu Genésio.«

Sie wurden von Esperanza empfangen, die erschrocken ihre Hand vor den Mund hielt.

»Was ist passiert?«

»Wir hatten eine Panne«, antwortete Genésio.

Mama nickte zustimmend, aber konnte der Magd nicht ins Gesicht schauen.

Wer sie kannte, wusste, dass sie etwas verbarg. Sie ließ die Badewanne mit heißem Wasser volllaufen, schloss sich für lange Zeit im Bad ein, und wusch sich immer wieder ihre Genitalien mit Seife.

Während sie weinte, kauerte ich still in der Ecke des Bades.

Am nächsten Tag wachte sie auf und fasste einen Entschluss; sie wollte, so schnell wie möglich, zum Bahnhof gelangen.

Vorher suchte sie einen alten Brief von Tante Geórgia, in dem sie den Namen der Kirche, in der sie arbeitete, erwähnt hatte.

»Unsere Liebe Frau des Heiligen Herzens«, sagte sie zu der jungen Telefonistin in der kleinen Zelle, auf der »Telefon-Service Madrigal« stand.

Die junge Frau verstöpselte einige Kabel, die sie mit der Zentrale verbanden.

Mama sprach mit einer Novizin, die Tante Geórgia nicht kannte.

»Aber können Sie nicht nachfragen oder die Akten einsehen?«

»Ich kann höchstens fragen, denn ich habe keinen Zugang zu Akten.«

»Kann ich darauf warten?«

»Nein, meine Dame. In diesem Moment ist niemand anwesend, der mir die Information geben könnte. Sie müssen ein anderes Mal anrufen.«

»Ich bitte Sie.«

»Es tut mir Leid. Rufen Sie in einigen Tagen wieder an.«

Mama war so nervös, dass sie vergaß, nach ihrem Namen zu fragen.

In der Fazenda suchte sie Ablenkung im Kunsthandwerk. Sie hatte gelernt, Taschen und Körbe anzufertigen, die auf dem Zentralmarkt zum Verkauf angeboten wurden. Wenn sie Glück hatte, konnte sie das eine oder andere Exemplar verkaufen.

Als sie nach einigen Tagen wieder zum Bahnhof ging, war sie niedergeschlagen und sah müde aus. Sie ließ nervös ihre Finger knacken, während die junge Frau die Verbindung herstellte.

»Unsere Liebe Frau des Heiligen Herzens.«

»Guten Tag, ich würde gern mit ...«

»Mit wem würden Sie gerne sprechen?«, fragte die Nonne am anderen Ende der Leitung.

Mama kniff die Lippen zusammen. Wie konnte ich dieses Detail vergessen? ›Wie dumm ich bin!‹

»Bitte sehr, ich muss mit einer Schwester sprechen ...«

»Ja, gerne. Aber mit welcher wollen Sie sprechen?«

»Ich habe vor einigen Tagen aus Madrigal angerufen. Sie wollte eine Kollegin für mich ausfindig machen.«

»Hier gibt es viele Schwestern. Wie ist ihr Name?«

»Ich habe vergessen, nach ihrem Namen zu fragen. Aber sie hat gesagt, sie sei eine Novizin und hat mir versprochen, Nachrichten von meiner Schwägerin zu geben, die jahrelang für diese Kirche gearbeitet hat.«

»Einen Moment, bitte.«

Nach langer Wartezeit brach die Verbindung ab. Die junge Telefonistin schnitt eine Grimasse, als Mama den Hörer auflegte.

»Eines Tages werden wir richtige Telefone haben«, maulte sie, während sie eine neue Verbindung herstellte.

»Hallo!«

»Guten Tag, ich habe mit einer Schwester gesprochen, aber die Verbindung ist abgebrochen.«

»Ja, das war ich. Also, hier ist eine Novizin, die sagt, sie hätte letzte Woche mit einer Frau aus Madrigal gesprochen. Glücklicherweise hatte sie gerade eine Chorprobe nebenan. Einen Moment, bitte, ich gebe den Hörer weiter.«

»Hallo, hier ist Schwester Agnes. Ich habe mich bei meiner Oberin erkundigt, und sie kennt diese Dame, Geórgia. Sie war allerdings bereits pensioniert, als sie verstorben ist.«

»Verstorben?«

»Ja, leider. Der Familienname ist Ligier?«

»Ja.« Mama begann zu weinen.

»Es tut mir sehr Leid. Wie lautet Ihr Name?«

»Tyanna Ligier«, antwortete Mama und ergriff ein Taschentuch, das die Telefonistin ihr anbot.

Zu jenen Zeiten gab es keine Privatsphäre, wenn jemand telefonieren wollte, schon gar nicht bei öffentlichen Telefonen. Geheimnisse, Nachrichten und Bekenntnisse wurden immer von anderen mitgehört.

»Bitte, nur noch eine Sache«, sagte Mama mit der Hand auf ihrer Brust. »Sie hat mit ihrem Neffen zusammengewohnt, meinem Sohn, den ich seit vielen Jahren nicht gesehen habe.« In diesem Moment war ein Ausdruck des Erstaunens im Gesicht der Telefonistin zu sehen. »Ein Junge.« Mama hatte vergessen, dass Kinder wachsen. »Ich muss wissen, wie es ihm geht.«

»Dona Tyanna, ich kann Ihnen diese Information jetzt nicht geben. Um Ihnen zu helfen, brauche ich etwas Zeit. Rufen Sie in einigen Tagen noch einmal an.«

Nachdem sie den Namen der Nonne aufgeschrieben hatte, bezahlte sie und machte sich auf den Weg zur Fazenda, fest entschlossen, Tereza und Fred zu schreiben.

Als sie einige Tage später zurückkam, um erneut zu telefonieren, gab sie die Briefe im Postamt auf.

»Hallo, ich möchte bitte mit Schwester Agnes sprechen.«

»Einen Moment, bitte.«

Es vergingen einige Minuten.

»Schwester Agnes am Apparat.«

»Ich rufe aus Madrigal an, ich bin die Mutter des Neffen ...«

»Ich weiß, Dona Tyanna.«

»Richtig.«

»Also, meine Oberin hat mir die Adresse gegeben, und ich bin dorthin gegangen. Ich habe herausgefunden, dass dort niemand mehr wohnt. Das Haus ist zum Verkauf angeboten. Ich habe die Nachbarn gefragt, aber niemand konnte eine Auskunft geben. Sie wissen, wie Großstädte sind: Niemand weiß etwas, niemand hat etwas gesehen.«

Mama bedankte sich mit erstickter Stimme und zitterndem Mund. Sie musste sich festhalten, um nicht zu fallen.

Der Hexer ging auf sie zu, um sie liebevoll zu stützen, während die junge Telefonistin ihr einen Stuhl anbot.

Bevor sie zur Fazenda zurückkehrte, beschloss sie, zu unserem Haus zu gehen. Aber der alte Schlüssel passte nicht mehr, denn das Schloss war ausgetauscht worden. Sie suchte Kita auf, um etwas zu erfahren, aber sie war nicht zu Hause.

Mamas Briefe an Fred und Tereza wurden beantwortet, aber Genésio fing sie ab.

Tim trat in das Zimmer, das ihm zugewiesen worden war. Er schaute sich um.

In der Kaserne gab es keinen Luxus, aber er fühlte sich trotzdem irgendwie geborgen. Vielleicht linderte die Tatsache, mit anderen Menschen zusammenzuwohnen, ein wenig die Einsamkeit, das Gefühl, verlassen zu sein. Es gab den Lärm der Männer auf dem Sportplatz, Schritte auf dem Korridor und die Unterhaltungen der Raucher auf dem Innenhof. Es war ein angenehmer Gegensatz zu seinem Haus, wo die Erinnerungen auf seinem Gemüt lasteten. Er war Major Morgan dankbar, denn er hatte ihm dieses Zimmer beschafft.

Es gab eine Dusche in seinem Badezimmer, was bedeutete, dass er nicht zwei Flügel durchqueren musste, um zu den Gemeinschaftsduschen zu gelangen. Im Winter drang der Wind leicht durch die halb geöffneten Fenster in den Gängen und verbreitete eine Eiseskälte, besonders für die, die gerade ein warmes Bad genommen hatten.

Er testete das Bett. Nicht schlecht. Er blieb liegen und rührte sich nicht. Das Bild an der Wand vor ihm zeigte eine Hügellandschaft, die der Gegend um Madrigal sehr ähnelte.

›Wie es ihr wohl geht?‹, überlegte er und stellte sich vor, dass sie glücklich war.

Seine Sehnsucht war heftig, und er sah überall ihr Lächeln. Er schloss die Augen und hatte eine Idee: Er wollte Geld auftreiben, um nach Madrigal zu reisen. Selbst wenn sie nicht dort war, wollte er wenigstens herausfinden, warum sie auf diese Weise verschwunden war.

Wie das Schicksal so spielt, wollte Dr. Afonso Tante Geórgia aufsuchen, denn er wusste, dass Tim bei ihr wohnte. Ein Nachbar gab ihm die Nachricht ihres Hinscheidens, konnte ihm aber nicht sagen, wo sich ihr Neffe aufhielt.

An einem Morgen trank Mama einen Kaffee, als sie Franciskas Schreie hörte, die ihren Großvater auf dem Boden seines Hauses angetroffen hatte. Sie rannte schnell zu seiner Hütte, wo er leblos auf dem Küchenboden lag. Beide trugen ihn zu seiner Matte, und gleich danach traf Esperanza ein.

Er war von ihnen gegangen, ohne Zeit zu haben, sich zu verabschieden – der Tod hatte ihn überrascht.

Seine Tochter ließ weder Entsetzen noch Erstaunen erkennen. Sie hatte bereits ihren Mann, ihren Sohn und ihre Mutter verloren.

Sie war an Todesfälle gewöhnt. Können wir uns wirklich an den Tod gewöhnen?

Ich suchte Tränen in ihren Augen, aber ich fand ihre Seele, eine geschundene Seele. So war Esperanza.

Eine halbe Stunde später kam der wilde Hund, um Mama zu holen. Yapoula war erkrankt, und sie erhielt den Befehl, ihn zu ersetzen. Der neue Vorarbeiter richtete ihr aus, dass sie ohne Genésios Erlaubnis das Haus nicht verlassen dürfe.

Yapoula, der anscheinend eine Lungenentzündung hatte, wurde zur Fazenda gebracht.

Sie sollte kochen, waschen und dieses schmutzige Haus putzen.

Am ersten Arbeitstag dachte sie an die Briefe, die sie abgeschickt hatte, ohne eine Antwort zu erhalten, an den Hausschlüssel, der nicht mehr ins Schloss passte und an den Schmerz der Angestellten, die wieder jemanden aus ihren Reihen verloren hatten. Am Ende dachte sie an ihr eigenes Los und malte sich aus, was passieren würde, wenn das Monster durch diese Tür käme.

Mama hatte nicht nur Kopfschmerzen, ihr geschundener Körper schmerzte. Sie musste immer wieder niesen, weil Staub und Muff eine allergische Reaktion bei ihr hervorriefen. Sie tötete Kakerlaken, entfernte Spinnennetze und tote Ratten im Keller, in dem Weinkisten herumstanden, die an Papas Bestand erinnerten.

Schmutzige Wäsche war mit sauberer vermischt. Die Bettwäsche war scheinbar niemals gewechselt worden.

Am schlimmsten war der Zustand des Badezimmers, der bei ihr einen Brechreiz hervorrief.

Als der Patron eintraf, fühlte sie sich wie eine Beute in der Falle.

Er ging furzend und rauchend direkt ins Bett, ohne sich zu waschen. Sie blieb im Wohnzimmer und tat so, als säubere sie den Kamin, der ohnehin sauber war. Er holte sie mit Gewalt und warf sie aufs Bett.

Die Nacht war die Hölle.

Die nächsten Tage war sie immer noch damit beschäftigt, das Haus auf Vordermann zu bringen. Als sie schließlich fertig war, hatte sie starke Rückenschmerzen und ruhte sich auf dem Schaukelstuhl aus.

Eines Abends kam Genésio gestresst nach Hause und ging direkt ins Bett, während sie im Schaukelstuhl im Wohnzimmer einige Lieder summte, um ihre Depression zu lindern. Plötzlich warf er ihr einige Kleidungsstücke vor die Füße.

»Bring das alles morgen in Ordnung!«, befahl er barsch, wie auf dem Kasernenhof.

Sie untersuchte die Kleider nach ihren Defekten. Manche hatten Risse, einige Hemden hatten Löcher, und an den Hosen waren die Nähte aufgegangen. Der Patron hatte zwar eine Nähmaschine auf der Fazenda, aber nicht hier. Sie musste also alles mit der Hand stopfen, was für sie kein großes Problem darstellte.

Am nächsten Tag durchwühlte sie einige Schubladen nach Nähzeug, wurde aber nicht fündig.

Sie ging zum Laden, wo sie von Kunden angefeindet wurde, die sich schnell entfernten, als sie sich näherte. Ein Ehepaar, das geblieben war, beantwortete nicht ihren Gruß, sondern beide flüsterten miteinander, während sie sie von oben bis unten musterten.

Sie sagte dem Patron, dass sie, um die Arbeit erledigen zu können, Nähzeug brauche. Er sagte, dass sie es unter den Vicentas Habseligkeiten in einem Schrank im Hinterzimmer finden würde. Dieser Name ließ es ihr kalt den Rücken herunterlaufen, während er ihn aussprach, als wäre nichts geschehen.

Als sie die Schranktüren öffnete, erschrak sie bei dem knarrenden Geräusch. Der Geruch der Mottenkugeln war aufdringlich und sie musste sich die Nase zuhalten, um eine Übelkeit zu vermeiden.

Sie fand eine mit Samt ausgekleidete Holzkiste mit Garn, Nadeln, Fingerhüten und Stoffresten, darunter einige Stücke Seide und Spitze. Das war alles, was sie benötigte.

Sie setzte sich in den Schaukelstuhl und begann die Klamotten des Ungeheuers auszubessern, wobei sie an den Tod dieser armen jungen Frau dachte.

›Wer hat keine Depressionen neben diesem Widerling?‹, dachte sie laut.

Sie holte das gesamte Nähzeug heraus und hob die samtene Auskleidung an. Das darunter zusammengefaltete Papier war das gleiche, das Genésio immer benutzte, um die Ware seiner Kunden einzupacken.

Sie faltete es auseinander und erkannte, dass es sich um einen Brief handelte.

Als sie ihn zu Ende gelesen hatte, fielen die Kiste und das gesamte Nähzeug auf den Boden.

Ihre Augen füllten sich mit Tränen, und sie zitterte so sehr, dass sie den Brief kaum festhalten konnte.

Sie hörte Genésios Schritte auf der Treppe, steckte den Brief verzweifelt in den Büstenhalter und begann, die auf den Boden gefallenen Utensilien einzusammeln.

Er trat in Begleitung des Coronels ein.

»Mach' uns einen Kaffee«, befahl er unwirsch und ging auf die Veranda.

Sie ergriff hastig das ganze Nähzeug, warf es in die Kiste und ging in die Küche, um den Kaffee zu kochen.

Aufgrund ihrer Nervosität wurde der Kaffee viel zu stark, und um den Fehler auszugleichen, goss sie heißes Wasser dazu.

»Du hast Glück!«, lachte der Coronel und zwickte Genésio im den Arm. »Mit so einer Frau im Haus würde ich nie mehr ausgehen.«

Anschließend brach er in ein lautes Gelächter aus, während Genésio sich zu einem Lächeln zwang.

Sie stellte das Tablett auf den Tisch und wollte sich gerade zurückziehen, als der Coronel mit dem Finger auf ihren Ausschnitt deutete.

Mama wurde bleich.

›Er hat den Brief entdeckt‹, dachte sie.

»Da hängt ein Faden.«

Sie senkte den Kopf und erblickte einen Rest Zwirn. Nachdem sie ihn entfernt hatte, ließ sie die beiden allein, wobei sie fast ohnmächtig wurde.

In der Küche atmete sie erleichtert durch und steckte den Brief noch tiefer in den Büstenhalter.

Sie konnte die ganze Nacht kein Auge zumachen, während der Mann neben ihr schnarchte. Sie musste vorsichtig vorgehen, der kleinste Fehler könnte sie das Leben kosten.

›Er hat schon zwei auf dem Gewissen, und er kann auch mich umbringen, ohne mit der Wimper zu zucken‹, dachte sie in der Dunkelheit dieser Nacht, die kein Ende nehmen wollte.

Tim wurde vom Immobilienmakler aufgesucht.

»Wir haben ein Problem, junger Mann«, berichtete er, während er seinen Hut in der Hand hielt.

In der Wache der Kaserne steckten sich zwei Posten eine Zigarette an. Es war das erste Mal, dass er in seiner neuen Unterkunft Besuch erhielt.

»Was für ein Problem?« Tim war verwundert und bot ihm einen Stuhl an.

Der Mann setzte sich schnell und griff zu den Papieren. Es waren eine Menge Dokumente, die alle durcheinander in einer Mappe lagen.

»Sie können das Haus nicht verkaufen.«

»Wieso nicht? Ich bin doch der Erbe.«

»Nein, das sind Sie nicht.«

Tim kannte bis dahin nicht das Testament von Tante Geórgia, aber er suchte einen Anwalt auf, der ihm bestätigte, dass der Makler Recht hatte.

»Sie haben einmal ein Anrecht auf das, was ihrer Mutter gehört, und dieses Haus gehört heute ihr. Nur sie kann den Verkauf autorisieren.«

Tim erzählte seine Geschichte und erwähnte, dass er seit Langem nichts mehr von seiner Mutter gehört habe. Der Anwalt wies ihn auf die Sachlage hin.

»Wenn sie gestorben ist, können Sie und Ihr Bruder alle Dokumente zusammentragen, die nötig sind, um ihre Güter auf Ihre Namen zu übertragen. Erst dann können Sie das Haus verkaufen. Solange sie allerdings noch lebt, sieht der Fall anders aus«, schloss er ab.

Über diese Möglichkeit wollte Tim nicht sprechen, die Vorstellung, aus diesem Grund das Erbe mit Fred teilen zu müssen, machte ihm Angst. Dass Mama gestorben sein könnte, konnte er nicht akzeptieren.

Er bekam immer ein Trinkgeld von den Offizieren, wenn er irgendeine Maschine oder ihre Autos repariert hatte. Davon konnte er Bücher für sein Studium und einige persönliche Dinge kaufen und gelegentlich ins Kino gehen. Zu seinem Glück wurde das Studium von der Armee finanziert.

Am nächsten Tag saß er am Fenster seines Zimmers und dachte an Elizabeth und die Tatsache, dass er nicht in der Lage war, sie zu einem Abendessen in ein bürgerliches Restaurant am Kanal, der die Stadt durchquerte, einzuladen. Dieser Kanal war nachts von Schiffen erleuchtet, auf denen die oberen Zehntausend nächtelange, rauschende Feste feierten. In besagtem Restaurant, dem berühmtesten der

Gegend, traf man Geschäftsmänner und Offiziere mit ihren schönen Geliebten, die Brillantketten und elegante Kleider trugen.

Tim blieb vor einem seiner Fenster stehen, deren Scheiben mit Lichterketten umsäumt waren, und beobachtete die Silhouetten dahinter. Er empfand diesen mächtigen Menschen gegenüber einen gewissen Neid, aber er versuchte dieses Gefühl zu unterdrücken, in der Hoffnung, eines Tages die finanziellen Mittel zu besitzen, dort einzutreten.

Mama fühlte, dass sie den Brief jemandem zeigen musste, dem sie vertrauen konnte. Als sie das Haus aus diesem Grunde verließ, sah Genésio sie von seinem Laden aus und rief sie zu sich. Nachdem er einige Alkoholiker in der Kneipe bedient hatte, fragte er sie:

»Wo gehst du hin?«

»In die Apotheke, ich brauche ein Mittel gegen Kopfschmerzen.«

»Ich habe hier eins«, er und ergriff einen Glasbehälter mit Tabletten.

»Das Problem ist, … «, begann sie, während sie auf ihn zuging, »dass nur ein Mittel wirklich hilft.« Sie beugte sich zu ihm hin und flüsterte ihm ins Ohr: »Wenn ich heute Nacht keine Kopfschmerzen habe, können wir länger spielen.«

Er lächelte und fuhr sich über seinen Schnurrbart.

»Hmm«, stöhnte er. »Dann geh«, sagte er anschließend und wandte sich wieder seinen Saufkumpels zu.

Als sie auf die Straße trat, hörte sie ihr Gelächter.

Ich nahm Gläser und schüttete ihnen den Cachaça ins Gesicht. Es gab mir eine leichte Befriedigung, zu sehen, wie diesen Schweinen der Schnaps über die Gesichter lief.

»Fahrt alle zur Hölle!«, schimpfte sie.

In der Apotheke sagte sie zu Aristeu, dass sie aus privatem Grund hergekommen sei. Er führte sie in dasselbe Zimmer, in dem er Terezas Briefe gelesen hatte.

Mama zitterte.

»Ich muss das irgendjemandem zeigen. Wenn ich es nicht tue und Genésio entdeckt, dass ich das gefunden habe, nehme ich sein größtes und widerlichstes Geheimnis mit ins Grab.«

Aristeu schluckte, faltete das Papier auseinander und begann, zu lesen. Seine Augen wurden immer größer, je weiter sie über diese Zeilen glitten. Am Ende sah ich, wie seine Hände zitterten.

»Das ist sehr schwerwiegend, ja ungeheuerlich!« er ließ den Mund offenstehen.

»Was soll ich tun?«

Er dachte eine Weile nach und rückte mit seinem Stuhl näher an sie heran.

»Wir müssen das der Polizei mitteilen, und zwar schnell«, flüsterte er.

Mama kniff die Lippen zusammen. Sie war in ebenso großer Gefahr wie Vicenta damals, nur dass diese es nicht gewusst hatte.

Auf diesem Papier hatte die Magd folgende Geschichte niedergeschrieben:

An einem sonnigen Nachmittag war es ihr nicht gut gegangen, denn sie erwartete ein Kind, nachdem sie von ihrem Patron vergewaltigt worden war. Ihrer Patronin Cecília war diese Tatsache bekannt, aber sie konnte nichts tun, denn abgesehen von der Angst, die sie vor ihm hatte, konnte sie sich auch nirgends mehr hinwenden, weil er und seine Mutter sich ihren ganzen Besitz unter den Nagel gerissen hatten.

Während sie sich einen Tee zubereitete, bückte sich die Chefin, um am Wasserhahn im Hinterhof, den man von der Küche aus sehen konnte, Wäsche zu waschen. Ohne Vicentas Anwesenheit zu bemerken, näherte sich Genésio seiner Ehefrau mit einem Stein in der Hand und schlug ihn mit aller Wucht gegen ihren Kopf. Vicenta verließ die Küche und floh auf die Toilette. Er trat ins Haus, rief nach ihr und wollte wissen, wo sie gewesen war. Sicher, dass sie nichts mitbekommen hatte, trug er ihr auf, seiner Frau etwas auszurichten. Er habe sie überall vergeblich im Haus gesucht und müsse dringend Kunden im Laden bedienen.

Nachdem er gegangen war, ging sie in den Hinterhof, wo sie ihre Patronin leblos antraf. Für alle Leute in der Stadt war es ein Unfall, aber Vicenta hinterließ eine Spur. »Sie lag mit der rechten Gesichtshälfte auf dem steinernen Beckenrand, aber die Verletzung war auf der linken Seite. Das fiel niemandem auf und keiner schöpfte Verdacht.«

Der Polizei erzählte Genésio, dass sie immer ziemlich benommen von den vielen Medikamenten war, die sie vorgab, einnehmen zu müssen, und die er in einer anderen Stadt eingekauft habe.

Vicenta enthüllte außerdem, dass der Mord am ehemaligen Bürgermeister und seiner Frau von Männern des Coronels und mit Waffen von Genésio begangen worden war. Das Verbrechen war in seinem Haus geplant worden, wo sie zufällig Zeugin der Unterhaltung geworden war. Sie berichtete über ihre Angst, das nächste Todesopfer zu sein, weil sie ihm ihr Wissen über den diabolischen Plan, den er und der Coronel planten, gestanden hatte. Sie erwähnte den illegalen Waffenhandel und schloss ihren Brief mit einer Nachricht an ihre Familie ab: »Sollte mir etwas zustoßen, dann wisst ihr, dass er es war, Genésio Fritz.«

Mama erzählte Aristeu, dass Vicentas Familie niemals die Geschichte von ihrem Selbstmord geglaubt habe.

Aristeu dachte nach, während er sein Kinn bewegte.

»Weiß er, dass Sie hier sind?«

»Ja. Ich habe ihm gesagt, dass ich ein Mittel gegen Kopfschmerzen kaufen wolle.«

Er holte das Mittel und gab ihr auch den Brief zurück.

»Halten Sie ihn weiter versteckt. Ich werde nachdenken, wie ich helfen kann.«

Bevor sie ging, bat sie ihn um ein Beruhigungsmittel, das er ihr schenkte.

Mama ging zur Straße unseres Hauses, aber zuerst besuchte sie Kita, um sich von ihr eine Leiter auszuleihen. Sie lehnte sie gegen die Hinterwand des Hauses, stieg zum Fenster des Zimmers, das einmal Tereza gehört hatte, und stieß es mit Gewalt auf.

Sie kam sich vor wie ein Eindringling, schlich durch den Korridor, stieg die Treppe hinab und näherte sich der Eingangstür. Es gab keine Korrespondenz. Sie untersuchte das Schloss und entdeckte, dass es ausgewechselt worden war.

»Das ist es also«, stieß sie zwischen den Zähnen hervor.

Sie ging ins Wohnzimmer und erschrak, weil die alte Standuhr nicht mehr dort war. Im Keller entdeckte sie, dass die Weinkisten verschwunden waren, und sie war sich jetzt sicher, dass es dieselben waren, die sie in Genésios Haus gesehen hatte.

Sie setzte sich auf den Boden mit dem Blick auf die Stelle, an der einmal die Uhr gestanden hatte, und dachte nach, als ihr plötzlich der Gedanke kam, der Patron könne sie suchen.

Sie brachte die Leiter zur Nachbarin zurück, die ihr mehr tot als lebendig erschien.

»Kita, ich weiß, dass Sie mir helfen können.«

Die Frau hatte einen nervösen Tick in den Augen, und ihre Hände zitterten.

»Haben Sie gesehen, wie der Briefträger Korrespondenz unter meiner Türe hindurchgeschoben hat?«

Die Arme schwankte hin und her, ohne zu antworten. Mama hielt sie fest an ihren Schultern.

»Los, reden Sie schon. Sie haben es gesehen, nicht wahr?« Sie schüttelte sie kräftig durch.

Kita nickte bejahend mit dem Kopf.

»Wie oft? Wie viele Male?«

»Hm, warten Sie ... mindestens zweimal.«

Das war es, die Briefe waren angekommen, und befanden sich in der Hand dieses Ungeheuers.

Ich wiederhole es noch einmal: Die Schönheit kann Türen öffnen, aber die Intelligenz hält sie offen.

Auf dem Rückweg heckte sie einen Plan aus, der berücksichtigte, dass die Woche gerade begonnen hatte und Genesio erst am Sonntag zur Fazenda fahren würde.

Ich war unheimlich stolz auf meine Mutter. Ich erkannte die Kriegerin, die so lange in ihr geschlafen hatte, aber ich empfand großes Mitleid, als ich zusehen musste, wie sie ihn am Abend voller Hass und Ekel massierte, bis das Beruhigungsmittel, dass sie in den Tee gemischt hatte, endlich wirkte. In der Nacht ritt sie, nur mit einer Taschenlampe ausgerüstet, zur Fazenda.

Esperanza musste eingeweiht werden, schließlich waren ihre Nichte und ihre ganze Familie betroffen.

Ihre Augen waren voller Tränen, als sie den Brief vorlas.

»Jetzt weiß ich, dass mein Bruder Recht hatte, als er nicht an den Selbstmord glaubte.«

»Ich habe den Kontakt zu meinen Kindern und zu meiner Schwester verloren, ohne zu wissen, dass er hinter alldem steckte.«

Mama sagte, sie müsse die Schubladen in seinem Arbeitszimmer öffnen.

»In Gottes Namen und im Namen unsres Stammes, ich bitte dich, tu nichts, was einen von uns im Keller verschimmeln lassen könnte, oder einen anderen in dieselbe Lage bringt, die Kaluga durchgemacht hat. Wenn der Patron entdeckt, dass ich die Schlüssel ausgehändigt habe, ...«

»Er kann es sogar entdecken, aber es wird ihm nicht mehr helfen. Ich verspreche dir, wenn er es entdeckt, bevor er in den Knast kommt, übernehme ich alle Schuld und sterbe glücklich, weil ich es versucht habe.«

Esperanza betete, bevor sie ihr die Schlüssel übergab, und als sie weggehen wollte, hielt Mama sie am Arm.

»Gebe dich nie dieser Haltung einer schwachen Frau hin, die du nie warst.«

Die Magd hörte ihr zu wie jemand, dem ein Schleier von den Augen gezogen wurde.

Sie betraten zusammen das Büro.

Nach jedem Schrank, den sie geöffnet hatte, schauten sie sich an – entsetzt über das Waffenlager, das sie dort vorfanden. Obwohl Mama es gewusst hatte, war sie von der Menge der Waffen beeindruckt.

In der ersten Schreibtischschublade fand sie die Mappe mit den Unterlagen und einen Revolver, den sie sich aneignete.

»Willst du ihn benutzen?«

»Ich will nicht, aber es könnte sein, dass ich muss«, stellte sie entschlossen fest.

In der zweiten Schublade fand sie alle Briefe, die er abgefangen hatte.

Als der nächste Tag anbrach, sang sie, während sie das Frühstuck vorbereitete. Genésio zog sich an, um in den Laden zu gehen und beschwerte sich, er habe zu lange geschlafen und sei zu spät dran.

Einige Stunden später gab sie starke Schmerzen vor, nur um einen Vorwand zu finden, in die Apotheke zu gehen und von dort aus andere Wege einzuschlagen. Da sie die Visitenkarte des Richters Tim nicht gefunden hatte, dachte sie an den Telefonservice. Die junge Telefonistin stöpselte an den Kabeln herum, und es gelang ihr, in der Auskunft die Nummer des Richters herauszufinden.

Sie verabredeten sich am nächsten Tag in seiner Stadt. Mama versuchte noch, Schwester Agnes zu erreichen, aber leider war diese gerade nicht anwesend. Genésio akzeptierte ihre Ausrede nicht, sie müsse einen Arzt in einer anderen Stadt aufsuchen und verbot ihr, zu verreisen. Also schrieb sie an den Richter, indem sie ihm alles genau schilderte und legte Vicentas Brief bei. Als Absender gab sie die Adresse der Apotheke an, und Aristeu war es, der den Brief zur Post brachte.

Klug, wie sie war, ließ sie zuvor eine Abschrift anfertigen.

Der Richter mobilisierte die Staatssicherheit und die Polizei, die eine große Operation vorbereiteten. Ein Detektiv kam in die Stadt und gab sich als Unternehmer aus. Er unterhielt sich mit Genésio und zeigte sich daran interessiert, riesige Mengen Kaffee zu kaufen. Dazu besuchte er die Fazenda, besichtigte die Kaffeeplantage und ließ durchblicken, dass er eigentlich an Waffengeschäften interessiert war. Genésio führte ihn daraufhin in sein Arbeitszimmer, wo der Detektiv das ganze Arsenal zu Gesicht bekam. Viele dieser Waffen hatte er noch nie gesehen und er berührte sie ehrfürchtig, als seien es Goldbarren.

Derselbe Detektiv hatte sich vorher heimlich mit Mama in Aristeus Arbeitszimmer getroffen, wobei sie vorgegeben hatte, Kita zu besuchen. Sie wusste, dass Genésios Verhaftung kurz bevorstand, und fand, es sei an der Zeit, etwas für die Angestellten zu tun.

Genésio stand in der Schusslinie der Regierung, er hatte Steuern hinterzogen und wurde verdächtigt, am Tod des Bürgermeister und dessen Frau beteiligt zu sein, außerdem am Tod vieler Soldaten und seiner beiden Frauen. Zudem wurde wegen Raubes und illegalen Waffenhandels nach ihm gefahndet. Das Puzzle war zusammengefügt.

Aber sie wollte nicht nur seine Verhaftung. Sie wollte, dass die Sklaven endlich erhielten, worauf sie ein Anrecht hatten. Außerdem wollte sie unser Haus zurückbekommen. Dazu suchte sie das Grundbuchamt der Stadt auf, wo allerdings nichts eingetragen war.

»Selbst, wenn Sie das Haus geerbt haben – sein Anwalt hatte alle Vollmachten, und es ist möglich, dass das Haus verkauft wurde. Leider kann er es in einem anderen Amt registriert haben, aber das herauszufinden, ist schwierig, denn in der Gegend gibt es Dutzende von Ämtern, einige weit entfernt von hier. Das Beste, was Sie tun können, ist, zu versuchen, die Vollmacht zu annullieren, denn er hat Ihre Unterschrift durch Arglist erstanden.« Der Notar fügte hinzu: »Am besten suchen Sie einen Anwalt auf.«

»Schwierige Zeiten«, stellte ich fest und gab mir Mühe, ruhig zu bleiben.

Mama war entschlossen: Sie war nicht gewillt, das Haus zu verlieren, das Papa unter so gewaltigen Entbehrungen errichtet hatte. Deswegen wollte sie versuchen, die Vollmacht zu annullieren, die jetzt glücklicherweise in ihrem Besitz war.

Tim nahm die Einladung an, im Hause von Oberst Morgan zu Abend zu essen und erfuhr auf diese Weise den wahren Namen Elizabeths. Die andere Überraschung war, dass sie in Begleitung ihres Freundes war. Als sie ihn sah, war es ihr sichtlich unangenehm, denn sie wusste nicht, dass er eingeladen worden war.

Was er nicht wusste, war, dass sie ihn intelligent und attraktiv fand, im Gegensatz zu ihrem Freund, einem Medizinstudenten, der während des Abendessens von chirurgischen Eingriffen sprach. Ihr Magen drehte sich um, der Appetit war ihr gründlich vergangen. Aber der junge Mann bemerkte nicht, dass sie ihren Teller nicht mehr anrührte und plauderte angeregt weiter. Er sprach nur von sich und seiner glänzenden Zukunft und wollte, dass alle ihm zuhörten. Wenn er sich unter Freunden fühlte, gab er sich wie ein olympischer Gott, seine Arroganz war unerträglich. Auch wenn er ein eleganter junger Mann war, wollte Lynda, je mehr sie ihn kennenlernte, Abstand zu ihm gewinnen.

Nach diesem Abend suchte sie ständig Ausreden, um ihre Eltern ohne ihren Freund zu den Militärbällen zu begleiten, nur um allein mit Tim zu sein.

Nach dem Abendessen zeigte ihm der Oberst einen Zeitungsartikel über Mordfälle in Madrigal und über den Verdacht, der auf einen Händler fiel, ohne seinen Namen zu nennen. Tim las den Artikel ein ums andere Mal, und als er sich abends ins Bett legte, ging ihm diese Reportage nicht mehr aus dem Kopf.

Am nächsten Tag, nach der Messe in der Kirche unserer Dame des Heiligen Herzens unterhielt sich eine Gruppe von Nonnen vor dem Hauptportal, als sich ihnen eine alte Frau näherte.

»Wer hat mit meiner Nachbarin gesprochen und Informationen über den jungen Mann gesucht, den Neffen von Geórgia?«

Schwester Agnes runzelte die Stirn und streckte ihren Finger in die Luft.

Die Frau hielt sie am Arm und flüsterte:

»Ich habe am Fenster gelauscht, als sie Sie über den jungen Mann angelogen hat.«

»Sie meinen, den Jungen aus Madrigal?«

»So ist es. Geórgia hat mir erzählt, dass er seine Mutter lange nicht mehr gesehen hatte. Der arme Bursche, ein guter Junge. Er tut mir Leid, der Tim, wissen Sie?«

»Ah, Tim, ...«

»Ja, er hat das Haus verlassen, weil er nicht allein sein wollte, und ist in die Militärhochschule umgezogen. Die Lügnerin wusste das, aber sie hat Ihnen diese Information unterschlagen.«

»Haben Sie gesagt: Militärhochschule?«

»Genau, das hat er mir zum Abschied gesagt.« Sie hielt ihre Hand ans Kinn und schien nachzudenken. »Ich glaube, sie liegt in der Nähe der Brücke, denn einmal habe ich gesehen, wie er dort aus einem Gebäude herauskam. Er ist so gut erzogen, Sie sollten einmal sehen, wenn er mich sieht, kommt er immer, um mich zu umarmen. Aber diese Klatschtante sagt das nur, um das Leben der anderen zu stören.«

Sie hat nur böse Absichten und hängt den ganzen Tag am Fenster, um über das, was sie gesehen und gehört hat, zu tratschen ...«

»Wie gut, dass Sie Nachrichten von dem Jungen gebracht haben. Das war eine große Hilfe. Vielen Dank!« Die Nonne lächelte.

»Also, jetzt muss ich nach Hause, meine Liebe. Alte Menschen werden schnell müde. Gott sei mit Ihnen.«

»Gott segne Sie, und vielen Dank für diese Information.«

Die alte Frau schloss sich den anderen Gläubigen an, die sich allmählich von der Kirche entfernten.

Schwester Agnes dachte den ganzen Tag über dieses Geschehnis nach und beschloss, zu handeln.

»Warten Sie bitte einen Moment.«

»Natürlich«, antwortete sie an der Rezeption.

Als Tim erschien, war er erstaunt, sie zu sehen. Die ersten Sonnenstrahlen des anbrechenden Tages drangen durch die breite Eingangstür der Rezeption.

Er führte sie in einen Nebenraum, in dem es Kaffee und Wasser gab.

Eine Sekunde lang stellte er sich vor, welches Tohuwabohu entstehen könnte, wenn seine Kollegen von dem Besuch dieser hübschen jungen Frau, dazu noch einer Nonne, in der Kaserne erführen. Er würde bestimmt jede Menge Witze und geschmacklose Anspielungen zu hören bekommen.

Sie setzten sich an einen kleinen Tisch. Die Stühle waren aus Holz und alles andere als bequem.

Als sie ihren Bericht über die Telefongespräche beendet hatte, stand Tim auf und ging aufgeregt auf und ab. Sein Gesicht schien Feuer gefangen zu haben und seine Hände schwitzten.

Sie erschrak, aber er entschuldigte sich sofort und setzte sich, um sie auszufragen.

Als die Nonne gegangen war, ging er direkt zu Oberst Morgan, um mit ihm zu sprechen.

Er bat ihn, verreisen zu dürfen, was ihm gestattet wurde.

Mit dem wenigen Geld, das er angespart hatte, kaufte er eine Fahrkarte nach Madrigal. Er war nervös und gleichzeitig glücklich, seine Mutter wiedersehen zu könnten.

Es gelang ihr, zu entkommen, ohne dass Genésio es bemerkte, denn an diesem Tag war frisches Gemüse eingetroffen, und die Kundschaft füllte den Laden. Sie kam zum Bahnhof und rief erneut den Richter an, der einen Sicherheitsbeamten zu ihrem Schutz nach Madrigal schicken wollte. Zuerst sträubte sie sich dagegen, aber er bestand darauf und meinte, sie sei für ihn wie eine Tochter und er sei deswegen um ihr Leben besorgt; außerdem sei Genésio als äußerst gefährlich einzustufen.

»Er ist kalt und berechnend«, warnte er.

Informiert über den Plan, den die Polizei in den nächsten Stunden durchführen würde, heckte sie einen anderen Plan aus.

An diesem Abend enthielt Genésios Tee eine extrem hohe Dosis Beruhigungsmittel, die ihn fast bis zum Mittag des nächsten Tages schlafen ließ.

Der Hexer und ich setzten uns an seine Seite und hörten ihm beim Schnarchen zu. Sie verließ das Haus in aller Frühe und ging zum Büro des einzigen Anwalts in der Stadt.

Der Hexer hielt die Hand an die Stirn und schüttelte den Kopf.

»Tim, was ist in diese Frau gefahren?«

Ich war still, mir fehlten die Worte. Wieder einmal fürchtete ich um ihr Leben.

Nachdem er geduldig zugehört und das Dokument analysiert hatte, setzte sich der Anwalt an seine Schreibmaschine – damals ein Luxusobjekt – und tippte ausgefeilte Sätze, die sich nicht von denen unterschieden, die Genésio benutzt hatte, um sie zu täuschen. Der Anwalt gab zu, dass er keinen großen Optimismus hegte, aber mit diesem Dokument in der Hand fühlte sie sich sicherer.

»Also, ich glaube nicht, dass es leicht wird, aber der Versuch ist es wert. Mit diesem Dokument können Sie vor Gericht einklagen, was Ihnen einmal gehört hat.« Und er fügte hinzu: »Aber dazu brauchen Sie zwei Zeugen.«

Ein zweites Dokument wurde mit der Absicht verfasst, die Angestellten zu begünstigen. Nachdem er ihr die Papiere ausgehändigt hatte, wollte er nichts für seine Dienste annehmen.

Mama war zufrieden und fühlte sich wie eine gut gewappnete Kriegerin. Die Karten für sie und Genésio waren gelegt, und sie hätte schwören können, dass sie den größten Trumpf in der Hand hatte.

Tim war auf dem Weg nach Madrigal. In seinem Abteil lächelte er, als er den Umschlag öffnete, den ihm ein Soldat auf Anweisung von Oberst Morgan überreicht hatte. Es war eine ordentliche Menge Geld darin.

›Das habe ich nicht verdient‹, dachte er, als er die Banknoten sah, die den Umschlag dick ausfüllten.

Als sie nach Hause kam, sah sie einen Mann, der die Tür bewachte. Sie ging auf ihn zu, weil sie ahnte, um wen es sich handelte. Der Mann seinerseits erkannte aufgrund der Beschreibung des Richters, dass sie die Person war, wegen der er hier war.

Sie wechselten einige Worte und fuhren anschließend zur Fazenda.

Dort rief sie die Angestellten zu einer Versammlung. Alle waren empört wegen des Mordes an Vicenta und forderten Gerechtigkeit.

Esperanza war um Mamas Leben besorgt und bat den Sicherheitsbeamten, auf der Hut zu sein. Alle bewunderten ihre Tapferkeit, ihren Mut und ihre Intelligenz. Sie erzählte aber noch nichts über das Dokument, das sie alle begünstigen würde, denn dies sollte eine Überraschung werden.

»Du riskierst dein Leben für uns!« Esperanza war tief bewegt.

»Wenn mir etwas zustößt, übernimm meinen Platz. Gib nicht auf, zu kämpfen«, bat Mama.

»Wann wollen Sie gehen?«, fragte der Sicherheitsmann.

»Gegen acht.«

Sie hatte vor, vor ihm zu gehen, damit nichts schiefgehe.

In ihrem Herzen empfand sie einen lodernden Rachedurst, einen Hass nach allem Leiden und eine Kraft, gegen einen so mächtigen

Feind zu kämpfen. Sie kämpfte, um Genésio etwas zu nehmen, das für sie zur wichtigsten Sache ihres Lebens geworden war. Sie wollte sein Land, um es diesen Armen zu geben.

Gegen acht Uhr abends hielt der Zug an. Die Türe öffnete sich, und die Passagiere drängten sich aus den Waggons. Alle wurden von jemandem erwartet, außer Tim.

Er ergriff seinen kleinen Koffer und stieg langsam die Stufen hinunter. Als seine Füße den Boden berührten, fühlte er, wie sich sein Kopf drehte. Es waren die Erinnerungen an eine Zeit, als das Leben eine Spielerei und alles ein Vergnügen war.

Eine der schwierigsten Aufgaben schien auf ihn zu warten. Er erinnerte sich, wie er an der Schulter seiner Tante geweint hatte, als Mama ihn aus dem Krankenhaus geholt hatte. Sie hatte neben dem Auto gestanden und sich mit einem Tuch die Augen abgewischt. Beim Abschied hatte sie versprochen, bald zurückzukommen, um ihn zu holen. Viel Zeit war seitdem vergangen ...

Tim sog die Luft Madrigals ein, und seine Lungen bedankten sich für dieses Geschenk. Er ging langsam voran und suchte die Leute nach einem bekannten Gesicht ab, aber nichts schien mehr aus der Vergangenheit übriggeblieben zu sein. Er lachte über die Kutschen, die als Taxen dienten. Er stieg in eine ein und nannte dem Kutscher, der eine stinkende Zigarette rauchte, die Adresse.

Mama hatte die Dokumente und den Revolver genommen und am Abend die Fazenda verlassen, ohne dass der Sicherheitsbeamte es bemerkte. Sie hatte Vicente gebeten, ihm Genésios Ländereien zu zeigen und ihn somit abzulenken.

Sie galoppierte eine Abkürzung entlang, um schneller in der Stadt zu sein.

Als sie die Haustür aufschob, überprüfte sie mit zitternden Händen, ob die Waffe noch in ihrer Tasche war. Dann öffnete sie die Küchentür, zündete eine Spirituslampe an und ging langsam weiter. Zu ihrer Überraschung war die Wirkung des Beruhigungsmittels abgeklungen. Die Arme hatte gedacht, sie hätte ihm eine Dosis verpasst, die ihn einen ganzen Tag lang schlafen lassen würde.

Den Revolver in die Dunkelheit gerichtet, tapste sie mit unsicheren Schritten auf dem Holzboden.

Sie dachte, dass er aufgewacht sei, Verdacht geschöpft habe und irgendwo im Dunkeln auf sie lauerte, um sie zu ermorden.

Diese Befürchtung war durchaus berechtigt.

Die Kundschaft häufte sich vor seinem Laden und wartete auf ihn. Als er endlich aufwachte, war es Mittag, und er beeilte sich, seine ungeduldigen Kunden zu bedienen, die in einer Schlange vor seinem Laden standen. Alle unterhielten sich über die Verspätung dieses Mannes, der noch nie zu spät gekommen war. Wer gerade vorbeikam, stellte sich dazu, nur um an der Kundgebung teilzunehmen. Alle wollten wissen, was mit Genésio Fritz geschehen war.

Als er am Abend das Geld aus der Kasse nahm und nach Hause gehen wollte, dachte er über die Falle nach, die ihm gestellt worden war. Er wusste, dass meine Mutter dahinter steckte.

In der Fazenda waren alle für den Aufstand bereit, als Esperanza den Sklaven, die sich vor dem Herrenhaus versammelt hatten, mitteilte, dass Mama die Fazenda verlassen hatte. Sie bemalten sich ihre Gesichter mit Kriegsfarben und hielten in ihren schwieligen Händen die Waffen, die sie aus Genésios Büro geholt hatten.

Die Angestellten bewaffneten sich, um sich zu schützen, denn sie fürchteten eine Reaktion ihres Patrons und des Coronels. An diesem Abend sah ich das Erwachen ihrer Empörung, die seit Kalugas Tod in einen lähmenden Schlaf gefallen war. Jetzt wollten sie nicht mehr mit verschränkten Armen auf Gerechtigkeit warten.

Vicente und vier andere Männer sattelten Pferde, um in die Stadt zu reiten.

Als sie sich dem Laden näherte, stand die Tür halb offen.

Ich stellte mir vor, dass der Hexer dort war, vielleicht irgendetwas trank oder auf einem Bohnensack saß und seine typischen Grimassen schnitt, wie immer, wenn er Genésio sah. Aber er war nicht anwesend.

Ich beobachtete, wie sie langsam voranging und dabei mit dem Revolver in alle möglichen Richtungen zielte.

Der Mann, der hinter einem Regal hervortrat, hatte ein feuerrotes Gesicht, und sein Blick war wie der eines Panthers, der seine Beute fixiert. Er stellte sich hinter den Tresen, während sie ihre Waffe auf seine schwammige Brust richtete.

»Hier sind zwei Dokumente, die Sie unterschreiben müssen.« Sie legte die Papiere auf den Tresen.

Er lachte.

»Entweder unterschreiben Sie oder ich fühle mich gezwungen, diesen Brief der Polizei zu übergeben.«

Sie zeigte ihm die Kopie des Briefes, und er ließ seine Augen schnell über die Zeilen gleiten.

»Was ist das?«, fragte er und räusperte sich.

»Soll ich es Ihnen vorlesen?«

Sie nahm den Brief und las ihm alle Verbrechen vor, die er begangen hatte, wobei sie seine Bewegungen genau beobachtete.

Bei jedem Satz wurde sein Gesicht röter, aber trotzdem fuhr er sie an.

»Du alte Lügnerin. Das hast du alles erfunden.«

»Die Polizei sieht das bestimmt anders. Sie werden sogar Beweise finden, dass der Coronel in die Sache verstrickt ist. Wenn Sie unterschreiben, händige ich Ihnen diesen Brief aus, und wir sind quitt. Ich werde meine Söhne aufsuchen und Sie sind frei. Haben Sie das verstanden?«

In seinen Augen sah ich den Hass, der sein verfluchtes Blut in Flammen verwandelte. Dieser Mann war dabei, von seinem eigenen Gift zu kosten, und es war ihm unerträglich, dass es von Mama serviert bekam.

Er atmete tief durch, und nachdem er beide Dokumente durchgelesen hatte, befahl er:

»Schieb' den Brief näher zu mir.«

Dabei ergriff er den Revolver, der hinter dem Tresen lag.

»Vorsicht!«, schrie ich. »Vorsicht, Mama!«

Als er sich vorbeugte, um zu unterschreiben, kam jemand zur Ladentür und lenkte Mama kurzzeitig ab. Fast gleichzeitig fiel ein Schuss.

Sie fiel blutüberströmt zu Boden.

Ich schrie voller Verzweiflung, und alles um mich herum schien sich zu verdunkeln. Ich rannte hinter dem Tresen hervor und hielt sie in meinen Armen, während sie unter großen Schwierigkeiten atmete. Ich drückte ihren Körper an meinen, während ich zusah, wie das Blut auf den Boden rann.

»Mama, bitte, ...« Ich konnte nichts mehr sagen, während ihre und meine Augen sich trafen.

Draußen hörte man Stimmen, die laut durcheinander sprachen. Wahrscheinlich waren es Nachbarn, die den Schuss gehört hatten.

Ich erinnerte mich, dass ich die Dinge ändern konnte, aber dazu musste Tim anwesend sein. Er war in der Nähe, vielleicht würde er gleich um die Ecke biegen und den Menschenauflauf bemerken. Vielleicht würde er hinzutreten, vielleicht würde er in den Laden gehen. Vielleicht konnte ich die Dinge noch ändern ...

Eine schmerzliche Verzweiflung überfiel mich, während Mamas Seele aus ihrem Körper auf den schmutzigen Boden floss. Ich rief den Hexer, aber er erschien nicht.

»Die Zeit wird nicht reichen«, sagte ich, während sie in meinen Armen an einer Kugel starb, die sie seitlich an der Brust getroffen hatte.

Der Ärmel meines Hemdes war voller Blut, und ich fing an zu zittern.

Ihr Kopf fiel nach hinten und sie tat ihre letzten Atemzüge.

Der Sicherheitsmann stürmte herein und ich hörte die Stimmen Vicentes und seiner Männer, die gerade eingetroffen waren.

Ich rief um Hilfe, aber niemand hörte mich. Ich schrie, bis ich meine Sinne verlor.

Als ich meine Augen öffnete, sah ich den Hexer vor mir.

Der große Saal, der weiße Kamin, dasselbe Bild an der Wand. Alles wie zuvor. Ich schaute auf mein Hemd und suchte nach Blut. Nichts! Es war völlig sauber. Mein Blick ging zur Decke, dort hing derselbe Leuchter, dessen Kristalle wie Sterne funkelten. Ich rieb mir meine verweinten Augen.

Als ich mich umdrehte, sah ich die Tür, durch die ich an jenem sonnigen Morgen vollkommen ungläubig eingetreten war. Ich erinnerte mich an meine arroganten Gedanken: ‚Was hat ein Ingenieur, ein intelligenter Mann mit einem gut bezahlten Job in der Tür eines Nepperladens zu suchen?

Der Hexer saß im Sessel vor mir, aufrecht und in Schweigen gehüllt.

»Das war es also? Das war das Ende?«, ich rieb mir die Augen, aus denen die Tränen flossen.

Er gab keine Antwort.

»Dieses Ende hat sie nicht verdient«, sagte ich matt, und wollte irgendetwas von ihm hören.

Seinem Gesichtsausdruck zufolge schien er großes Mitleid mit mir zu haben. Ich steckte meine Hand in die Hosentasche und entdeckte, dass er meinen Lottozettel nicht gestohlen hatte.

Aber das war auch unwichtig. Nichts war mehr wichtig.

»Wenn sie mir gefällt, zahle ich. Wenn nicht, dann nicht. Abgemacht, Hexer?«

Mir kamen diese Worte in den Sinn. Ich holte den Lottozettel aus der Tasche und bot ihn ihm an, aber er wies ihn zurück.

Ich erhob mich ganz langsam, denn es kam mir vor, als könnten meinen Knochen jeden Moment zerbrechen. Bevor ich diesen Raum verließ, wollte ich ihm noch eine Frage stellen.

»Wie lange hat die Reise gedauert?«

»Zwei Stunden.«

Ich war gerade mal zwei Stunden hier gewesen!

Ich ging zur Tür und kniff, geblendet von der Helligkeit dieses Sommermorgens die Augen zusammen.

Im Schaufenster rührte immer noch dieselbe Hexe in ihrem Kessel. Ich musste mich zusammenreißen, um mich zu erinnern, wie ich hierhergekommen war. Um ehrlich zu sein, ich erinnerte mich an nichts aus der Gegenwart, nicht einmal an mein Auto, dass mir wie eine futuristische Maschine vorkam.

Ich sah, wie die Menschen auf- und abliefen, Frauen mit kurzen Kleidern, die ihre Schenkel zur Schau stellten. Für jemanden, der eben noch in einer anderen Zeit gelebt hatte, war das ein echter Skandal.

Alles war in dieser Stunde seltsam und neu.

»Horizonte«, sagte ich, nachdem ich mich angestrengt hatte, mich an den Namen dieser Stadt zu erinnern.

Ich winkte dem Hexer zu, ohne mich umzudrehen. Ich denke, er hat zurückgewunken. Ich stieg in mein neues Auto, das ich mit meinem Team selbst entworfen hatte. Ich konnte nicht glauben, dass ich keine Kutsche mehr benutzte und noch mehr: dass wir einmal ohne Brennstoff auskommen könnten.

Nach einigen Versuchen, meinen Schlüssel zu finden, berührte ich den Griff und die Tür öffnete sich. Als ich mich setzte, erinnerte ich mich daran, dass ich mit meiner Stimme ein Kommando geben musste.

»Anlassen.«

Der Motor sprang an. Eine Stimme fragte mich, wohin ich wollte, aber ich antwortete nicht. Ich berührte den Sensor, und das Gefährt setzte sich in Bewegung. Ich fuhr ziellos auf einer Autobahn entlang. Als ich eine hohe Geschwindigkeit erreicht hatte – ich schien, zu fliegen –, entspannte ich mich ein wenig.

»Dieses Ende hat sie nicht verdient!« Ich wollte es nicht wahrhaben.

So fuhr ich die kaum befahrene Straße entlang, deren Asphalt so glatt wie Seide war.

Wie gut, dass wir heutzutage die Wege mit guten Straßen und starken Autos wie meinem verkürzen können, die in Sekundenschnelle zu beschleunigen in der Lage sind.

Ich war plötzlich von großer Euphorie erfüllt. Ich bremste und hielt am Straßenrand.

Der Lastwagenfahrer hinter mir stieg in die Eisen und hupte wie verrückt. Die Reifen quietschten, und eine leichte Rauchschwade stieg neben meinem Fenster nach oben. Der Fahrer machte ein nicht gerade elegantes Zeichen mit dem Mittelfinger. Ich griff mir an den Kopf.

»Los Mann, denk nach!«

Meine Erinnerung brachte mich wieder zurück zur letzten Szene dieser Reise.

Ich bemühte mich vergebens, mich auf die Gegenwart zu konzentrieren.

Und trotz aller Anstrengung konnte ich mich auch nicht mehr daran erinnern, was nach dem Schuss geschehen war. In meinem Kopf ging alles drunter und drüber, und mein Gedächtnis hielt mich zum Narren.

»Los Tim!«, schrie ich.

Ich lenkte das Auto wieder auf die Straße und beschleunigte. Der Lastwagenfahrer hatte schon einige Schimpfworte parat, als er sah, dass ich ihn überholte. Ich warf ihm eine Kusshand zu, nur um ihn zu provozieren.

Im Rückspiegel sah ich dieselbe obszöne Geste, mit der ich den Hexer einige Male bedacht hatte.

Mir lief es kalt den Rücken hinunter, als plötzlich vor mir das Ortsschild von Madrigal auftauchte.

Ich fuhr in die Stadt. Alles sah ganz anders aus und nichts erinnerte mehr an die Vergangenheit. Ich hielt an der Ecke an, wo früher der Mercadinho do Genésio gewesen war. Jetzt befand sich dort eine Kunstgalerie, und das Gebäude war so gut in Schuss, als sei es unter Denkmalschutz gestellt worden.

Eine sympathische junge Frau lächelte, als ich durch die automatische Tür eintrat. Mir kam der Raum viel größer vor; in ihm waren viele Bilder und Skulpturen ausgestellt, es gab einen Ständer mit informativen Prospekten und eine moderne Theke an der Stelle des alten Tresens, von dem aus Genésio seine Blähungen im Laden verbreitet hatte. Die Bilder an der Wand passten zu den kalten Skulpturen; das Lächeln des jungen Mädchens schien mir das einzige Attraktive in diesem Raum zu sein.

Ich kauerte mich an dem Ort nieder, an dem Mama meiner Schätzung nach zu Boden gefallen war. Ich erhob mich, als die Frau zu mir kam und mich fragte, ob alles in Ordnung sei.

»Ja, danke.« Ich kratzte mich an meinem Kopf und erklärte: »Ich mache nur einige Berechnungen.«

Sie lächelte, ohne zu verstehen, welche Berechnungen das waren.

In der rechten Ecke hinter der Theke gab es eine kleine Tür. Ich ging hin und musterte sie. Dann drehte ich mich zu der Frau und fragte:

»Darf ich da reinschauen?«

Sie schaute zur Tür und dann zu mir.

»Da gibt es nur Kisten, Papier, Bilderrahmen und einen Staubsauger. Es ist eine Abstellkammer.«

Dann lächelte sie wieder und sagte, sie kenne mich aus dem Fernsehen. Das war für mich die Erlaubnis zum Eintritt.

Es war ein etwa vier Quadratmeter großer Raum, von dem eine Treppe ins Obergeschoss führte, dessen Zugang durch eine Mauer verschlossen war. Das bedeutete, dass es einmal einen Zugang zu Genésios Haus gegeben hatte.

Jemand muss an diesem Abend dort gewesen sein, ohne dass Genésio es bemerkt hatte.

Ich ging hinaus und lief um die Galerie herum. Das alte Haus war renoviert worden, aber die Struktur war noch dieselbe, und die Eingangstür, von der aus Vicenta tatenlos hatte zusehen müssen, wie ihr Sohn auf der Straße verprügelt wurde, war noch an derselben Stelle.

Ich ging zurück in die Galerie, ohne die nette Empfangsdame zu beachten. Etwas begann sich in meinen Gedanken zu erhellen.

Ich ging einige Schritte von der Theke zu der Stelle, an der Mama getroffen worden war. Dann wiederholte ich den Ablauf von der Tür der Abstellkammer aus und stellte mir die genaue Schussbahn vor.

Als ich Mama in meinen Armen hielt, hatte ich genau gesehen, dass die Kugel sie unter der Achsel getroffen hatte, das heißt, von der Seite und nicht frontal in die Brust.

Ich ging hinter die Theke. Die junge Frau dachte sicherlich längst, dass ich nicht derjenige war, für den sie mich gehalten hatte. Ich stellte mir Genésios Position vor ... und schoss.

Es passte nicht zu der Szene, der ich beigewohnt hatte.

Als Mama vom Geräusch am Eingang abgelenkt worden war, hatte sie nur ihren Kopf, nicht aber ihren Köper umgedreht.

»Er war es nicht. Es war nicht Genésio!«, rief ich und schaute auf den Geheimgang. Es war noch jemand bei diesem Verbrechen zugegen.

Auf einmal war mir alles klar.

Ich dankte der jungen Frau und beugte mich vor, um ihre Hand zu küssen. Sie gab ein bezauberndes Lachen von sich, und ich verließ hochzufrieden die Galerie, setzte mich in meinen Wagen, der mich in Windeseile wieder zurück nach Horizonte brachte.

Zwei Lektionen:

1. Das menschliche Wesen überrascht uns immer wieder. Ihm zu sehr zu vertrauen oder zu sehr an ihm zu zweifeln, kann gefährlich sein.

2. In der Gegenwart zu leben, ist immer am besten, auch wenn die Vergangenheit die größten Emotionen bewahrt.

Das Ende einer Reise?

Ich trat in den Saal, wo er neben dem Kamin auf mich wartete. Als er mich sah, setzte er sich auf denselben Sessel und – als ob er wusste, was ich wollte – wies mir den anderen zu.

»Ich will zurück!«, sagte ich.

Er war keineswegs überrascht und nickte nur mit dem Kopf. Ich machte es mir auf dem Sessel bequem, auf dem ich zumindest zwei Stunden lang gesessen hatte.

Zurückzugehen, war gleichzeitig eine große Aufregung und eine Herausforderung.

»Ihre Stirn ist gerunzelt, Tim. Entspannen Sie sich und beginnen Sie, zu zählen.«

»Eins, zwei, drei ... zwölf, dreizehn ...«

Als ich meine Augen öffnete, saß ich hinter ihr auf dem Pferd, mit dem sie im Galopp die Abkürzung zur Stadt genommen hatte. Die Dunkelheit der Nacht hatte sich wie ein Mantel um uns gelegt. Ich atmete tief durch und spürte den Kräutergeruch, den ihr Haar ausströmte. Ich umarmte sie mit aller Kraft.

Im Gegensatz zur ersten Version stieg sie, als sie ankam, nicht die Treppe zum Haus hinauf, sondern band ihr Pferd an einem Baum in der Nähe des Ladens fest und beobachtete ihn.

Dort drinnen gab es wenig Licht aber viele Mysterien.

Sie schob die Tür auf, die knarrte, als würde sie vor Angst schreien.

»Seu Genésio!«, rief sie, während sie in der einen Hand den Revolver und in der anderen eine Spirituslampe hielt.

Eine Taschenlampe wurde auf sie gerichtet. Sie stellte die Lampe auf den Tresen und zog anschließend die Papiere aus der Tasche. Der Revolver zitterte in ihrer Hand.

Die Hand, die nicht die Taschenlampe hielt, war hinter dem Tresen versteckt und hielt ebenfalls eine Waffe.

Mein Herz klopfte und ich schaute in alle Richtungen, um den Hexer auszumachen.

»Dieser Hurensohn verpisst sich immer in den schwierigsten Situationen«, dachte ich.

»Wenn Sie dieses Dokument unterschreiben, werde ich diesen Brief nicht der Polizei übergeben«, versprach sie und zeigte ihm die Kopie des Briefes.

Er legte die Taschenlampe hinter den Tresen, ließ seinen Blick über den von der Lampe erleuchteten Brief wandern und fluchte, nachdem er zu Ende gelesen hatte, vor sich hin.

Ein Geräusch an der Tür lenkte sie ab. Sie warf die Lampe um und ergriff schnell den Brief. Ich rannte an ihre Seite. Im selben Augenblick fiel ein Schuss. Ich fiel zu Boden und sah, wie sich die Schatten der Ware, die von der Decke herabhing, bewegten, als hätten sie ein Eigenleben. Alles bewegte sich über meinem Kopf wie Nachtvögel, die hin- und herflogen. Aber es waren nur Schatten.

Und mitten in der Dunkelheit – die Angst.

Schritte waren neben mir zu hören, und mein Kopf schien zu platzen. Ich strengte mich an, um zu erkennen, wer es war und war überrascht, als ich Mamas Gestalt sah.

Die Tür öffnete sich und der Sicherheitsbeamte stürmte in Vicentes Begleitung herein.

Hinter dem Tresen leuchtete das Licht einer anderen Taschenlampe auf, und in diesem Moment erkannte ich, dass noch eine weitere Person anwesend war. Sie stand neben der Tür zum Geheimgang.

Genésio war verletzt, er stöhnte und fluchte. Ich hörte, wie er sagte: »Hol's der Teufel!« Die Kugel hatte seinen rechten Arm getroffen.

Meine Berechnungen waren richtig. Der Schuss war von jemandem hinten rechts abgegeben worden.

Ich ging auf den Menschen zu, der die Taschenlampe hielt.

»Wer ist dort?«, fragte der Polizeihauptmann.

Ich ging näher auf ihn zu und erkannte einen jungen Farbigen mit hellen Augen.

»Was, Sie! Sind Sie es wirklich?«, fragte ich den Hexer, der viel jünger aussah.

Er sah mich nicht und schien mich auch nicht zu hören.

»Wer sind Sie?«, hakte der Sicherheitsmann nach.

»Ich bin João, der Sohn dieses Ungeheuers«, war die Antwort.

»João!? Hexer?!«, schrie ich entsetzt.

Der Hauptmann kam auf uns zu.

»Sie haben gesagt, dass Sie kommen würden, und haben Ihr Wort gehalten«, sagte er und legte die Hand auf seine Schulter.

Meine Mund stand offen, ich war sprachlos.

Vicente lief zu Mama, um ihr zu helfen.

»Warum habe ich das nicht erkannt!«, schrie ich und griff mir an den Kopf, während ich den jungen João betrachtete.

Genésio hatte nicht bemerkt, wie er durch den geheimen Zugang gekommen war, den nur sie beide kannten.

Er würde für die abscheulichen Verbrechen, die er begangen hatte und für die es erdrückende Beweise gab, verurteilt werden.

Bevor er von der Polizei abgeführt wurde, schaute er seinem Sohn hasserfüllt in die Augen und fluchte.

Ich setzte mich auf einen Kaffeesack und dachte über die Geschehnisse nach.

»Alles vor meinen Augen!« Ich sah, wie João von seinem Großvater Vicente umarmt wurde.

Ich erinnerte mich, wie ich neben dem Hexer auf der Tribüne in der Schule gesessen hatte; wie er geweint hatte, als João ertrunken war, bevor ich zurückkam, um die Szene zu verändern; wie er hemmungslos bei der Totenwache von Vicenta geweint hatte, als wäre sie seine eigene Mutter.

Während dieser seltsamen Reise hatte ich mich, Tim, und den Hexer, João, begleitet.

Ich sah zu, wie die Polizisten ihn beschützten und sein Vater in Handschellen abgeführt wurde.

João hatte durch die Zeitung von den Ereignissen erfahren und anschließend die Polizei aufgesucht, die ihn informierte, wer der Hauptverdächtige war.

Nachdem er verhaftet und verurteilt worden war, wurde Genésio von einem Mann ermordet, der in das kleine Gefängnis von Madrigal eindrang und angab, der Bruder eines der Soldaten zu sein, die beim Waffentransport ums Leben gekommen waren.

Die Fazenda ging in den Besitz der Sklaven über.

Unser Haus und die Güter von Tante Geórgia gingen wieder in Mamas Besitz über. Das bewegte Wiedersehen mit Tim fand direkt vor Genésios Laden statt, kurz nachdem die Polizei ihn abgeführt hatte.

Er hatte den Menschenauflauf gesehen und den Taxikutscher gebeten, anzuhalten.

Seltsamerweise begegneten er und João sich nicht, denn Genésios Sohn war mit zur Wache gegangen, um bei der Aufklärung seiner Verbrechen behilflich zu sein. Tim schlief in der Fazenda und suchte am nächsten Tag mit Mama den Anwalt auf – zur selben Zeit besuchte João seine Verwandten. Er hörte von ihnen, was sich in den letzten Jahren zugetragen hatte und war sichtlich bewegt. Dann fuhr er wieder zurück in die große Stadt, wo er studierte und sich darauf vorbereitete, mir diese unvergessliche Reise zu ermöglichen.

Der Coronel wurde im Rathaus festgenommen, und ein halbes Jahr später hatte die Stadt einen neuen Bürgermeister – Aristeu.

Ich schloss meine Augen und atmete tief durch. Als ich sie wieder öffnete, saß ich wieder im roten Sessel vor dem Hexer oder besser, vor João.

Ich lächelte ihm zu und konnte meine Tränen nicht aufhalten. Wir umarmten uns und ich fühlte, wie sehr ich ihn mochte, ohne es vorher gewusst zu haben.

Ich beobachtete einige Sekunden lang sein Gesicht und stellte fest, dass ich mehr Falten und weiße Haare hatte als er.

Plötzlich kam mir ein Satz wieder in den Sinn: »... wie erfolgreich diese Reise wird, hängt einzig und allein von Ihnen ab.«

Es hing nicht nur von mir ab, das war uns beiden heute klar.

Auf einmal legte er zwei Gegenstände auf den Tisch zwischen uns: ein kleines rotes Modell eines Ford 31 und eine Goldmedaille.

»Wie hast du das angestellt?«, wunderte ich mich.

Ich ergriff die Objekte und trocknete die Tränen, die in meinen Augen quollen.

Dann griff ich in die Tasche und nahm das Papier mit Papas Nummernfolge heraus.

Im Gegensatz zu vorher war es mir kaum noch wichtig, Millionär zu sein.

»Komm«, sagte ich und steckte den Lottozettel in die Tasche seines Hemdes, »lass uns die Nummern überprüfen.«

Ich hängte mir die Medaille, deren Band etwas zu kurz für einen Erwachsenen war, um den Hals, nahm die Miniatur an mich, und wir beide gingen zur Annahmestelle.

Ich wollte seine Reaktion sehen, wenn er erfuhr, dass er gerade der neueste Millionär des Landes geworden war. Ich gebe zu, dass ich nicht einen Cent dieses Gewinns haben wollte, denn ich hatte durch diese Reise wesentlich mehr gewonnen. Es war mehr als gerecht, ihn mit dem Lottogewinn zu bezahlen.

Wir schauten zu der Stelle an der Wand, an der ich am Morgen die ausgelosten Zahlen gesehen hatte.

»Entschuldigen Sie«, sagte ich zu der jungen Frau an der Kasse, »die Nummern von heute – sie stehen nicht mehr dort.«

Sie deutete auf die Eingangstür, wo sie zwischen anderen Informationen standen.

Wir gingen hin und verglichen die Zahlen. Kein einziger Treffer. Auf dem Lottozettel, der jetzt in Joãos Besitz war, gab es keine Zahl, die mit einer der ausgelosten übereinstimmte.

Ich bat sie, mir das zu erklären.

»Mein Herr, auf dem Zettel, der an dieser Wand hing, standen die Zahlen des letzten Donnerstags. Die heutigen Zahlen sind diese dort«, klärte sie mich auf und zeigte wieder zur Tür.

Ich hielt mir die Hände an den Kopf, denn ich konnte meinen Irrtum nicht fassen. Plötzlich ärgerte ich mich, dass ich nicht auch auf die Donnerstagsauslosung gesetzt hatte.

João überprüfte erneut die Zahlenfolge und lachte, als ich auf ihn zuging.

»Man sollte die prämieren, die keine einzige Nummer treffen«, lachte er und warf mir den zerknäulten Zettel an den Kopf.

In diesem Moment fühlte ich etwas in meiner hinteren Hosentasche. Es war mein Handy, das ich auf Vibrationsmodus gestellt hatte. Ich hatte die Existenz von Handys völlig vergessen.

Eine Nachricht und eine Nummer: Es war Lyndas Arzt.

Ich rief zurück, und er teilte mir mit, dass der Tumor gutartig und der Tag der Operation schon festgelegt war. Er erklärte mir, dass keinerlei Risiko für sie bestünde.

»Bitte passen Sie gut auf Lynda auf, meine Frau, die Tochter Oberst Morgans, die falsche Elizabeth«, sagte ich, worauf der Arzt am anderen Ende der Leitung verstummte.

»Einen Moment, sie will mit Ihnen sprechen«, bat er anschließend.

»Tim?«

»Ja, meine Königin!«, rief ich euphorisch, »wie geht es dir?«

»Was ist los mit dir?«

»Ach, nichts. Sag mir bitte, ...«

»Morgen ist der Geburtstag deiner Mutter, und wir sollten sie besuchen. Ich bin aus dem Krankenhaus entlassen worden und habe dem Chauffeur freigegeben, denn ich will, dass du mich abholst.«

Ich war still und zitterte. Mir fiel sogar fast das Telefon aus der Hand.

»Tim!«

»Du hast gesagt: deine Mutter?«, fragte ich, und zeigte João vor mir fast alle meine Zähne.

»Ja, deine Mutter, hast du etwa ihren achtzigsten Geburtstag vergessen?«

Ich gebe zu, dass ich gelegentlich Geburtstage vergesse, sogar Lyndas.

»Das heißt, sie lebt noch?«, hätte ich beinahe gefragt, aber unterließ es zum Glück.

Meine Frau brachte ihre Missbilligung durch ein brummendes Geräusch zum Ausdruck. Lynda und ihre gute Laune, wie immer.

»Liebste, natürlich will ich Mama sehen, und zwar gleich. Ich werde einen alten Freund mitbringen. Ich glaube, sie wird sich freuen, ihn zu sehen.«

Wir fuhren mit meinem Wagen los und hielten am Ortsausgang an einem bescheidenen Zeitungskiosk. Der Verkäufer beklagte sich bei seinem Kunden über das fehlende Geld, über die Regierung, über die Hitze und über seine Krankheit, ohne näher zu erklären, welche es war.

Der Kunde ging und er drehte sich zu uns. Meine Medaille funkelte im Licht der Sonne, die in Horizonte fast immer scheint. Er lachte und deutete auf sie. Erst jetzt fiel mir auf, dass ich mit dieser alten Medaille Aufmerksamkeit erregte, dazu noch mit diesem knallblauen Band.

»Ein Athlet?« Er hustete und spuckte in sein Taschentuch.

»Schon lange nicht mehr«, antwortete ich und senkte den Kopf, um die Schlagzeilen zu überfliegen.

»Ich war auch mal einer.«

»Ah ja?« Ohne großes Interesse und versuchte, mich auf die Zeitung zu konzentrieren.

Wir kauften schließlich die Zeitung und wollten gehen, aber da war etwas: diese Augenbrauen. Sie kamen mir bekannt vor und verursachten in mir ein unangenehmes Gefühl.

»Wie heißen Sie denn?«, fragte ich und setzte ein falsches Lächeln auf.

»Ray«, antwortete er und hustete wieder. »Roger Ray, und Sie?«

Ich war steif wie eine Salzsäule. João stieß mich an und räusperte sich.

»Ligier. Tim Ligier«, antwortete ich.

»Ah! Hab' ich es mir doch gedacht. Sind Sie der bekannte Autobauer?« Sein Lächeln gab eine Reihe ungepflegter Zähne und einige Lücken preis. »Sie waren die letzten Tage im Fernsehen, nicht wahr?«

»Ja, ja«, brachte ich heraus.

»Was für eine Ehre, Herr Ligier. Mein Enkel würde alles tun, um Sie kennenzulernen. Wir alle bewundern Sie. Mir gefallen Ihre Maschinen, auch wenn ich mir keine davon leisten kann. Aber ich lese Ihre Artikel.« Er drehte sich um und ergriff eine Zeitschrift, für die ich regelmäßig über Motoren und die neuesten Tendenzen auf dem Fahrzeugmarkt schreibe.

Ich war über diesen bescheidenen und gebrechlichen alten Mann geschockt.

»Würden Sie mir ein Autogramm geben?«

»Natürlich, mit Vergnügen«, antwortete ich, und setzte meine Unterschrift neben das kleine Foto in der Zeitschrift.

Als er vor den Kiosk trat, war nichts mehr von diesem jungen, schlanken professionellen Schwimmer mit dem perfekten Körper zu erkennen. In seiner Haut hatte die Zeit ihre Zeichen hinterlassen, und in seinen wenigen weißen Haaren war keine Pomade mehr zu sehen.

Ich erschrak, als ich bemerkte, dass er kleiner war als ich, und ich gebe zu, dass ich Mitleid für diesen alten, schwächlichen Mann empfand.

In seiner Hand hielt er ein völlig überholtes Handymodell.

»Darf ich ein Foto machen?«, bat er und hielt das Gerät hoch.

»Selbstverständlich!«

In diesen Augenblicken an seiner Seite fühlte ich mich schäbig und zu menschlich, weil ich zuließ, dass alte Gefühle wieder in mir aufstiegen.

Alles erschien wieder vor mir: seine Augenbrauen im Spiegel und die Arroganz, die ihm ins Gesicht geschrieben stand, mein Auto, dass er in den Müll geworfen hatte und die Enttäuschung, die ich an jenem Fenstersims empfunden hatte. Ich fühlte wieder die Hitze und die Tränen auf meinem verstaubten Gesicht, während ich frustriert auf meinem Fahrrad nach Hause fuhr, die Empörung, von meinem Idol verachtet worden zu sein. Als die Traurigkeit mein Herz einnehmen wollte, beschloss ich, gegen diese Gefühle anzugehen.

Ich lächelte für das Foto. Er schaute es kurz an und log, es sei sehr gut gelungen. Nachdem ich ihm die Zeitschrift zurückgegeben hatte, drückte ich ihm zum Abschied die Hand, während er sich glücklich bei mir bedankte.

Als wir wieder im Wagen saßen, brauchte ich einige Augenblicke, um mich von diesem Erlebnis zu erholen.

»Das Leben ...«, begann ich.

»... ist voller Überraschungen«, ergänzte João.

»Und warum bist du immer gerade dann, wenn ich dich am meisten gebraucht habe, nicht aufgetaucht?«

Er lächelte, schaute nach vorn und schien mir nicht antworten zu wollen.

»In Wirklichkeit war ich nie da. Es war deine Vorstellung, das Ergebnis deiner Wünsche. Sonst nichts.«

Ich riss erstaunt die Augen auf, denn ich war mir sicher, dass er dort gewesen war.

»Und das Schild an der Eingangstür war ein Trick, nicht wahr?«

»Über den ersten Kunden des Tages? Natürlich. Ich musste dein Interesse wecken, und das war nicht gerade einfach für mich, Tim.«

»Aber du bist gestorben!«

»Nein, ein Angler hat mich gerettet aber danke für deine Hilfe«

»Na, jetzt ist mir alles klar.«

Wir setzten unsere Reise fort.

Ich atmete tief ein und betrachtete die Landschaft, in der überall Sonnenzellen blinkten. Die Energiegewinnung hatte die Landschaft verändert, die früher nur aus Plantagen bestanden hatte. Die alten Eisenbahngleise existierten nicht mehr, an ihrer Stelle gab es ein einziges Gleis, auf dem der schnellste Zug der Welt fuhr. Es gab weder Pfiffe noch Dampf. Seine drei Geschosse boten vielen Menschen Platz. Es war eine futuristische Maschine, mit der man in kürzester Zeit in ein anderes Land gelangte.

»Es lebe die Technologie!«, rief ich, während der Hexer über das ganze Gesicht lachte.

Während ich durch die Landschaft fuhr, kam mein Gedächtnis auf Touren. Allmählich gewöhnte ich mich wieder an die Gegenwart.

Als ich Mama sah, reagierte ich wie ein kleines Kind, das ein lang ersehntes Geschenk bekommen hatte. Ich erwürgte sie fast mit meiner Umarmung, und sie fragte mich, ob ich verrückt geworden sei. Trotz ihrer achtzig Jahre war sie immer noch kerngesund und klar in ihren Gedanken.

Ich stellte ihr João vor und bat sie, irgendetwas aus meiner Kindheit zu erzählen. Es gab nichts das sie lieber tat.

Als ich sie über jene Zugfahrt ausfragte, sagte sie nur:

»Schon wieder, mein Junge? Diese Geschichte habe ich dir schon tausendmal erzählt!«

Ich erzählte ihr von meiner Reise, und was ich ihr erzählte, bewegte sie sichtlich. Sie bestätigte die Ereignisse, die ich hier erzählt habe. Nur von Papas Untreue wollte ich ihr lieber nichts erzählen.

Wir erinnerten uns an die Vergangenheit und freuten uns über die Gegenwart. Vor mir saß eine Kriegerin, die stärkste Frau, die ich jemals kennengelernt habe.

»Tim, wenn du nach Hause kommst, nimm dein Fotoalbum und suche die Fotos von der Jugendolympiade«, bat mich João, als wir uns verabschiedeten.

Ich setzte ihn vor seinem Laden ab und ging meiner Wege.

An diesem Abend riefen Lynda und ich unsere beiden Kinder an und verabredeten, mit ihnen nach Madrigal zu fahren, wo ich ihnen von meiner Reise erzählen würde.

Nachdem sie eingeschlafen war, holte ich das alte Fotoalbum, das ganz hinten im Schrank lag.

Ich setzte mich gemütlich in einen Sessel im Wohnzimmer und blätterte die Seiten auf der Suche nach den Fotos aus der Schulzeit. Zuerst fand ich das Foto, das Mama und mich mit der Medaille auf dem Siegerpodest zeigte. Ich machte mit meiner digitalen Kamera eine Kopie dieses Fotos, das ich einige Sekunden lang betrachtete, ohne etwas Ungewöhnliches zu bemerken.

Auf dem anderen Foto war ich von illustren Personen umgeben, wie dem Bürgermeister, der Direktorin, einigen Politikern und Vertretern verschiedener Schulen aus der Umgebung.

Das Blickfeld war größer, weil der Fotograf nicht so nah bei der Gruppe gestanden hatte.

Ich kopierte das Foto und betrachtete es genau. Nichts besonderes!

Ich betätigte den Zoom. Und da sah ich es:

Da war João, hinter einem Mann mit einem Anzug, und streckte dem Fotografen die Zunge heraus.

Warum war mir das nie aufgefallen? Wie konnte so viel Zeit vergehen, ohne dass ich das jemals bemerkt hatte?

Ich lachte, während ich das alte Foto betrachtete.

Wie schnell unser Leben vergeht!

Epilog

Fred schloss sein Medizinstudium ab und wurde Arzt. Er ist verheiratet, hat drei Kinder und vier Enkel. Er ist sehr glücklich.

Tereza verbrachte die letzten Tage ihres Lebens im Krankenhaus. Ich war der Letzte, der mit ihr sprach, und obwohl es mit ihr zu Ende ging, war sie noch in der Lage, mich zu beschimpfen und mit der Hand eine drohende Bewegung auszuführen, als würde sie ein Nudelholz schwingen. Sie lachte, hustete und umarmte mich am Ende, als wisse sie, dass sie ihre letzte Reise antreten würde. Außer ihrer faltigen Haut war auch der Verfall ihres Körpers unübersehbar – nichts erinnerte mehr an die resolute Tereza aus früheren Zeiten.

Der Richter Tim, Mamas biologischer Vater, ist seit langem verstorben, aber es kommt mir vor, als sei es gestern gewesen.

»Ich wollte das Bild behalten, das ich von ihr hatte, als sich ihre Schönheit mit dem Duft der Blumen vermischte und ich aus ihrem Mund die Worte hörte, auf die ich so lange gewartet hatte.« Als er diese Worte im Zug sagte, ahnten wir nicht, worüber er sprach.

Meine Großmutter hatte das Kind nicht verloren und erzählte ihm dies bei jener Gelegenheit, als sie sich zum letzten Mal sahen und beide schon verheiratet waren. Sie hatte ihn gebeten, das Geheimnis zu bewahren, um Turbulenzen in der Familie zu vermeiden, weil meine Mama den Mann liebte, den sie für ihren Vater hielt. Sie gestand ihm ihre ewige Liebe und bat ihn um Vergebung für alles, was geschehen war.

Meine Großmutter erzählte außerdem, dass der General den Heiratsantrag des Lateinamerikaners akzeptiert habe, nachdem er von ihrer Schwangerschaft erfahren hatte – also nicht, weil er schon senil war oder weil er jemandem etwas schuldete, sondern weil er infolge ihrer Schwangerschaft wegen seines Rufes besorgt war.

Der Lateinamerikaner wusste das und erzog meine Mutter, als sei er ihr biologischer Vater. Ich hatte ihn immer für meinen Großvater gehalten, aber er war es nicht.

Das heißt, als sie zusammen im Zug fuhren, wusste der Richter Tim, dass er Mamas Vater war, aber er teilte es ihr nicht mit. Erst nachdem er ihr bei den Prozessen gegen Genésio geholfen hatte, ihren

Besitz zurückzuerhalten, lud er sie zu einer neuen Zugreise ein, bei der er ihr die ganze Wahrheit erzählte.

Danach erhielt sie von ihm einige Güter, wie die größte Fazenda in der Umgebung und ein Hotel in der Hauptstadt, wohin sie umzog, um näher bei ihren Söhnen zu wohnen. Natürlich zog Tereza wieder zu ihr und musste nicht mehr arbeiten. Das neue Haus war groß und hatte einen riesigen Garten. Aus diesem Grund stellte Mama verschiedene Leute ein. Sie machte ihren Führerschein, heiratete einen berühmten Schneider, mit dem sie zwei Kinder hatte. Seit fünf Jahren ist sie Witwe.

Zu meiner Hochzeit informierte uns mein Großvater Tim, dass er sie in seinem Testament berücksichtigt habe. Er sagte nicht, worum es sich handelte, aber nach seinem Tode erfuhren wir, dass Fred und ich einige Ländereien geerbt hatten, und Mama verschiedene Häuser, Geschäfte und ein Bankkonto, das ihr bis zum Lebensende ein luxuriöses Leben garantierte. Er war Witwer und hatte keine weiteren Kinder. Mama war seine einzige Erbin.

João war von einem Schauspielerehepaar adoptiert worden, kurz nachdem er im Waisenhaus untergebracht worden war. Er wurde Arzt und Psychotherapeut, ist verheiratet und hat fünf Kinder. Er erbte Genésios Fazenda, übergab sie aber den Angestellten, die seine Verwandten waren. Von da an hieß sie Fazenda Kaluga, und die ehemaligen Sklaven bildeten eine Verwaltungsgemeinschaft. Sie erhielten Kredite von der Regierung, mit denen es ihnen gelang, große Mengen von Getreide zu produzieren, neue Läden zu eröffnen und den Kunsthandel zu fördern.

Die Grillnächte wurden wieder veranstaltet, nur dass sie jetzt Hunderte von Menschen anlockten und die ganze Region in eine große touristische Attraktion verwandelten.

Vicentas sterbliche Überreste wurden aus dem Tal der Selbstmörder geborgen und in der Fazenda bestattet, obwohl ihre Kultur eigentlich vorschrieb, sie in einer religiösen Zeremonie zu verbrennen.

Heute bin ich ein Geschäftsmann, dessen Arbeit anerkannt ist, Vater von zwei Kindern und Großvater von vier Enkeln.

Ich habe weder aufgehört, zu arbeiten noch den Sternenhimmel zu betrachten oder Lotto zu spielen. Mit João treffe ich mich immer wieder, wir sind gute Freunde geworden.

Eliane Reinert wurde 1971 in Minas Gerais, Brasilien geboren. Heute lebt sie in Deutschland, ist verheiratet und hat eine Tochter. Sie besitzt eine große Vorstellungskraft und verbindet beim Schreiben. Realität und Fiktion, wobei sie einen einfachen Text in eine dramatische und fesselnde Lektüre verwandelt. Sie mag Sonne und Wärme, gut gelaunte und einfache Menschen und den Kontakt mit der Natur, denn in diesem Umfeld ist sie aufgewachsen. Eliane ist eine Träumerin, die vor den Schwierigkeiten des Lebens nicht zurückschreckt, sondern entschlossen den Kampf zu deren Überwindung aufnimmt. Fragen an die Autorin können Sie über Email an buch.fortunasodyssee@hotmail.com richten.

Das Estonia Desaster

Der Blutsonntag von Vilnius, die brutale COM-MON und die unbarmherzigen Waldbrüder, die Befreiungsbewegung der baltischen Staaten bekämpfen sich gnadenlos. Der Überfall auf einen sowjetischen Stützpunkt hätte bald einen Konflikt heraufbeschworen. Den Aufständischen fielen dabei Atomsprengköpfe in die Hände. Kaum jemand in Europa weiß, wie knapp ein atomarer Schlag der Aufständischen bevorstand. Doch dann entließ die Sowjetunion Estland, Lettland und Litauen in die Unabhängigkeit. Ein Jahr später wurde von den Kommunisten in Moskau geputscht – die Freiheitskämpfer sind noch immer im Besitz von Atomsprengköpfen…

ISBN: 978-3943760699, Taschenbuch, 320 Seiten
EUR 11,50 (D)
EUR 11,59 (AT)
CHF 13,80 (CH)

Goldsteins Geständnis

Der Self-made Millionär Daniel Goldstein erholt sich in Eilat am Roten Meer. Dann erreicht ihn ein Brief, der mit einem Schlag sein Leben verändert. Die Vergangenheit hat ihn eingeholt. Der Brief ist zwar an Daniel Goldstein in Tel Aviv adressiert, die Anrede im Schreiben richtet sich jedoch an den SS-Sturmscharführer Hermann Westermayer. Wer kennt seine zweite Identität? Wie kann er sich gegen diese offensichtliche Erpressung zur Wehr setzen? ... und vor allem: Kann er seine jahrzehntelange Täuschung aufrecht erhalten und sich der Justiz entziehen?

ISBN:978-3943760248, Taschenbuch, 350 Seiten
EUR 13,50 (D)
EUR 13,61 (AT)
CHF 16,20 (CH)

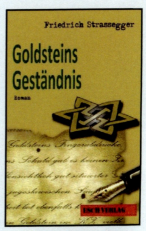

Friedrich Strassegger

Das Vermächtnis

Roman

ESCH VERLAG

ESCH VERLAG POTSDAM

KONTAKT@ESCH-VERLAG.DE

WWW.ESCH-VERLAG.DE

Jakob Mittermaier (27) ist ein fröhlicher Student der wohlbehütet in einer Kleinstadt bei München lebt. Seine Freundin Dunia (24), ebenso wie Jakob Studentin, entstammt einer wohlhabenden Palästinenserfamilie. Plötzlich gerät Jakobs Leben aus den Fugen. Seine Mutter stirbt und hinterlässt ihm ein schauriges Vermächtnis: Ihre Lebensbeichte. Jakob muss erfahren, dass sein Vater Standartenführer Franz Ziereis* der Kommandant des KZ Mauthausen war und auch sein Bruder in die Gräueltaten dort verstrickt ist. Dadurch hat sich die Mutter in ihren Augen auch Schuld auf sich geladen. Jakob ist am 20. Juli 1944 geboren-am Tag des Attentats auf Hitler. Während Jakob sich mit der Tatsache abfinden muss, dass seine Herkunft bedenklich ist findet in München der Anschlag auf das olympische Dorf statt. Dabei wird Dunias Bruder Aziz (21) verletzt. Jakob hilft den Geschwistern gegen seine Überzeugung bei der Flucht und gerät prompt ins Visier der deutschen Behörden. Hals über Kopf muss er flüchten, wobei ihn Dunia und die PLO logistisch und finanziell unterstützen. Doch Jakob kann nach einem Aufenthalt in Griechenland und Israel nach München zurück und es muss erfahren, dass seine Vita neu geschrieben werden muss.

ISBN: 978-3-943760-30-9
EUR 11,40 (D)
EUR 11,50 (A)
CHF 13,68 (CH)

Stasihauptmann Hombach betreibt nach der Wende – pekuniäre – Eigensicherung. Er verkauft dem CIA für ein paar Millionen Dollar die Datei, auf der alle Auslandsagenten des MfS mit Deck- und Klarnamen aufgeführt sind. Der Eishauch des Todes weht nun durch die BRD. Einige jedoch sichern sich gegen ihre Entdeckung ab. Klaus Schubert ist einer von ihnen …

ISBN: 978-3-943760-14-9
EUR   9,50 (D)
EUR   9,58 (A)
CHF 11,40 (CH)

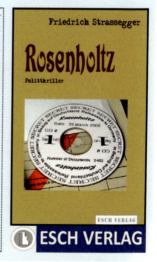

Friedrich Strassegger

Rosenholtz

Politthriller

ESCH VERLAG